# 传统与现代

## 《红楼梦》中的明清时代图景和女性书写

林 琳·著

The Picture of
the Ming and Qing Dynasties and Female Writing
in *A Dream of Red Mansions*

ZHEJIANG UNIVERSITY PRESS
浙江大学出版社
·杭州·

**图书在版编目(CIP)数据**

传统与现代:《红楼梦》中的明清时代图景和女性
书写 / 林琳著. —杭州:浙江大学出版社,2023.9(2024.3重印)
　ISBN 978-7-308-23939-4

　Ⅰ. ①传… Ⅱ. ①林… Ⅲ. ①《红楼梦》研究 Ⅳ.
①I207.411

中国国家版本馆 CIP 数据核字(2023)第 109633 号

传统与现代:《红楼梦》中的明清时代图景和女性书写
CHUANTONG YU XIANDAI:《HONGLOU MENG》ZHONG DE
MING QING SHIDAI TUJING HE NÜXING SHUXIE

林琳　著

| | |
|---|---|
| 责任编辑 | 丁沛岚 |
| 责任校对 | 陈　翩 |
| 封面设计 | 雷建军 |
| 出版发行 | 浙江大学出版社 |
| | (杭州市天目山路 148 号　邮政编码 310007) |
| | (网址:http://www.zjupress.com) |
| 排　　版 | 浙江大千时代文化传媒有限公司 |
| 印　　刷 | 广东虎彩云印刷有限公司绍兴分公司 |
| 开　　本 | 710mm×1000mm　1/16 |
| 印　　张 | 22.75 |
| 字　　数 | 350 千 |
| 版 印 次 | 2023 年 9 月第 1 版　2024 年 3 月第 2 次印刷 |
| 书　　号 | ISBN 978-7-308-23939-4 |
| 定　　价 | 88.00 元 |

# 前　言

　　本书是笔者基于博士阶段的研究所得，以及近三年来对《红楼梦》一书持续的讲解、阅读与思考，进一步拓展与深入而成。本书将对《红楼梦》这本经典小说的解读充分、深刻地置回明清之际的时代背景与历史语境中来进行。明清之际是中国历史发展的重要转折时期，资本主义生产方式与工商业经济的萌芽，促成了思想上的人文启蒙思潮，出现了"欲"与"情"的张扬，同时儒家"理"的思想得到进一步的继承，因而出现了"情""理""欲"的冲突及传统与现代共存的独特时代图景。《红楼梦》一书的创作正是受到了这股启蒙思潮的深刻影响，小说对"理""情""欲"这三重主题做了深刻的书写与丰富、复杂的表现，这三种思潮在小说中冲突、交织又相互补充、融合为一，共同编织出《红楼梦》复杂的思想内涵与深厚的生命智慧，反映出明清之际中国社会出现的新的变化与发展。此外，本书的内在写作线索将《红楼梦》中的重要女性人物分为三个流派，包括"补天者""保守派""自由派"进行深入解读。

　　本书第一章研究了明清之际的思想背景与女性意识、生活时尚等，为全书的写作奠定了扎实的历史基础；第二章探讨了《红楼梦》小说的主旨与结构，为理解整部小说勾勒了基本的框架与方向；第三章结合时代图景，剖析了《红楼梦》中的家族末世，分析其具体表现，探析其深层原因；第四章在第三章基础上探讨了小说中蕴含的救赎力量以及表现出的时代新质，细致分

◎前言

001

析了《红楼梦》中作为"补天者"的女性人物及其蕴含的生命智慧与拯救时弊的力量。第五章至第七章,基于小说中"情""理""欲"的三重书写,分别从"欲望书写""有情世界""理的二元性"三个视角对小说进行了深入解读。

为保持学术研究的连贯性,书中引用的《红楼梦》原文及脂砚斋批语,均出自译林出版社 2011 年出版的《周汝昌校订批点本石头记》,此版本与读者熟知的人民文学出版社出版的《红楼梦》和齐鲁书社出版的《脂砚斋评批红楼梦》有一定出入。

# 目　录

传统与现代

《红楼梦》中的明清时代图景和女性书写

# 第一章

# 《红楼梦》创作的思想背景

解读小说文本，必须回到其创作时具体的历史语境、文化背景及社会环境中，以一种忠实于历史语境与文本本体的客观精神深入，而不能以现代人的价值观念对小说内涵及人物形象作简单的判断。《红楼梦》产生于18世纪末期，作为中国古典小说史上最伟大的小说之一，它绝非横空出世，而是时代文化的集大成者，集中呈现了明清时代精神风貌、思想发展、艺术创作的高度。受传统文化的深入熏陶，曹雪芹在特定的历史氛围、文化传统及文学土壤中生活与创作，因此将《红楼梦》的小说叙事，置回具体的社会、政治、历史、文化场景中，并考察小说的艺术想象与历史现实之间的互动辩证关系，才能更准确深入地理解小说的主旨与叙事结构，对文本产生合情合理的解读。

　　明清之际是中国历史上一个特殊的时间段。明末清初所遭遇的时代动荡与社会矛盾使得不少思想家对传统历史进行了深度的思考，对长期封建社会所产生的思想文化进行了反思与批判，一种新兴的人文启蒙思潮开始流行。同时，西方传教士将来自异域的思想传入中国，也引起了不少有独立思想与改革精神的思想家的共鸣。商品经济的发展使得中国社会开始有了资本主义的萌芽，人们开始讲究平等的利益交易，自由、平等、尊重私欲、解放人性的呼声开始高涨。顾炎武、王夫之、黄宗羲等儒学大家的思想中出现了近代民主思想的萌芽，他们开始承认人欲的合理性，并积极向西方学习科技、实务。可惜,明末清初中国近代化雏形的发展在清代被统治者的对内专制和对外封锁所遏制,不过明清之际短暂的启蒙插曲也埋下了一颗历史变革的种子。

## 第一节　明末清初江南地区的社会思潮

据目前有限的关于曹雪芹的生平资料来看,他的童年时代是在南京度过的,"在康熙二年曹雪芹的曾祖父曹玺来到南京,到雍正五年曹頫被撤职,祖孙三代实任江宁织造五十八年(在任时间);雍正六年离开南京,曹家在南京生活的时间首尾共有六十六年。曹雪芹小时候是在南京长大的"①。就生活空间而言,以南京为中心,又延及苏扬地区,这也正对应于《红楼梦》一开始的地理坐标"当日地陷东南"②,从小江南文化的耳濡目染在他的生命中产生了重要影响。另外,从曹雪芹的家族传记与友人诗文中,也能看到江南文化与其生平、家世的密切关联。敦敏在《赠芹圃》中就有提及:"燕市歌哭悲遇合,秦淮风月忆繁华,新愁旧恨知多少,一醉白眼斜。"③其中的"秦淮"就代指南京。

明末清初的江南地区并不是一个简单的地理学概念,而是一个特殊的人文地理文化概念,并形成了独特的地理区域文化,《红楼梦》就是在这样的地理区域文化中产生的。申明秀在《明清世情小说的江南性抒写》中提到:"明清小说更是江南文化的集中体现与升华……可以说如果没有江南文化,

---

① 吴新雷:《〈红楼梦〉与曹雪芹江南家世》,载《明清小说研究》2006 年第 4 期,第 190 页。

② [清]曹雪芹:《周汝昌校订批点本石头记》,脂砚斋批点,周汝昌点校,译林出版社2011 年版,第 6 页。

③ 一粟:《红楼梦资料汇编》,中华书局 1964 年版,第 7 页。

像《红楼梦》那样的世情小说杰作简直就是无法想象的。"①那么,明末清初的江南是一个怎样的地区?它特殊的区域文化对《红楼梦》的创作有着怎样的影响与作用呢?

## 一、明末清初江南地区的经济生活

江南地区地理位置优越,土地肥沃,水路交通发达,其农业、手工业、商品贸易与买卖活跃,晚明时期已萌发出资本主义生产关系,逐渐形成了较为发达的商业文化及城市文化。工商业的发展、物质的繁荣,造成了城市规模的逐渐扩大,以及市民阶层的壮大和市民社会的形成。据乾隆《吴江县志》记载,明初的苏州府盛泽镇还是一个只有五十几户人家的小村庄,到了隆庆万历年间已拥有五万多人口,此时的盛泽镇"四方大贾,辇金至者无虚日,每日中为市,舟楫塞巷,街道肩摩,盖其繁阜喧盛,实为邑中诸镇之第一"②。

新兴的商人、市民从官僚、地主、农民阶层中独立出来,形成一个新的社会群体。经商浪潮一浪高过一浪,金钱的潜势力日益发挥着越来越重要的作用,一切均以经济利益为前提,传统的价值体系濒临崩溃,诸如功名、乡土、家庭、道德等观念逐渐淡漠,金钱在许多人的心目中占据着越来越重要的位置,传统儒学的思想权威逐渐失落。城市娱乐生活发达,奢靡与享乐之风兴盛,如明人张瀚所言,"人情以放荡为快,世风以侈靡相高,虽逾制犯禁,不知忌也"③。人欲得到肯定与解放,并出现了民本思想的世俗化倾向,给这一时期的社会意识、民情风俗以及文学艺术带来较大的冲击。同时,明代政治陷入黑暗,官商勾结,卖官鬻爵,赋税沉重,纲纪不正,产生了严重的道德危机。在这样的经济基础,以及由此形成的生产关系、社会结构、生活方式

① 申明秀:《明清世情小说的江南性书写》,载《吉首大学学报》(社会科学版)2011年第5期,第78页。

② 张稔穰:《一篇反映了资本主义萌芽的笑说——〈醒世恒言·施润泽滩阙遇〉》,载《古典文学知识》2001年第4期,第21页。

③ [明]张瀚:《松窗梦语》,中华书局1997年版,第28页。

的大背景下，由一些思想上的先导者与开创者发出倡导，形成了特殊的时代思潮，明末清初的文学创作势必受到这种时代思潮的影响。

### 二、明末清初江南地区的启蒙思潮

明清时期西方传教士将异域的思想文化传入中国引起了一定的反响。比如来自意大利的传教士利玛窦，在中国待了 28 年之久，先后去过肇庆、韶州、南昌、南京、北京等多个城市。传教活动使得东西方文化有了深入的交流与激烈的碰撞，对明清之际启蒙思潮的产生起到重要作用。李贽的"童心说"承认个体多样性，黄宗羲的"天下为公"、顾炎武的"合私为公"追求公正与人权，他们对长期以来的封建思想专制进行反思与批判，主张思想自由，综合诸家，反对一偏之见，拒绝单一、绝对化的价值观，呼吁人们的自我觉醒。这样的启蒙思潮在明清之际出现了一段时间，之后虽被遏制，但思想觉醒的星星之火却已无法完全扑灭了。

#### （一）程朱理学的衰落

宋代积弱，强敌压境，为了稳固专制统治，思想专制日趋严酷，理学家们弄出一整套束缚思想的礼法教条。到了明代，随着皇权的极端化，程朱理学为统治阶层所重视，更成了禁锢思想、独尊威权的思想武器。程朱理学是先验、绝对的伦理道德主义，它主张"存天理，灭人欲"。"天理"即是仁、义、礼、智四德，君臣、父子、兄弟、夫妇、朋友五伦。"天理"与"人欲"是相互对立、势不两立的。程朱理学要用这一套外在先验的伦理道德体系对人欲进行禁锢，对人的世俗生活进行框定。

明末清初江南地区商业文明的发展，直接激发了人欲的兴起。一方面，程朱理学"存天理，灭人欲"的主张，不再适应时代发展的需要，并日渐僵化、虚伪，理学沦为假道学，道学家成了伪君子，不再被人们信任，受到一些有识之士的批判，"尊者以理责卑，长者以理责幼，贵者以理责贱，虽失，谓之顺；卑者、幼者、贱者以理争之，虽得，谓之逆。……人死于法，犹有怜之者；死于理,其谁怜之"①。

另一方面,人欲的过度张扬,不可避免地造成了儒家传统伦理体系混乱和社会生活糜烂。在这样的时代情势下,许多有社会责任意识的文人纷纷提出各种拯救时弊的思想。阳明心学兴起,与其后学各派的思想主张,共同形成了人文启蒙思潮。这股声势浩大的启蒙思潮颠覆了传统观念,对人性、生命提出许多新的理解与主张,推动传统社会向近现代社会转型。

### (二)阳明心学的兴起

在程朱理学僵化的外在教条的束缚下,自然的人欲被压抑,人成为伦理教条的奴隶,完整性被割裂,具体性被抽象,丰富性被简缩;生命沦为伦理道德的工具。阳明心学提倡"致良知""心即理",意在将纲常伦理道德灌输到人的内心深处,与"心"融为一体,让它成为人们自觉的内在要求,以此改良人心并拯救时弊。

1."理"到"心"

阳明心学以"心"取代"理"作为生命本体,提出"心外无理""心外无物"等学说,将生命本体由外在客体性的"理"转向内在主体性的"心",将外在、先验的道德伦理束缚,转向内在心灵的自觉;强调生命的主体性,唤起人的主体觉醒,将人的认识主体与实践主体看作一个整体,将存在本身作为一个完整、活泼、有生命的能动体来看待,"人也就成为一个不再依附于外在道德律令,而是有着自己的自由意志、现实判断和自觉践行的意义存在"②。

2.肯定人的日常世俗生活

阳明心学肯定人的日常世俗生活,由僵化抽象的教条,走向活泼的当下生存与具体生动的日常生活情境。人的主体性也不再是抽象的概念,而是落实在日常生活的具体情境与细节之中。良知本体不仅内在于人心,而且遍布于事事物物,呈现在"钱谷兵甲、搬柴运水"日常行为中,表现出世俗性

---

① [清]戴震:《孟子字义疏证》,何文光整理,中华书局1982年版,第9—10页。
② 楚小庆:《阳明心学的主体性思想和现代美学精神》,《福建论坛》(人文社会科学版)2011年第12期,第77页。

与日常性,这对明清世情小说中对世态人情的细致刻画与日常生活叙事产生了重要影响。

3. 取消圣愚之分,讲求心性平等

阳明心学取消圣愚之分,打破所谓"圣贤"的权威,强调人人平等。人人皆可"致良知","良知"是人的天赋灵根,是平等的人性,强调了每个人的自我主体性,"自我"取代了圣贤、权威,成为日常道德实践的根本准则。"夫学贵得之心,求之于心而非也,虽其言之出于孔子,不敢以为是也,而况其未及孔子者乎? 求之于心而是也,虽其言之出于庸常,不敢以为非也,而况其出于孔子乎?"①《红楼梦》中的"宝玉焚书"也体现出对传统儒家经典权威的批判与质疑精神。

阳明后学各派在此基础上,做了多面向的拓展。汤显祖的"至情说"、冯梦龙的"情教观"、李贽的"童心说"、袁宏道的"性灵说"等等,成为晚明文坛上的理论旗帜,强调人的个性、情感、性灵,不断冲击着传统文化的桎梏,以强烈的反叛精神,向正统文学思想、文学复古思潮,发起猛烈的批判,形成了中国文学史、思想史上的一次声势壮阔的革命运动。

4. 对《红楼梦》的影响

《红楼梦》所描写的女性是活生生的有血有肉的人,她们或"情",或"痴",或"小才微善"②,是一个个完整、活泼、有能动性的主体,不再是传统话语下抽象、干瘪的伦理与道德符号。小说对女性生命的观照,基于个人具体的存在体验,充分呈现她们在日常世俗生活中的各种面向,展现她们的个性、情感、欲望,甚至进一步深入她们被社会意识压抑的无意识层面,在传统中蕴含着一种新的生命意识的萌芽,即自由、平等,以及做自己生命主宰的主体意识,体现出一定的现代性色彩。《红楼梦》中宝玉对晴雯、平儿等丫鬟的欣赏与尊重,展现出生命的平等性。在宝玉为晴雯所作的《芙蓉女儿诔》中,"其为质则金玉不足喻其贵"表现出对超越世俗身份的生命品质与人格

---

① [明]王阳明:《传习录》,陆永胜译注,中华书局 2021 年版,第 344 页。
② [清]曹雪芹:《周汝昌校订批点本石头记》,脂砚斋批点,周汝昌点校,译林出版社 2011 年版,第 4 页。

风范的肯定和赞誉。

## 第二节　明末清初江南地区的文人女性观

明末清初江南地区的启蒙思潮中,许多男性文人对女性的情感、个性、才华、幸福等问题作出了积极的探讨,提出了诸多不同于传统儒家道德规训的观点。这些新兴的观点对《红楼梦》中女性形象的塑造及其呈现出的女性意识产生了重要的影响。

在封建传统的伦理关系中,女性一直处于卑下的地位,"三从四德"是女性"美好"的品质,"女子无才便是德"更是对女性的一种"赞美",这些无非是想要从根本上控制女性,使其心甘情愿成为被家庭与社会支配的没有思想的工具。明朝中后期,一些思想家开始对传统儒家思想进行内部反思,对传统妇德观提出了质疑,反对程朱理学对女性的迫害,认为男女两性之间应该是平等的关系。同时,资本主义的萌芽、市场经济的发展、资产阶级民主意识的觉醒等带来了思想的进步,反映在女性问题上便是对封建礼教中的女性观进行大胆的批判和否定。曹雪芹作为生活在清初的文人,不可能不受到这种思想潮流的影响。《红楼梦》中,无论是追求婚姻自由的林黛玉、渴望人格平等的晴雯,还是讲究学以致用的薛宝钗、改革大观园的贾探春等,她们身上都有着某种程度的女性个体生命的觉醒。

### 一、李贽的女性观

李贽(1527—1602)以异端者自居,重构"人必有私"的新人性论,以一种"是非无定论、无定质"的怀疑精神,寻求适应时代发展的新价值标准,是黄宗羲所谓"非名教之所能羁络"者。对于女性问题,李贽亦大胆突破传统规训,提出诸多具有颠覆性、革命性的观点。

（一）对女性自然情欲的肯定

李贽以"童心""真心"为哲学基础来构建他的自然人性论。何为"童心"？"夫童心者，真心也。若以童心为不可，是以真心为不可也。夫童心者，绝假纯真，最初一念之本心也。若失却童心，便失却真心；失却真心，便失却真人。人而非真，全不复有初矣。"①"童心"，即一念本心、真心，生命本源真实无伪的人心，是人的欲望、情感真实自然的流露。李贽抨击程朱理学的"假道学"，揭示理学的虚伪，以及在"假道学"伪装下虚伪的人，肯定人的私欲之心，认为它是人不能被取消与剥夺的自然人性与生命权利：

> 夫私者，人之心也。人必有私，而后其心乃见，若无私，则无心矣。如服田者，私有秋之获，而后治田必力；居家者，私积仓之获，而后治家必力；为学者，私进取之获，而后举业之治也必力。……此自然之理，必至之符，非可以架空而臆说也。②

在他的自然人性论中，李贽由道德实践转向自然感性，肯定了私欲是人的普遍情感，其中就包括了女性的自然情欲。李贽以《周易》中"天下万物皆生于两""阴阳二气，男女二命"为哲学基础，来论证男女天赋平等的自然情欲观，肯定男女自然情欲的合理性。"是故但言夫妇二者而已，更不言一，亦不言理"③，"不必逆性，昧心，不必抑志，直心而动"④。

《红楼梦》不再把女性仅仅当作伦理工具来对待，避免用简单的非善即恶的道德二元论来束缚与压缩女性生命的丰富性，大胆承认、肯定女性的自然人性与生命欲望，在一定程度上张扬了女性的生命主体性。

（二）从学识、才能等方面揭示男女等同性

传统儒家在阳主阴从、乾健坤顺的文化传统下，形成了"妇人见短，不堪

---

① ［明］李贽：《焚书》，张建业译注，中华书局 2018 年版，第 585 页。
② ［明］李贽：《藏书》，学文点校，商务印书馆 2020 年版，第 52 页。
③ ［明］李贽：《焚书》，张建业译注，中华书局 2018 年版，第 538 页。
④ ［明］李贽：《焚书》，张建业译注，中华书局 2018 年版，第 310 页。

学道"的传统观念，认为女性的德行、智能天生不如男性，因此她们并不适合学习更复杂的知识，以此作为剥夺女性受教育权利的冠冕堂皇的理由。对此谬论，李贽在《答以女人学道为见短书》中作出了深刻的反驳：

> 夫妇人不出闺域，而男子则桑弧蓬矢以射四方，见有长短，不待言也。……余窃谓欲论见之长短者当如此，不可止以妇人之见为见短也。故谓人有男女则可，谓见有男女岂可乎？谓见有长短则可，谓男子之见尽长，女子之见尽短，又岂可乎？①

他指出，男子可能见短，女子也能见长，一个人见识的长短并不是以男女性别来判别的。传统所谓女性见识短完全是由男权文化对女性生命发展的限制与压抑所造成的，"设使女人其身而男子其见，乐闻正论而知俗语之不足听，乐学出世而知浮世之不足恋。则恐当世男子视之，皆当羞愧流汗，不敢出声矣"②。如果女性有机会接受与男性同等的教育，定会让男人们汗颜。李贽高度肯定了女性先天禀有的见道能力，肯定了男女见道之能的相似性，揭露了人为造成男女后天之见有别的社会残酷性，指出了女性角色是被男权社会意识所塑造的深刻事实。这正如法国女权主义哲学家波伏娃在《第二性》一书中所说，"女人不是天生生成的，而是被塑造的"③。她认为女性在历史上所扮演的角色是男权社会意识投射下的形象，而不是女性真正人性和天性的自然展现。在封建社会，妇女行动受到极大限制，终身足不出户，倘若能够给她们提供和男子一样的社会条件以及参与社会活动和受教育的机会，女性的命运会大相径庭。

李贽肯定了男女平等的人性与天性，打破了传统男权社会对女性作为自然性别的歧视与贬低。在李贽看来，女性具有与男子相似的远见之生理条件，既包括理性的认知，亦有超理性的"直觉之知"，或曰"体知"。在《焚书·夫妇论》中，他提出"天下万物皆生于两，不生于一"④的宇宙观，给予女

---

① [明]李贽：《焚书》，张建业译注，中华书局2018年版，第310页。
② [明]李贽：《焚书》，张建业译注，中华书局2018年版，第63页。
③ (法)西蒙·波伏娃：《第二性》，李强译，西苑出版社2004年版，第56页。
④ [明]李贽：《焚书》，张建业译注，中华书局2018年版，第81页。

性与男性平等的地位,肯定女性的天性、见识、能力与气度,这也是对王阳明的"良知良能""愚夫愚妇与圣人同"的平等观的继承,反对人有所谓"上智"与"下愚"的天赋差别,认为"天下无一人不生知"①。从天赋平等出发,男女的地位也是平等的,"圣人之所能者,夫妇之不肖可以与能,勿下视世间之夫妇为也。……若说夫妇所不能者,则虽圣人亦必不能,勿高视一切圣人为也"②。

李贽对于女性的平等尊重,不仅表现在识见上,还表现在实践中。他不顾世俗的非议,招收女弟子,与女弟子进行平等交流,"以师称我,我亦以澹然师答其称……不独师而彼此皆以师称,亦异矣!"李贽希望中国女性也能获得如同"士"阶层的男性一样的智力和情感的发展,并且提出通过"才智过人,识见绝甚"的女性来改变中国"士"阶层的男性庸懦卑琐的性格,这与《红楼梦》一开场就出现的女娲炼石补天的神话具有高度契合性。《红楼梦》中凤姐协理宁国府、探春改革大观园及组建海棠诗社等活动,都展现出女性改革现状、开辟新局的魄力与才干,真正是"金紫万千谁治国,裙钗一二可齐家"。

(三)"真"的价值观——真男子论

李贽推崇"真"的价值观,有"言男子而必系之以真"③的"真男子"论等等。"真男子",并非以男女的自然性别来判定的,而是以人格中是否有一种自然真诚的品质与气魄来判定。如果能将自然人性扩展出来,做到"不矫情、不逆性、不昧心,就是真男子"④。所以,女子可以是"真男子",而男子也可能不是"真男子"。对于那些奴性十足的男子,李贽进行了批判。他曾责问道:"然天下多少男子,又谁是真男子者?"在李贽看来,"刚""健"之类,应

---

① [明]李贽:《李贽全集》(第七卷),张建业主编,社会科学文献出版社 2000 年版,第656页。
② [明]李贽:《焚书》,张建业译注,中华书局 2018 年版,第 79 页。
③ [明]李贽:《李贽全集》(第五卷),张建业主编,社会科学文献出版社 2000 年版,第450页。
④ [明]李贽:《李贽全集》(第二卷),张建业主编,社会科学文献出版社 2000 年版,第187页。

属于男女共同的自然本性，能率此性而动者，即是"真男子"，女子身上亦具有阳刚之气。

《红楼梦》高度推崇的一个女性品质即为"真"，其中许多女子都是这样的"真男子"，如黛玉、晴雯、湘云、探春等。她们敢于真诚地表达自我，遵循自己真实自然的情感，不被外在的礼教、言论所牵制。然而在那个礼教森严的时代，坚持人格、言行的"真"往往有悖于传统世俗观念，需要极大的勇气与刚毅的精神，即所谓"脂粉英雄"也。《红楼梦》中许多女子身上开始呈现出一种"真男子"气魄，小说亦多处以"男子"来衡量与评论女性，并塑造了众多在才、德方面胜于男子的女性形象。

（四）主张婚姻自主、寡妇再嫁

李贽肯定那些敢于冲破封建礼教的束缚，追求幸福的寡妇，斥责阻拦寡妇再嫁的道学家。他以"究物始，而但见夫妇之为造端"为理论根据，肯定寡妇复嫁为正当人伦。在《司马相如传论》中，他认为卓文君是一个有见识、有胆量的妇女，她的"私奔"不是"失身"，而是"获身"，是符合自然人欲的天经地义的行为，应当给予认同。他赞扬卓文君与司马相如私奔的行为，"斗筲小人，何足计事，徒失佳偶，空负良缘，不如早自决择，忍小耻而就大计"[①]。他歌颂卓文君与司马相如的结合是"同声相应，同气相求，同明相照，同类相招"[②]，为妇女自由择婚大唱赞歌。他也认为《红拂记》中的侠女私奔"可师可法，可敬可羡"，是"千古来第一个嫁法"。《红楼梦》的正邪两赋论中亦提到了卓文君。在黛玉所作的诗歌《五美吟》中也称赞红拂为不可能被羁縻的"巨眼识穷途"的女丈夫。

综上可知，李贽独特的具有革命性的女性观与价值观，深刻影响了《红楼梦》女性人物身上所展现出来的真、能、情、才、性等。

---

① ［明］李贽：《李贽全集》（第二卷），张建业主编，社会科学文献出版社 2000 年版，第205 页。

② ［明］李贽：《李贽全集》（第二卷），张建业主编，社会科学文献出版社 2000 年版，第208 页。

## 二、其他男性文人的女性观

明代诗人谢肇淛(1567—1624)反对"女子无才便是德",颂扬那些学问渊博、文采出众的女性,肯定女性才学。他在《五杂俎》卷八中提到:"妇人以色举者也,而慧次之。文采不章,几于木偶矣。"①他认为《列女传》不应局限于道德上的节烈之女,应当还包括才智、文采上出色的女性,高度肯定女性德行之外的才华的重要价值,"士有百行,史兼收之。或以德,或以功,或以言。至于方技缁流,一事足取,悉附纪载,未闻必德行纯全而后传也。……故吾以为传列女者,节烈之外,或以才智,或以文章,稍足脍炙人口者,咸著于篇,即鱼玄机、薛涛之徒亦可传也"②。《红楼梦》凡例中就写道,此小说是为闺阁作传,但所记女子"并无班姑、蔡女之德",并不具有出众的妇德,而是一些富有才情的痴善女子,这也正契合了谢肇淛"未闻必德行纯全而后传"的观点。

晚明文学革新思潮的代表人物袁宏道(1568—1610)提倡"性灵说",强调诗文创作应"独抒性灵,不拘格套,非从自己胸臆流出,不肯下笔"③。从此观点出发,他高度推崇女诗人的作品,认为她们"不受一官束缚",所以作品中呈现出率真之性灵,充满活泼之生趣。竟陵派文人钟惺(1574—1625)是晚明最著名的女性诗歌的倡导者,他同样认为才女诗歌居性灵文学之首,因为她们的诗歌有着一种自然率真、清新灵动之美,乃为"清物"也。这种对于女性身上表现出来的率真性灵的独特品质的肯定与欣赏在《红楼梦》中也得到了突出的体现。宝玉对女性就有类似的"清爽"之论:"女儿是水做的骨肉,我见了女儿就觉清爽。"他认为女性是钟灵毓秀的,是自然之气的体现。海棠诗会每次比赛,夺魁的都是女性,她们的诗歌表现出各自的性情与个性,呈现出率真性灵的特质,正契合男性文人的女性观。当时的男性文人将女性比赋自然,认为女性较少受到后天人文学术传统的束缚与浸染,天赋自

---

① [明]谢肇淛:《五杂俎》,明天启间刻本,第35页。
② [明]谢肇淛:《五杂俎》,明天启间刻本,第35页。
③ [明]袁宏道:《集笺校·叙小修诗》,钱伯城笺校,上海古籍出版社2018年版,第56页。

然,因此是更好的诗人;认为女性诗歌是女性纯真的直觉经验、内心自然与本能的显现。但这种诗学观其实也从侧面呈现了当时社会的性别歧视,将女性排斥于公共领域和政治之外,只强调她们在直感表达和情感特性上的优势,某种意义上也是对女性生命及诗歌的束缚与限制。

明代文学家叶绍袁(1589—1648)提出"丈夫有三不朽:立德、立功、立言;而妇人亦有三焉:德也,才与色也。几昭昭乎鼎千古矣"①,由此确立了"才、德、美"的女性评价模式。这与传统的追求"妇德、妇言、妇容、妇功"的评价模式大不相同。在传统的德之外,肯定并强调了女性之才。此"才"主要指女性的文学才华,这对明清江南才女文化的发达起着积极作用,推动女诗人、女作家及女性文学作品大量涌现。这样的才女文化景观在《红楼梦》中得到了生动的展现。

## 第三节　明末清初江南地区的女性生活风尚

### 一、女性闺阁阅读活动

在长达几千年的男权社会中,男性对女性的阅读活动施行严格的控制。他们信奉"女性威胁论",认为她们一旦发现阅读能够提供机会,帮助她们走出家庭的狭隘空间,进入思想、想象力和知识的无限天地,就会变成威胁,影响到家庭伦常的稳定,对男性所建立的伦常秩序造成冲击与威胁,这足以让他们恐惧与担忧。正所谓"女子无才便有德",明清男权社会高度强调女性才与德的对立。

阅读是人类从蒙昧走向理性,思想启蒙,认识世界,形成自我意识,并进

---

① [明]叶绍袁:《午梦堂集》,冀勤辑校,中华书局 2015 年版,第 65 页。

行智力训练、情感陶冶,建立价值观念过程中非常重要的活动。然而,正因为这样,阅读也被权力阶层利用,成为他们进行规训与统治的重要手段。历来男权社会对女性施行的规训中,阅读就是一个重要环节。在特定的时代与社会,对女性阅读情况的考察,可以看到社会文明的发展与开放程度、传统男权社会中女性规训的具体内容及操作,以及男性对于女性阅读态度与两性互动关系的变化。

对于被限制在闺阁中的女性而言,阅读是她们日常生活的重要出口。在传统儒家女性规训下,阅读成为女性意识产生现代性的重要地带。明末清初,女性的闺阁阅读活动,虽然在现实时空中仍是被限制的,然也以令人不易察觉的方式,让女性的生活有可能越过两性的传统藩篱,与外在世界连接起来,成为她们在封闭单调的闺阁生活中获得生命快乐与价值感的重要源泉。女性在阅读中得以暂时逃脱传统规训与束缚,获得个人私密空间与独处时光,并且通过家族女性间的群体阅读及讨论、交流,创造了一个专属女性的文化社交圈。对女性闺阁阅读活动的深入考察,可作为研究当时女性生存状态、生命发展、女性意识与心理状态的重要入口,以及研究阅读影响女性的生命发展、心理完善及人格建立的重要路径。

明清时期,儒家传统妇德观依然是主流,"女子无才便是德"的传统观念仍然占据着主导地位。但此时,女性的阅读生活呈现出中国历史上从未有过的兴盛与活跃状态。无论是女性阅读书籍的数量、种类,阅读方式与状态,阅读群体的形成,还是男权社会对女性阅读的态度、两性互动的方式等等,都产生了巨大的变动与发展,呈现出特有的时代活力。关于这个时期的女性阅读生活,留下了很多的历史文献记录。《红楼梦》对于当时上层社会女性阅读情况,做了真实而细腻的叙述,与历史文献的记载相比,更为具体生动。尤其是对女性阅读的心理状态、生命感受的呈现,更是历史文献记录所欠缺的。

(一)明末清初女性阅读活动概况

明清时期是中国文化史上女性读书、著述最为活跃的时期。在清代3600多名女作家中,江苏1213人,浙江916人,安徽216人,湖南172人,福建 154 人，广东 88 人，江西 78 人，直隶 74 人，山东 71 人，四川 54 人，湖北 47 人，广西 35 人，贵州 31 人，河南 29 人，山西 27 人，陕西 18 人，云南 11 人，余者 10 人以下。① 统计结果显示，清代女作家的地域分布以江南地区的江苏、浙江为最，两省共计 2129 人，占 59%。浙江省的女作家主要集中在以钱塘江为中心的杭州湾沿岸，江苏省的女作家主要集中在以太湖为中心的常州、苏州、镇江、松江、太仓五府。

### (二)明清时期江南地区女性阅读兴盛的原因

#### 1.明清时期江南地区发达的坊刻业

读书活动的普及有赖于书籍的增加和流通。明清时期江南地区坊刻业发达，官刻、坊刻、家刻多种形式并存，门类齐全，数量庞大。出版物增多，价格降低，私家藏书人数多、藏书量大。上层女性因为家族的力量，有能力有机会接触、阅读大量书籍。《红楼梦》中刘姥姥游大观园，在进到黛玉的潇湘馆时，看到了大量的藏书。黛玉从苏州老家再回金陵之后，从家中带来了许多书籍。不同于官刻主要限于经史等功令内容，坊刻、家刻更偏重于通俗文学、小说戏曲之类，很受普通大众特别是女性欢迎，客观上促使女性阅读作品趋于多元化。

#### 2.清代江南女教的兴盛

随着江南地区财富的增长，上流家庭开始有更多的金钱和精力去关注和发展家族文化，推动家族文化走向精致。当时上层世家望族非常注重对家族女性的文化教育，才女成为一种家族资产，女教的兴盛促进了女性阅读。《红楼梦》中黛玉和宝钗的父亲都令其女儿从小读书；贾母、李纨父亲等也都让家族中的女孩子读书。

#### 3.社会对"才、德、美"兼具的肯定

女性受教育、阅读与写作，仍然倚重于男性的助推与支持。当时部分有见识的男性文人对女性才华与创作的推助、肯定与扶持，逐步推动了社会风气的转变，对女性社会地位的提高，阅读及创作活动的发展起了推波助澜的

---

① 胡文凯:《历代妇女著作考(增订本)》,上海古籍出版社 1995 年版,第 87 页。

作用,在以男权为中心的社会中,产生了性别意识的松动。士人对女性才德观的明显转变,如前文所述,以李贽最具代表性。男性文人还公开招收女学生,搜集女性作品刊刻出版,客观上鼓励女性读书创作。袁枚所编《随园女弟子诗选》六卷,共收录了 28 名女子的诗词作品,均是其门下女弟子。杭州陈文述门下女弟子众多,其所编的《碧城仙馆女弟子诗》共收录了 10 名女子的诗词作品。

4. 家族书香的传承

才女的阅读与创作,主要受家中父兄的影响与支持。名父之女、才士之妻、令子之母,是明清女性阅读的三个典型群体。"就人事而言,则作者成名,大抵有赖于三者:其一名父之女,少秉庭训,有父兄为之提倡,则成就自易;其二才士之妻,闺房唱和,有夫婿为之点缀,则声气易通;其三令子之母,侪辈所尊,有后嗣之表扬,则流誉自广。"①家学渊源形成许多文学世家,在家族内以血缘和婚姻为纽带,形成母女诗人、姐妹诗人、妯娌诗人、姑嫂诗人等家庭文学团体。如沈宜修和她的女儿们,以及袁枚的几个妹妹,"她们以家族为中心,亲朋好友之间的直接传阅使女性作品得以传播,她们聚在一起,读书赋诗,彼此代写序跋,以文会友,这是女性读写活动由个体走向群体的重要一步"②。山阴著名藏书世家祁氏家族中,曾以商景兰为中心,缔结了一个盛极一时的女性家庭读书、创作群体。这样的家族结社与群体阅读,客观上促进了女性阅读与创作活动的开展。

(三)明清时期女性阅读书籍的类型

明清时期的女性阅读仍然以女训、女诫为主,除官修外,民间编纂的女教书亦不少。绘图本女教书的出版,更以图文并茂的生动形式,吸引了各层次的女性读者,客观上增加了女性受教育的机会,提升了女性普遍的识字水平,为阅读其他书籍提供可能性,具有较强阅读能力的女性更有可能和能力

---

① 韩淑举:《明清女性阅读活动探析》,载《图书馆工作与研究》2009 年第 1 期,第 65 页。

② 凌冬梅:《清代江南女性阅读与家族书香传承》,载《山东图书馆学刊》2017 年第 3 期,第 89 页。

冲破禁忌,博览群书。从整个江南女性群体的阅读而言,阅读种类涵盖了诗、词、文、史、儒家经典、女教读物、佛道典籍、绘画、书法、戏曲、小说、医药、数术、天文、历算、碑刻、家训等。

### 1.女教书

清初女教之盛,集两千余年来之大成,明清时期女教书的编纂扩大了女性受教育的机会,培养了女性的阅读能力。发达的印刷出版业为女性阅读提供了众多书籍。刘向《列女传》和吕坤《闺范》成为女教书籍中刊刻最多、流传最广、影响最大的读物。

在古代,女性的阅读权利被剥夺,除了上层社会和书香门第,大多数中下层女性是没有机会接受教育与阅读的。印刷业的兴盛大大提高了普通民众阅读的积极性,为女性阅读创造了条件,使得中产之家的女性也能购买书籍进行阅读。女性阅读的书籍数量是很有限的,而且书籍的内容也被严格规定。传统男权社会规定的女性阅读范围,以女训、女诫为主。先秦时期就有女训、女诫的编纂,汉唐时期继承发展。明代女教书的编纂达到了高峰,除男性所著外,女性自身亦撰写了数量不少的女教书。《历代妇女著述考》收录的明代女教书即有15部。明代女性教育得到重视,朝廷设立女官制度,女教书不仅有官修也有民间编撰,内容较之以前更通俗,如明万历年间进士吕坤新创插图本女教范本《闺范图说》。女教书重要代表作品是东汉女史学家班昭的《女诫》、明成祖徐皇后的《内训》、唐朝女学士宋若莘的《女论语》、明末学者王相之母刘氏的《女范捷录》,统称为"女四书";主要内容都是宣传孝顺贞洁、勤俭持家、相夫教子等传统女德。其中包括古代贤淑女性的感人事迹和劝诫嘉言,她们是女性言行举止的典范与榜样。然而一系列女训、女诫读物的出现,也限制和锁定了女性的阅读空间,阻碍了女性阅读主体性的发挥。

这些女教文本,集中体现了父权话语权对女性生命意识的控制,主要内容是妇德及妇女在家庭生活中的责任、义务,制定了女性成为理想的贤妻良母,必须遵从的相夫教子、坚守温顺、贞洁自持的道德规范;制定了从外在言行到内在性格的种种标准,树立了诸多理想女性的典范与榜样,使她们自觉地将此作为自己的人生理想。"男性作家作品中完美的女性形象,实则是一种温柔的陷阱,诱惑着更多的女性读者去按照他们所勾勒的女性形象和标准去要求自己,进一步去迎合男性的口味,失去自我的独立价值。"①在这些女教书中,女性只是作为"他者"而存在,强调的是女性作为伦理工具的存在,而不是作为独立的平等个体得到关注与发展。明末清初的印刷文化改变了女性教育的理论和实践,但妇女识字率的提高,并没有减弱儒家道德的控制。实际上,宣扬儒家意识形态的媒介物,从未像明清之际这样的强有力和具有渗透性。更厉害的是才女们自身对儒家道德的拥护,她们编写诗歌教育其他女性要具备各种传统美德。换言之,女性读者兼作者的兴起,在很大程度上标志着儒家社会性别体系的强化,而不是消亡。受教育女性将其新的文化资源,服务于她的母性和道德守护天职。②

在对这些女教书的阅读中,女性自我意识、理想形象的建构,都是按照男性的需要进行的。在这样缺乏主体意识的阅读中,女性没有自由选择的权利,也不能得到阅读的自由与愉悦。这样的阅读,并未促进女性人格的独立,反而强调了女性人格的依附性,依附于男性及家庭,将女性主体意识与自我意识更深地掩盖。女教书实乃一种"父权制文本"(patriarch text),"父权制文本是男性对于女性意识形态领域实施的最直接、最典型的长久统治手段"③。《红楼梦》中李纨父亲对她的培养与教育,具有时代的典型性:"便说女儿无才便有德,故生了李氏时,便不十分令其读书,只不过将些《女四书》《列女传》《贤媛集》等三四种书,使他认得几个字,记得前朝这几个贤女传罢了,却只以纺绩针指为要。"④明末清初,虽然女子有读书的机会,但仍以纺绩针指为要,女子能读的书也被限定在有限的女诫女训中。这是父权对女性意识形态的控制,女性在阅读中自觉将这些历史上的贤女、烈女作为自己的人生偶像,将她们的言行举止作为自己效仿的对象,将她们的价值观内化为自己的价值观,在此过程中完成自我驯化。因此年轻守寡的李纨"虽青

---

① 奥锦霞:《女性主义阅读理论的历史研究》,延安大学 2014 年硕士论文,第 75 页。

② (美)高彦颐:《闺塾师》,李志生译,江苏人民出版社 2005 年版,第 67 页。

③ 奥锦霞:《女性主义阅读理论的历史研究》,延安大学 2014 年硕士论文,第 75 页。

④ [清]曹雪芹:《周汝昌校订批点本石头记》,脂砚斋批点,周汝昌点校,译林出版社 2011 年版,第 51 页。

春衾偶,且身处于膏粱锦绣之境,竟如槁木死灰一般。一概无见无闻,惟知侍亲养子,外则陪侍小姑等针绣诵读而已"①。

2. 儒家经史类

明清时期刻印了大量儒家经典,有《诗》《书》《礼》《易》《春秋》《孝经》《论语》《孟子》、小学类等书,是女性学习的蓝本。例如,钱塘林以宁"尤注意经学,且愿为大儒,不愿为班左,自命卓卓,绝不似闺阁中语"②。明清女性精于经书者,大多经史并重。或如梁小玉在《咏史录》自序中云:"余最爱阅史,以为罗万象于胸中,玩千古于掌上,无如是书。"③又如江西临川的李芹,"博涉经史,尤熟于春秋三传,亲串间有请益者,剖析异同靡不赅贯,暮年犹默诵左氏传日必数卷,无间寒暑也"④。《红楼梦》中也有提及经史之书,如改革大观园时,当探春感叹赖大家的园子里一个破荷叶、一根枯草根子都值钱的时候,宝钗随即便引出朱子的《不自弃》,"但你们都念过书,识字的,竟没看见朱夫子有一篇'不自弃'之文不成"⑤。可以看出,作为传统规训下典范淑女,宝钗对儒家经典是十分熟悉与推重的。

3. 颐养情性类

颐养情性类阅读主要是阅读诗词作品。胡氏《著述考》所收近四千家女性著述,其中90％以上为诗词文集。诗歌创作建立在大量阅读的基础上,由此可见,明清时期女性读诗盛行。《红楼梦》中黛玉所收藏的书籍多是诗词作品,平时也常浸淫在诗词中,王摩诘全集、老杜七言律、李青莲的七言绝句,都烂熟于胸。诗歌的阅读方式也较丰富。除了个人阅读,女性在休闲、节庆、家族团圆、诗社聚会等各种场合赋诗酬唱、议论诗词。诗词相对也能更好地表现女性性灵与情感。然而,在儒家正统的价值观中,诗词并非女性

---

① [清]曹雪芹:《周汝昌校订批点本石头记》,脂砚斋批点,周汝昌点校,译林出版社2011年版,第52页。

② 韩淑举:《明清女性阅读活动探析》,载《图书馆工作与研究》2009年版第1期,第65页。

③ 韩淑举:《明清女性阅读活动探析》,载《图书馆工作与研究》2009年版第1期,第65页。

④ 韩淑举:《明清女性阅读活动探析》,载《图书馆工作与研究》2009年版第1期,第65页。

⑤ [清]曹雪芹:《周汝昌校订批点本石头记》,脂砚斋批点,周汝昌点校,译林出版社2011年版,第666页。

分内之事；女性自己也认为读诗、写诗只是闺中游戏。如宝钗就说："其馀诗词之类，不过闺中游戏，原可以会，可以不会。"①但是她们乐此不疲，因为诗词的美感与性灵的抒发，带来生命的释放与自由感。史籍中有许多对明清女性读诗文经史的记载：明张如玉"熟精文选、唐音，善小楷八分，及绘事，倾动当时"②，安徽桐城左如芬"幼聪慧过人，读唐诗千余首，背诵不忘，年三十而卒"③，江苏金匮顾慈"七岁受毛诗、女戒诸书，能通大义，旁及汉魏六朝三唐靡不研究"④，钱塘徐德音"熟精文选，流览满家，年老犹日阅书一寸"⑤，钱塘潘佩芳"少工诗，沈文悫公所选唐诗别裁悉能背诵，喜藏书，赀不足恒典钗偿之"⑥，嘉兴李璠"通习孝经、毛诗、小戴记、列女传诸书，尤酷嗜唐人诗，脱口辄谐声律"⑦，钱塘汪端"每终日坐一室，手唐人诗默诵，遇得意处，溘然以笑，咸以书痴目之"⑧。诗文经史无不涉猎，尤以《文选》《诗经》、唐诗最受青睐。《红楼梦》中香菱"苦志学诗精神诚聚"⑨，"诸事不顾，只向灯下一首一首的读起来。宝钗连催他数次睡觉，他也不睡"⑩，宝钗笑讽她"可真诗魔了"⑪。

4. 明清的小说与戏曲

小说与戏曲在明末清初还属于"邪书"。在《红楼梦》中，《西厢记》《牡丹亭》多次被提及，但大都是作为邪书而被正统价值观所禁绝。特别是《牡丹

---

① ［清］曹雪芹：《周汝昌校订批点本石头记》，脂砚斋批点，周汝昌点校，译林出版社2011年版，第762页。

② 韩淑举：《明清女性阅读活动探析》，载《图书馆工作与研究》2009年版第1期，第65页。

③ 韩淑举：《明清女性阅读活动探析》，载《图书馆工作与研究》2009年版第1期，第66页。

④ 韩淑举：《明清女性阅读活动探析》，载《图书馆工作与研究》2009年版第1期，第66页。

⑤ 韩淑举：《明清女性阅读活动探析》，载《图书馆工作与研究》2009年版第1期，第68页。

⑥ 韩淑举：《明清女性阅读活动探析》，载《图书馆工作与研究》2009年版第1期，第68页。

⑦ 韩淑举：《明清女性阅读活动探析》，载《图书馆工作与研究》2009年版第1期，第69页。

⑧ 韩淑举：《明清女性阅读活动探析》，载《图书馆工作与研究》2009年版第1期，第69页。

⑨ ［清］曹雪芹：《周汝昌校订批点本石头记》，脂砚斋批点，周汝昌点校，译林出版社2011年版，第584页。

⑩ ［清］曹雪芹：《周汝昌校订批点本石头记》，脂砚斋批点，周汝昌点校，译林出版社2011年版，第581页。

⑪ ［清］曹雪芹：《周汝昌校订批点本石头记》，脂砚斋批点，周汝昌点校，译林出版社2011年版，第584页。

亭》,它引起了明清闺阁才女的阅读热情,甚至出现了"情迷"的阅读现象。很多女性因过分投入而死,这种特殊的文学阅读现象,体现出明清女性的情感匮乏与心理状态。《红楼梦》中林黛玉阅读《牡丹亭》,就很生动地呈现了当时女性对于这部戏曲的痴迷,"林黛玉听了这两句上,不觉心动神摇。又听道'你在幽闺自怜'等句,亦发如醉如痴,站立不住,便一蹲身,坐在一块山子石上,细嚼'如花美眷,似水流年'八个字的滋味"①。汤显祖的《牡丹亭》在闺阁中产生了很大的反响,许多女性比勘各种版本,记录阅读所得;评品之作《三妇评牡丹亭杂记》和程琼评点本《才子牡丹亭》,在当时颇有影响。《红楼梦》中贾母就曾经批判过才子佳人小说的模式化与不真实。

5. 绘画、字帖

明清女性精于绘画书法者很多,阅读相关书籍,临摹名家作品,成为她们日常文化生活的重要部分。明清画坛上,女画家绘画较历代更为繁荣,如明代的李因、马守真、薛素素,清代的陈书、任霞等。例如《红楼梦》中薛宝钗独到的画论足见其对绘画作品的熟悉与鉴赏能力。探春房中"当地放着一张花梨大理石大案,案上垒着各种名人法帖并十数方宝砚,各色笔筒,笔海内插的笔如树林一般。……西墙上当中挂着一大幅米襄阳《烟雨图》,左右挂着一副对联,乃是颜鲁公墨迹"②。可见,当时绘画与书法是闺阁女性一项重要的艺术修养。

6. 佛道典籍《庄子》《太上感应篇》《金刚经》

有明以来,尤其是万历以后,谈禅念佛之风甚盛。参禅成为知识女性的日常文化生活内容。谢肇淛称:"今之释教,殆遍天下,琳宇梵宫,盛于黉舍,嘡诵咒呗,嚣于弦歌,上自王公贵人,下至妇人女子,每谈禅拜佛,无不洒然色喜者。"③小说中宝玉的床头书即是《庄子》,而宝钗与黛玉对这本书也非常熟悉,三人才有关于《庄子》的对话。迎春常看的书即《太上感应篇》,

---

① [清]曹雪芹:《周汝昌校订批点本石头记》,脂砚斋批点,周汝昌点校,译林出版社2011年版,第297页。

② [清]曹雪芹:《周汝昌校订批点本石头记》,脂砚斋批点,周汝昌点校,译林出版社2011年版,第495页。

③ 夏邦:《明代佛教信仰的变迁述略》,载《史林》2007年版第2期,第106页。

王夫人常叫人抄写《金刚经》。

## （四）明清社会对女性阅读的态度

虽然世家大族的女子从小都接受教育,但女性阅读并未成为世人眼中的正经事,只是认识几个字,"不是睁眼的瞎子罢了"①,"女子无才便是德"的传统观念仍然根深蒂固。女子读书,多是读些宣扬传统女德的书,读书并没有成为女性生命中重要的事,仍是可有可无的点缀品。上层世家让家族中的女子读书,也是一种对家族资产的投资,将来有可能成为与其他家族联姻的资本。李纨父亲有关"女子无才便有德"的观点、贾母认为女孩子读书"不是睁眼的瞎子就罢了",还有黛玉在回答宝玉读书之问时的改口"不曾读书,只上了一年学,些须认得几个字"②,都可见当时世家大族虽然推重女儿教育,但并不是真正将女性作为阅读主体来对待,也不鼓励她们深入阅读。

当时女性阅读虽已开始松动,但仍非主流所倡导与推重之事,只是私下进行而不能堂而皇之公开的事,多读书对女性来说并不是一件值得骄傲的事情。因此当宝钗劝诫黛玉不要读那些不正经的戏曲之后,黛玉的态度是"大感激",而且认为原来的读书是"大误"。可见,读书、才华,其实对当时的女性来说,既是一种渴望,又得承受巨大心理负担,因为它有悖于传统妇德观。

## （五）明清之际女性阅读的内在驱动力

尽管儒家传统妇德仍然占据着主流意识形态,但女性对阅读的热情,远远超出了社会及家庭预期。究其原因,主要有以下几点。

1.排遣寂寞单调的闺阁生活

传统社会中女性的日常生活非常单调,绝大多数大家庭或名门望族的

---

① ［清］曹雪芹:《周汝昌校订批点本石头记》,脂砚斋批点,周汝昌点校,译林出版社2011年版,第43页。

② ［清］曹雪芹:《周汝昌校订批点本石头记》,脂砚斋批点,周汝昌点校,译林出版社2011年版,第46页。

女性,都是在深闺之中度过一生,阅读便成了她们打发大量无聊时间的最好方式。诚如长洲金逸所言,"除此更无消遣法,读书才倦枕书眠"①。独守空闺,唯读书以消寂寞的辛酸:"案头设古书,读过苦追忆。借此以解忧,频年伴孤寂。"②许多才女甚至因专注阅读而无暇顾及女红,骆绮兰云:"堪笑女儿针黹废,终年闭阁只翻书。"③传统社会中女性没有科举入仕的机会与压力,阅读完全源自内心的喜好,是不带功利的,因而常常废寝忘食地苦读,汪端"每终日坐一室,手唐人诗默诵,遇意得处,嗑然以笑,咸以'书痴'目之"④。有些甚至苦读致疾,如侨居吴县的江珠"耽经史,常夜半犹手一卷,以是得寒嗽疾,久成劳瘵"⑤。这些江南闺阁女子的读书状态,在《红楼梦》的林黛玉身上得到了突出的表现。通过与作品人物的对话,女性在现实生活中被压抑的情感,得以确认、表达与交流,获得情感上的满足。阅读带来独处时的生命快乐,诚如《阅读的女人危险》一书序文里所言:"千万不要低估读书的女人!她们不但变得越来越聪明,不但懂得如何享受纯粹个人的阅读乐趣,而且她们非常善于独处。阅读就是独处时的最大享受之一,此际可以与自己的想象力和作家的想象力独处一室……每读书一个小时即可让我在同一小时内忘却烦恼。虽然烦恼不无重新浮现的可能,不过届时或许会如同画中的景象:一切已经重放光明。"⑥

2.群体交流的需要

以血缘和婚姻为纽带,形成家族内部的母女诗人、姐妹诗人、姊娌诗人、姑嫂诗人等,激发了家族女性之间的群体性阅读、交流与评论。"清代是中国古代女性阅读最活跃的时期,尤以江南为著,出现了诸多一族之中女性普遍好读书、善吟咏的风雅局面,谱写了中国阅读史上的动人篇章。"⑦女性突

---

① 韩淑举:《明清女性阅读活动探析》,载《图书馆工作与研究》2009年版第1期,第67页。
② 韩淑举:《明清女性阅读活动探析》,载《图书馆工作与研究》2009年版第1期,第68页。
③ 韩淑举:《明清女性阅读活动探析》,载《图书馆工作与研究》2009年版第1期,第68页。
④ 韩淑举:《明清女性阅读活动探析》,载《图书馆工作与研究》2009年版第1期,第69页。
⑤ 韩淑举:《明清女性阅读活动探析》,载《图书馆工作与研究》2009年版第1期,第69页。
⑥ (德)斯特凡·博尔曼:《阅读的女人》,周全译,中央编译出版社2010年版,第7页。
⑦ 凌冬梅:《清代江南女性阅读与家族书香传承》,载《山东图书馆学刊》2017年第3期,第42页。

破封闭的闺阁生活,建立属于自己的文化社交圈,相互交流思想、互相切磋诗文与学问。女性之间的唱和酬赠,增进了彼此间的友谊,更是心灵的交流与共鸣,让寂寞的闺阁生活中有了温暖。"她们以家族为中心,亲朋好友之间的直接传阅使女性作品得以传播,她们聚在一起,读书赋诗,彼此代写序跋,以文会友,这是女性读写活动由个体走向群体的重要一步。"①她们相互欣赏,彼此确认,互相慰藉,成为命运共同体。

3.对现实世界的逃避与超越

在文字与想象的世界里,阅读是对现实束缚的暂时解放与超脱,"凡读诗,则如心游身外,身所未历之境,心能历之;言所未达之情,心能会之。故其为诗,多有得之于梦寐者"②。在压抑与无奈的现实生活中,阅读为女性创造了一个相对自由的精神世界,进而成为个人自由的新体验。女性在现实中不能把握自己的命运,但在阅读中可以在一定限度内,体认自己的力量与价值,获得自由的权利,赢得自由的尊严,并通过运用她们的才智与想象,栖居于远大于其闺阁的世界中。

女性借助内容丰富的书籍,突破内帷的限制,认识历史与社会。阅读使她们了悟历史、评骘人物,关注家国命运,知识女性的见识、胸襟和胆略,不输于男性文人。

4.女性自我意识初步觉醒的需要

博览群书开阔了闺秀的眼界,引发她们对自身命运的反思与自我意识的觉醒。这种意识随着她们终生不辍的读书吟咏,日益强化,使得她们比前代的女性诗人更清醒地体味到自我生命价值缺失的苦闷;这种苦闷愈加激发了她们对阅读的狂热,并通过创作自我倾诉。与女性追求美与自身幸福的浪漫想象相契合,文学读物和创作成为她们寂寞生涯中的精神慰藉。

《红楼梦》对上层女性闺阁阅读生活的叙事,主要在黛玉与宝钗两个女性人物身上得到聚焦与呈现。她们对阅读有着截然不同的态度,阅读活动在她们生命中起作用的方式也不同,形成了明末清初两种较为典型的女性

---

① 韩淑举:《明清女性阅读活动探析》,载《图书馆工作与研究》2009 年版第 1 期,第 65 页。
② [清]张纨英:《澹菊轩诗初稿·后序》,清道光二十年宛邻书屋刻本,第 114 页。

阅读态度。"林黛玉以自我才情和性灵为核心的阅读行为与当时以道德训诫为目的的阅读行为交织在一起,形成了《红楼梦》意象世界中复杂的阅读景观。"①

### 二、女性闺阁写作活动

明末清初不仅女性阅读兴盛,女性文学写作也十分兴盛,是女性诗歌创作最兴盛的时期。胡文凯《历代妇女著作考》著录两汉至清末民初女作家4000多人,仅清代就有3600多人。江南地区经济的发展、文化的繁荣、坊刻的发展、教育的普及,催生了女性读者大众群。明代嘉靖、万历以后,随着商业化社会的发展,书籍市场丕变,通俗书籍数量剧增而价格锐减,促使非传统精英读者如中下层文人、商人以及闺秀等都有机会拥有书籍。而男性文人对女性创作的肯定与推动,使女性不仅是书籍市场的消费者,也成为创作者。江南商业化坊刻和家族性私刻的盛行,为闺阁女性的写作提供了传播通道,女性作品也成为商业化坊刻的热门卖点。《名媛诗归》《古今女史》及对《牡丹亭》的众多书评,正是借助明清繁荣的坊刻、私刻得以保存下来的,这对才女文化的发展,起到了有力的推动作用。

女性作品亦被视为家族文化传统和资产的一部分,其文学创作受到家庭"内在动力"的推动。在明末清初的江南地区,大多数的士人父亲都倾向让女儿接受教育,并成为世家大族的女儿所需要具备的基本素养、婚姻筹码、交际需要,形成了浓厚的家学传统与世家文学氛围。

晚明以降,士绅阶层的婚姻观念发生新变,文艺修养成为中上层女性婚前教育的重要层面,闺中的教育在一定程度上已经成为了家族的一种文化投资,也是一种家族身份与地位的认证,女性的才能和声誉也成了家族的资本。换言之,"四德"尽管还在强调,但女性若要更受尊重,还需才学与诗艺——这是女性文学创作与出版能够得到家族赞赏

---

① 王怀义:《林黛玉阅读现象研究》,载《红楼梦学刊》2010 年第 3 期,第 196 页。

与支持的重要原因之一。①

然而对于女性创作诗歌，社会上也有不同的意见。以袁枚与章学诚为代表，形成了对于女性诗歌写作的争论。

乾嘉年间，女子吟诗作词的风尚空前兴盛，背后推波助澜者即为袁枚。以袁枚为代表的文人，推崇女性诗歌之性灵，认为一名有学识的女性的最高成就，就是写诗。他招收女弟子，助推女性写作，收集女性诗歌并出版诗歌集，将女学生们的创作成果编纂成《随园女弟子诗选》，打破了"内言不出于阃"的传统，并因此保存了大量女性作品，不使其湮没，在中国文化史上留下了浓墨重彩的一笔。

章学诚则在《妇学》中，对袁枚以及随园女诗人展开了猛烈批判："近有无耻妄人，以风流自命，蛊惑士女……大江以南，名门大家闺秀，多为所诱。征刻诗稿，标榜声名，无复男女之嫌。"②他坚持内言不出于阃，以儒家妇学为女性首要规范。《红楼梦》中宝玉珍爱与赞赏黛玉的诗作，但也意识到闺阁中的诗词字迹是轻易往外传诵不得的，"自从你说了，我总没拿出园子去"③。然而借助诗歌创作，被压抑与禁闭的女性，开始发出自己的声音，成为女性生命的一个出口，是其话语权的体现，带给女性一定程度的言说自由，让她们得以自由地表达性灵：

> 才女们的诗歌中焕发出创造性、私人性、独特的个性以及卓越的表现能力，在一个父权文化中，她们创造了妇女自己的话语，这种话语一方面唯礼是从，一方面却又使得隐隐然将欲冲溃礼教堤防的心潮与情思声闻于外。她们诗歌的声音携带着她们越出家庭和亲族的小天地，与皇朝天下的话语的径流融合成为一体。④

明末清初，上层贵族女性的诗歌创作，虽然出现了蓬勃发展的兴盛状

---

① （美）高彦颐：《闺塾师》，李志生译，江苏人民出版社2005年版，第167页。

② ［清］章学诚：《章学诚遗书》，文物出版社1985年版，第189页。

③ ［清］曹雪芹：《周汝昌校订批点本石头记》，脂砚斋批点，周汝昌点校，译林出版社2011年版，第762页。

④ （美）曼素恩：《缀珍录》，定宜庄、颜宜葳译，江苏人民出版社2005年版，第104页。

态,但仍然是被保护在一定的主流秩序与伦理规范内的,只有在合乎规范的包装和遮蔽下,才能够得以顺利展开,一旦超过了这些边界,则会滑向危险境地,带给女性巨大的道德与心理压力。在大观园内,女性的诗歌创作活动,躲藏在群体的狂欢中,发生在家族的公共空间与集体活动的时间,包括宴饮、节庆等重要家族场合,这是被权力的拥有者所允许与认可的时空,以表现家族的文化素养与传承的家风,所表达的情感与内容都具有公开性。明末清初女性的诗歌创作虽然已很兴盛,但在主流价值观看来,仍然属于闺中游戏,并不是什么正经事,诗歌创作只是女红之余的消遣,所谓"绣余之作":

> 士族家庭为了缓解他们对于家中受过教育的女孩的担忧,想出了一个策略:教导她们工作为先,写作次之。对于女人来说,写作是她们完成工作之后用来消磨时间的营生。在 18 世纪中国官员和学者眼中,"女红"被认为是当时女性德行最精粹的标志。男作家们将"女红"——尤其是纺织——奉为女性性格的标志以及她们道德高下的标准。为了努力将主妇的角色和艺术天才这两项互不相能的要求捏合在一起,有教养的女人总是明白哪个应该摆在第一位,当女作家在自己的诗集前言中告诉她的读者,这是"绣余之作",她是在这项要求的面前表示她奉命惟谨的态度。[①]

江南世家中女性多结诗社,交游、唱和酬赠、文学赏评的阅读社群的形成,构成了明清江南才女文化的独特景观,形成了很好的文学氛围。有清一代,女性诗社就达到了 50 个以上,出现了如学术界公认的清代闺秀三大诗社,即清初以顾之琼、林以宁为领袖的"蕉园诗社";清中叶以张滋兰为核心的"清溪吟社";晚清以沈善宝、顾春为领军人物的"秋红吟社"。此外,还有清初浙江桐乡"飞霞阁"、盛清福州"光禄派"、晚清湘潭"梅花诗社"等诸多在诗学上颇有作为的地域闺秀诗社,《红楼梦》细腻具体地叙述、还原了这一独特的时代文化景观。大观园是《红楼梦》中的一个女儿乐园、理想空间,海棠

---

① (美)曼素恩:《缀珍录》,定宜庄、颜宜葳译,江苏人民出版社 2005 年版,第 89 页。

诗社则是这一女性理想空间的凝聚点,体现了大观园女性空间所蕴含的理想性。

## 第四节　《红楼梦》产生的明清文学土壤

《红楼梦》在塑造女性人物方面达到了中国古代小说的最高峰,但这个高峰绝非孤立突兀的飞来之峰。它的成功,与明末清初世情小说创作经验的积累有极为密切的关系。

### 一、从《金瓶梅》之"欲"到才子佳人小说之"才"

在中国小说史上,《金瓶梅》的地位是非常重要的,它开了长篇小说写人情世态的先河,吸引了一大批小说作家进行世情小说的创作,对某个家族的世俗生活、世态人情进行细腻、逼真的刻画,呈现人性的复杂、社会的丑恶与阴暗。从《金瓶梅》,到之后的《续金瓶梅》《醒世姻缘传》《林兰香》,再到《红楼梦》,以家庭生活揭露社会世情的这一派小说达到了顶峰。《金瓶梅》中女性完全成了"欲"的化身,明末清初的才子佳人小说对《金瓶梅》中人欲横流的现象进行了反思,因此在描写男女之情时对"欲"进行了净化,使之升华为情,提出了"才、貌、情、德"的新爱情婚姻观,强调"情"在恋爱、婚姻中的地位。人物塑造剔除了《金瓶梅》以及艳情小说中的色情成分,塑造出了一批高度理想化的才子佳人形象。尽管这些形象距离生活现实太远,可爱而不可信,甚至只是某种理想的化身,但他们对《金瓶梅》中的女性来说,无疑具有蝉蜕新生的意义,而对《红楼梦》中理想的女性世界,又无疑具有启发先导的作用。

才子佳人小说塑造了众多栩栩如生的才女形象,"才"在女性身上的地位大大提高,并成为构成她们存在价值的重要因素,才子们对她们的爱慕、追求，不仅仅是因为她们有惊人之貌，更重要的是由于她们有超人之才。荻岸山人的《平山冷燕》甚至把才的地位提到了首位："人只患无才耳，若果有才，任是丑陋，定有一种风流，断断不是一村愚面目，此可想而知也。"①正是在这种观念的指导下，才子佳人小说的作者们才塑造出了一大批才华绝世、机智过人的才女形象。《红楼梦》承继了这一特点，并将女性之才推向了极致，对才子佳人小说中的女子之才有了超越与突破，如黛玉的诗才、凤姐的理家之才、宝钗的博学等。

但由于才子佳人小说家们太重理想，他们塑造出来的女性也多成了个人理想的化身，缺乏现实生活中女性的激情和血肉，使女性形象失去了生命力。塑造出来的并不是日常生活中真实的女性，对女性生命意识的描写也比较肤浅，陷入一种模式化、理想化的套路。《红楼梦》则把女性形象放置在日常生活中进行描写，对她们的生命存在作了更丰富、深入而真实的开掘，塑造出众多"正邪两赋"的具有复杂性与真实性的有血有肉的女性形象。《红楼梦》第五十四回中，就借贾母之口对这种模式化、理想化的才子佳人小说套路进行了讽刺与批评：

> 这些书都是一个套子，左不过是些佳人才子，最没趣儿，把人家女儿说的那样坏，还说是佳人，编的连影儿也没有，开口都是书香门第，父亲不是尚书就是宰相，生一个小姐，必是爱如珍宝，这小姐必是通文知礼无所不晓，竟是个绝代佳人，只一见了一个清俊的男子，不管是亲是友，便想起终身大事来。父母也忘了，诗礼也忘了。鬼不成鬼，贼不成贼，那一点儿是佳人？便是满腹文章，作出这些事来，也算不得佳人了。②

### 二、人情小说之影响

人情小说是世情小说中成就最大的一支，它继承了《金瓶梅》的写实手

---

① ［清］荻岸山人：《平山冷燕》，华文出版社 2018 年版，第 67 页。

② ［清］曹雪芹：《周汝昌校订批点本石头记》，脂砚斋批点，周汝昌点校，译林出版社 2011 年版，第 646 页。

法,真实地反映社会现实,描摹世态人情,如《醒世姻缘传》《续金瓶梅》《金云翘传》《林兰香》等,在中国小说史上都有一定地位。《醒世姻缘传》,立足于家庭,广泛涉及女性问题,揭示了女性命运,并塑造了一批真实可感、栩栩如生的女性群像。这在小说史上有重大的意义,对后来以女性命运为题材的《红楼梦》《镜花缘》等都有不可忽视的影响。

### (一)人物形象经验

与《金瓶梅》《醒世姻缘传》相比,《金云翘传》不再围绕男性写女性,而是把女性作为真正的主人公进行描写;不再局限于写女子的外貌、情欲,而突出其才、德,这对《红楼梦》产生了很大的影响。在人物塑造上,《金云翘传》也为《红楼梦》提供了丰富的经验。如王翠翘身上的浓重悲剧意味,在林黛玉身上也有所体现。《林兰香》与《金瓶梅》《红楼梦》的关系非常密切,最能显示从《金瓶梅》向《红楼梦》过渡的趋势,在二者之间起着承上启下的作用。在人物塑造、语言运用以及总体风格等方面,基本上脱离了《金瓶梅》的世俗色彩,更接近《红楼梦》,"基本完成了世情小说从俗到雅的转化"①。

### (二)人物悲剧书写

以《金云翘传》《林兰香》为代表的人情小说,继承了才子佳人小说崇才重情的特点,但又不满足于才子佳人小说生硬的大团圆模式,力求如实地展示女性的命运,从而写出了才女的悲剧。对女性悲剧命运的书写,突破了才子佳人理想爱情的狭隘范畴,也没有停留在佳人命薄的浅薄层面,而着力于更加广阔的社会背景,对女性的命运进行客观的探索。《金云翘传》以王翠翘坎坷的一生为中心,在比较广阔的社会背景下,书写了女性的悲剧命运,其揭示女性悲剧的深度、暴露社会丑恶的勇气,都远远超出了一般的才子佳人之作。它不仅写了王翠翘的爱情悲剧、婚姻悲剧,也写了她基本做人权利也被剥夺的人生悲剧。她的悲剧,是各种复杂因素共同作用的结果。

① 雷勇:《明末清初世情小说新探》,载《汉中师院学报》(哲学社会科学版)1994年版第2期,第51页。

这样复杂的女性命运悲剧观,对《红楼梦》中的女性悲剧书写有着重要的影响与启发。

　　《红楼梦》是在明末清初江南地区启蒙运动思潮影响下产生的,基于对女性的自然欲望、情感平等、个体权利及才华天分的肯定,展开了不一样的生命视野与景观,对女性之美做了更丰富的展现。从《金瓶梅》到才子佳人小说、人情小说的发展,尤其是其中女性人物形象的塑造,为《红楼梦》女性人物形象的塑造奠定了文学基础。

第二章

《红楼梦》的主旨
与叙事结构

《红楼梦》是众所周知的伟大经典，但又极易被读者忽视，仿佛知道它是经典就够了，反而失去了深入阅读与探索的动力。对这部小说到底在讲什么，说法也纷纭不一，有人说它是宝黛钗三角恋的故事，有人说它是宝玉和一群女孩子的故事，有人说它是一个家族兴衰的故事，等等，读者往往会基于刻板印象或人云亦云的肤浅印象，来对这部伟大的小说简单地下一个自以为是的定义。其实，读《红楼梦》时，每个人都可以看到在其生命境界里能够看到，也最想看到的故事，所以鲁迅先生在论及《红楼梦》的小说主题时就曾认为，"经学家看见《易》，道学家看见淫，才子看见缠绵，革命家看见排满，流言家看见宫闱秘事"①。《红楼梦》就像一面镜子，能够让观者透过它看见自己的灵魂，而且是处于特定生命阶段的灵魂。《红楼梦》整本小说的主旨已经包含在小说前五回中，这五回可以说是整部小说的重要序曲，我们可以在这五回中找到一些重要线索来讨论小说的主旨问题。

---

① 鲁迅：《集外集拾遗补编》，人民文学出版社 2021 年版，第 191 页。

## 第一节 《红楼梦》的主旨

### 一、女娲补天的创世纪神话

在小说第一回中,故事回到了女娲炼石补天的创世纪时代。这样的叙事时间源头的定位,跳过了中国几千年封建道统专制统治时代而重新连通宇宙的源初,也跳出千年男权社会传统根深蒂固的思维框架与世界图景,追溯生命与世界的本源。同时,女娲作为创世之母,是中国文化中的大母神,也预告着《红楼梦》乃是一部以女性为主体的小说,象征着小说中女性所富有的开创性的救赎力量。《红楼梦》中的女性人物中,有几位可以说是女娲形象的人间投影,她们身上都具有大母神创世、补天的智慧、力量以及拯救家族于衰败的责任与使命,如贾元春、贾探春、王熙凤等。在更广的层面上来看,在那个崩坏腐朽的封建道统的男权社会,女性往往承担着拯救时弊的责任、使命与力量。

### 二、"弃石"所讲述的故事

接下来出场的是一块顽石。这块顽石,是女娲炼石补天时锻造的石头,它灵性已通,却因为不为补天所用,被弃于大荒山无稽崖的青埂峰下。"补天济世"是儒家价值观,是儒家至高生命理想与社会价值的体现。这块石头无"补天之用",意味着它不在儒家的价值与思想系统内,无法抵达儒家"补天济世"的人生理想,是落于儒家主流意识形态与男权社会体制之外的"边缘人""零余者",然而也得以具有跳出固有体系,以冷静清醒的眼光对男权社会与封建道统进行批判的可能性,并演绎出这一部与主流话语系统不同的"荒唐"的小说。这里的"无用"也暗合了"无用之为用"的自然无为的道家生命观。"无用之石"无法进入儒家价值体系,却坠落在"大荒山""无稽崖""青埂峰"下。"大荒山"最早出现在我国现存最古老的地理书《山海经》中:"大荒之中,有山名曰大荒之山,日月所入。"①清人陆树芝认为这里的"荒"意为广大无域畔,王先谦解释:"荒,大也。唐,空也。"②泛指边远广大空寂之地。"无稽崖"则可能是从《庄子》一书中的"无端"化来的,《庄子·天下》中有"谬悠之说,荒唐之言,无端崖之辞"③之说。清人阮毓崧对"无端崖之辞"的解释是"无端倪可寻,无崖际可见"④,即无法从现有的思维体系推导出来的观念或无法用现有方式去把握的语言。由此可见,"边远荒凉""广大无域""无端崖",正是指从旧有体制框架中跳脱出来,突破现有儒家话语体系的桎梏,无从考证,无所出处,恢复到本源、浑朴、完整的生命境界中来。在这样的境界上流淌出来的文字,那些处于体制禁锢中的人读来,不啻于无法理解的"荒唐言",作者以自嘲的形式预告了《红楼梦》这本小说的"惊世骇俗"。"青埂"谐音"情根",此石落堕情根,情乃其生命之根。这块顽石因为听到一僧一道大谈红尘之事,于是动了凡心,定要下凡经历一番冷暖,于是这一僧一道就大施幻术,让这块顽石化作一块美玉,投胎入世。最后这块石头又回到大荒山无稽崖,并把它所经历的事情刻在石上,被一个路过的空空道人看到,抄写下来,于是有了《石头记》的故事,空空道人也更名为"情僧",《红楼梦》的另一个名字即为《情僧录》。在小说第一回中出现的三个重要字眼:"情""灵""幻",正是小说中相辅相成的三个不同层次的主旨,它们共同构成了《红楼梦》与众不同的文本世界。

### 三、《红楼梦》中"情"的主旨

佛家称这个凡俗世界是"有情世间",众生乃是"有情众生"。《红楼梦》一书的凡例中就说这部小说是"大旨谈情",而在空空道人看到石头上所刻

---

① 《山海经》,方韬译注,中华书局 2016 年版,第 15 页。
② [清]陆树芝:《庄子雪》,华东师范大学出版社 2011 年版,第 36 页。
③ [先秦]庄子:《庄子》,孙通海译注,中华书局 2016 年版,第 68 页。
④ [清]阮毓崧:《重订庄子集注》,刘韶军校,古籍出版社 2018 年版,第 113 页。

录的故事后,即改名为"情僧",从"空"改为"情",可见,"情"是这部小说最重要的一个主旨。那么,何为《红楼梦》所谈之"情"呢?"情"并非仅仅指"情感",它可以用"情识"来概括,既包括这个世间人与人之间的种种牵绊、挂碍、缠绕,也指每个人与生俱来的天赋、才华与痴迷。

有人说《红楼梦》是悟书,其实它首先是"情书",是深深沉入世俗的有情世界,从中有所领悟,并非道家或佛家的那类悟书。因此周汝昌先生说:"故情为真意旨,而说空道假乃是故意迷惑人之耳目耳。"①

其次,"情"这个主旨可以与"理"对应来看,"情"与"理"相对。"理"指的是宋明理学所规定之"理",属于道德范畴的伦理规范;"情"则属于人欲范畴,是人最自然的情感、欲望等等。《红楼梦》要跳出程朱理学的约束来写生命自发的情感、欲望层面的东西。直观地看,《红楼梦》里写宝黛之爱、贾蔷与龄官之爱,写小红与贾芸的私情、宝玉与晴雯之间的知己之情,都是"情"的展现。《红楼梦》中"情"的主旨,并非曹雪芹的独创,它承继了晚明以来从汤显祖的《牡丹亭》到冯梦龙的《情史》所构成的启蒙思潮,并进一步探讨了"情"与"理"之间的张力。

此外,小说还涉及"情"与"欲"的关系。明清之际是一个人欲得以张扬的时代,与之相适应,出现了众多露骨描写人的肉体欲望的艳情小说。这些艳情小说在大篇幅地刻画肉欲的同时,又常常流露出道德上的惩戒倾向,透露出文人对于"欲"的复杂态度,并出现了一批专注于塑造才子佳人之间纯粹、理想的爱情关系的才子佳人小说,以作为对艳情小说中"欲"的泛滥的反驳。但是,这样的才子佳人小说又往往矫枉过正,陷入一种脱离现实语境与人性复杂性的模式化、套路化的纯情模式中。可见,"欲"与"情"的二元对立可以说是明清小说中的一个重要议题。直到《红楼梦》,也没有跳脱贬"欲"扬"情"的思想趋势,但小说对于"情"与"欲"之间的关系做出了更深刻的探索,这也体现出《红楼梦》一书思想的复杂性、深刻性与超前性。

---

① [清]曹雪芹:《周汝昌校订批点本石头记》,脂砚斋批点,周汝昌点校,译林出版社2011年版,第5页。

#### 四、《红楼梦》中"幻"("梦")的主题

"情"是《红楼梦》最为重要的一个主旨,但只有"情"也不足以概括这本小说的内涵,《红楼梦》很多地方突出了"梦幻"的寓意。顽石入世乃是经一番"幻术","幻形入世"。红尘的历劫乃如一番幻梦,幻梦一醒,仍然回归大荒。在小说第一回,就借一僧一道之口道出了这个"梦幻"的主旨,"那红尘中有却有些乐事,但不能永远依恃,况又有'美中不足,好事多魔'八个字紧相连属。瞬息间则又乐极悲生,人非物换,究竟是到头一梦,万境归空(脂批:四句乃一部之总纲)。到不如不去的好"①。此外,"警幻仙姑""太虚幻境"等命名都突出了"梦幻"之意。

但《红楼梦》并非以幻说幻,而是从情悟幻,即"因空见色,由色生情,传情入色,自色悟空"②,这也是《红楼梦》并非一般悟书的原因。正如蒋勋所说,文学是一种"耽溺","耽溺在假象中,而又会突然醒来。告诉自己:'那是假的,那都是空的。'"③曹雪芹写《红楼梦》的时候,他的家族已经败落了,但他写那些家族往事的时候,是耽溺其中的,所以"字字看来皆是血",是"更有情痴抱恨长"。这也是文学与佛书、道书的不同之处,它是深入人生,尽情投身其中,再从中悟出生命的滋味与智慧来。

一僧一道在顽石投胎入世之前就警告它红尘之幻,但这顽石是听不进去的,必得亲历一番冷暖,才能真正领悟。只有历劫,才得领悟,这样的领悟,不可教,不可说,不可替代,非得要自己去经历过,才能懂得。第五回,警幻仙姑想用各种方式让宝玉开悟都不行,只得让他自己去亲历一番。正如宁荣二公之灵所嘱托警幻的,"先以情欲声色等事,警其痴顽,或能使彼跳出

---

① [清]曹雪芹:《周汝昌校订批点本石头记》,脂砚斋批点,周汝昌点校,译林出版社2011年版,第2页。

② [清]曹雪芹:《周汝昌校订批点本石头记》,脂砚斋批点,周汝昌点校,译林出版社2011年版,第5页。

③ 蒋勋:《生活十讲》,长江文艺出版社2017年版,第128页。

迷人圈子,然后入于正路"①。

《红楼梦》虽然是一本以"情"为主旨的书,但它又不是纯粹的情书,而有着空幻的悲剧性,太虚幻境大门口的那副对联"假作真时真亦假,无为有处有还无"正是对小说深刻的生命智慧与独特主旨的呈现。世上万物本质上空无自性,都是因缘而生、无常生灭的,因此"转瞬即逝,人非物换",本质上是"假"的,但世俗中的人们以假为真,执着于事物永恒不变的固定本质,为之奔波、忙碌、追求,"乱哄哄你方唱罢我登场,反把他乡当故乡"。当我们执着于人、事、物的真实不虚时,《红楼梦》警示我们应意识到其空幻、无常变化的本性,不要"执假为真",即"假作真时真亦假"。这世上万般事物都是从无到有的,人类以自己的聪明才干创造出这世上种种的"有",但是,这些"有"也终归化为虚无,正如佛教所说的万事万物都必然经历一个"成、住、坏、空"的变化过程,即"无为有处有还无"。这种真假、有无叠用的智慧正在于,既肯定这世界种种人、事、物存在的意义、价值,又清醒地意识到它们空幻无常的本质,而不执着。真假、有无并非作为绝对二元对立的不同事物,而是相生相济、相互包含、相互转化的关系,这正是从《周易》阴阳互济的智慧衍生而来的。美国汉学家浦安迪在《中国叙事学》中,将《红楼梦》中真假、有无这种相互包含、转化的关系用"二元补衬"的叙事结构来概括:"我认为,曹雪芹将'真假'概念插入故事情节——通过刻画甄、贾二氏及'真假'宝玉,通过整个写实的姿态——而扩大读者的视野,使其看到真与假是人生经验中互相补充、并非辩证对抗的两个方面。"②作为小说的读者,在看到小说中所呈现出的种种繁华复杂的"假有"时,不能执着于这种"假有",而要同时看见其"真无"的空幻本质,正如脂批所说,"不要看这书正面,方是会看"③。小说中出现了一面非常重要的镜子"风月宝鉴",这面镜子是在贾瑞沉迷于对王熙凤的情欲而病入膏肓的时候,由道士带来救赎他的,并叮嘱他"千万不能看

① [清]曹雪芹:《周汝昌校订批点本石头记》,脂砚斋批点,周汝昌点校,译林出版社2011年版,第73页。
② (美)浦安迪:《中国叙事学》,北京大学出版社2018年版,第46页。
③ [清]曹雪芹:《周汝昌校订批点本石头记》,脂砚斋批点,周汝昌点校,译林出版社2011年版,第157—158页。

正面,只能看反面"。这面风月宝鉴有两面,正面是"美女",反面是"骷髅",贾瑞一看到反面的"骷髅"就吓坏了,人都不愿意面对这丑陋萧索的"骷髅",所以当他尝试把镜子翻过来看正面的时候,看到了凤姐在里面召唤他,就一下子沉迷进去,而把道士的叮嘱抛到九霄云外,这"美女"正是贾瑞不可自控的欲望的象征,他最后死在了自己不可控制的欲望之下,当"黑白无常"来带走他的亡魂时,他还忘不了带走那面有着美女幻象的镜子,至死不悟。"美女"与"骷髅"并非相互对立的两个不同事物,而是一个事物发展的两个不同阶段,"美女"的本性即"骷髅",而"骷髅"也会示现为"美女",但是贾瑞终是痴人,无法领悟美女即骷髅的真相,反而执假为真,深陷情欲迷网,最后丧失性命,他缺少的正是能够把"美女"翻过来看到"骷髅"的大勇与大智。《红楼梦》的故事其实就是一面风月宝鉴,正面写尽了繁华富贵、温柔美色,而实际上这一切都是骷髅梦幻,正如《好了歌》中所唱的,"好即是了,了即是好","好"与"了"是相互包含与转化的整体,"好"中蕴含着"了"的趋势,而"了"中包含着"好"的可能。

小说的灵魂人物是贾宝玉,整部小说的内在线索之一即是贾宝玉自情悟空的觉醒过程,即小说第一回所言"因空见色,由色生情,传情入色,自色悟空","空空道人"易名为"情僧",同样指出小说自情悟空的内在叙事线索。当初那块顽石落堕"青埂(谐音:情根)峰",即预示着贾宝玉是多情之人,多情是其生命的本源,也是其生命觉醒的最大障碍,宝玉的成长必然从打破情执开始。小说第三回写到宝玉的神韵,"虽怒时而若笑,即嗔视而有情"[①],并用甄家两个婆子的闲言碎语写出宝玉的"呆气","'怪道有人说他们家宝玉是外相好,里头糊涂,中看不中吃的,果然竟有些呆气。他自己烫了手,到问人疼不疼,这可不是个呆子!'那一个也笑道:'我前一回来,听见他家里许多人抱怨,千真万真有些呆气,大雨淋的水鸡是的,他反告诉人下雨了,快避雨去罢。你说可笑不可笑!时常没人在跟前,就自己自哭自笑的,看见燕子,就和燕子说话,河里看见鱼,就和鱼说话,见了星星月亮,不是长吁短叹的,

---

① [清]曹雪芹:《周汝昌校订批点本石头记》,脂砚斋批点,周汝昌点校,译林出版社2011年版,第438页。

就是咕咕哝哝的,且连一点刚性也没有,连那些毛丫头的气都受。'"①两个世俗婆子眼里的"呆气",实则正源自宝玉"情不情"的兼爱一切的"释迦禀赋"②。

宝玉之所以钟情于那些少女,是把由少女构成的大观园当作他逃避成长的永恒的乌托邦。他不愿面对现实,不愿面对分离、死亡,不愿接受"盛筵必散"的宇宙规律,他希望的是乐园永不散场,这正是宝玉深刻情执的表现,"那宝玉情性只愿常聚,生怕一时散了添悲,那花只愿常开,生怕一时谢了没趣"③。他最怕听到少女出嫁,最讨厌出嫁了的女人,因为少女的出嫁是破坏他心中永恒乐园的罪魁祸首。有一回袭人骗他说自己要嫁人了,宝玉就泪痕满面,叹道:"早知道都是要去的,我就不该弄了来。临了剩我一个孤鬼!"④但是情本为幻,宝玉注定要经历一次次情感上的幻灭,这也是他心性逐渐成熟的必经过程。宝玉的人生烦恼与痛苦都从多情而来,正如鲁迅先生所说的"爱博而心劳",脂批为"黛玉一生是聪明所误,宝玉是多事所误,多事者,情之事也,非世事来"⑤。有一回宝玉因卷入黛玉、湘云的争执之中,让他第一次感受到了多情引起的羁绊、无奈与烦恼,此时他联想到了曾听过的曲文《寄生草》中有一句"赤条条来去无牵挂",流泪感慨道:"什么是大家彼此? 他们有大家彼此,我是赤条条来去无牵挂。"⑥宝玉已经感受到情感的幻灭与情执所带来的痛苦,并因此生出了解脱自在的渴望,但此时他心里依然

---

① [清]曹雪芹:《周汝昌校订批点本石头记》,脂砚斋批点,周汝昌点校,译林出版社2011年版,第438页。

② 刘再复:《红楼梦悟》,生活·读书·新知三联书店2009年版,第115页。

③ [清]曹雪芹:《周汝昌校订批点本石头记》,脂砚斋批点,周汝昌点校,译林出版社2011年版,第391页。

④ [清]曹雪芹:《周汝昌校订批点本石头记》,脂砚斋批点,周汝昌点校,译林出版社2011年版,第243页。

⑤ [清]曹雪芹:《周汝昌校订批点本石头记》,脂砚斋批点,周汝昌点校,译林出版社2011年版,第281页。

⑥ [清]曹雪芹:《周汝昌校订批点本石头记》,脂砚斋批点,周汝昌点校,译林出版社2011年版,第282页。

有执着与分别,脂批为"还是心中不静不了,斩不断之故"①。有一回在小山坡那边,宝玉偷听到了黛玉的《葬花吟》,"不觉恸倒山坡之上,怀里兜的落花撒了一地"②。这一曲悲歌引发了他对"人、事、物终将到无可寻觅之时"的生命空幻本质的顿悟,启发宝玉发出"自己又安在哉"③? 这个生命归宿的终极之问。这个无忧无虑、希望乐园永恒的懵懂顽童,在偷听到黛玉的《葬花吟》后,突然被点醒,第一次强烈感受到生命虚幻本质的透彻哀伤,感受到生命无常的深深无奈。直到作为宝玉在尘世最深的情感羁绊的黛玉离世,彻底斩断了他的尘缘俗情,宝玉最后选择了出家,脂批结合佚稿中宝玉出家的情节,指出"宝玉之情,今古无人可比固矣,然宝玉有情极之毒,亦世人莫忍为者,看至后半部则洞明矣。此是宝玉三大病也。宝玉看此为世人莫忍为之毒,故后文方有悬崖撒手一回,若他人得宝钗之妻,麝月之婢,岂能弃而为僧哉? 玉一生偏僻之处"④。这个大荒山、无稽崖、青埂峰下的顽石,以情为根,凡心所动而下凡红尘,历经尘俗世情之深之幻,最后自情悟空,回归大荒山、无稽崖,构成了"因空见色,由色生情,传情入色,自色悟空"的循环结构。

### 五、《红楼梦》中"灵"的主题

"灵"是指超越世俗的灵魂与灵性。《红楼梦》这本小说最独特的地方,也是它超越中国其他古代小说的地方,正是在于它对于生命"灵"的层面的描绘与书写。在贾府众多子弟中,宝玉是最富有灵性的一个,他不以"俗眼"来看待他人,而是以"灵眼"看到她们超越世俗地位、身份、阶层的独特灵魂。正因如此,宝玉可以对跳井的丫鬟金钏的阴灵表达敬重,为晴雯的死专门写

① [清]曹雪芹:《周汝昌校订批点本石头记》,脂砚斋批点,周汝昌点校,译林出版社2011年版,第282页。

② [清]曹雪芹:《周汝昌校订批点本石头记》,脂砚斋批点,周汝昌点校,译林出版社2011年版,第353页。

③ [清]曹雪芹:《周汝昌校订批点本石头记》,脂砚斋批点,周汝昌点校,译林出版社2011年版,第353页。

④ [清]曹雪芹:《周汝昌校订批点本石头记》,脂砚斋批点,周汝昌点校,译林出版社2011年版,第268页。

了一篇《芙蓉女儿诔》:"女儿曩生之昔,其为质则金玉不足喻其贵,其为性则冰雪不足喻其洁,其为神则星日不足喻其精,其为貌则花月不足喻其色。"①"质"是指"品质",晴雯品质高贵,自尊自重,表现出了人格的独立性,受到了宝玉的敬重,正如她的判词中所说"身为下贱,心比天高"。"性"是高洁的"性灵","神"则是她独一无二的生命的"神韵",这些都是对晴雯超越世俗丫鬟身份的"灵"的高度肯定与赞美。对每个生命独一无二的灵魂、灵性的尊重与守护,难道不是中国几千年的封建专制历史最缺乏的精神吗?所以鲁迅先生才会说,中国几千年的封建礼教写的都是"吃人"二字。在儒家道统中,一个人最重要的是其世俗身份、社会角色、伦理地位,而人的灵魂、灵性则几乎完全被无视。然而,《红楼梦》追问存在、敬奉灵魂,重新张扬一种人文精神,对"灵"的遵循统领了整部小说的叙述风格和人物描写,表现出对传统历史与道德的颠覆,并揭示出儒家道统以道德之名行杀人之实的虚伪与残酷。晴雯在灵性上的自由与任性,注定了她要被王夫人和那些婆子所"诛杀",那种根深蒂固的虚伪道德的社会,是容不得一个灵魂自由的丫鬟存在的。

《红楼梦》的主旨正是"情""幻""灵"三者交织而构成的立体结构,只有从这三者相辅相成的整体性上才能真正理解这本小说的复杂主旨与独特价值。

## 第二节　《红楼梦》的叙事结构

小说是一种语言叙事的艺术,这就涉及小说的叙事结构问题,结构往往又是比较隐蔽与深层的问题。西方小说历史悠久、非常发达,对小说叙事结

---

① 〔清〕曹雪芹:《周汝昌校订批点本石头记》,脂砚斋批点,周汝昌点校,译林出版社2011年版,第959页。

构等问题的研究非常深入,并且形成了叙事学这样一门学科。叙事结构是关于一部小说怎么讲故事的,而怎么讲故事,实际上触及一个文化深层无意识问题,它与一个民族的宇宙观、世界观、时空观等息息相关,因为叙事艺术是对人类经验的模仿。《红楼梦》这部小说的艺术价值很大一部分就体现在它的叙事结构上,但是这一点并没有被重点关注。因此,如果我们要深入理解这部小说的独特魅力,它的叙事结构就是一个不可以绕过的重要问题。

## 一、空间型小说

浦安迪在《中国叙事学》①一书中认为用"小说"这个概念去笼统地称呼中国的小说是不够准确的,因为中国小说的整个发展历史、叙事结构与西方的"novel"是完全不同的,因此他用"奇书文体"来称呼中国的明清长篇章回体小说。《红楼梦》的叙事结构可以说是集中国古代小说叙事之大成,最能体现中国奇书文体独特的叙述结构,并蕴含着作者深刻的宇宙观、世界观、时空观与人生观。

浦安迪从中西方小说的源头来比较其叙述结构的深层差异。首先,从原型批评(archetypal criticism)出发,他认为中西方神话奠定了各自的文学美学范型。他研究发现,西方神话(古希腊神话)是"叙述型"的,以"时间性"(temporal)为架构原则;中国神话则属于"非叙述性"的,以"空间化"(spatial)为架构原则。中国神话的叙事性非常薄弱,在先秦两汉的古籍中,几乎找不到任何神话人物事迹的完整叙述,故事的具体细节、详细的发展历史都是很弱的,中国古代神话转变成没有叙事色彩的记载,以静态的空间关系为重点,如"夸父追日""共工怒触不周之山"等都缺乏叙述性,中国美学的原动力里缺乏一种要求"头、身、尾"连贯的结构型的"叙述性范型"(pattern of narrative)。与此同时,浦安迪认为中国古典小说中多的是"无事之事"(non-events)而非"事件"(event)。在西方文学理论中,"事件"是一种"实体",小说是事件在时间流中的发展、变化、推进;而中国的叙事传统则并不

---

① (美)浦安迪:《中国叙事学》,北京大学出版社2018年版,第75页。

注重经营这种"事件"的完整推进过程,在叙事中更多着墨于"事隙"(the o-verlapping of events),即事与事的交叠处,或者说是"无事之事"。《红楼梦》中的"饮宴""诗会""赏景"等,黛玉葬花、宝黛读书、湘云醉卧等都是这样一些"无事之事",它们之间并没有严密的因果逻辑关系,而是以缀段式松散地组合成小说,不是突出事件在时间之流中的演进,而更强调事件当下的空间化感受。

## 二、"二元补衬"的叙事结构

中国传统文化以阴阳互补为思维基础,《周易·系辞》"一阴一阳之谓道",《道德经》第四十三章"道生一,一生二,二生三,三生万物。万物负阴而抱阳,冲气以为和",都指出宇宙的本源"道"是由阴阳二气相生相济而成的。这种讲求阴阳互补的思维方式渗透到文学创作中,即形成了一种独特的"对偶美学"。第三十一回中,史湘云就曾经与翠缕谈论过阴阳:"天地间都赋阴阳二气所生,或正或邪,或奇或怪,千变万化,都是阴阳顺逆多少。一生出来,人罕见的就奇,究竟理还是一样。"翠缕道:"这么说起来,从古至今,开天辟地,都是些阴阳了。"湘云笑道:"糊涂东西,越说越放屁,什么都是些阴阳?难道还有两个阴阳不成! 阴阳两个字,还只一个字,阳尽了就成阴,阴尽了就成阳。不是阴尽了又有个阳生出来,阳尽了又有个阴生出来。"①阴与阳并非二元对立的两个事物,而是相互转化、相生相济、循环往复的,是自足整体中互补的两面。秦可卿在死前托梦给王熙凤时对她所说:"常言月满则亏,水满则溢。又道是登高必跌重。如今咱们家赫赫扬扬,已将百载,一日倘或乐极悲生,若应了那句树倒猢狲散的俗语,岂不虚称了一世的诗书旧族了!"凤姐听了此话,心胸大快,十分敬畏,忙问道:"这话虑的极是,但有何法可以永保无虞?"秦氏冷笑道:"婶婶你好痴也! 否极泰来,荣辱自古周而复始,岂是人力能可保常的? 但如今能于荣时筹画下将来衰时的世业,亦可谓常保

---

① [清]曹雪芹:《周汝昌校订批点本石头记》,脂砚斋批点,周汝昌点校,译林出版社2011年版,第397页。

永全也。"①"月满则亏""水满则溢""乐极悲生""否极泰来""于荣时筹画下将来衰时的世业"等都体现了这种阴阳互济、循环往复的世界观,这是古人认为的不以人的意志为转移的宇宙万物变化、发展的根本规律,"荣辱自古周而复始,岂是人力能可保常的?"世上没有永恒不变的事物,所有的人、事、物都处在不断的变动中,因此人要用变化发展的眼光来看待事物并包容变化,"若目今以为荣华不绝,不思日后,终非长策"②。这种世界观表现在小说的叙事结构中,即呈现出"x 中 y"的独特结构形式,如"忙中闲""动中静""冷中热"等。第二回中,在贾雨村于仕途路上越陷越深时,他曾在一个荒凉之境路遇残破荒凉的智通寺,"忽信步至一山环水旋,茂林深竹之处,隐隐的有座庙宇,门巷倾颓,墙垣朽败,门前有额,题着'智通寺'三字",并看到智通寺门两旁挂着一副破旧的对联"身后有馀忘缩手,眼前无路想回头"。③ 这正是对贾雨村及贾府众人的一记棒喝,所说的即是在人生处于富贵、荣华的顺境时不能一味挥霍,以为可以有长久的富贵,而是要未雨绸缪、居安思危。可惜,贾雨村此时的"火气"即世俗的对名利的追求让他无从领悟这命运的预警。脂批评论这段小插曲的写法:"未出宁荣繁华盛处,却先写一荒凉小境。未写通部入世迷人,却先写一出世醒人。回风舞雪,倒峡逆波。"④这正是小说"x 中 y"的叙事结构的表现。

《红楼梦》第十八回描写了贾府的一件"烈火烹油"的盛事即元春封妃后回家省亲。她在人间极致的繁华富贵之中却透着深深的忧虑、孤寂与哀伤之情。元妃在整个省亲过程中都是流泪不断,而且在省亲回宫后不久便病

---

① [清]曹雪芹:《周汝昌校订批点本石头记》,脂砚斋批点,周汝昌点校,译林出版社2011年版,第 161 页。
② [清]曹雪芹:《周汝昌校订批点本石头记》,脂砚斋批点,周汝昌点校,译林出版社2011年版,第 161 页。
③ [清]曹雪芹:《周汝昌校订批点本石头记》,脂砚斋批点,周汝昌点校,译林出版社2011年版,第 22 页。
④ [清]曹雪芹:《周汝昌校订批点本石头记》,脂砚斋批点,周汝昌点校,译林出版社2011年版,第 22 页。

逝了,脂批为:"偏于大热闹处写大不得意之文,却无丝毫牵强。"①这正是一种"热中冷"的叙事结构。在这回中更有一处独特的叙述者视角切换造成的叙事跳脱笔法:"元春入室更衣毕,复出上舆进园。只见园中香烟缭绕,花彩缤纷,处处灯光相映,时时细乐声喧。说不尽这太平气象,富贵风流。此时自己回想当初在大荒山中,青埂峰下,那等凄凉寂寞,若不亏癞僧跛道二人携来到此,又安得能见这般世面。"②脂批为:"如此繁华盛极,花团锦簇之文,忽用石兄自语截住,是何笔力!令人安得不拍案叫绝。是阅历来诸小说中,有如此章法乎?"③在人间极致的富贵荣华中,忽然切换到大荒山的凄凉寂寞,在极其热闹中切入极端的冷寂,顽石经历了从青埂峰的荒凉来到诗礼簪缨之族的繁华,最后又身归原位的循环往复,将"x 中 y"的叙事结构表现得淋漓尽致。

省亲过程中元妃所点之戏也呈现了这种二元补衬的叙事结构。第一出戏是《豪宴》,《一捧雪》中伏贾家之败;第二出戏是《乞巧》,《长生殿》中伏元妃之死;第三出戏是《仙缘》,《邯郸梦》中伏甄宝玉送玉;第四出戏是《离魂》,《牡丹亭》中伏黛玉之死。在如此富贵荣华、烈火烹油的盛事中,却萦绕着这样的离散哀音,将读者带到远离喧嚣的距离外,得以冷静思考乐极生悲、月满则亏的永恒规律,这即是由二元补衬叙事模式产生的审美距离。读者静静地看着寒冷节日中人群的热闹欢喜,又看着热闹的人群为自己揭开悲剧预示,团圆热闹的元宵盛况里时时透出令人惊寒的家破人亡之兆。在省亲之后,元春"将未到之处复又游玩。忽见山怀里佛寺,忙另盥手进去,焚香拜

---

　　① [清]曹雪芹:《周汝昌校订批点本石头记》,脂砚斋批点,周汝昌点校,译林出版社2011 年版,第 232 页。

　　② [清]曹雪芹:《周汝昌校订批点本石头记》,脂砚斋批点,周汝昌点校,译林出版社2011 年版,第 223 页。

　　③ [清]曹雪芹:《周汝昌校订批点本石头记》,脂砚斋批点,周汝昌点校,译林出版社2011 年版,第 223 页。

佛,又题一匾云:苦海慈航"①。脂批言:"一篇热文,却如此冷收。"②此外,如元宵节中的团圆热闹里渗透着家运的衰颓;中秋节里的凄冷联诗在团圆节日里渗透着虚写的衰败运势,都体现了小说"二元补衬"的叙事结构。

### 三、天人合一的叙事境界

《红楼梦》并非一部现实主义小说,在虚构的现实之境上还有一个天上的神界,且神界与现实相互呼应、相互贯通,构成一个天人合一的叙事境界。在小说第一回中就构筑了这样一个贯通天地的圆环结构。大荒山无稽崖的顽石,为女娲所炼,灵性已通,听到一僧一道讲那人间红尘之事后动了凡心,为一僧一道幻化成形,以美玉之形随神瑛侍者投胎入世,历经炎凉之后,又由一僧一道带回神界,"我如今大施佛法助你助,待劫终之日,复还本质,以了此案"③。第五回中,宝玉在梦境中来到太虚幻境,那里是司凡间众女儿之命的神界,在朝啼司中,宝玉见到了贾府众女儿之命册,现实中众女儿的生命经历正是对此命册的演历与应化,构成了一个天人合一的叙事境界。

小说中塑造了这样一些天地之间的贯通者,如一僧一道、警幻仙子等人,他们常常穿梭于神界与凡间,在一些重要的人生时刻,施于救赎或度脱,或是给出警示或预告。甄士隐在梦中曾游历太虚幻境,遇到一僧一道,僧道对他预言:"此乃玄机不可预泄者。到那时,只不要忘了我二人,便可跳出火坑矣。"④后来甄士隐在凡间遭遇家毁人亡之巨大哀痛时,道人再度示现对其进行度脱,正应和了他们的神界之言:"可巧,这日挂了拐杖挣挫到街前散散

---

① [清]曹雪芹:《周汝昌校订批点本石头记》,脂砚斋批点,周汝昌点校,译林出版社2011年版,第232页。

② [清]曹雪芹:《周汝昌校订批点本石头记》,脂砚斋批点,周汝昌点校,译林出版社2011年版,第232页。

③ [清]曹雪芹:《周汝昌校订批点本石头记》,脂砚斋批点,周汝昌点校,译林出版社2011年版,第2页。

④ [清]曹雪芹:《周汝昌校订批点本石头记》,脂砚斋批点,周汝昌点校,译林出版社2011年版,第8页。

心时,忽见那边来了一个跛足道人,疯颠落脱,麻屣鹑衣,口内念着几句言词……"①最后,甄士隐与疯道人一起飘飘而去。不同的是,在神界现身的僧道"生得骨格不凡、丰神迥异"②,脂批"这是真像,非幻像也"③,而当他们到了凡间则示现为"那僧则癞头跣足,那道则跛足蓬头,疯疯颠颠,挥霍谈笑而至"④,脂批"此门是幻像"⑤,凡间的"幻像"乃是神界"真像"的示现。神界与凡间的贯通往往是通过梦境、人物、似曾相识的事物、场景及生命的危急时刻等渠道进行的,如甄士隐和宝玉都是在梦境中游历了太虚幻境。

大观园则是太虚幻境在凡间的投影,小说是通过贾宝玉在大观园中见到与梦境中太虚幻境的相似场景而出神的一刻揭示出来的:"现出一座玉石牌坊来,上面龙蟠螭护,玲珑凿就。……宝玉见了这个所在,心中忽有所动,寻思起来,倒像那里曾见过的一般,却一时想不起那年月日的事了。贾政又命他作题,宝玉只顾细思前景,全无心于此了。"⑥太虚幻境乃顽石真性之所在,宝玉其以幻形投胎,流浪于这个红尘世间,早已记不起前世之事,只是在看到某个似曾相识的场景而出神一刻时,突然一念记起了已经流转几千世的真如自性。

第二十五回中,宝玉遭赵姨娘陷害面临性命之忧时,当初携他入红尘的僧道再一次示现。他们见到了当初被他们携带下凡的顽石,并完成了一次神界与凡间的交接。"贾政听说,便向宝玉项上取下那玉来递与他二人。那和尚接了过来,擎在掌上,长叹一声道:'青埂峰一别,瞬眼已过十三载矣!

---

① [清]曹雪芹:《周汝昌校订批点本石头记》,脂砚斋批点,周汝昌点校,译林出版社 2011 年版,第 15 页。

② [清]曹雪芹:《周汝昌校订批点本石头记》,脂砚斋批点,周汝昌点校,译林出版社 2011 年版,第 1 页。

③ [清]曹雪芹:《周汝昌校订批点本石头记》,脂砚斋批点,周汝昌点校,译林出版社 2011 年版,第 1 页。

④ [清]曹雪芹:《周汝昌校订批点本石头记》,脂砚斋批点,周汝昌点校,译林出版社 2011 年版,第 9 页。

⑤ [清]曹雪芹:《周汝昌校订批点本石头记》,脂砚斋批点,周汝昌点校,译林出版社 2011 年版,第 9 页。

⑥ [清]曹雪芹:《周汝昌校订批点本石头记》,脂砚斋批点,周汝昌点校,译林出版社 2011 年版,第 214 页。

人世光阴如此迅速,尘缘已满大半了,若似指弹……'"①僧道将顽石如今"粉渍脂痕污宝光,绮栊昼夜困鸳鸯"染着于红尘是非的模样,与当初在神界"天不拘兮地不羁,心头无喜亦无悲"的清静自在做了对比,并感叹"沉酣一梦终须醒,冤债偿清好散场"②,充满了对世俗中人的警醒意味。

《红楼梦》的叙事时间也呈现出天人合一的境界。小说一开始就是女娲炼石补天的神话,大荒山无稽崖无限的史前时间,取消了小说叙事时间的确定性与有限性,加上"石兄"所自述的"无朝代纪年可考"和顽石在红尘"不知历几世几劫"后回归大荒山,将时间虚化、无限化,从而空间化了,并突破现实时间维度进入一种宇宙洪荒的无限时间,突破了线性叙事时间观而呈现出时间的空间化。在小说叙事过程中呈现出的时间流转与迁移也不是以清晰的线性时间来进行的,而是以四季的变迁、节气的转换以及节日宴会的举行等自然节律来安排小说的进展。从第十七回到三十二回,整个叙述基调充满春天的欢快。金钏的死讯,是飘向大观园的第一朵乌云。从三十三回到五十七回是日趋繁丽的夏季,从五十八回到七十八回开始弥漫起越来越肃杀的阵阵秋意,七十九回以后逐渐步入日益酷冷的数九寒冬,直至那一片白茫茫大地,小说整体叙事的推进暗暗应和了春、夏、秋、冬的四季流转。正如李劼先生所说的,"也许在天才人物和自然世界之间确实存在着某种神秘的感应联系,无论是文化论著还是小说艺术,一旦达到其最高境界,往往自觉或不自觉地与自然的生命形态同步,与徜徉于天地之间的钟灵毓秀之气浑然一体。从这个意义上说,《红楼梦》炉火纯青的叙述艺术,与其说是人力所为,不如说是大自然的造化。而这也正是太极章法的要旨所在,法乎自然,顺其自然,自然无为,无为而无不为"③。这种自然而然的叙事章法正呼应了大自然的节律变化,体现出《红楼梦》在叙事章法上天人合一的至高境界。

小说人物形象的塑造也体现出天人合一的艺术境界,尤其是贾宝玉与

---

① [清]曹雪芹:《周汝昌校订批点本石头记》,脂砚斋批点,周汝昌点校,译林出版社2011年版,第324页。

② [清]曹雪芹:《周汝昌校订批点本石头记》,脂砚斋批点,周汝昌点校,译林出版社2011年版,第324—325页。

③ 李劼:《历史文化的全息图像:论〈红楼梦〉》,广西师范大学出版社2016年版,第90页。

◎ 第二章 《红楼梦》的主旨与叙事结构

053

林黛玉两个人物形象以及他们之间的深刻情缘。贾(假)宝玉为真顽石变幻而成,在神界为顽石,下凡尘境则幻形为假玉,劫终之日,复还本质,构成一个"石—玉—石"的天人循环结构,"'石'源自神界,'玉'跌落在俗界;'石'是本真,'玉'是幻象;'石'代表自然无为,'玉'代表世俗欲求。整部《红楼梦》就是以'石'在神界中诞生,然后由'石'蜕变为'玉'跌落至俗界,最后又由'玉'还原为神界之'石'为主线建构故事框架的"①。林黛玉前身是西方灵河岸上三生石畔的一株绛珠仙草,"后来既受天地精华,复得雨露滋养,遂得脱却草胎木质,得化人形,竟修成个女体,终日游于离恨天外,饥则食密青果为膳,渴则饮灌愁海水为汤"②。绛珠仙草的特质正呼应了林黛玉的神韵气质,她常说自己是"草木之人",且自带一种天然病态,有一段自然风流态度。"木石前盟"的神界姻缘遭遇了俗界的"金玉良缘",并向宝黛的凡间悲剧演变。正因"木石前盟"是神界姻缘,因此,宝黛之恋完全专注于灵魂的纯粹性与本真性,也注定了它在俗世的不可能完成;而"金玉良缘"是俗界姻缘,所以"金"只能对应俗世的假"玉",宝玉与宝钗两人有现世肉体的结合,但注定了两人灵魂上的不可能沟通,无法实现本真意义上的生命结合,这样的错位也造成了三人的情感悲剧,"都道是金玉良姻,俺只念木石前盟。空对着,山中高士晶莹雪。终不忘,世外仙姝寂寞林。叹人间,美中不足今方信,纵然是齐眉举案,到底意难平"③。

① 梅新林:《"石""玉"精神的内在冲突——〈红楼梦〉悲剧的哲学意蕴》,载《学术研究》1992年第5期,第118页。

② [清]曹雪芹:《周汝昌校订批点本石头记》,脂砚斋批点,周汝昌点校,译林出版社2011年版,第7页。

③ [清]曹雪芹:《周汝昌校订批点本石头记》,脂砚斋批点,周汝昌点校,译林出版社2011年版,第75页。

第三章

末世家族与时代图景

《红楼梦》是一部忏悔之书。在甲戌本卷首的凡例中,作者写道:"实愧则有余悔又无益之大无可奈何之日也! 当此时,则自欲将已往所赖,上赖天恩、下承祖德,锦衣纨袴之时,饫甘厌肥之日,背父母教育之恩,负师兄规训之德,已致今日一事无成、半生潦倒之罪,编述一记……"①在这段文前自述中,可以看到作者强烈的伦理罪恶与忏悔感,包括"愧""悔""背恩""负德""罪"这些感受。作家的忏悔意识中就包括了对家族伦理败坏的忏悔,眼看着这样一个赫赫百年之家,逐渐混乱、腐化与衰亡,却无所作为,最后落得被抄家与败亡的结局,作为家族子孙,每个人都难辞其咎。

## 第一节　世袭贵族家庭的没落

　　中国古代世家大族,往往都有着代代相传的严格的家规世范、不可触犯

---

　　① [清]曹雪芹:《周汝昌校订批点本石头记》,脂砚斋批点,周汝昌点校,译林出版社2011年版,凡例第 2 页。

的伦理禁忌,这是家族繁衍、存续与稳固的重要手段。《红楼梦》的故事是一出家族悲剧,贾家这个百年家族衰败的重要原因即是家族伦理的败坏,小说真实地向我们呈现了贾府中传统儒家礼仪制度是如何崩坏的,具体主要通过很多家族老人之口表达出来。这些老人,往往亲历了先祖艰辛的创业过程以及祖上严格的家风,赖大嬷嬷就曾对宝玉说:"不怕你嫌我,如今老爷不过这么管你一管,老太太护在头里。当日老爷小时挨你爷爷的打,谁没看见的!老爷小时,何曾像你天不怕地不怕的了!还有那边大老爷,虽然淘气,也没像你这扎窝子的样儿,也是天天打。"①可见贾府祖先家教的严格。焦大是贾府的老人,在贾家可谓劳苦功高,"从小儿跟着太爷们出过三四回兵,从死人堆里把太爷背了出来,得了命,自己挨着饿,却偷了东西来给主子吃,两日没得水,得了半碗水给主子吃,他自己喝马溺"②。这位家族功臣目睹贾府后代子孙的堕落、不肖,家族伦理的混乱、败落时是异常痛心疾首的,"祖宗九死一生,挣下这个家业"③,这样的沉沦与堕落无疑是子孙对艰苦创下家业的先祖的悖逆与不敬。所以他才痛哭道:"我要往祠堂里哭太爷去。那里承望到如今生下这些畜牧来,每日家偷狗戏鸡,爬灰的爬灰,养小叔子的养小叔子,我什么不知道?咱们胳膊折了往袖子里藏!"④《红楼梦》中多次提到"胳膊折了往袖子里藏",这个在外人看来赫赫扬扬的贵族世家,外面的架子虽未甚倒,内在的伦理混乱与丑陋罪恶已不断恶化,以致沦落到家破人散的不可挽回的悲惨结局。

贾氏学堂秩序之乱,更是集中体现了家族的伦理混乱、子孙不肖。家族学堂本是家族子弟聚集在一起学习儒家知识与礼教文化的地方,是神圣而肃穆的场所,然而贾府子弟们无心向学,只知道各种肆行胡闹、打闹玩乐,因

---

① [清]曹雪芹:《周汝昌校订批点本石头记》,脂砚斋批点,周汝昌点校,译林出版社2011年版,第547页。

② [清]曹雪芹:《周汝昌校订批点本石头记》,脂砚斋批点,周汝昌点校,译林出版社2011年版,第107页。

③ [清]曹雪芹:《周汝昌校订批点本石头记》,脂砚斋批点,周汝昌点校,译林出版社2011年版,第108页。

④ [清]曹雪芹:《周汝昌校订批点本石头记》,脂砚斋批点,周汝昌点校,译林出版社2011年版,第108页。

此脂批评曰:"此篇写贾氏学中,非亲即族,且学乃大众之规范,人伦之根本,首先悖乱,以至于此极,其贾家之气数,即此知。"①贾府人伦之悖乱、家族气数之衰败,从中可知。冷子兴与贾雨村谈论贾府时曾说道:"如今生齿日繁,事务日盛,主仆上下,安富尊荣者尽多,运筹谋画者无一,其日用排场费用又不能将就省俭。如今外面的架子虽未甚倒,内囊却也尽上来了。这还是小事,更有一件大事,谁知这样钟鸣鼎食之家,翰墨诗书之族,如今的儿孙,竟一代不如一代了!"②这个世袭贵族家庭的败落,主要有两大重要原因:一是人伦悖乱,二是经济破产。

## 一、人伦悖乱

贾家伦理败坏的根本原因,是富贵安逸环境中情欲声色的诱惑,造成贵族子弟们沉溺于奢逸、淫乱,"今日会酒,明日观花,甚至聚赌嫖娼,渐渐无所不至"③。在这样的声色诱惑与享乐中,人的原始本能与理性意志,人性因子与兽性因子展开激烈交锋,最后理性与人性溃败,"故近之子孙虽多,竟无一可以继业者"④。众多子孙中唯独宝玉略可望成,可他偏是个富贵闲人,尤氏讽刺他:"谁都像你,真是一心无窒碍,只知道和姊妹们顽笑,饿了吃,困了睡。再过几年,不过还是这样,一点后事也不虑。"⑤宝玉却不以为意地回应道:"我能毂和姊妹们过一日是一日,死了完了事,什么后事不后事!"⑥他只

① [清]曹雪芹:《周汝昌校订批点本石头记》,脂砚斋批点,周汝昌点校,译林出版社2011年版,第134页。

② [清]曹雪芹:《周汝昌校订批点本石头记》,脂砚斋批点,周汝昌点校,译林出版社2011年版,第24页。

③ [清]曹雪芹:《周汝昌校订批点本石头记》,脂砚斋批点,周汝昌点校,译林出版社2011年版,第62页。

④ [清]曹雪芹:《周汝昌校订批点本石头记》,脂砚斋批点,周汝昌点校,译林出版社2011年版,第73页。

⑤ [清]曹雪芹:《周汝昌校订批点本石头记》,脂砚斋批点,周汝昌点校,译林出版社2011年版,第839页。

⑥ [清]曹雪芹:《周汝昌校订批点本石头记》,脂砚斋批点,周汝昌点校,译林出版社2011年版,第839页。

管沉浸在温柔乡里,完全不思虑个人的前途与家族的未来。看到贾探春代凤姐管家时对大观园所施行的一系列改革举措时,宝玉还冷嘲热讽道:"谁像三妹妹好多心多事! 我常劝你,总别听那些俗话,想那些俗事,只管安富尊荣才是,比不得我们没这清福,该应浊闹的。"①宝玉自小生活在富贵场温柔乡中,尽管天性聪明灵慧,但要从一个"禀性乖张,生情诡谲"②的懵懂顽童真正蜕变、成长为一个心性成熟,能够承担起家族发展大业的男人,还需要经历很多的人世历练与艰难考验,这也是宁荣二公嘱托警幻之事,"万望先以情欲声色等事,警其痴顽,或能使彼跳出迷人圈子,然后入于正路,亦吾弟兄之幸矣"③。

伦理意识的核心是伦理禁忌,伦理混乱即表现为对伦理禁忌的打破。人类基于理性产生伦理意识,这种伦理意识最初表现为对建立在血缘和亲属关系上的乱伦禁忌的遵守,以及对建立在禁忌基础上的伦理秩序的理解与接受。"孝""悌",是儒家人伦的根本,然而在贾府中这两种人伦基础已被动摇,"父慈子孝""兄友弟恭"的传统伦理关系被败坏,导致父不父、兄不兄、子不子。贾敬作为长房大家长却天天在外修炼,从不过问家族事务,结果吞服秘制丹砂被毒死。在贾敬的葬礼上,儿子贾珍、孙子贾蓉仍乘空寻他小姨厮混,不仅完全没有伤亲之情,且置人伦礼法于不顾。这样的伦理混乱连丫头都看不过去,斥责道:"天老爷有眼,仔细雷要紧。"④对此,贾蓉完全没有羞恶之心,不以为然,还为自己的乱伦行为找出借口:"从古至今,连汉朝和唐朝人还说赃唐臭汉,何况咱们这宗人家。谁家没风流事,别讨我说出来。"⑤

① [清]曹雪芹:《周汝昌校订批点本石头记》,脂砚斋批点,周汝昌点校,译林出版社2011年版,第839页。

② [清]曹雪芹:《周汝昌校订批点本石头记》,脂砚斋批点,周汝昌点校,译林出版社2011年版,第73页。

③ [清]曹雪芹:《周汝昌校订批点本石头记》,脂砚斋批点,周汝昌点校,译林出版社2011年版,第73页。

④ [清]曹雪芹:《周汝昌校订批点本石头记》,脂砚斋批点,周汝昌点校,译林出版社2011年版,第756页。

⑤ [清]曹雪芹:《周汝昌校订批点本石头记》,脂砚斋批点,周汝昌点校,译林出版社2011年版,第756页。

其妻秦可卿与父亲贾珍之间的乱伦爬灰行为,想必贾蓉也不会不知道,但他选择了容忍。在贾蓉面前,贾珍一时不遂,竟就以父亲之名,对儿子施以人格侮辱,喝命家下人啐他,丧失了为父之尊,"那小厮们都知道贾珍素日的性子,违拗不得,那小厮上来向贾蓉脸上啐了一口"①,全然不顾及父子之礼。作为族长的贾珍,不仅不能给兄弟们做表率,反而带头寻欢作乐,引诱他们变得更坏,对此凤姐看得很清楚:"这是什么叫兄弟喜欢,这是给他的毒药吃呢。若论亲叔伯兄弟中,他年纪又最大,又居长,不知教道学好,反引诱兄弟学不长进,担罪名儿……再者他那边府里的丑事坏名儿,已经叫人听不上了,必定也叫兄弟学他一样,才好显不出他的丑来,这是什么做哥哥的道理。"②贾赦年迈昏聩,因贾琏没有为他把石呆子的扇子弄到手,就天天骂他没能为,后来还是贾雨村设法"讹他拖欠了官银,拿了他到衙门里去。说所欠官银,变卖家产赔补,把这扇子抄了,作了官价送了来"③,帮贾赦弄到了扇子。为了满足私欲,贾赦置石呆子的死活不顾,完全无视贾雨村所为的伤天害理,还得意地质问贾琏:"人家怎么弄来了?"④贾琏实在看不过去,说了一句公道话:"为这点子小事,弄的人坑家败业,也不算什么能为。"⑤贾赦听了大发雷霆,竟以父亲之权,把贾琏打了个动弹不得。作为父亲的贾赦,不但没有为儿子做出道德表率,还强逼儿子以非法手段来满足其私利,面对儿子的质疑,以父权的霸道予以惩罚与打压,是非不分、正义不存,完全背离了父慈子孝的儒家伦理。

贾赦一大把年纪却姬妾丫鬟众多,"放着身子不保养,官儿也不好生作

① [清]曹雪芹:《周汝昌校订批点本石头记》,脂砚斋批点,周汝昌点校,译林出版社2011年版,第371页。

② [清]曹雪芹:《周汝昌校订批点本石头记》,脂砚斋批点,周汝昌点校,译林出版社2011年版,第800页。

③ [清]曹雪芹:《周汝昌校订批点本石头记》,脂砚斋批点,周汝昌点校,译林出版社2011年版,第579页。

④ [清]曹雪芹:《周汝昌校订批点本石头记》,脂砚斋批点,周汝昌点校,译林出版社2011年版,第580页。

⑤ [清]曹雪芹:《周汝昌校订批点本石头记》,脂砚斋批点,周汝昌点校,译林出版社2011年版,第580页。

去,成日家和小老婆嗑酒"①。因为贾琏为其办事得力,贾赦竟将自己的姬妾秋桐赏赐给他,父子之间完全沦为一种利益交换关系。贾赦一心觊觎贾母的财产,后来竟想出办法要娶贾母的亲信丫鬟鸳鸯为妾,青山山农《红楼梦广义》评曰:"欲娶鸳鸯也,虽为好色而起,实为贪财而生。是时贾母已老,所有私财尽归鸳鸯掌管。……收之房中,既可因鸳鸯而联络贾母之心,又可借鸳鸯而觊觎贾母之财,此东窗下夫妇之秘计也。夫良斫丧,禽兽几希,抄封问罪,不亦宜乎?"②

　　发展到后来,绣春囊入侵大观园,以至家族内部抄家,自己人残害自己人,是家族伦理混乱到极致的象征。无力挽回家族颓势的探春,此时也只能无奈地流下痛泪:"可知这样大族人家,若从外头杀来,一时是杀不死的,这是古人曾说的百足之虫,死而不僵,必须先从家里自杀自灭起来,才能一败涂地呢!"③可知家族内部的伦理混乱,是导致这个世家大族败落的根本性内因,《红楼梦》的家族悲剧正缘于伦理混乱无法重归于秩序。

## 二、经济破产

　　造成贾家这个百年世家大族败落的另一个重要原因是经济破产。凤姐作为荣国府的管家人对家族内部真实的经济状况是最为清楚的:"我也是一场痴心白使了。我真个的还等钱作什么,不过为的是日用,出的多,进的少。……若不是我千凑万挪的,早不知过到什么破窑里去了。"④"外头看着这里虽是烈烈轰轰的,殊不知大有大的艰难去处,说与人也未必信罢了。"⑤除了府内各种吃穿用度、月银薪俸、礼尚往来,还要应付宫里人的各种明借暗抢,

---

① [清]曹雪芹:《周汝昌校订批点本石头记》,脂砚斋批点,周汝昌点校,译林出版社2011年版,第555页。

② [清]青山山农:《红楼梦广义》,清光绪二十八年昧青斋刻本,第78页。

③ [清]曹雪芹:《周汝昌校订批点本石头记》,脂砚斋批点,周汝昌点校,译林出版社2011年版,第872页。

④ [清]曹雪芹:《周汝昌校订批点本石头记》,脂砚斋批点,周汝昌点校,译林出版社2011年版,第847页。

⑤ [清]曹雪芹:《周汝昌校订批点本石头记》,脂砚斋批点,周汝昌点校,译林出版社2011年版,第94页。

而且还有苦说不出,不能流露出一丝怨怼之情。如有一次宫里的夏公公又来凤姐处借钱,名为借,其实就是索要。自家难保的凤姐,里头虽然抱怨叫苦,但在夏公公面前还得表现得大方、殷勤。"凤姐笑道:'你夏爷好小气,这也值的提在心上? 我说一句话,不怕他多心,若是这样还记清了还我们,不知还了多少了! 只怕没有,若有,只管拿去。'"①但实际情况是她不得不当掉自己的一副金镯子来凑钱孝敬夏公公,而且从凤姐的口中可以了解到夏公公已经不止一次向贾府要钱了,而且每次都数额巨大,并且从未还过。

小说第五十三回对贾府真实的经济收入与现状作了细致叙述。庄头制是中国历史上封建王朝政府、皇室、贵族、官僚、地主等所设管理田庄的制度。由庄头监督庄丁、佃户,负责征收和缴纳庄租。庄头往往通过多收少缴的办法剥削佃户,并借庄主之势欺凌佃户。贾府作为世袭的贵族家庭,其经济收入的一个重要来源就是田庄上的收成与田租,但是,他们家从庄头乌进孝那里获得的收成与田租每年都在减少,可以想见贾府被庄头以气候不好、年成不佳等为借口,实则通过多收少缴的方式从中克扣、贪污的物资与田产不在少数。所以贾珍抱怨乌进孝从佃户那里缴收的银两越来越少:"我算定了你至少也有五千两银子来,这够作什么的? 如今你们一共只剩了八九个庄子,今年到有两个报了旱潦,你们又打擂台,真真是又教别过年了。"②而老庄头乌进孝应付贾珍的借口是"今年年成实在不好,从三月下雨起,接接连连直到八月,竟没有一连晴过五日。九月里一场碗大的雹子,方近一千三百里地,连人带房并牲口粮食,打伤了上千上万的,所以才这样"③。对于这样的借口,贾珍并非不知晓实情,但因为自己不事生产,完全倚靠这些庄头,所以除了抱怨、叮咛,也没有其他可以约束这些庄头的方法。从贾蓉口中也得知了很多贾府真实的经济状况:"这二年,那一年不多赔出几千银子来! 头

① [清]曹雪芹:《周汝昌校订批点本石头记》,脂砚斋批点,周汝昌点校,译林出版社2011年版,第849页。

② [清]曹雪芹:《周汝昌校订批点本石头记》,脂砚斋批点,周汝昌点校,译林出版社2011年版,第633页。

③ [清]曹雪芹:《周汝昌校订批点本石头记》,脂砚斋批点,周汝昌点校,译林出版社2011年版,第633页。

一年省亲连盖花园子,你算算那一注花了多少,就知道了。再两年再省一回亲,只怕就净穷了。"①贾珍则自嘲道:"黄柏木作磬槌子——外头体面里头苦。"②作为世袭贵族,贾家进项有限,每年从宫里拿到的其实很少,但是各类开支却很大,各种礼尚往来、宴请聚会、排场礼仪都不能省减,必须保持世家大族的规格和水平,日常的吃穿用度也不能省俭,一顿饭要摆上许多的山珍海味,很多菜连碰都不曾碰过。收入越来越少,还要养活家族中众多游手好闲、没有正当收入的旁系子弟,还有一些子弟如贾芹,得了府中差事,并不认真做事,却从中贪污费用,用于个人享乐,还要变本加厉去索要更多物资。这些世袭贵族子弟,完全不事生产,成了不劳而获的家族寄生虫,这样的人身上已经没有了对家族衰败风险的防范能力,更谈不上承担改革、发展家族的大任。所以,元春省亲看到家族为了修建省亲别墅而所费惊人时,不曾感到得意、高兴,相反,对家族的未来充满了担忧,并反复告诫贾府中人"以后不可太奢,此皆过分之极!"③元春在宫中"二十年来辨是准"④,看到太多世家大族的起落、兴衰,深知像贾府这样的世袭家族要想维持稳固与延续发展,最重要的就是简朴与节制。贾雨村在智通寺看到的那副对联"身后有馀忘缩手,眼前无路想回头"⑤,正是对贾府众人在富贵荣华的享乐中挥霍无度而不顾后路的警示。但这些被声色享乐迷惑的人是听不进这样的训诫与警示的,凤姐在管家的过程中,为了私利,也为了想尽办法填补家中巨大的财务亏空而放高利贷、私揽诉讼,犯下不少的罪案,以致被抄家的时候,罪证如山,把这个百年世袭之家带上了不归路。

---

① [清]曹雪芹:《周汝昌校订批点本石头记》,脂砚斋批点,周汝昌点校,译林出版社2011年版,第 634 页。

② [清]曹雪芹:《周汝昌校订批点本石头记》,脂砚斋批点,周汝昌点校,译林出版社2011年版,第 634 页。

③ [清]曹雪芹:《周汝昌校订批点本石头记》,脂砚斋批点,周汝昌点校,译林出版社2011年版,第 227 页。

④ [清]曹雪芹:《周汝昌校订批点本石头记》,脂砚斋批点,周汝昌点校,译林出版社2011年版,第 71 页。

⑤ [清]曹雪芹:《周汝昌校订批点本石头记》,脂砚斋批点,周汝昌点校,译林出版社2011年版,第 22 页。

第七十五回"开夜宴异兆发悲音"中,中秋节本是阖家团圆的日子,但是这座深宅府邸里却透着深深的冷清,空气中弥漫着孤寂与哀伤,贾母说了几次"散了吧",预示着家族气数已经越来越弱,连凤姐的笑话此时也显得冰冷无味,"炮仗"在黑夜中的巨大回声,似乎是人力徒劳地向广袤的宇宙自然空间的抗争,赫赫百年家族也抵不过时间的销蚀,室内的节庆空间、祖辈的热闹团聚,以及各式各样的山珍海味、精致糕点、珍贵玩器,还有戏子们的演出,撒向戏台的钱币,天伦、财富、权贵,贾府的人们试图用这些金钱堆积出来的繁荣假象来安慰自己荣华不会散去,但始终无法扭转家族走向离散与败亡的命运,一种无形的恐惧感、孤寂感,让这些守着家族的女人在这样的中秋之夜相互取暖、相互依靠,但对这个作为避风港的家族的命运、对自己的命运,都充满无可言说的未知与恐惧。

## 第二节　大观园的幻灭

20 世纪 70 年代,关于大观园的研究,侧重强调大观园作为"净土世界""女儿乐园"具有的诗性与理想性,从余英时、宋淇的引导,接续夏志清的思路,将大观园与大观园之外的贾府作为清与浊截然不同、二元对立的两个世界,并由此延伸出情与淫、真与假、空与有等一系列二元对立的哲学内涵。然而深入考察,就会发现这样简单的二元对立,是对《红楼梦》主旨的简化,"假作真时真亦假,无为有处有还无",真/假,有/无并非二元对立的,而是一体两面、相互转化的,"大观园并非一个单一空间,本是一处拥有多重象征意蕴的空间,具有混融性、复杂性、多重性,花园作为自然力与人工的共构空间,本身就具有复杂耦合的天然质性,而其价值亦恰恰体现在昭示多重含义共现并存或相互拉锯、补衬的关系上"①。

## 一、大观园的世俗性

大观园是人造园林,介于自然与人工之间,既具有自然性,又是人为建造的景观,其建立的基础是大量的财富与政治特权。它是一种人为的自然,是融入了文化的优雅秀丽的自然,它具有现实性,并不是纯然的世外桃源。《红楼梦》详细描述了这一女儿空间现实中的构筑过程,从地基的选择,到建筑的修筑,各色人、事、物的采办,都是具体而现实的事务,呈现出它作为建筑空间的现实性,建立在现实的政治、经济等条件之上,并不是从天而降的海市蜃楼与虚幻的乌托邦。

### (一)大观园基址

大观园的基址并非远离红尘的人间仙境,它就建基在罪恶的宁府花园之上。小说写到大观园的建立,"先令所役拆宁府会芳园墙垣楼门,直接入荣府东大院中。荣府东边所有下人一带群房尽皆拆去"②。从东边一带借着东府里的花园起转至北边,"一共丈量准了三里半大"③。计成的《园冶》认为,水是园林的灵魂。在大观园的布局中,沁芳溪环绕着各处,成为园林的灵魂。这条象征着少女生命之源的溪流,本是会芳园从北拐角墙下引来一股活水,而且这条作为园林命脉的溪流并不封闭,而是直接通向外面的水域,这预示着它不可能保持永远的纯净,最终会被外面世界的"赃的臭的"污物所污染。正如林黛玉所说:"撂在水里不好,你看这里的水干净,只一流出

① 李丹丹:《情礼兼备的尝试——论大观园的政治结构与礼法秩序》,载《红楼梦学刊》2008 年第 2 期,第 186 页。
② [清]曹雪芹:《周汝昌校订批点本石头记》,脂砚斋批点,周汝昌点校,译林出版社2011 年版,第 200 页。
③ [清]曹雪芹:《周汝昌校订批点本石头记》,脂砚斋批点,周汝昌点校,译林出版社2011 年版,第 199 页。

去,有人家的地方,赃的臭的混倒,仍旧把花遭塌了。"①然而也只有这样才能保持它是流动的活水。同时,沁芳溪流向大观园外的世界也暗示着大观园并不能永远地庇护女性,她们终究还是要走进外面的现实世界,接受她们各自的命运安排。

（二）修筑资金

大观园修建所用的银子一部分来自甄家,甄家后来被抄家,可见,这些银子并不干净,"江南甄家还收着我们五万银子。明日写一封书信会票我们带去,先支三万,下剩二万存着,等置办花烛彩灯并各色帘栊帐幔的使费"②。为了建设大观园,贾家耗费了巨大的物资与钱财。大观园运行所需的开支费用,也倚靠着贾府的财富与权势,一旦贾府败落,大观园也就败落了。

（三）政治功能

大观园之建立,是作为元妃的省亲别院。元春被加封为贤德妃,倚赖着当今的隆恩,"因见宫里嫔妃才人等皆是入宫多年,以致抛离父母音容不能使其遂天伦之愿,亦大伤天和之事,当今至孝纯仁,体天格物……不妨名请内廷鸾舆入其私第,庶可略尽骨肉私情,天伦中之至性"③。因此大观园最初是皇权政治功能的体现。它之所以成为女儿乐园,是因为元妃的命令与贾母的怜护,"如今且说贾元春因在宫中自编大观园题咏之后,忽想起那大观园中景致,自己幸过之后,贾政必定敬谨封锁,不敢使人进去骚扰,岂不寥落?况家中现有几个能诗会赋的姊妹,何不命他们进去居住,也不使佳人落魄,花柳无颜"④。可以说,大观园是君主制度和家长制度两方面的权威合力

---

① ［清］曹雪芹:《周汝昌校订批点本石头记》,脂砚斋批点,周汝昌点校,译林出版社2011年版,第295页。

② ［清］曹雪芹:《周汝昌校订批点本石头记》,脂砚斋批点,周汝昌点校,译林出版社2011年版,第200页。

③ ［清］曹雪芹:《周汝昌校订批点本石头记》,脂砚斋批点,周汝昌点校,译林出版社2011年版,第197页。

④ ［清］曹雪芹:《周汝昌校订批点本石头记》,脂砚斋批点,周汝昌点校,译林出版社2011年版,第290页。

作用的结果,它一开始就具有政治属性与功能。

(四)日常运作

少女们在大观园中的快乐诗意生活其实是以母(皇权、母权)、妇(李纨、凤姐、尤氏以及许多妇人的辛勤操劳与日常用度的安排)为基础的,园内日常的运作构成了"母亲—妇人—女儿"自成秩序的互动模式和内在结构法度。采用严格的门禁制度则是想要人为地维护大观园作为纯粹的少女乐园的安全,并由婆子们守护。然而这个门禁其实是可以突破的,"大观园所谓的内外之隔,其实类似实线与虚线之间的互涵与交迭"①。大观园内部空间以"房"为单位来进行居住空间的归属和管理,在各房里面,"从主子、大丫头到小丫头逐次递降的阶级秩序亦相当明显,园中秩序虽不以外界伦常尊卑为度,却依照世家闺阁的需要和规矩,另外谱成一套礼的法度"②。内部的人事实际上构成一个大观园的阶级金字塔,即"粗使婆子媳妇(边缘底层)—小丫头—奶奶、妈妈、大丫头—主子"严格的不可逾越的等级划分,"且将不同身份角色的人划分进不同的空间界域里"③,从而具有严格的等级性、阶层性与政治性。第五十八回中,芳官的干娘看芳官进宝玉房中为他吹汤,便也跑进去说:"他不老成,仔细打了碗,让我吹罢!"晴雯骂道:"快出去,你让他砸了碗也轮不到你吹。你什么空儿跑到里隔子内来了?还不出去!"④这婆子不知道,芳官能够进宝玉的屋子,是宝玉的特许,而她这么一个粗使婆子,是没有资格进到这个空间层次的。正如小丫头们所说的,"我们到的地方儿,有你到的一半,还有你一半到不去的呢!何况又跑到我们到不去的地方还

---

① 李丹丹:《情礼兼备的尝试——论大观园的政治结构与礼法秩序》,载《红楼梦学刊》2008年第2期,第187页。
② 李丹丹:《情礼兼备的尝试——论大观园的政治结构与礼法秩序》,载《红楼梦学刊》2008年第2期,第187页。
③ 李丹丹:《情礼兼备的尝试——论大观园的政治结构与礼法秩序》,载《红楼梦学刊》2008年第2期,第187页。
④ [清]曹雪芹:《周汝昌校订批点本石头记》,脂砚斋批点,周汝昌点校,译林出版社2011年版,第698页。

不算,又去伸手动嘴的了"①。

由此可见,婆子的等级在小丫头之下,而小丫头的等级又在袭人、晴雯等大丫头之下。不同阶层与等级的人,被允许进入的空间层次是不同的。这种差别对待,使不同等级的人之间、婆子与丫头之间、丫头与丫头之间,构成了激烈与残酷的竞争。小红难得逮了个机会在宝玉面前露了个面,就引起秋纹、碧浪的嫉妒与责骂:"秋纹听了,兜脸便啐了一口,骂道:'没脸的下流东西,正紧叫你催水去,你说有事故,到叫我们去,你等着作个巧宗儿。一里一里的,这不上来了!难道我们到跟不上你了?你也拿镜子照照,配递茶递水不配?'"②所以小丫头佳蕙才会感叹道:"可也怨不得这个地方难站。"③大观园并非纯净之地,礼制、权力的监视与控制无处不在。恶狠狠的婆子成为监视者与阻挠者,并时时回报给掌权者,一有机会就对其潜在的竞争者施以迫害,"我已经回了奶奶们,奶奶们气的了不得"④,大观园实则构成了一个残酷而精巧的牢笼,监视、束缚、残害无处不在。晴雯因谗言所害,被逐出大观园,乃至后来的抄检大观园,都与这样的监视系统有关。

大观园不只是一个浪漫故事展开的理想空间背景,也不是一个抽象的空间象征符号,而是作为少女日常居住的现实空间融入小说叙事中去。这些女性人物在大观园里面展开真实的生命流程,以日常化、细节化的叙事来解构传统园林叙事的虚幻性与套路化,消解传统园林空间单一的理想性,还原其复杂多元的现实性与世俗性,"将大观园的复杂质性单一化或者片面化,尤其是对其理想性的过度强调,往往会遮蔽和模糊大观园生成的现实性

① [清]曹雪芹:《周汝昌校订批点本石头记》,脂砚斋批点,周汝昌点校,译林出版社2011年版,第698页。

② [清]曹雪芹:《周汝昌校订批点本石头记》,脂砚斋批点,周汝昌点校,译林出版社2011年版,第311页。

③ [清]曹雪芹:《周汝昌校订批点本石头记》,脂砚斋批点,周汝昌点校,译林出版社2011年版,第328页。

④ [清]曹雪芹:《周汝昌校订批点本石头记》,脂砚斋批点,周汝昌点校,译林出版社2011年版,第695页。

与世俗性"①。小说中的女性也不再是生活在乌托邦里的仙女、神女,而是存在于真实的日常现实语境、历史语境与时代语境中的真实女性。在大观园的空间叙事中,描绘出了女性生命存在的严酷的现实性与复杂的历史性,使大观园成为女性命运的空间隐喻,"我们也可以因此而断言,曹雪芹清醒地意识到其现实性,他并没有用廉价而抽象的赞美与同情代替深刻的历史性"②,小说决心直面女性人性与生命的真相。

## 二、大观园的反乌托邦书写

中国古典文学具有深厚的桃花源叙事传统。清代二知道人说:"大观园与吕仙之枕窍等耳……雪芹所记大观园,恍然一五柳先生所记之桃花源也。其中林壑田池,于荣府中别一天地,自宝玉率群钗来此,怡然自乐,直欲与外人间隔矣。"③直接点出大观园叙事乃继承中国小说从《刘陵阮肇》中的仙女境界、《黄粱一梦》中的枕窍,再到《桃花源记》中的桃花源的叙事传统。桃花源的空间是与世隔绝、不知魏晋的,"自云先世避秦时乱,率妻子邑人来此绝境,不复出焉,遂与外人间隔。问今是何世,乃不知有汉,无论魏晋"④。那是一个没有欲望、没有纷争、没有冲突的空间,其中的人们没有阶级之分,过着怡然自乐的理想生活。曹雪芹继承了传统园林叙事的理想性与浪漫性,同时又对它做了超越。正如妙玉的判词所说:"欲洁何曾洁,云空未必空",纯粹的净土世界只可能是一种精神乌托邦,它让人们向往,却不具有现实性,"可怜金玉质,终陷淖泥中"的结局似乎是对这一纯粹的净土世界的讽刺与解构,最坚守纯粹高洁,甚至与世隔绝的妙玉最终却是被一群强盗所掳,落入肮脏污秽的烟花巷中,以此来警示人们纯粹的净土是不可能存在的。《红

---

① 李丹丹:《情礼兼备的尝试——论大观园的政治结构与礼法秩序》,载《红楼梦学刊》2008 年第 2 期,第 186 页。

② 陈维昭:《解读大观园:透视红学与 20 世纪文化思潮》,载《汕头大学学报》(人文社会科学版)2000 年第 2 期,第 89 页。

③ [清]二知道人:《〈红楼梦〉说梦》,载一栗:《红楼梦资料汇编》,中华书局 1964 年版,第 86 页。

④ [晋]陶渊明:《陶渊明诗集》,中州古籍出版社 2012 年版,第 315 页。

楼梦》营造了大观园这个乌托邦,却又让这个乌托邦自我解构,这是一种后现代乌托邦写作的策略,"反乌托邦写作是基于对世俗乌托邦的幻灭感而产生的对于乌托邦本身的一种反抗"①。

大观园的门禁,禁不住人内心欲望的萌动,有欲望则生是非,如一僧一道所言,"天不拘兮地不羁,心头无喜亦无悲。却因锻炼通灵后,便向人间觅是非"②,由此带来争斗、暴力、破坏等邪恶,于是大观园渐渐不洁了,少女乐园的门禁被侵入与破坏。怡红院中的红玉(欲),因心中欲念的萌动,"不觉心中一动",坠儿(坠落)便引来了贾芸,两个人以帕子私下定情。司棋与表哥潘又安在园林私通,被鸳鸯撞见。龄官与贾蔷的私情,被宝玉看见。坠儿偷窃镯子。众婆子夜里聚众赌博,"夜间既耍钱,就保不住不吃酒,既吃酒,就免不得门户任意开锁。或买东西,寻张觅李,其中夜静人稀,趁便藏贼引盗,何等事作不出来!"③丫头、婆子之间为争夺有限资源,充满嫉妒、仇恨,展开冷酷的派别斗争,不惜相互打压、陷害。晴雯在这样的斗争中为婆子陷害,被逐出大观园,最后郁郁而死。深受打击的宝玉哭道:"我究竟不知晴雯犯了何等滔天大罪!"④单纯的宝玉不了解人性之恶,大观园中开着芙蓉花的池塘,成为祭悼晴雯的小小净土。绣春囊引发的抄检大观园,更是人性邪恶与强权对少女空间的野蛮入侵,并最终导致贾府内部的自相残杀,"光阴的流逝,人心堕落,事务纠缠终于使得诸钗各遭悲运,也使宝玉的情意心性屡受挫折,逐次省悟。此时'仙乡'感染了凄美,乌托邦逐渐崩溃了。终于大观园坠为人间'妖境'"⑤。目睹大观园乌托邦崩溃的探春,痛心疾首地骂道:"可知这样大族人家,若从外头杀来,一时是杀不死的……必须先从家里自

---

① 王乾:《〈红楼梦〉的反乌托邦写作》,载《南都文坛》2016年第6期,第14页。

① 王乾:《〈红楼梦〉的反乌托邦写作》,载《南都文坛》2016年第6期,第14页。

② [清]曹雪芹:《周汝昌校订批点本石头记》,脂砚斋批点,周汝昌点校,译林出版社2011年版,第324页。

③ [清]曹雪芹:《周汝昌校订批点本石头记》,脂砚斋批点,周汝昌点校,译林出版社2011年版,第855页。

④ [清]曹雪芹:《周汝昌校订批点本石头记》,脂砚斋批点,周汝昌点校,译林出版社2011年版,第909页。

⑤ 葛永海、张莉:《明清小说庭园叙事的空间解读——以〈金瓶梅〉与〈红楼梦〉为中心》,载《明清小说研究》2017年第2期,第50页。

杀自灭起来,才能一败涂地呢!"①而心冷意冷的惜春的出家,与她所完成的那幅大观园的绘画,不啻这座女儿乐园最后的挽歌与虚幻的影像,大观园终究只是一幅虚幻的"画"中世界。

大观园空间里,阳光明媚下暗流涌动、萧瑟阴冷。混沌与清澈、洁净与污秽、文明与野性、精致与粗俗、高贵与卑微,都交融在大观园空间中,它并非单纯的伊甸园,"不同于西方伊甸园般美好乐园的隐喻,明清小说中庭院空间的历史内涵与文化属性斑驳而多彩,有时是诗意飞扬的心灵栖居地,有时是青春热烈的爱情理想国,有时又是阴冷黑暗的死亡隐秘所。光亮与阴冷,兴盛与衰微,崇高与卑劣,升腾与坠落就这样奇妙地叠合在同一空间里"②。阴阳学认为,阴阳双方不是静止不动的,而是互相制约、互相斗争的,处于此消彼长的不断变化过程中,如史湘云所说的,"什么都是些阴阳?难道还有两个阴阳不成!阴阳两个字,还只一个字。阳尽了就成阴,阴尽了就成阳。不是阴尽了又有个阳生出来,阳尽了又有个阴生出来"③。如果说大观园里面的诗意、活力、快乐、生机是阳,那么,当阳逐渐耗尽之后,慢慢生发出来的丑陋、衰败、肮脏、死亡就是阴。在看似静态的场景描绘中,大观园空间实际上处于一个不断变化的动态过程中,一步步地从兴盛走向破败,从热到冷,体现了阴阳消长之理。静态空间场景中暗伏、蕴藏着动态变化过程,园林中自然物象与人相互感发、呼应。在晴雯死前,怡红院阶下好好的一棵海棠花,竟无故死了半边,宝玉叹道:"不但草木,凡天下之物,皆是有情有理的,也和人一样,得了知己,便极有灵验的……所以这海棠亦应其人欲亡,故先就死了半边。"④海棠之死预示着大观园女儿乐园的消亡、离散。宝玉以为他可以逃避那个现实世界,躲入大观园这片女儿净土中,但渐渐地,他领悟

---

① [清]曹雪芹:《周汝昌校订批点本石头记》,脂砚斋批点,周汝昌点校,译林出版社2011年版,第872页。

② 葛永海、张莉:《明清小说庭园叙事的空间解读——以〈金瓶梅〉与〈红楼梦〉为中心》,载《明清小说研究》2017年第2期,第50页。

③ [清]曹雪芹:《周汝昌校订批点本石头记》,脂砚斋批点,周汝昌点校,译林出版社2011年版,第397页。

④ [清]曹雪芹:《周汝昌校订批点本石头记》,脂砚斋批点,周汝昌点校,译林出版社2011年版,第910页。

到净土不净,世上没有永恒的乐园,他实际上无处可逃。作为大观园中的护花使者,宝玉一心想要守护这片乌托邦,但在目睹大观园女儿们的离散与乐土被破坏时,他经历了一次又一次的心碎与省悟,成了大观园乌托邦解构与消亡的见证者。

"大观园"承续了中国文人的"仙乡"意念,从"刘晨阮肇"入天台山到《游仙窟》中的仙女境界,那里只有富贵、温柔、美好与宁静,是乱世中的避世之地。大观园空间作为青春少女的乐园,呈现了人类乌托邦式的诗意理想,但作者对于人性真相、社会制度及历史现实做深入的理性反思,揭示其复杂性与矛盾性,大胆呈现了诗意乐园内部的自我败坏过程,构成了《红楼梦》的反乌托邦写作。大观园乌托邦是没有根基、自我封闭、虚幻精致的金字塔,因此注定崩溃倒塌,唯一的救赎是直面现实与对外开放,与外在的活生生的世界联系在一起,建立合理的管理制度,充分发掘与利用自身资源,积极进行改革并发展生产力。妙玉在栊翠庵的"槛内"却不能把"污浊"挡在山门外,终陷于泥淖之中。对女性命运的救赎,绝不是大观园这样的乌托邦可以实现的,而必须在现实世界中去面对与争取,"曹雪芹的伟大之处,就在于不是简单地矮化男性美化女性,他深刻而婉转地洞察到女性世界的复杂,洞察到她们与外部世界的千丝万缕的联系"[1]。在不合理的社会制度下,少女即使躲进大观园乌托邦也无法获得拯救,只有在社会制度层面进行彻底的改革,才能真正改变她们的命运。

## 第三节　从海棠社到桃花社

大观园里前后举办过海棠社与桃花社这两个诗社,深入比较大观园众

① 陈维昭:《解读大观园:透视红学与 20 世纪文化思潮》,载《汕头大学学报》(人文社会科学版)2000 年第 2 期,第 92 页。

才子佳人在两次诗社时的心境、表现及创作活动,可以折射出贾府由盛及衰的命运趋势。

## 一、规制的不同

桃花社是海棠社的延续,成员和制度规则依然照旧。之前海棠社举办了几次活动后,因着贾府的许多杂事,渐渐将诗社搁起,直到众人倡议将海棠社改为桃花社时,诗社已经散了一年了。桃花社期间,不要说前面约定每个月起社两次,就连正常社期也没有如数完成。桃花社下的活动只有一次填柳絮词,而此次活动并没有严格限韵、限体、限时,众人以柳絮为题,限各色小调,拈阄填词,比较随意,可发挥的空间也就比较大。第七十六回中,湘云与黛玉说:"可恨宝姐姐姐妹天天说亲道热,早已说今年中秋要大家一处赏月,必要起社,大家联句,到今日便弃了咱们,自己赏月去了。社也散了,诗也不作了。"[①]桃花诗社仅有填柳絮词这一次活动,连凹晶馆联诗,也只能看作是诗社影响下的文学活动,由此可见,众人组织、参与诗社的热情随着贾府的衰落逐渐冷却,海棠诗社建立时规约完备,众人兴致颇高,可见当时贾府正处于全盛时期,而到了桃花社时,活动萧条且随意,显现出贾府的衰败,众人有心而力不足,诗社只能走向离散的结局。

## 二、发起人的不同

海棠社的发起人是探春。贾府"四春"分别代表了一年四季,探春是贾府第三春,因而是秋天的象征。贾府因抄家导致诸芳离散,发生在探春出嫁之后,正合了那句"三春去后诸芳尽"。秋天代表着收获、成功,海棠社起社时,众人正享受着刚落成的大观园盛景,享受着贾芸送来的两盆珍贵的白海棠,享受着宝钗赞助的鲜美的螃蟹,此时的秋天仿佛春天般美妙。秋天的白海棠,虽已近冬天,但仍有着顽强的生命力,能在西风肃杀中绽放,这很符合

---

① [清]曹雪芹:《周汝昌校订批点本石头记》,脂砚斋批点,周汝昌点校,译林出版社2011年版,第895页。

贾府当时的状况——因元春封妃而重新焕发生机。也很符合探春逆风翻盘、开创新局的个性,脂砚斋批探春"乃是巾帼异才,脂粉英雄,实有经邦济世之度量。因是女子,故后文有身非男儿之叹。如今身在大观园,首倡诗社,开辟一大新局面,即可见其才干之一斑"①,高度评价了探春身上所具有的开创精神。她的创新改革是为了家族利益,毫无个人功利目的,甚至最后的远嫁和亲,也是为了给贾府以喘息的机会与片刻的安宁。在《红楼梦》第二十二回中有这样一句批语:"使此人不远去,将来事败,诸子孙不至流散也。"②足见探春的能力以及对家族发展所起的重要作用。由此可见,由具有开创精神和治家才能的探春发起建立海棠社最合适不过,而且在她的带领下,诗社也是欣欣向荣。

桃花社的发起人为黛玉。此时的黛玉已经和宝钗冰释前嫌、互剖心迹,建立了姐妹般的友谊,感受到了爱和温暖,在情感和境界上都有了很大的转变,不再是那个多愁敏感、孤高自许的刻薄女孩,不再有寄人篱下的孤女之感,认可了自己是贾府真正的一员,想要为家族做点有价值的事情。再加上黛玉视诗歌如生命的热爱、杰出的诗才,由她来接手探春重建诗社,是最合适的。

桃花社起于暮春,此时看似春意盎然,其实已到了桃花凋零、柳絮飘飞的时节。清代文学家李渔曾说:"色之极媚者莫过于桃,而寿之极短者亦莫过于桃,'红颜薄命'之说单为此种。"③林黛玉所作的《葬花吟》《桃花行》皆写了桃花,暗喻其红颜薄命的命运。桃花的特性很符合林黛玉的娇弱体质,也符合贾府当时的状况——因元春封妃所焕发的生机即将萎靡,摧毁贾府的狂风暴雨即将来临。桃花在春天时开放,却又在春天时凋零,开放之时明艳灿烂,花期一过却一片萧条。此时黛玉的身体已每况愈下,"近来我只觉心

---

① [清]曹雪芹:《周汝昌校订批点本石头记》,脂砚斋批点,周汝昌点校,译林出版社2011年版,第454页。

② [清]曹雪芹:《周汝昌校订批点本石头记》,脂砚斋批点,周汝昌点校,译林出版社2011年版,第287页。

③ [清]李渔:《闲情偶寄》,知识出版社2017年版,第4页。

酸,眼泪却像比旧年少了些的,心里只管酸痛,眼泪却不多"①,"泪干春尽花憔悴"②,泪干之时,即春尽之日。黛玉的青春尚在,却已近无泪可流的地步了。黛玉所作的《桃花行》,处处透露着哀伤,宝玉看完流下了眼泪,觉得只有林妹妹会作此哀音,这首诗宛如为黛玉之死预先吟唱的哀歌。身体的病弱衰竭,是使她无法长久带领诗社的原因,也与此时贾府的境况有关。

众人决定重开诗社,便议定三月初二为结社之日。然次日又遇上探春的生日,结社之日便改至初五。然日期刚一定,贾政又来信表示将要回府,宝玉为应付贾政只得日日写字温书,众人也为此帮忙,诗社又一次被搁下。黛玉所结这一社一再受阻,可见开社之不顺,与前面众人期盼的"万物逢春,皆主生盛",让诗社再一次兴起的美好愿望形成了对比。因此,黛玉重启的诗社不再具备探春的海棠之性,无论是黛玉的身体状况,还是诗社所赖以生存的贾府环境,都无法支撑诗社继续发展下去,由黛玉重建的桃花社,从一开始就注定了走向离散衰亡的结局。

### 三、创作活动的不同

《红楼梦》中的诗社活动是整部作品中最出彩的地方,海棠社活动的展开,展现了大观园众儿女的才情,也写出了他们美好快乐的青春时光,其中最典型的是第三十七回"秋爽斋偶结海棠社,蘅芜苑夜拟菊花题"和第三十八回"林潇湘魁夺菊花诗,薛蘅芜讽和螃蟹咏"。

这两回处于《红楼梦》的前三分之一部分,这个时候贾府表面上仍然过着"鲜花着锦,烈火烹油"的日子,大观园也处在一派祥和快乐的气氛中。宝玉挨打之后身体已经康复,"每日在园中任意纵横旷荡,直把光阴虚度,岁月空添"③。钗黛这一群姐妹平时也没什么事情做,大观园里的日子着实比较

---

① [清]曹雪芹:《周汝昌校订批点本石头记》,脂砚斋批点,周汝昌点校,译林出版社2011年版,第592页。

② [清]曹雪芹:《周汝昌校订批点本石头记》,脂砚斋批点,周汝昌点校,译林出版社2011年版,第822页。

③ [清]曹雪芹:《周汝昌校订批点本石头记》,脂砚斋批点,周汝昌点校,译林出版社2011年版,第453页。

悠闲。这个时候,探春写信邀请宝玉、黛玉、宝钗到秋爽斋,一起探讨成立诗社的事情,并立刻得到群情响应,连平时安静内敛的李纨都主动参与进来,还自荐"掌坛"。紧接着,起雅号、定社约、拟社期,众人都十分兴奋,似要摆一场永不离散的宴席。正好贾芸送来了两盆珍贵的白海棠,于是众人便以咏白海棠开篇,进行了诗社的第一次活动,并将诗社取名为"海棠社"。次日湘云加入,因众人兴致正好,湘云主动提出罚自己主办一场,于是又由湘云做东,在衡芜院中再起一社。此次结社,宝钗为湘云从薛家要了好几篓螃蟹、几坛好酒与四五桌果碟,请贾母等众人吃蟹赏桂,社员再咏菊赋诗。菊花诗后紧接着螃蟹咏,可见众人兴致之高。这样的诗社活动,赏景、观色、吃蟹、饮酒、赋诗,诗意共山水一色,真是快哉。到第四十九回,大观园又住进四名新来的少女:薛宝琴、邢岫烟、李纹、李绮,用晴雯的话来说,这四个姑娘"到像一把子四根水葱儿"①,水嫩灵秀。她们也立即加入了诗社,"只见探春也笑着进来了找宝玉,因说道:'咱们的诗社可兴旺了。'宝玉笑道:'正是呢,这是你一高兴起诗社,所以鬼使神差来了这些人。'"②而后又有痴情狂热学诗的香菱加入,实在热闹非凡。此时大观园中比之前更热闹了不少。巧遇下雪,社长李纨又有主意再起一社,既给宝琴她们接风,又可以赏雪作诗。众人皆同意,地点设在芦雪广,于是,雪地生炉,鹿肉飘香,俊男靓女,围炉而啖,好不畅意。而后即景联句,堪称"文盲"的凤姐自告奋勇,起了个头,"一夜北风紧"③,李纨、香菱、探春紧跟,李绮、李纹、邢岫烟遂跟其后。而后李纨罚每次落第的宝玉去栊翠庵妙玉处取一枝红梅。贾宝玉求来红梅后,大家意兴仍然高涨,于是又继续咏梅。因刚刚的联句让新来的邢李三人没有怎么发挥的地方,于是便让她们三个限韵咏梅,宝琴大展风采。咏完梅花,还是不够尽兴,便制灯谜大家猜。

---

① [清]曹雪芹:《周汝昌校订批点本石头记》,脂砚斋批点,周汝昌点校,译林出版社2011年版,第588页。

② [清]曹雪芹:《周汝昌校订批点本石头记》,脂砚斋批点,周汝昌点校,译林出版社2011年版,第588页。

③ [清]曹雪芹:《周汝昌校订批点本石头记》,脂砚斋批点,周汝昌点校,译林出版社2011年版,第597页。

可见，海棠社的三次活动，一次比一次热闹，一次较一次精彩。大家怀着"蜡屐远来情得得，冷吟不尽兴悠悠"①的闲适心情，浅斟低唱，或吟海棠"玉是精神难比洁，雪为肌肤易消魂"②；或赋菊花"弹琴酌酒喜堪俦，几案婷婷点缀幽"③；或赞螃蟹"鳌封嫩玉双双满，壳凸红脂块块香"。④ 在"芦雪广即景联句"里，更是腴词满口、乐嚣尘上，众声合唱着"欲志今朝乐，凭诗祝舜尧"的颂歌，这首诗的整体格调更是将当时贾府热闹的气氛渲染得更为充分。海棠诗社是贾府休闲娱乐生活的重要组成部分，为这群才华横溢的儿女提供了展现自我魅力的舞台，见证了大观园群芳生命中最美好、最纯粹的时光。

海棠诗社结成，众人做了几次诗后，贾府中突发事件经常来袭，干扰了大观园儿女的正常生活。因王熙凤告病在床，诗社主力探春、宝钗，社长李纨，便去协助王夫人管理日常事务，她们都把精力放在了后院的管理上，无暇顾及诗社。而宝玉有段时间则满怀忧愁，他叹息柳湘莲的出家，哀怜尤氏两姐妹的悲惨结局，心疼生病的柳五儿，这一桩桩一件件的烦心事让他变得更加痴傻，因而也无心写诗了。惜春则因要画大观园，告假半年。如此，诗社的活动不得不暂且搁置。然诗社这么一停，散了整整一年。直到初春黛玉的《桃花行》让众人重燃起作诗的兴趣。最初的"海棠诗社"以立于秋不得发达；如今万物逢春，桃花正艳，又有黛玉作的《桃花行》这等好诗，于是湘云提出改名为"桃花诗社"，借个喜庆吉利，以求诗社能够兴盛。可宝玉看了，却暗自落泪，从侧面言明了桃花虽艳然易凋谢的必然结局，也暗示了众人的结局。

然而原定是次日开社，不想恰逢探春生日，探春"少不得都要陪他在老

---

① [清]曹雪芹：《周汝昌校订批点本石头记》，脂砚斋批点，周汝昌点校，译林出版社2011年版，第474页。

② [清]曹雪芹：《周汝昌校订批点本石头记》，脂砚斋批点，周汝昌点校，译林出版社2011年版，第458页。

③ [清]曹雪芹：《周汝昌校订批点本石头记》，脂砚斋批点，周汝昌点校，译林出版社2011年版，第474页。

④ [清]曹雪芹：《周汝昌校订批点本石头记》，脂砚斋批点，周汝昌点校，译林出版社2011年版，第477页。

太太、太太跟前顽笑一日，如何能得闲空儿"①，因此时间又改至初五。然还没等到初五，外出公干的贾政又写信回来，"说六月中准进京"，众人为帮宝玉完成应付贾政检查的作业，只得又将诗社搁下。直至暮春之际，因探春偶填《柳絮词》，众人觉得新鲜有趣，于是开社，以柳絮为题，拈阄填词。从初春到暮春，桃花社只开展了填柳絮词这一个活动，再无后续。而《柳絮词》正是贾府破败、姐妹离散的象征。此次起社也不过六个人填了五首词，而且五首词中就有四首抒发的是惜春伤暮的情怀，这不能不说是一件可悲的事。

这五首词中，史湘云《如梦令》中"且住，且住，莫使春光别去"②写出了她对春光的留恋，对封建大家庭"太平盛世"去而不复返的慕恋；探春《南柯子》中"一任东西南北各分离"③，预示着探春即将离开亲人、远嫁海疆的结局；探春、黛玉《唐多令》中"嫁与东风春不管，凭尔去，忍淹留！"④，更是道出了她们对命运的无可奈何；就连宝琴这样似乎毫无忧愁的女子，她所作的《西江月》也充斥着"离人"的感慨和叹息，"三春事业付东风"⑤似乎暗示了大观园中的美好生活即将终结。这一首首柳絮词，都充斥着凄惨、无奈，不堪卒读。可见，此时贾府已经呈衰败之势，"内囊"一天天尽上来，"外面的架子"一天天倒下去，再往后，贾母的八十大寿，王熙凤累出了血山崩，紧接着贾母查赌，到王夫人抄检大观园，大观园中的岁月静好再也回不来了，又哪有清静的环境给姐妹们作风雅之诗？诗社的活动也就止步于此了。

由此可见，海棠社与桃花社的种种不同，皆与贾府的盛衰之势有着紧密的联系。从诗社建立时的一哄而起，到消亡时的不宣而散，这一前一后、一

① ［清］曹雪芹：《周汝昌校订批点本石头记》，脂砚斋批点，周汝昌点校，译林出版社2011年版，第823页。
② ［清］曹雪芹：《周汝昌校订批点本石头记》，脂砚斋批点，周汝昌点校，译林出版社2011年版，第824页。
③ ［清］曹雪芹：《周汝昌校订批点本石头记》，脂砚斋批点，周汝昌点校，译林出版社2011年版，第825页。
④ ［清］曹雪芹：《周汝昌校订批点本石头记》，脂砚斋批点，周汝昌点校，译林出版社2011年版，第825页。
⑤ ［清］曹雪芹：《周汝昌校订批点本石头记》，脂砚斋批点，周汝昌点校，译林出版社2011年版，第825页。

盛一衰,形成了强烈而又鲜明的对比。从海棠社的咏白海棠、咏菊,再到芦雪广即景联句,贾府一步步达到鼎盛时期,然到桃花社的柳絮填词,贾府已江河日下,人力已无法挽回。

## 第四节 四个丫鬟的命运悲剧

《红楼梦》是对生活本体复杂多面、错综矛盾的深刻展示,刻画了个体在时空中无法逃脱的悲剧命运,运用悲剧理论对《红楼梦》文本进行解读是掌握其复杂深厚的意蕴内涵的重要途径之一。王国维的《〈红楼梦〉评论》第一次运用叔本华悲剧理论对《红楼梦》进行了系统阐述。受德国哲学家叔本华生命意志哲学的影响,王国维认为人生便是生活、欲望、痛苦的结合,认为《红楼梦》一书即写人生男女之欲而以示解脱之道。他指出《红楼梦》悲剧精神的深刻内涵是"通常之道德、通常之人情、通常之境遇为之而已"①。但是王国维的悲剧理论太过于偏重从悲剧中获得"慰藉"与"解脱",并没有对《红楼梦》中的具体案例做深入、全面的分析。本节运用叔本华的悲剧本体论探讨《红楼梦》中晴雯、袭人、鸳鸯、平儿四个丫鬟的命运悲剧性,对王国维的悲剧理论进行拓展延伸。

《红楼梦》中每个个体身上都具有悲剧性。晴雯、袭人、鸳鸯、平儿是贾府的丫鬟,她们是生活在《红楼梦》宏大时空背景下的小小人物,随着贾府逐渐没落衰败,其生存意志与贾府众人之间的生存意志产生各种交叉与冲突,又因为不同个体意志的非理性、欲望的无穷,她们各自无法抗争的悲剧命运由此产生。

---

① 王国维:《王国维文学论著三种》,商务印书馆 2010 年版,第 12 页。

## 一、晴雯受逐而死的人生悲剧

叔本华提出悲剧是世界的本质，意志是悲剧的深层根源，是悲剧的本体。在此基础上提出了悲剧的三种类型：一是角色本身的罪恶造成的悲剧；二是偶然的命运带来的悲剧；三是地位关系不同造成的悲剧。晴雯作为《红楼梦》中悲剧性最强的丫鬟角色，在她的身上，这三种悲剧类型都有所呈现。

### （一）肇祸之人

在《红楼梦》第二回"冷子兴演说荣国府"中，冷子兴对贾府的评价是"外面的架子虽未甚倒，内囊却也尽上来了"①。贾府这个世家大族的兴败在开篇就定下了基调，并且在焦大骂街、秦可卿托梦等众多情节中反复强调贾府正在逐渐败落的事实。但是从大观园中青春儿女的视角来看，检抄大观园才是贾府真正由盛到衰的转折点。在检抄大观园之前，贾府的小辈们在大观园这个乌托邦中短暂地逃离了现实世界的残酷。所以即便在凤姐持家开始吃力时，大观园中的儿女依旧过着热热闹闹、无忧无虑的生活。直到检抄大观园，之后小事件滚成一个大雪球，到处冲撞，导致很多的是非，也为宝钗搬出大观园、三春去后诸芳尽埋下伏笔，处处都显现出凄凉的前兆，也是晴雯受逐出府的导火索。

晴雯受逐出府最开始是因为王善保家的告状并顺势检抄大观园，王善保家的充当着"肇祸者"的角色。何为肇祸之人？叔本华提出意志的矛盾斗争在悲剧发展到顶点时是以非常可怕的姿态出现的，其中"一部分是由于人类斗争是从自己里面产生的，因为不同个体的意向是互相交叉的，而多数人又是心肠不好和错误百出的。在所有这些人中活着的和显现着的是一个同一的意志，但是这意志的各个现象却自相斗争，自相屠杀"②。叔本华认为，

① ［清］曹雪芹：《周汝昌校订批点本石头记》，脂砚斋批点，周汝昌点校，译林出版社2011年版，第24页。

② （德）叔本华：《作为意志和表象的世界》，石冲白译，商务印书馆2017年版，第349页。

个体意志之间的冲突引起的矛盾是非常可怕的，这种冲突是从人的本质里产生的，而在个人意志产生的悲剧之中又存在奸邪恶毒之人，他们本身的恶毒造成角色悲剧的不可挽回抑或是加速了角色的悲剧进程。在叔本华第一种悲剧类型中，肇祸者往往是恶毒的，而叔本华对于真正恶毒的定义是他们做出对自己无利而单纯基于别人痛苦的快意行为，对于恶毒的人来说，对方的痛苦不是自己意志达到目的的手段，而是目的本身。

王善保家的并不单纯是邢夫人的奴仆，她每每调唆着邢夫人生事，日常进园去，丫鬟们也不爱趋奉她，她心里不自在。作为在邢夫人身边能说上话的人，她并没有受到大观园中丫鬟的尊重，其自尊心和虚荣心受到了侵犯，故而对这些丫鬟产生了敌意。为了满足自己的私欲，她抓住绣春囊一事的时间节点，在王夫人因为绣春囊而盛怒之时指出晴雯抓尖要强、妖妖趫趫，晴雯厄运也就从此开始了。《红楼梦》中类似王善保家的这样的仆妇有很多，作者给这样的仆妇冠以"刁"字，她们作为贾府的老人，又因在主子面前有一定的话语权而作威作福。晴雯自身或许难以逃脱最后悲剧的命运，但是如果没有王善保家的在王夫人跟前告状，晴雯断不可能这么早被逐出府，她的行为加快了晴雯被撵出府的悲剧进程。叔本华对恶毒的现象做了进一步说明，他提出作恶者在产生嫉妒时会通过观看他人的痛苦来减轻自己的痛苦，显然，王善保家的只是通过对晴雯的压迫以此减轻自己被丫鬟轻视的痛苦，此时他人的痛苦已经是其目的本身了，这样的恶毒直接导致了晴雯的悲剧。王善保家的在告倒晴雯以后顺势提议检抄大观园，更能看出她的恶毒。叔本华认为作恶者显著恶毒的意志现象不仅仅是通过他人的痛苦得到慰藉，更是在这痛苦之中认识到这是自己的势力起了作用的表现，以此来缓和痛苦。王善保家的对于检抄大观园这一行为过分激烈的冲动就完全能看出她意志的恶毒。

（二）偶然之时

叔本华提出意志的矛盾斗争可以在人类所受的痛苦上看出来，"这痛苦，一部分是由偶然和错误带来的。偶然和错误在这里是作为世界的统治者出现的。并且,由于近乎有心为虐的恶作剧已作为命运之神而人格化了"①。观察晴雯受逐出府,可以看到晴雯的悲剧是在必然基础上的偶然事件触发的悲剧。在《红楼梦》悲剧基调的前提下,晴雯的悲剧可以说是必然会发生的,但是她的悲剧又是一系列偶然事件串联而成的。

王善保家的对于晴雯的恶意,在一些偶然事件中埋下了伏笔。第六十一回中,柳家的赶着给晴雯送菜的事情连迎春房里的丫鬟都知道了,而司棋作为迎春的大丫头却连一碗鸡蛋羹都要不到,同样是大丫头,所受的待遇却如此不同,作为司棋的外祖母,不受园里丫鬟趋奉的王善保家的早就想寻个由头教训她们了,晴雯作为被讨好的对象,自然而然成了她的眼中钉。在晴雯被撵的悲剧中,最重要的偶然事件是王夫人曾在院子里偶遇晴雯打骂丫鬟。王夫人本就看不惯宝玉身边的丫鬟们言轻语薄,妖趫骄纵,当时想处置晴雯却因为贾母在身边而忘记了处罚。所以王善保家的一开始寻衅不成,后来专挑晴雯平日里能说惯道、抓尖要强的特点告状,就唤起了王夫人不满晴雯的记忆。晴雯嚣张霸道的性格也确实让王善保家的抓住了把柄,但是以王夫人的心机断不能听王善保家的一面之词就判定晴雯的错处,偏偏王善保说的是事实,而这事实王夫人又在偶然一次和贾母逛园子时撞见过。王夫人在偶然的相遇中就对晴雯留下了妖趫出挑的印象,偶然发生的绣春囊事件又给王夫人带来了巨大冲击,加上王善保家的此刻从中挑拨,这么多的偶然事件碰撞在一起就造成了晴雯必然的悲剧。

叔本华认为世界史中的人物事迹是对意志的肯定和意志在个体中的显现,而在这些显现中又明确出现意志客体化的最高峰——悲剧,它有时是偶然机会人格化为命运之后的权威。晴雯受逐出府看似是王善保家的借势告状而造成的,其实缘由千丝万缕交织,晴雯平日里抓尖要强,凭借自己大丫头的身份导致她有些许狂妄,不知不觉中埋下了许多恶果,关联事件触动时,我们不能从中看出悲剧意蕴的未来,但是在悲剧不可挽回地到来时,我们才意识到原来命运早就把剧中人物推到了生存的边缘。正如叔本华所

① (德)叔本华:《作为意志和表象的世界》,石冲白译,商务印书馆 2017 年版,第349 页。

说:"一切偶然机缘都现为支配一切命运的一些工具,而我们就随而把这已发生的坏事看作是由于内外情况的冲突无可避免地引将来的,而这就是宿命论。"①有关于盲目的命运所造成的悲剧,叔本华将他归类为第二种悲剧类型:"造成不幸的还可以是盲目的命运,也即是偶然和错误。"②这种悲剧比第一种悲剧有着更为强烈的悲剧意味——宿命。

### (三)地位之别

虽然贾府的事务由凤姐着手,但作为贾府的大家长之一,王夫人必然要维护贾府在封建社会中的体面地位。其中绣春囊事件就体现出了在王夫人心中维护贾府形象的重要性以及维护大观园中儿女名声的重要性,这是她的责任,也是一个母亲对儿女们的关心爱护。大观园中住的是尚未出阁的小姐还有宝玉,最忌讳就是闹出闺房私意等传闻,从王夫人拿到绣春囊时的震怒,到后来含泪质问凤姐,都透露出绣春囊事件的严重性,"倘若丫头们拣着,你姊妹看见,这还了得! 不然,有那小丫头们拣着,出去说是园内拣的,外人知道,这性命、脸面要也不要?"③在大观园中若是传出有关男女私情的传闻是性命脸面都保不住的事情,所以在王夫人看来,迅速并且隐秘地处理好绣春囊有关的人物以及一切可能引起类似事件的人物迫在眉睫,是重中之重。于是,晴雯,作为大观园中言行轻佻、相貌姣好的"妖精"似的人物,就成了王夫人最想撵逐的对象。

王夫人为什么非撵晴雯不可? 其实早在金钏儿投井一事中就可以看出王夫人对宝玉的爱惜与保护。宝玉笑闹着说要讨金钏儿的时候,金钏儿却在宝玉跟前说:"金簪子吊在井里头,有你的只是有你的,连这两句俗语也不

---

① (德)叔本华:《作为意志和表象的世界》,石冲白译,商务印书馆 2017 年版,第418 页。

② (德)叔本华:《作为意志和表象的世界》,石冲白译,商务印书馆 2017 年版,第350 页。

③ [清]曹雪芹:《周汝昌校订批点本石头记》,脂砚斋批点,周汝昌点校,译林出版社2011 年版,第 867 页。

明白？凭我告诉你个巧宗儿，你往东小院子拿环哥儿和彩云去。"①贾府中少爷与丫鬟之间的情事众人都心照不宣，但是金钏儿趁着王夫人睡觉的时候挑唆宝玉去做的这"巧宗儿"是与"性"有关的非常龌龊的事情，王夫人本就唯恐避之不及，金钏儿却当着王夫人的面对宝玉说出这样的话，触及了王夫人的雷区，即便是亲如女儿的金钏儿也不能避免被撵，更何况晴雯。

王夫人这样的做法是出于一个母亲和家族长者的责任，贾府的脸面、宝玉的名声在王夫人看来当然胜过两个丫鬟的性命，更何况王夫人的本意并不是致她们于死地，只是为了保护宝玉而使之远离。叔本华提出这种情形下造成的悲剧就是第三种悲剧类型："不幸也可以仅仅是由于剧中人彼此的地位不同，由于他们的关系造成的。"②晴雯作为宝玉的大丫头，养成了骄纵的性格，王夫人出于自己的责任导致晴雯无可奈何地走向悲剧的悬崖。叔本华认为在悲剧的创作过程中第三种悲剧比前两种悲剧创作难度更大也更可怕，因为第三种悲剧"无需乎布置可怕的错误或闻所未闻的意外事故，也不用恶毒已到可能的极限的人物；而只需要在道德上平平常常的人们，把他们安排在经常发生的情况之下，使他们处于相互对立的地位，他们为这种地位所迫明明知道，明明看到却互为对方制造灾祸，同时还不能说单是那一方面不对"③。晴雯受逐而死的不幸也属于叔本华提出的第三种悲剧类型，所有的灾难都发生在普普通通的日常情景之下，晴雯的不幸是无法逃避的。

### 二、袭人改嫁出府的爱情悲剧

#### （一）意志薄弱

《红楼梦》描绘了一个兴亡盛衰、无常变幻的世界，其间家族命运的兴衰

---

① ［清］曹雪芹：《周汝昌校订批点本石头记》，脂砚斋批点，周汝昌点校，译林出版社2011年版，第385页。

② （德）叔本华：《作为意志和表象的世界》，石冲白译，商务印书馆2017年版，第351页。

③ （德）叔本华：《作为意志和表象的世界》，石冲白译，商务印书馆2017年版，第351页。

和个人命运的无常都体现了《红楼梦》乃"悲剧中的悲剧"这一本质。贾府无可抗争地走向衰败,宝玉这个多情的痴公子,平日里为花草哭,为世间似水女儿悲,却在迷狂的状态下与宝钗成婚,又惊闻黛玉的死讯,最后决绝撒手,出世为僧。《红楼梦》通过一种审美上的感受描绘出宝玉的痛苦和不幸,从中对人的意志与世界的关系进行反思和否定。王国维认为宝玉的行为是认识到了自己的痛苦,醒悟过后达到的解脱。宝玉的出家也就是叔本华所说的悲剧的解决途径,通过宗教的形式对自己的意志进行否定。叔本华认为:"意志在某一个体中出现可以顽强些,在另一个体中又可以薄弱些。在薄弱时是认识之光在较大程度上使意志屈从于思考而温和些,在顽强时则这程度又较小一些。直至这一认识在个别人,由于痛苦而纯化了,提高了,最后达到这样一点,在这一点上现象或'摩耶之幕'不再蒙蔽这认识了,现象的形式——个体化原理——被这认识看穿了,于是基于这原理的自私心也就随之而消逝了。"①在痛苦之中,宝玉的认识得到纯化,于是选择在出家这一具体的行为之中否定意志,通过压制自己的意欲,挣脱意志的控制,达到无欲无求的安宁状态,从而对世界的本质有了更完整的认识。

宝玉的"解脱"首先奠定了袭人爱情悲剧的基础,袭人是愿意守着宝玉的,她一心一意地为宝玉着想。宝玉出家,给袭人带来了很大的打击,不仅仅是对她意志的削弱,也意味着她不得不面对宝玉出家后现实生活中他人意志对她自身意志的挑战,这样的挑战也是袭人与宝玉的爱情幻灭的最后一击。袭人对宝玉的爱情意志是坚定的,但是宝玉从认识出发而自我取消的意志在一定程度上影响了袭人,他自愿地放弃了人生可享乐以及热爱的一切,毫无疑问削弱了袭人的爱情意志,这也使得袭人在为宝玉出家而痛哭流涕的过程中对自身和世界有了更深的思考。叔本华对"哭"的看法是:"人们甚至决不是直接为了感觉到痛而哭,而经常只是为了重现于反省中的痛而哭。"②他认为"哀悼者"的"哭"是在"生动的想象中为痛苦的人设身处地,

---

① (德)叔本华:《作为意志和表象的世界》,石冲白译,商务印书馆2017年版,第349页。

② (德)叔本华:《作为意志和表象的世界》,石冲白译,商务印书馆2017年版,第513页。

或是因为我们在这个人的命运中看到全人类的命运，从而首先是看到自己的命运"①。这样的悲痛是在他人的命运中看到自己的命运而产生的对自己的同情，是为自己而哭。袭人在宝玉出家之后对自己的认识以及认识过程中"自私心"的消逝使得她更能体贴他人而放弃自我爱情。

（二）立场不同

薛姨妈在宝玉"悬崖撒手"后向王夫人提到关于处理袭人一事的难处：虽然大家默认了袭人准姨娘的地位，但是袭人毕竟是没有"过明路"的，没有在房里守着宝玉的道理。不管袭人在丫鬟中的地位有多尊贵，也不管她是不是过了"明路"的妾，她实质上还是奴婢。《清律》"妾为家长族服之图"中可以看出妾的家庭地位，妾不属于家族中的一员，她们不被允许参加祭祀也不能被写入族谱，只有无偿的义务，比如生子和服丧，没有任何权力与地位可言。所以贾府本来就是有权处置袭人的去留的，况且宝玉走了，在贾政看来丫鬟也没有留下来的道理，但是王夫人是一个仁慈宽厚的人，她知晓袭人与宝玉的内情，也不敢随意处置，加上昔日的主仆情谊，又担心袭人想不开寻死，于是在和薛姨娘商量后决定先安排一桩正经婚事，再将袭人送出府去。薛姨妈和王夫人并没有刻意将袭人撵逐出府，而是出于他们自身的立场，抱着为袭人着想的心态做出了这个决定。并且在这之中花自芳对妹妹婚事的尽心尽责以及蒋玉菡的温柔体贴，使得袭人死无所死。除了他人的体贴，袭人在自身认识过程中"自私心"的消逝也让她在感知到自己的痛苦时感受到了别人的痛苦，叔本华认为这种能感知到他人的痛苦并在最高程度上和关心自己的痛苦一样的人，不仅仅是乐于助人而已，而是如果能拯救其他的个体就会准备牺牲自己的个体，这样的个体"对于世界既有了这样的认识，那么，怎么教他用意志活动来肯定如此这般的生命，由此而更紧密地把自己束缚在这生命上，总是更紧紧地抱住这生命呢？"②所以袭人没有通过

①　（德）叔本华：《作为意志和表象的世界》，石冲白译，商务印书馆 2017 年版，第 514 页。
②　（德）叔本华：《作为意志和表象的世界》，石冲白译，商务印书馆 2017 年版，第 514 页。

死亡来成全自己的爱情,改嫁成了她的"不得已"又"不得不为"之事。

随着改嫁的尘埃落定,袭人与宝玉之间的爱情悲剧也更加清晰深刻。在这之间,以宝玉和袭人自身意志为主,宝玉对意志的否定和袭人的一往情深注定了袭人的爱情悲剧,袭人在思考过程中"自私心"的消逝让她牺牲爱情。而这之外,又有薛姨娘、王夫人、花自芳、蒋玉菡等人在自己的地位上做出的行为都和袭人想要守着宝玉的意志产生冲突:薛姨娘、王夫人出于主仆情谊,也站在家族的立场上做出送袭人出府的决定;花自芳身为袭人的哥哥,尽心尽力地为妹妹筹备婚事;蒋玉菡念着与宝玉的旧情,对袭人温柔体贴至极。袭人看到他们的体贴与难处从而选择牺牲爱情。叔本华认为意志是悲剧的本质,袭人的爱情悲剧就充分体现了在意志的冲突下,不得不面对和接受的悲剧结局。

### 三、鸳鸯抗婚殉主的人性悲剧

叔本华提出在意志客体化的一切级别上都显现出生命意志的斗争,而这斗争的出发点就是利己主义。个体在生命意志的考量下把自己作为世界的中心,而不惜毁灭他人的心理就是利己主义,以利己主义为前提的斗争在世界上会以最可怕的形式出现。这一点可以在鸳鸯抗婚殉主的悲剧中清晰地体会到。

贾赦想要得到石呆子的扇子,最后导致石呆子自尽,为了稍微增加自己的幸福而轻易地毁掉了他人的整个幸福甚至生命。贾赦把石呆子弄得家破人亡并丝毫不觉愧疚,对于这样的行为叔本华定义为利己主义的最高表现,而贾赦的利己主义造成的悲剧不仅仅是石呆子一人。他有一妻数妾仍不觉满足,还要讨鸳鸯做小妾。贾赦讨鸳鸯不仅仅是淫欲驱遣,众所周知,贾母身处贾府权力金字塔的顶端,而鸳鸯是贾母身边的一把手,如果得到了鸳鸯,势必也就得到了权力,贾赦在贪欲驱使下产生了收鸳鸯为房里人的想法。鸳鸯拒绝贾赦后,他诬陷鸳鸯心里想着家里的少爷们,并威胁鸳鸯是逃不出自己手心的。在贾母寿终而鸳鸯殉主后,邢夫人说:"我不料鸳鸯倒有这样志气！快叫人去告诉老爷。"①可以看出，贾母逝后，即便得到鸳鸯对贾赦来说已经无利可图，但他仍不想放过鸳鸯，以致鸳鸯逃无可逃，只能以身殉主。叔本华认为这样制造他人的损失或痛苦却完全不需要有利于己，是超越利己主义的真正的恶毒。

鸳鸯以身殉主的悲剧背后，隐藏着奸邪之人的迫害。叔本华认为人的意志冲突导致他人悲剧的原因之一就是有心为虐的恶毒之人的存在，他们在意志的支配和奴役下，盲目并且不断追求自身欲望的满足。贾赦对鸳鸯的渴求，一是为了满足自己的淫欲，二是为了得到鸳鸯背后贾母的权力和金钱。他对于欲望的追求与鸳鸯的求生意志发生冲突，最终导致了鸳鸯的悲剧。鸳鸯殉主而死的悲剧的深层根源就是意志，同时描绘出了人的欲求本能和人生的本质，邪恶、痛苦、无望的人生图景背后是普通人无法逃避的苦难。

## 四、平儿隐忍委屈的生存悲剧

### （一）身份之差

《红楼梦》刻画了不同丫鬟的悲剧，在晴雯受逐而死、袭人改嫁出府、鸳鸯殉主而死的悲剧下，平儿的人生似乎比他人都顺利很多。凤姐去世后，贾琏也有意扶正平儿。但其实，在凤姐和贾琏的身边服侍，平儿不得不隐藏自己的生存意志，凡事以主子为首，对凤姐忠心耿耿。然而在凤姐与贾琏这里，出于生存意志和自身地位的考量，他们对待平儿的方式也不应该被多加苛责。所以平儿的生存悲剧，就完全符合叔本华悲剧理论的第三种"不幸也可以仅仅是由于剧中人彼此的地位不同，由于他们的关系造成的"②。

第六十五回，兴儿在与尤二姐的一段谈话中说出了平儿的身份："这平儿是她自幼的丫头，陪了过来一共四个，嫁人的嫁人，死的死了，只剩了这个

① ［清］曹雪芹：《红楼梦》，知识出版社，2015年版，第1419页。
② （德）叔本华：《作为意志和表象的世界》，石冲白译，商务印书馆2017年版，第351页。

心腹。他原为收了屋里,一则显化他的贤良名儿,二则又叫拴爷的心,好不外头走邪的。又还有一段因果,我们家的规矩,爷们大了未娶亲之先,都先放两个人服侍。二爷原有两个,谁知他来了没半年,都寻出不是来,都打发出去了。别人虽不好说,自己脸上过不去,所以强逼着平姑娘作了房里人。"①平儿要侍奉善妒的凤姐和浪荡的贾琏,一人供应贾琏夫妇二人的生存状态是凤姐一手造成的。也就是说凤姐直接造成了平儿的生存悲剧。我们清楚地看到凤姐的行为为平儿带来了灾祸,但是我们不能说凤姐是恶毒的、错误的,因为在凤姐的角度她也面临自己的不幸,在躲避自身的灾祸的同时造成了他人的痛苦。叔本华认为大多数人是缺乏客观性的,他们的"认识经常是为意志服务的,所以他们在对象上也只寻求这对象对于他们的意志有什么关系"②。凤姐就是这大多数人之一,平儿是她认识到的有利于自己意志的对象,这个对象联系到她意志的欲求,于是这个对象就成为她达到目的手段之一。这种行为是人本质上轻易而自发产生的。不过平儿作为凤姐的陪嫁丫鬟,是没有权利拒绝的,她自然而然地会成为贾琏的妾侍。尽管平儿隐忍委屈的生存环境是凤姐造成的,为了守住贾琏而把平儿推到这个位置上,造成了平儿的生存困境,但是这种行为在法律上是允许的,也是被社会所认可的。

(二)性格矛盾

宝玉对于平儿的生存状态也十分感慨,他知道贾琏只知道淫乐悦己,不知道体贴自己的身边人,而平儿生平没有父母兄弟姊妹,独自一人在凤姐身边服侍,后来随着凤姐来到贾府。凤姐善妒又泼辣,身边就平儿一人供应贾琏夫妇二人,其间辛酸可想而知。叔本华指出:"在那些作为个体的现象之

---

① [清]曹雪芹:《周汝昌校订批点本石头记》,脂砚斋批点,周汝昌点校,译林出版社2011年版,第778页。
② (德)叔本华:《作为意志和表象的世界》,石冲白译,商务印书馆2017年版,第275页。

间,仍然有着不可消除的矛盾存在。这种矛盾在现象的一切级别上都可看
到。"①造成平儿隐忍委屈的生存悲剧就可以从个性矛盾来分析。叔本华提
出:"在意志的客体性较高的级别里,我们看到显著的个性出现,尤其是在
人,这种个性出现为个别性格的巨大差别,也即是完整的人格。"②就尤二姐
一事来说,就可以完全展现出个人的性格差异,也可以从中看出平儿在这种
性格差异下隐忍委屈的生存悲剧。

　　凤姐对于尤二姐的泼辣狠毒,是造成尤二姐悲剧的关键,并不是平儿生
存悲剧的根本。平儿的悲剧就在于自身是一个温柔体贴的人,对于尤二姐
的遭遇也深感同情,怀有愧疚之心。但同时她对凤姐尽心尽责、忠心耿耿,
做到了一个丫鬟的本分,而她所侍奉的凤姐是一个泼辣,在一定程度上又有
些狠毒的角色。两个人性格矛盾下,意志强的那一方往往压倒意志薄弱的
一方,使得平儿不得不压抑自己的意志。而凤姐的狠毒也并不是因为凤姐
内心邪恶,而是因为身为女子要处理大家族的事务,又有刁奴蓄险心,时时
刻刻等着拉凤姐下马,在这样的情境下,凤姐不得不变得"雷厉风行",所以
我们并不能说凤姐是一个恶人的角色,以至于造成平儿的悲剧。

　　平儿的悲剧应该属于叔本华悲剧类型的第三种。叔本华认为前两种悲
剧把可怕的命运和骇人的恶毒看作使人恐怖的因素,但是最后一类悲剧指
出破坏幸福和生命的力量是另一种性质的东西。在平儿的不幸中,并没有
命运的偶然和差错,也没有有心为恶的人为迫害,仅仅只是剧中人的地位不
同、性格不同而造成的。凤姐是离不开平儿的,一主一仆在贾府是命运共同
体,对平儿来说更甚,在服侍凤姐时所遭遇的隐忍与痛苦,就是由个人身份
地位不同以及性格矛盾所造成的。

①　(德)叔本华:《作为意志和表象的世界》,石冲白译,商务印书馆 2017 年版,第
366 页。
②　(德)叔本华:《作为意志和表象的世界》,石冲白译,商务印书馆 2017 年版,第
191 页。

### 五、四人悲剧的现世意义

分析晴雯、袭人、鸳鸯、平儿的悲剧人生,我们不难发现《红楼梦》的悲剧性不仅仅是一个家族的衰亡,也不单单是宝黛二人的爱情悲剧。在贾府逐渐衰败的时空背景下,生活在其中的每个个体都难逃悲剧的命运。《红楼梦》描绘了一个生活本体复杂多面、人际关系交错复杂的社会,整本书都意在传递这个社会悲剧的不可避免性。在叔本华的悲剧理论中,错综复杂的人际关系必然造成个人意志的冲突,而意志的冲突才是造成个人悲剧的本原。王国维在叔本华的影响下提出“解脱”,在《红楼梦》中也渗透了这种哲学意蕴。曹雪芹借空空道人之口说出了关于“解脱的途径”:“好便是了,了便是好。若不了,便不好;若要好,须是了。”①体现了曹雪芹面对苦难超脱的人生态度,本质上与叔本华的悲剧本体论不谋而合,作为意志恰如其分的客体,艺术在传递理念的同时给予创作者和阅读者审美愉悦,补偿了他们在生存过程中遭遇的不幸与痛苦,其中悲剧可以说是艺术的最高形式。晴雯、袭人、鸳鸯、平儿四个丫鬟在不同的角度呈现了悲剧的态势,生命在空间、时间、欲望的杂多性中走向悲剧的尽头。在分析她们悲剧的过程中,读者成为纯粹的认识主体,把自身从欲求中分离出来去考察不同丫鬟意志客体化后的表象世界,在不同的悲剧中体验个体生命的痛苦,短暂地看穿个体化原理,对他人的痛苦感同身受,获得生命的安慰。在现实生活中,人们往往被欲求牵着走,被“摩耶之幕”蒙蔽,看不透“个体化原理”,在盲目意志的驱使下产生无止境的追求与冲突,而艺术使人跳脱自我欲求的束缚,成为纯粹的认识主体来领悟生命意志。《红楼梦》中四个丫鬟的悲剧表现出了不同的生命意志,揭示了人生真正痛苦的根源。

晴雯、袭人、鸳鸯、平儿的悲剧人生不单单是时代背景约束下的无可奈何,更是生活在同一时空的个体,在肯定自己生命意志的前提下与其产生的矛盾。不论是由书中人物关系造成的晴雯的死亡悲剧、袭人的爱情悲剧、平

---

① [清]曹雪芹:《周汝昌校订批点本石头记》,脂砚斋批点,周汝昌点校,译林出版社2011年版,第15页。

儿的生存悲剧,还是单纯由有心为恶的角色造成的鸳鸯的死亡悲剧,都是个人本质对意志的追求所造成的,"这就把世界变成了同一个意志所有的现象之间无休止的战场"①,《红楼梦》作为承载意志斗争的客体,将人生的矛盾冲突更明朗化地显现,是对世界本质纯粹、深刻的认识。运用叔本华的悲剧本体论对《红楼梦》中的具体案例进行分析,不仅揭示了《红楼梦》是不可避免的悲剧,更揭示出世界的本质是痛苦。"现在"是意志主体唯一可以抓住的存在,只有争取当下的幸福才是真实且唯一的。欲望的生生不息注定人类逃脱不了痛苦的牢笼,意志的存在注定苦难是无穷无尽的,只有直面痛苦,接受无法逃避的痛苦,才能更好地接纳自我、面对苦难。叔本华的悲剧本体论和《红楼梦》都体现了世界的虚无。人类无穷无尽的欲望导致人类走向生命的虚无,在世界纷繁复杂的表象背后存在的是真实的虚无。两者都表达了人类是无法摆脱痛苦,且最终走向虚无的。正因为如此,我们才要好好地把握当下,"现在"是意志主体唯一能抓住的"有",是实现生命意志最大化的唯一途径。

第四章

末世的救赎力量与时代新质

面对家族的末世，小说中试图提出扭转这个世袭贵族家庭颓势的方法与出路，塑造了一些具有补天之才的女性，构成了《红楼梦》女性人物中的补天者形象系列。在这个系列中，最高的补天者正是创世之神女娲，其次是太虚幻境的警幻仙姑，落到世俗世界，则对应于贾元春这一非凡女性，以及围绕在贾元春身边的几位补天者副本形象，包括王熙凤、贾探春，除此之外还有警幻仙姑在尘境的化身秦可卿，以及那位三进贾府的智慧老人刘姥姥。这些作为补天者的女性人物具有不同的特质、个性与才能，她们从不同的路径切入，试图拯救这个趋于衰败的百年大族，在这些作为补天者的女性形象身上也寄托了作者对他身处其中的时代变化、历史发展的审视与对自身所处阶层境况的反思。《红楼梦》反映了中国近现代的社会图景。晚明商业文化兴起，新兴阶层崛起，对传统儒家伦理形成巨大冲击，带来传统世袭贵族阶层的没落以及士大夫雅文化的衰弱。《红楼梦》中的"末世"不仅是贾府这一个家族的没落，也是当时世袭贵族阶层的整体衰落，在更大的范围意义上，也是整个中国社会文化的衰退。这一"末世"正是封建制度衰朽，儒家伦理、宗法制度溃败又还没来得及产生新的价值信仰而无所适从的时代。

# 第一节　贤德妃贾元春

孝顺的元春,为了家族利益入宫,在严峻的宫廷生活中牺牲了个人的幸福。"二十年来辨是谁"①,熬过了远离家人的孤独岁月,经历了政治斗争的残酷无情,见识了家道的起起落落,却能身居高位而不迷失,在极致的富贵与权势中返璞归真,体认到骨肉亲情的珍贵与温暖,懂得简朴持家的重要,表现出深厚的伦理品质与生命智慧。

## 一、天伦至上

小说虚构了皇帝准许嫔妃省亲一事,"从古至今从未有的……因见宫里嫔妃才人等皆是入宫多年,以致抛离父母音容,岂有不思想之理?"②骨肉亲情,乃是天伦中之至性。省亲时的元春,处于伦理冲突中。身为贤德妃,她不得不遵循繁复国礼,然而正是国礼把她与家人隔开。贾元春以个人的幸福作为代价去换取家族在朝中的势力。她自小远离亲人入宫,独自在后宫严峻的政治环境中生存,一个人承载着一个家族的命运,她的成功就是家族的成功,她的失败则会引发家族的衰落。她的生命成为政治符号,而个人的快乐、幸福则是长期被压抑的。所以,当她回家省亲时,看到了朝思暮想的祖母、父母与兄弟姐妹时,内心深处最自然深刻的个人情感情不自禁地流露出来,并与她作为王妃的政治角色构成了强烈的内在冲突。在她的内心深处,只想做一个单纯的女儿与姐姐,因多年未见亲人,心里满是思念。因此,

① 〔清〕曹雪芹:《周汝昌校订批点本石头记》,脂砚斋批点,周汝昌点校,译林出版社2011年版,第71页。
② 〔清〕曹雪芹:《周汝昌校订批点本石头记》,脂砚斋批点,周汝昌点校,译林出版社2011年版,第197页。

当亲人欲行国礼时,她反常地一再下谕"免",还欲向祖母、亲人躬行家礼,处处体现出皇权向家礼及天伦之情的退让。大观园一片富贵热闹,"只见园中香烟缭绕,花彩缤纷,处处灯花相映,时时细乐声喧。说不尽这太平气象,富贵风流"①,在如此极致的富贵繁华景致的衬托下,元春却满是孤独与伤感,在整个省亲过程中都是"满眼垂泪""忍悲强笑",并且隔帘含泪对其父亲吐露道:"田舍之家,虽齑盐布帛,终能叙天伦之乐。今虽富贵已极,骨肉各方,然终无意趣!"②但作为贤德妃的她,尽管内心无比孤独,仍然能够控制住自己的感情,展现出只以国事为重的大局意识与家族责任感。

元春与宝玉姐弟深情,她对宝玉的成长非常关心。自入宫后,时时带信与父母说:"千万好生扶养,不严不能成器,过严又恐生不虞,且致祖母之忧。"③当听闻大观园的题词皆为宝玉所作时,弱弟的进步使她感到无比欣慰。为了家族的发展,她终年身处深宫,错过了弟弟的成长。因此当看到多年未见的宝玉时,元春喜极而泣,"命他进前,携手拦于怀内,又抚其头颈笑道:'比先竟长了好些。'一语未终,泪如雨下"④。眼泪中既有看到弟弟长成的喜悦,也有错过其成长的无限心酸与无奈。贾政之所以让宝玉题词,亦是体谅到元春对宝玉的这份姐弟深情:"更使贾妃见之知系其爱弟所为,亦或不负其素日切望之意。"⑤省亲之后,出于对妹妹们的体贴与爱护,元春命她们搬入大观园,使这个象征皇权的园林成为青春少女们尽享快乐生命的乌托邦,这是长姐对妹妹们的疼爱,也是元春对已逝青春的补偿。"元春身处荣华富贵,却长保心灵的质朴,始终珍视人伦亲情,从而展开宽厚的羽翼,庇护大观

---

① [清]曹雪芹:《周汝昌校订批点本石头记》,脂砚斋批点,周汝昌点校,译林出版社2011年版,第223页。

② [清]曹雪芹:《周汝昌校订批点本石头记》,脂砚斋批点,周汝昌点校,译林出版社2011年版,第226页。

③ [清]曹雪芹:《周汝昌校订批点本石头记》,脂砚斋批点,周汝昌点校,译林出版社2011年版,第224页。

④ [清]曹雪芹:《周汝昌校订批点本石头记》,脂砚斋批点,周汝昌点校,译林出版社2011年版,第226页。

⑤ [清]曹雪芹:《周汝昌校订批点本石头记》,脂砚斋批点,周汝昌点校,译林出版社2011年版,第224页。

园的青春儿女,让他们在磨难重重的人间暂时获得幸福。"①

## 二、简朴与节制

元春当时是因贤孝才德,被选入宫中作女史的,因其出众的道德品性,被皇上加封为"贤德妃",此荣誉正是其崇高人格与生命智慧的体现,"是融合了先天资质与后天修为所形成的一种内在涵养"②。因其天性恶繁悦朴,在极致的富贵与权势中,元春并未迷失,而是能够保持人性的朴素与节制,并崇节尚俭。省亲时,"看此园内外如此豪华,因默默叹息奢华过费"③,当她看到大观园石牌坊上明显的"天仙宝境"四个大字时,忙命换成"省亲别墅"。她向家人反复叮嘱"以后不可太奢,此皆过分之极"④。因为在"二十年来辨是谁"的人生历练中,元春深刻懂得简朴与节制乃是持家之道,是关系到家族长远发展的大事,正如智通寺对联所云"身后有馀忘缩手,眼前无路想回头"⑤,这也是对贾府中人的警示。他们沉浸在家族富贵可以永葆无虞的幻想中,一味地挥霍浪费,不能未雨绸缪为家族的长远发展做好准备。节制与简朴,使人能够保有清明的理性。儒家讲"克己复礼",讲"中庸"之道,就是要用"礼"的理性来节制欲望,给予人性一种规范,防止人性中兽性因子的破坏以及不可遏制的沉沦。元春牺牲一己的幸福,成为支撑家族的重要力量,时刻操心着家族的状况与发展。她生在大年初一,与太祖太爷的生日在同一天,这样的时间巧合是有其象征意义的,象征着元春在这个百年家族命运的薪火相传上起着非常重要的作用,她以一己之身为家族的发展建功立业。

---

① 欧丽娟:《大观红楼》(母神卷),台湾大学出版中心 2015 年版,第 365 页。
② 欧丽娟:《大观红楼》(母神卷),台湾大学出版中心 2015 年版,第 365 页。
③ [清]曹雪芹:《周汝昌校订批点本石头记》,脂砚斋批点,周汝昌点校,译林出版社 2011 年版,第 223 页。
④ [清]曹雪芹:《周汝昌校订批点本石头记》,脂砚斋批点,周汝昌点校,译林出版社 2011 年版,第 227 页。
⑤ [清]曹雪芹:《周汝昌校订批点本石头记》,脂砚斋批点,周汝昌点校,译林出版社 2011 年版,第 22 页。

## 第二节　王熙凤的改革

中国传统世家大族实行男主外、女主内的分工，女性承担家族内部管理事务，男性则在外为官，担负起整个家族势力与世袭地位的延续与传承，并通过世家联姻，建立宗族联盟，以保存家族势力。世袭贵族的男性，通过长子世袭官职以及参加科举考试、捐官等形式，担任朝廷官员。在贾家，荣国府中，"长子贾赦袭着官。次子贾政，自幼好喜读书，祖父最疼，原要以科甲出身的……皇上因恤先臣……遂额外赐了这政老爹一个主事之衔，令其入部习学，如今现已升了员外郎了"[①]。贾政长期在外为官，对于家中事物并不过问，"公私冗杂，且素性潇洒，不以俗务为要。每公暇之时，不过看书下棋而已，馀事多不介意"[②]。宁国府中，长子贾敬虽袭了官，"如今一味好道，只爱烧丹炼汞，余者一概不在心上"[③]。族长贾珍袭了官，掌管族中大小事体，"那里肯读书，只一味高乐不了，把宁国府竟翻了过来，也没有敢来管他的"[④]，整日会酒观花，甚至聚赌嫖娼。

男性在家族事务管理上缺席，使女性临危受命，在家庭内部管理上发挥着重要作用，并形成一个封建大家族女性管理系统。这些女性对家族的兴衰成败抱有一份清醒的责任感，有着居安思危的危机意识，关心着家族的命运与发展。在家庭管理活动中，她们以勤劳贤惠的传统妇德，教养子女，为

---

① ［清］曹雪芹：《周汝昌校订批点本石头记》，脂砚斋批点，周汝昌点校，译林出版社2011年版，第25页。

② ［清］曹雪芹：《周汝昌校订批点本石头记》，脂砚斋批点，周汝昌点校，译林出版社2011年版，第62页。

③ ［清］曹雪芹：《周汝昌校订批点本石头记》，脂砚斋批点，周汝昌点校，译林出版社2011年版，第24页。

④ ［清］曹雪芹：《周汝昌校订批点本石头记》，脂砚斋批点，周汝昌点校，译林出版社2011年版，第24页。

家族的日常起居操劳,维系着整个家族的运转与延续,展现出女性特有的能力、不凡的见地与智慧,以及兴利剔弊的改革气魄与能力。

荣国府中的女性管理系统,高层是贾母和王夫人,对整个家族的重大事务进行决策,是女性管理系统中的决策层。贾母是家族中资格最老、辈分最高的老太君,威望最高,掌握着家族的最高权力。她凭借着自己的地位和睿智,把整个家族的权力牢牢控制在手中,但因年事已高,所以退居幕后,由儿媳王夫人管理。王夫人负责向贾母汇报工作,离开执行层,进入决策圈并成为决策圈的首要人物。然而王夫人秉性喜静,吃斋念佛,对家族繁杂琐碎的事务并不积极。寡嫂李纨,尚德不尚才,且因寡妇身份,只宜清净守节,并不参与家族内部事务的管理,只带着姑娘们看书写字,学针线,学道理,除此,问事不知,说事不管。因此,家族内部事务都落在了王熙凤的身上。平儿是王熙凤的贴身丫鬟也是她的重要助手,她管理着庞大的婆子群体,而她们是具体工作的执行者。由此,《红楼梦》中形成了独特的大家族女性管理者群像:以贾母和王夫人为代表的决策层;刚性管理者王熙凤,合作型管理者贾探春;以平儿等四大丫鬟为代表的辅助参谋层;以吴新登家的为代表的基层管理者。

## 一、王熙凤的理家之才

凤姐是王夫人的内侄女,听从王夫人的指令,接受其管理与交办的任务,并向她汇报。凤姐处事周到,管理出众,且处处维护王夫人的权威,所以深得王夫人的信任与托付,家族事务都由她筹划与安排。凤姐承欢迎候贾母,常常插科打诨,逗贾母开心,由此深得贾母的喜欢与信任。贾母亲切地叫她"凤辣子""猴儿",而这也同时巩固了王夫人在家中的地位。贾母的喜爱与王夫人的信任,使王熙凤在贾府获得了很高的权威与地位。刚嫁入贾府时,王熙凤只是丈夫贾琏的管家助手,但慢慢地就以其超凡出众的管理能力,将贾琏比了下去,在管家事务中强势占据主导,成为贾府实际的当家人与管事者,并掌握实际权力。王熙凤也培养了自己的亲信,包括心腹、通房大丫头平儿、来旺和来旺媳妇。

（一）王熙凤的管理内容

1. 家庭物资与财务管理

凤姐掌握着钥匙与对牌，负责家族物资的分配、调度与使用。黛玉刚进贾府时，王夫人就对她说道："这是你凤姐姐的屋子，回来你好往这里来找她来。少什么东西，你只管和她说就是了。"[1]可见，家里物资的支取与使用，都要得到凤姐的准许与认可，由她来分配。她掌管对牌，而对牌是物资支取的重要凭证，"便是他们作，也得要东西，搁不住我不给对牌是难的"[2]。

凤姐还负责家族的日常收支及财务管理，包括主子、丫鬟的月钱、份例。在贾府中，上到贾母，下到粗使的丫头，都是有月钱的，依照身份、地位的不同，数额有所差别。在《红楼梦》中，王夫人不止一次询问凤姐月钱发放情况："正要问你，如今赵姨娘、周姨娘的月例多少？……月月可都按数给他们？"[3]探春管家之时，就曾问过平儿关于月钱发放的工作："我想的事不为别的，因想着我们一月有二两月银外……一月所用的头油脂粉，每人又是二两。这又同刚学里的八两一样，重重叠叠。事虽小，钱有限，看起来也不妥当。你奶奶怎么就没想到这个？"[4]

作为管家人，凤姐对于家族财务入不敷出、日渐消疏的真实经济状况异常清醒，她必须想尽办法来省减开支，努力维持家族的正常运行："你知道我这几年生了多少省俭的法子，一家子大约也没个不背地里恨我的……若不趁早料理省简之计，再几年就都赔尽了。"[5]此外还有家庭日常事务管理，包

---

① ［清］曹雪芹：《周汝昌校订批点本石头记》，脂砚斋批点，周汝昌点校，译林出版社2011年版，第42页。

② ［清］曹雪芹：《周汝昌校订批点本石头记》，脂砚斋批点，周汝昌点校，译林出版社2011年版，第176页。

③ ［清］曹雪芹：《周汝昌校订批点本石头记》，脂砚斋批点，周汝昌点校，译林出版社2011年版，第443页。

④ ［清］曹雪芹：《周汝昌校订批点本石头记》，脂砚斋批点，周汝昌点校，译林出版社2011年版，第665页。

⑤ ［清］曹雪芹：《周汝昌校订批点本石头记》，脂砚斋批点，周汝昌点校，译林出版社2011年版，第662页。

括家族人员的日常吃穿用度、节庆宴席活动、红白喜事、采买节礼等。

2. 家族人事管理

凤姐负责管理家族内的婆子、丫头的人事管理工作，分配工作，任免调配。她曾嘱咐黛玉："丫头、老婆不好了，也只管告诉我。"①她也会插手贾府子弟的人事安排。第二十三回中，贾芹的母亲想为儿子在贾政这边谋个差事，于是就来求凤姐。凤姐以"一时娘娘出来，就要承应"②为理由，想出一个到铁槛寺管理小和尚、道士的差事来，并告知王夫人，且要贾琏依着她来行，而贾琏已受托要为贾芸谋事，因此埋怨道："好容易出来这件事，你又夺了去。"③最后凤姐答应，保管叫贾芸管理在大观园种植松柏树的工程。这场人事任免的较量，以贾琏依了凤姐的主意收场，最后贾芹顺利得到了这个职缺。在这个事件中可以看到凤姐在家族人事管理中实际掌握的权力，她可以决定贾府子弟人事的分配与任免。在这个过程中，她还要处理家族人际关系，周旋在各种利益关系中，且不小心就容易得罪人。第五十五回中，平儿就讽刺贾府的媳妇们道："你们素日那眼里没人，心里利害，我这几年难道还不知道。二奶奶若是略差一点儿的，早被你们这些奶奶治倒了。饶这么着，得一点空儿，还要难他一难，好几次没落了你们的口声。"④鸳鸯也体认到凤姐在家族人际关系处理上的不易："罢哟！还提凤丫头呢，他可怜见的，虽然这几年没在老太太跟前有个错缝儿，暗里也不知得罪了多少人。……如今咱们家里更好，新出来的这些底下奴字号的奶奶们，一个个心满意足，都不知要怎么样才好，少有不得意，不是背地里咬舌根，就是挑三窝四。"⑤

① ［清］曹雪芹：《周汝昌校订批点本石头记》，脂砚斋批点，周汝昌点校，译林出版社2011年版，第37页。
② ［清］曹雪芹：《周汝昌校订批点本石头记》，脂砚斋批点，周汝昌点校，译林出版社2011年版，第289页。
③ ［清］曹雪芹：《周汝昌校订批点本石头记》，脂砚斋批点，周汝昌点校，译林出版社2011年版，第290页。
④ ［清］曹雪芹：《周汝昌校订批点本石头记》，脂砚斋批点，周汝昌点校，译林出版社2011年版，第661页。
⑤ ［清］曹雪芹：《周汝昌校订批点本石头记》，脂砚斋批点，周汝昌点校，译林出版社2011年版，第839页。

除了家族内部的管理,凤姐还要负责贾府对外交际事务,以及与各王府世家之间的贺吊往还、礼尚往来。第七回中,凤姐向王夫人汇报与甄家礼品往来的情况:"今儿甄家送了来的东西,我已收了。咱们送他的,趁着他家有年下进鲜的船去,一并都交给他们带去了。"①还有临安伯老太太千秋贺礼的打点与派送,第七十一回中,贾母就询问凤姐寿礼收放情况:"'前儿这些人家送礼来的,共有几家有围屏?'凤姐道:'共有十六家有围屏,有十二架大的,四架小的炕屏。'"②

3.掌权

在处理这些家族内外事务的过程中,凤姐逐渐掌握了相当具有实质性的权力,包括人事任免权、财务管理权、物资分配权。但是这些不受限制的权力,随着她膨胀的个人野心与欲望,又滋生出收受贿赂、权钱交易、私揽诉讼、放高利贷等权力寻租行为,这也是导致后来贾府被抄检的重要罪证。

(二)王熙凤的改革措施

1.正本清源

改革宁国府时,在纷繁混乱的现象面前,凤姐思路清晰,凭借很强的现实意识以及丰富的管理经验,一下子就理出了宁国府的乱象之源,抓住问题的症结所在,表现出超凡的见地与敏锐的洞察力。她将宁府的混乱归纳为五点:"头一件是人口混杂,遗失东西。第二件,事无专执,临期推委。第三件,需用过废,滥支冒领;第四件,任无大小,苦乐不均。第五件,家人豪纵,有脸者不服黔束,无脸者不能上进。"③这五个问题,不仅是宁国府的病灶,也是所有贵族家庭的通病。认清问题之后,就是有针对性地采取改革措施,一一解决问题与弊端。

---

① [清]曹雪芹:《周汝昌校订批点本石头记》,脂砚斋批点,周汝昌点校,译林出版社2011年版,第103页。

② [清]曹雪芹:《周汝昌校订批点本石头记》,脂砚斋批点,周汝昌点校,译林出版社2011年版,第837页。

③ [清]曹雪芹:《周汝昌校订批点本石头记》,脂砚斋批点,周汝昌点校,译林出版社2011年版,第169页。

2.量才分工

针对"人口混杂"的问题,凤姐定造簿册,查看家口花名册,按名将家里的仆人一个一个唤进来看视,对家中人口进行盘查、掌握、了解,以便量才而用。针对"事无专执,临期推委"的情况,凤姐实行细致明确的分工:"这二十个分作两班,一班十个,每日在里头单管人来客往到茶,别的事不用他们管。"①在此基础上,施行严格的岗位责任制:"这四个人单在内茶房收管杯碟茶器,若少一件,便叫他四个描赔……这下剩的按着房屋分开,某人守某处,某处所有桌椅古董起,至于痰盒掸帚,一草一描,或丢或坏,就和守这处的人算账描赔。"②来升家的则负责每日揽总查看,向凤姐汇报工作。凤姐要求她秉公执法,不可徇情,如实汇报:"你若徇情,经我查出,三四辈子的老脸,就顾不成了。"③这样就构成了严格的层级责任制:"如今都有了定规,以后那一行乱了,只和那一行说话。"④这种明确的分工与岗位责任制,产生了明显的管理效果:"众人领了去,也都有了投奔,不似先时只拣便宜的作,剩下苦差没个招揽。"⑤每个人都能各归其位,各司其职。

3.收支管控

针对"需用过费,滥支冒领"的乱象,凤姐严格控制、审查物资的支出数量与用途,以防冒支滥领。凤姐严格询问并审查物资的支出用途,清楚各类事务所需物资数量,做到按数发物,数量清晰。只有当物资支取数量与她心中数目相合时,才会取对牌掷下,一旦发现数量有误,执事者就必须再算清了来取。凤姐要求物资当场交割清楚,同时一笔笔收账登记,"一面交发,一

① [清]曹雪芹:《周汝昌校订批点本石头记》,脂砚斋批点,周汝昌点校,译林出版社2011年版,第172页。
② [清]曹雪芹:《周汝昌校订批点本石头记》,脂砚斋批点,周汝昌点校,译林出版社2011年版,第172页。
③ [清]曹雪芹:《周汝昌校订批点本石头记》,脂砚斋批点,周汝昌点校,译林出版社2011年版,第172页。
④ [清]曹雪芹:《周汝昌校订批点本石头记》,脂砚斋批点,周汝昌点校,译林出版社2011年版,第172页。
⑤ [清]曹雪芹:《周汝昌校订批点本石头记》,脂砚斋批点,周汝昌点校,译林出版社2011年版,第173页。

面提笔登记,开得十分清楚"①。凤姐执行严格的对牌掌管制度,只有经过她亲自审核,并得到许可后,执事者才可以取得对牌,凭借对牌去库房领取所需的物资,这就有效地防止了滥支冒领。

4. 严刑峻法

在对宁国府进行改革前,凤姐就定下了严格的规矩:"这如今可要依着我行,错我半点儿,管不得谁是有脸的,谁是没脸的,一例现清白处治。"②且严惩不贷,坚定落实下去,从而树立个人权威。凤姐给每项工作定下严格清晰的时间表,负责的人井井有条地按序推进:"素日跟我的人,随身自有钟表,不论大小事,我是皆有一定的时辰。横竖你们上房里也有时辰钟,卯正二刻我来点卯,巳正吃早饭,凡有领牌回事者,只在午初刻。戌初烧过黄昏纸,我亲到各处查一遍,回来上夜的交明钥匙。第二日仍是卯正二刻过来。"③

针对"家人豪纵,有脸者不服黔束,无脸者不能上进"的乱象,凤姐在管理中强调公平原则,"管不得谁是有脸的,谁是没脸的,一例现清白处治"④,只讲法则,不讲人情。若有犯错,一律按纪处罚,依法办事。

凤姐的改革在宁国府中很快取得了成效,她以集权式的管理方法进行家庭事务的管理,以管理者个人绝对权威的专制,凭借超强的管理能力,以严刑峻法对违规行为进行惩处,在短期内取得了效果,树立了个人权威,"这才知道凤姐的利害。众人不敢偷安,自此兢兢业业,执事保全"⑤。而在她的管理下,原来混乱的家庭事务开始井然有序,"如这些无头绪、荒乱推托、偷

---

① [清]曹雪芹:《周汝昌校订批点本石头记》,脂砚斋批点,周汝昌点校,译林出版社2011年版,第174页。

② [清]曹雪芹:《周汝昌校订批点本石头记》,脂砚斋批点,周汝昌点校,译林出版社2011年版,第172页。

③ [清]曹雪芹:《周汝昌校订批点本石头记》,脂砚斋批点,周汝昌点校,译林出版社2011年版,第172页。

④ [清]曹雪芹:《周汝昌校订批点本石头记》,脂砚斋批点,周汝昌点校,译林出版社2011年版,第172页。

⑤ [清]曹雪芹:《周汝昌校订批点本石头记》,脂砚斋批点,周汝昌点校,译林出版社2011年版,第175页。

闲、窃取等弊,次日一概都蠲了"①。

### (三)王熙凤改革失败的原因

然而凤姐的改革只在宁国府内产生了短期与局部效果,并未在整个贾府产生全面而长远的作用。究其原因,有如下几点。

1. 缺乏认同

在集权式的严刑峻法的冷酷打压下,人虽然能够努力工作,并且避免干坏事,但不是出于道德上的自律与对正向价值观的认同,只是出于规避和惧怕惩罚,人可能仍然是"无耻"的,正如孔子语:"道之以政,齐之以刑,民免而无耻"②,且工作缺乏主动性、积极性以及正向的价值建立,更谈不上创造性。由这样的人建立起来的组织,往往缺乏长期竞争力。因此,王熙凤生病后,园内的人比先前放肆了许多:"近来渐次放诞,竟开了赌局,甚至有头家局主,或三十吊,五十吊,一百吊大输赢。半月前,竟有争斗相打之事。"③吃酒、赌博、偷窃、打斗、私会、偷情等现象纷纷出现。

2. 上下交争利

凤姐的管理单纯以利益和赏罚调动。压制性的管理方式,使得管理者与被管理者之间的矛盾激化,导致上下左右交争利,上下级关系紧张,左右部门互相私斗争利,凤姐对此也看得很清楚:"若按私心藏奸上论,我也太行毒了,也该抽头退步,回头看看了。再要穷追苦克,人恨极了。"④

3. 法治变人治

凤姐的集权式管理,主要通过严刑峻法、个人权威来实现,一旦权势没了,管理也就坍塌了。没有监督与约束,权力愈来愈膨胀,变成了随意而为

---

① [清]曹雪芹:《周汝昌校订批点本石头记》,脂砚斋批点,周汝昌点校,译林出版社2011年版,第173页。

② 《论语译注》,杨伯峻译注,中华书局,2017年版,第156页。

③ [清]曹雪芹:《周汝昌校订批点本石头记》,脂砚斋批点,周汝昌点校,译林出版社2011年版,第855页。

④ [清]曹雪芹:《周汝昌校订批点本石头记》,脂砚斋批点,周汝昌点校,译林出版社2011年版,第663页。

的人治,听凭私欲胡搞和乱用刑罚,使权弄权,生出种种罪恶的勾当,私揽诉讼,放高利贷,利用家族的权势与人脉来换取利益,这也构成贾府被抄家的重要原因。第七十二回中,凤姐让心腹旺儿家的收回放出去的高利贷:"说给你男人,外头所有的账,一概都赶今年年底下收了进来,少一个钱,我也不依。我的名声不好,再放一年,都要生吃了我呢!"①

## 二、王熙凤人物评价——"绣幡开遥见英雄俺"

李劼在《历史文化的全息图像:论红楼梦》一书中指出凤姐身上体现出了一种"豹子"精神。在"走狗"和"绵羊"的历史结构中,社会形态是奴隶性的,听话和服从是绵羊道德的核心,但"豹子"精神则是一种积极进取的精神,是强悍生命力的体现,呈现着蓬勃的欲望、野心、反抗力以及创造力。②"作者尽了平生气力来塑造王熙凤这样一个前所未有的脂粉英雄形象,她以女子的身份带给贾府男人世界一股强悍的生命力,一扫男人世界的萎靡之气。"③小说第三回是王熙凤的第一次出场亮相,作者用"人未到,声先闻"的写法来刻画这个不同寻常,具有非凡魅力,不同于传统儒家妇德规训下的女性人物,并以初进贾府的黛玉的视角来写。先铺垫了因贾母在场当时整个室内环境的严肃与安静,"这里人个个皆敛声屏气,恭肃严整如此"④,在这样森严的礼制空间里,凤姐爽朗的充满自信与活力的笑声,大胆、肆意地穿过空间,远远地传进来,连黛玉都纳闷:"这来者系谁,这样放诞无礼?"⑤为"绣

---

① [清]曹雪芹:《周汝昌校订批点本石头记》,脂砚斋批点,周汝昌点校,译林出版社2011年版,第847页。

② 李劼:《历史文化的全息图像:论〈红楼梦〉》,广西师范大学出版社2009年版,第24页。

③ 罗书华:《凤凰惜作末世舞——论凤姐兼说"一从二令三人木"》,载《红楼梦学刊》1998年第2期,第65页。

④ [清]曹雪芹:《周汝昌校订批点本石头记》,脂砚斋批点,周汝昌点校,译林出版社2011年版,第36页。

⑤ [清]曹雪芹:《周汝昌校订批点本石头记》,脂砚斋批点,周汝昌点校,译林出版社2011年版,第36页。

幡开遥见英雄俺"①做了充分的铺垫。作者能够塑造出这样一个超越传统,完全不为规范所拘束的越轨逾蹈的时代弄潮儿、光彩夺目的时代新女性,是需要容纳新兴事物的魄力与格局的,正如脂砚斋的批语所言,"懦笔庸笔何能及此"②。也由此可见,《红楼梦》这部小说具有敏锐的时代意识。

《红楼梦》多次强调凤姐身上所具有的男人性,她颠覆了传统的女性规范与形象,呈现出当时只有男性才具有的性别特征,甚至表现得比男性更为充分与强烈。秦可卿称赞凤姐为:"你是个脂粉队内的英雄,连那些束带顶冠的男子也不能过你。"③冷子兴说她:"说模样又极标致,言谈又爽利,心机又极深细,竟是男人万不及一的!"④凤姐身上表现出的不同于传统规训的女性的蓬勃欲望,以及"男人性"的形成与她的成长经历也有重要关系。王家先祖是武官,父亲王子腾的官职先是京营节度使,升官以后是九省统制,奉旨出都查边。在凤姐受教育的过程中,"自幼假充男儿教养"⑤,且不识字,因此接受的传统女性规训很少,形成相对模糊的性别意识,这让她的生命本能欲望能够得到更充分的表现。从小跟随家人见识各种场合,扩大了凤姐的眼界,也刺激了凤姐对外在世界的好奇心与渴望,"她发现、认识和掌握的身边的世界的自由越少,她对于自身潜力的发掘也就越少,她就更加不敢确定自身的主体地位。在受到鼓励时,她就能表现和男孩子相同的活力,相同的好奇,一样的探索精神,一样的坚强。在把女孩子当作男孩培养的时候就会发生这种情况。"⑥具体来说,凤姐身上的"男人性"具体表现在以下几个方面。

---

① [清]曹雪芹:《周汝昌校订批点本石头记》,脂砚斋批点,周汝昌点校,译林出版社2011年版,第35页。

② [清]曹雪芹:《周汝昌校订批点本石头记》,脂砚斋批点,周汝昌点校,译林出版社2011年版,第35页。

③ [清]曹雪芹:《周汝昌校订批点本石头记》,脂砚斋批点,周汝昌点校,译林出版社2011年版,第161页。

④ [清]曹雪芹:《周汝昌校订批点本石头记》,脂砚斋批点,周汝昌点校,译林出版社2011年版,第29页。

⑤ [清]曹雪芹:《周汝昌校订批点本石头记》,脂砚斋批点,周汝昌点校,译林出版社2011年版,第36页。

⑥ (法)西蒙·波伏娃:《第二性》,李强译,西苑出版社2004年版,第112页。

（一）积极参与家政

凤姐对建省亲别墅的事有着强烈的兴趣。她对赵嬷嬷道："若果如此，我可也见见大世面了。可恨我小几岁年纪，若早生二三十年，如今这些老人家也不薄我没见世面了。说起当年太祖皇帝仿舜巡狩的故事，比一部书还热闹，我偏没造化赶上。"[①]凤姐对于见世面，参与这个男性主导的社会的事务有着强烈的兴趣，"我们建构了一个象征世界，男人是前景而女人则是背景，女人被边缘化成外人和规则的例外"[②]，绝不甘心被边缘化与背景化。她熟悉男性社会的潜规则、手段，且对财富、权势都充满了渴望。在男权社会中，男性被鼓励对外在世界进行主动积极的质疑、反抗与进取。而女性则是被限制的，只能被动接受社会为她设置的位置，无条件地服从，解释世界不关她的事。体力的受限更使古代女性全方位地怯懦，无法相信自身的力量，她无力进取、反抗和创造，只能一味地温驯、顺从。然而，王熙凤在贾府中，凭借自己强大的能力与勤奋努力，一步步掌握了实权，成为家族的真正管理者，树立了强大的个人威权。

（二）改革者的魄力

王熙凤对外在世界主动积极的进取态度，突出表现在她改革宁国府的事件中。宁国府内里一团乱象，贪图安逸享乐者为多，"我们里面也须得他来整治整治，都特不像了"[③]。凤姐能够清晰看见宁国府的问题与弊病，且有魄力与能力去改革现状。在着手改革前，就先向宁国府中人表达自己改革的决心与态度："既托了我，我就说不得要讨你们嫌了。我可比不得你们奶

① ［清］曹雪芹：《周汝昌校订批点本石头记》，脂砚斋批点，周汝昌点校，译林出版社2011年版，第198页。

② （英）亚伦·强森：《性别打结：拆除父权违建》，成令方等译，群学出版社2008年版，第102页。

③ ［清］曹雪芹：《周汝昌校订批点本石头记》，脂砚斋批点，周汝昌点校，译林出版社2011年版，第171页。

奶好性儿,由着你们去。再不要说你们府里原是这样的话。"①中国人讲人情和面子,为了不得罪人,对一些问题遮遮掩掩,睁一只眼闭一只眼,只要不伤害到自己的利益,少有人愿意站出来说真话,常常任由问题恶化。然而凤姐身上展现出的是改革者特有的气魄与勇气,不怕得罪人,敢于打破惰性与虚假和谐的局面,让真正的问题暴露出来。在整个协理宁国府的过程中,她表现出超群的管理能力、改革魄力,以及超强的行动能力,杀伐决断、冷静严格。"作者不是在小说中的任何一个男人身上,而是在这个少妇身上倾注了如此强劲的创造精神,从而作为一种对豹的时代的飘忽不定的记忆。"②她的改革为陈腐的宁国府带来一股新鲜活力,"在整个死气沉沉的深宅大院内,王熙凤形象一反芸芸众生的庸庸碌碌,显示出惊人的勃勃生机"③,表现出强烈的阳刚气质,这是被男权文化指定为男性才具有的性格特征。

(三)生命的主动性

凤姐对自我才能的主动追求与积极表现,展现出超过男性的主动性。当贾珍向王夫人请求让凤姐协理宁府之事时,王夫人以"他一个小孩子家,何曾经过这些事? 倘或料理不清,反叫人笑话"④为由拒绝,然而凤姐却回以一句:"有什么不能的?"⑤在这里可以看出她性格中敢于迎难而上、主动争取的品质。吕启祥以"辣"来形容凤姐生命的主动性:"历来融化在中国女性人格中深入骨髓的从属意识,在凤姐身上居然相对弱化,不仅可与男性争持,甚至还能居高临下。凤姐不仅才识不凡,并且具有强烈的自我实现的欲望。

---

① [清]曹雪芹:《周汝昌校订批点本石头记》,脂砚斋批点,周汝昌点校,译林出版社2011年版,第172页。

② 李劼:《历史文化的全息图像:论〈红楼梦〉》,广西师范大学出版社2009年版,第24页。

③ 李劼:《历史文化的全息图像:论〈红楼梦〉》,广西师范大学出版社2009年版,第24页。

④ [清]曹雪芹:《周汝昌校订批点本石头记》,脂砚斋批点,周汝昌点校,译林出版社2011年版,第168页。

⑤ [清]曹雪芹:《周汝昌校订批点本石头记》,脂砚斋批点,周汝昌点校,译林出版社2011年版,第168页。

惯于发号施令,办事杀伐决断,胆略识见非凡,喜欢争强好胜。"①在传统性别规训中,女性都是偏向于被动的,但所谓女人的被动性特征其实是从小就灌输给她的,是被男权文化所建构的特性,是大人和社会共同强加给她的命运,"她们从来不以自己的成就来肯定自我,而是甘愿充当男性的支持者,父权社会中,父权的教养让男人以成就来肯定自己。这与女人正相反,女人受到的教养使她们较不以成就来肯定自己,而是以同理心和当他人的镜子来结交朋友并维护人际关系"②。然而凤姐的生命充满了主动性,她毫不掩饰自己的欲望与野心。

（四）勤奋自主

凤姐不仅有主动、积极的态度,而且做事有担当,努力勤奋、不畏辛劳,"一夜张罗款待,都是凤姐一人周全承应"③。协理宁国府时兢兢业业,"天天于卯正二刻就过来点卯理事,独在抱厦内起坐,不与众姊娌合群,便有堂客来往,也不迎会"④,"并不偷安推托,恐落人褒贬,因此日夜不暇,筹画得十分的整肃"⑤,表现出凤姐勤奋自主的生命态度。

（五）理智现实

李纨讽刺凤姐:"天下人都被你算计了去!"⑥对王熙凤来说,她的一举一动、为人处世,都经过理性的判断与冷静的利益考量,她绝不是那种只知任情任性、不知利害得失的痴情人。即使在触动真情的时刻,她的头脑、她的

---

① 吕启祥:《王熙凤的魔力与魅力》,载《红楼梦学刊》2008年第3期,第76页。

② （法）西蒙·波伏娃:《第二性》,李强译,西苑出版社2004年版,第325页。

③ ［清］曹雪芹:《周汝昌校订批点本石头记》,脂砚斋批点,周汝昌点校,译林出版社2011年版,第177页。

④ ［清］曹雪芹:《周汝昌校订批点本石头记》,脂砚斋批点,周汝昌点校,译林出版社2011年版,第173页。

⑤ ［清］曹雪芹:《周汝昌校订批点本石头记》,脂砚斋批点,周汝昌点校,译林出版社2011年版,第177页。

⑥ ［清］曹雪芹:《周汝昌校订批点本石头记》,脂砚斋批点,周汝昌点校,译林出版社2011年版,第544页。

理智,也保持着清醒,从没忽略过利害的考虑、得失的计算。不同于传统女性特质中的感性、情绪化,凤姐在待人接物中表现出的冷静、理智、沉稳的气质态度,对事物能够做细致全面的考虑,对现实利益也有着清醒的把握。

(六)反抗女性规范

凤姐对传统女性表达出轻视与不屑,公然有意识地对传统社会中男女两性的角色分工以及男权文化所要求的女性气质提出质疑、讥讽与抗议,而且在其言行举止中无不展现出超越传统女性规训的英勇、骄大,"举止舒徐,言语慷慨,珍贵宽大,因此也不把众人放在眼内,挥喝指示,任其所为,目若无人"①。相比之下,"合族中并有许多妯娌,但或有羞口,或有羞脚的,或有不惯见人的,或有惧贵怯官的"②。凤姐语言方式泼辣简断、干脆利落,这正是对传统妇德规训下女性阴柔气质的反叛,这点从她在尤氏面前赞赏和肯定小红说话与办事方式中清晰地表现出来:"好孩子,难为你说的齐全,别像他们扭扭捏捏蚊子是的。嫂子不知道,如今除了我随手使的这几个人外,我就怕和别人说话。他们必定一句话拉长了作两三截儿,咬文嚼字,拿着腔儿哼哼,急的我冒火,他们那里知道?先时我们平儿也是这么着,我就问着他,难道必定粧蚊子哼哼就是美人了?说了几遭才好些了。"③

王熙凤与贾琏的婚姻关系,经历了"一从二令三人木"的转变过程,对传统婚姻中男女的权力界限、话语权、角色产生了极大的颠覆。凤姐在贾府的威势超过了贾琏,且架空了贾琏掌握了实权。如兴儿说:"奶奶的心腹我们不敢惹,爷的心腹奶奶就敢惹……他说一是一,说二是二,没人敢拦他。"④在凤姐面前,贾琏基本上处于失语状态。凤姐自我意识的觉醒,与传统父权下

---

① [清]曹雪芹:《周汝昌校订批点本石头记》,脂砚斋批点,周汝昌点校,译林出版社2011年版,第177页。

② [清]曹雪芹:《周汝昌校订批点本石头记》,脂砚斋批点,周汝昌点校,译林出版社2011年版,第177页。

③ [清]曹雪芹:《周汝昌校订批点本石头记》,脂砚斋批点,周汝昌点校,译林出版社2011年版,第346页。

④ [清]曹雪芹:《周汝昌校订批点本石头记》,脂砚斋批点,周汝昌点校,译林出版社2011年版,第777页。

一夫一妻多妾制度之间产生了强烈的矛盾与冲突,她的嫉妒让她用恶毒的方式来进行反抗,收拾异己,这是她与一个庞大的性别体制的惨烈对抗。

对于这样一个具有时代新质的女性人物,小说是以辩证而审慎的态度来描写的。当凤姐手中所掌握的权力越来越大时,她开始通过放高利贷、私揽诉讼、权钱交易的方式为自己敛财。凤姐个性中重利重欲的缺陷,让她无法领悟秦可卿死前托梦所警示的预言,看不到潜伏的家族危机,无法为家族未来的溃败事先绸缪。从更大范围来看,当经济基础产生了新的变化,而上层建筑,包括社会结构、制度、法律等方面并没有发生相应的变革与进步,因而产生许多灰色地带,成为各种犯罪、邪恶、污浊的温床,这也是以凤姐为代表的新兴市侩势力身上潜藏的危机与迷失。小说中,凤姐后来一直处于病中,或许正是对这些新兴市侩势力身上所伏危机的一个深刻表征。

## 第三节　贾探春的改革

在贾府两场声势浩大的家庭聚会"宁国府除夕祭宗祠,荣国府元宵开夜宴"后,作为主政荣国府的大管家,王熙凤因长期劳累过度小产了,卧床不能理事,需安静养一个月。于是王夫人决定除大事自己主张外,将家中琐碎之事交给儿媳李纨代理,但考虑到"李纨是个尚德不尚才的,未免逼纵了下人。王夫人便命探春合同李纨裁处"①,给了探春一个机会来协同李纨进行家庭事务管理,同时王夫人又特意把自己的外甥女宝钗请来,托她各处小心照管。小说安排秦可卿的死,让凤姐有机会协理宁国府,而凤姐的病,使探春的管理才华崭露头角,让家族中的其他女性可以协作起来,进行一场兴利剔弊的管理与改革实践,以集体协作、共同商议的管理形式,给家族带来了短暂的新鲜气象。在这个过程中,几位女性展现出了各自不同的管家才干与

---

① 〔清〕曹雪芹:《周汝昌校订批点本石头记》,脂砚斋批点,周汝昌点校,译林出版社2011年版,第654页。

智慧,以探春为主导,李纨、宝钗则是协助与商议。这次改革也得到了凤姐的支持,她虽卧病,但通过平儿,时时关注着这次的管理与改革,并给予支持与鼓励。李纨在这次改革中主要起到协助、调和的作用。"才自精明志自高"的探春,一直想要一个机会来施展自己的抱负与能力,因此王夫人的此次托付,对她来说是一个非常珍贵与难得的机会。探春对家族的现状有着清晰的认识与高度的责任感,所以她以全部的精力与心力,积极主动地投入管理与改革中,希望开创出新的局面,并展现出独特的气质个性、才干智慧与现代式的管理方式。宝钗平素"一问摇头三不知"①,个性谨慎内敛,因此没有很主动地参与管理与改革,但其出众的理事智慧,还是得到了呈现,并以人情式的管理方法,在探春的基础上进行调和与圆融。至此,一个以李纨为董事长、贾探春为执行董事、薛宝钗为监事的三人管理委员会正式形成,在贾府内外交困之际,拉开了改革大观园的序幕。

李纨、贾探春、薛宝钗三人每日早晨皆到园门口南面的三间小花厅上会齐办事,吃过早饭上班,中午下班(卯正至此,午正方回),并把这个小花厅起名为"议事厅","凡一应执事媳妇等来往回话者,络绎不绝"②。这与凤姐的理事风格大不相同。凤姐理事多在自己房中,拖欠下人工资、放高利贷等事儿都是悄悄在自家做的。后者则是一种定时定点集中办公制度,多人在场,相互监督,公开透明,实行集体决策,避免了暗箱操作。正是有了这样一个舞台,贾探春在李纨、薛宝钗的配合支持下,针对贾府和大观园管理中的漏洞和弊端,进行了大胆积极而卓有成效的改革。

## 一、初露锋芒

接管贾府事务之初,由于年轻和涉世不深,贾探春并未引起下人们的重视。但通过三件事,探春彰显了自己的管理能力与智慧,以及惊人的胆魄与

---

① [清]曹雪芹:《周汝昌校订批点本石头记》,脂砚斋批点,周汝昌点校,译林出版社2011年版,第663页。

② [清]曹雪芹:《周汝昌校订批点本石头记》,脂砚斋批点,周汝昌点校,译林出版社2011年版,第655页。

气量,并为接下来的大观园改革奠定了基础。

(一)对付刁奴

贾府的日常运行离不开婆子们,而这些经年的老婆子,尖刻势利,贪小便宜,庸俗恶毒,连凤姐对她们也怕三分。正如平儿所说:"你们素日那眼里没人,心里利害,我这几年难道还不知道。二奶奶若是略差一点儿的,早被你们这些奶奶治倒了。饶这么着,得一点空儿,还要难他一难,好几次没落了你们的口声……他利害,你们都怕他,惟我知道,他心里也就不算不怕你们呢!"①这些刁奴自然不会把一个未出阁的年轻姑娘放在眼中,故意以赵姨娘兄弟赵国基死后的赏银,来刁难与试探这位新管家的能力,并打定主意:"若办得妥当,大家则安个畏惧之心。若少有嫌隙不当之处,不但不畏伏,一出二门,还要编出许多笑话来取笑。"②在与这些刁奴面对面的斗法中,"言语安静,性情和顺"③的探春却是句句藏刀,字字有锋,以家族法令制度秉公办事,公正、严厉、精细,以丝毫不让的正气,步步紧逼,让这些刁奴受到了震慑。

李纨老实,以德处世,她提议与袭人母亲去世时发的赏银一样,给四十两。然而探春十分敏锐精明,问吴新登家的,家生、外头的老姨娘身份有别,赏银又该如何区分。吴新登家的不以为意,试图以"这也不是什么大事"搪塞过去。探春严厉斥责她:"这话胡闹!"④首先,因为赏银多少事关家族银两出入之大事,吴新登执掌银库,其妻也是重要的管家婆,竟如此敷衍搪塞,极不负责。这就是人事管理上出了问题。其次,这关系到银两分配的公平性与家族法理的严肃性问题。探春明确提出要以理办事,并要求查看旧账,按

① [清]曹雪芹:《周汝昌校订批点本石头记》,脂砚斋批点,周汝昌点校,译林出版社2011年版,第660页。

② [清]曹雪芹:《周汝昌校订批点本石头记》,脂砚斋批点,周汝昌点校,译林出版社2011年版,第656页。

③ [清]曹雪芹:《周汝昌校订批点本石头记》,脂砚斋批点,周汝昌点校,译林出版社2011年版,第655页。

④ [清]曹雪芹:《周汝昌校订批点本石头记》,脂砚斋批点,周汝昌点校,译林出版社2011年版,第656页。

照账上以往的旧例来处理。一开始气焰嚣张的吴新登家的这时"只有满脸通红，忙转身出来"①，众媳妇也对探春生起了畏惧之心。这一回合，以探春全胜结束。按照定例、规矩办事，不讲私情，客观公正，对下人严格要求，严明应对，且不怕得罪人，探春表现出超越年龄与阅历的魄力。

（二）以法理应对生母赵姨娘

探春公正、清明，不包藏私心，秉公办事，尽心保护嫡母王夫人所代表的家族利益，并不汲汲于个人私利，更以其母赵姨娘攀附人情的做法为耻。探春与赵姨娘的出发点与处事格局完全不同，探春是从整个家族的规矩、定法、利益出发，维护家庭法令的威严与秩序，而赵姨娘则无视法令、规矩，只能看到个人的私利与面子，为蝇头小利不惜攀附关系，甚至找亲女儿理论。探春坚持"有理、有节、有据"的原则，既向赵姨娘解释了旧例，又动之以情，晓之以理，使本来耍横的赵姨娘理屈词穷。她拿账目与赵姨娘瞧："这是祖宗手里的旧规矩，人人都依着，偏我改了这例不成？"②探春遵循法理，理性公正地处理了这场冲突，让别人也无话可说。这件事使得探春的地位更加巩固，权力强化，在此基础上，探春继而开始了她"开源节流"的改革举措。

（三）查账节流

在对府中账本的仔细核对中，精细而严厉的探春查出了重复支出的问题。一是宝玉、贾环、贾兰三人学里八两银子的公费与月钱重复支出。探春锋芒毕露地指出："原来上学去的是为这八两银子！从今儿起，把这一项蠲了"。③宝玉是贾母的心肝宝贝，贾兰是贾府未来的接班人之一，贾环也是贾政的儿子，这三人是贾府最尊贵的主子，没有哪个能轻易招惹，而探春偏偏

---

① ［清］曹雪芹：《周汝昌校订批点本石头记》，脂砚斋批点，周汝昌点校，译林出版社2011年版，第656页。

② ［清］曹雪芹：《周汝昌校订批点本石头记》，脂砚斋批点，周汝昌点校，译林出版社2011年版，第656页。

③ ［清］曹雪芹：《周汝昌校订批点本石头记》，脂砚斋批点，周汝昌点校，译林出版社2011年版，第660页。

就是"正要找几个利害事与有体面的人来开刀做法,镇压与众人作榜样呢"①。她干净利落地免除了宝玉三人八两银子的上学补贴,体现出有勇有谋、有胆有识的品质。在废除宝玉、贾环、贾兰的学钱之后,探春又取消了包括自己在内的贾府姑娘们每人二两的月钱,这两件事情都直接触动到核心集团的利益,很容易得罪人。在查账过程中,探春质疑凤姐管理中的漏洞,在素有威势的凤姐面前也毫不退缩,反而赢得了凤姐对她的敬畏:"好好,好个三姑娘,我说他不错。"②探春不是为了个人私利,而是以对更高的家族整体利益负责的原则来行事。这些节流举措,虽然对整个贾府庞大臃肿的开支来说是九牛一毛,最终也并未能够挽救家族的颓败,但毕竟开辟出一个不同的管理局面,呈现出了短暂的新气象。

## 二、大观园改革

### (一)推行承包责任制

通过前面三件事,探春积累了威信,开始着手大观园改革。她把园内不同的产业承包给园里的婆子们,这个方法是从赖大家的小园子得到的启发:"我因和他们家女儿说闲话儿,谁知那么个园子,除他们带的花儿,吃的笋、菜、鱼、虾之外,一年还有人包了去,年终总有二百两银子剩。从那日我才知道,一个破荷叶,一根枯草根子,都是值钱的。"③她以敏锐的嗅觉,嗅到了改革后有四方面的现实利益:"一则园子有专定之人修理花木草水,自有一年好似一年的,也不用临时忙乱。二则也不致作践,白辜负了东西。三则老妈妈们也可借此小补,不枉年日在园中辛苦。四则亦可以省了这些花儿匠、山

---

① [清]曹雪芹:《周汝昌校订批点本石头记》,脂砚斋批点,周汝昌点校,译林出版社2011年版,第661页。

② [清]曹雪芹:《周汝昌校订批点本石头记》,脂砚斋批点,周汝昌点校,译林出版社2011年版,第662页。

③ [清]曹雪芹:《周汝昌校订批点本石头记》,脂砚斋批点,周汝昌点校,译林出版社2011年版,第666页。

子匠并打扫人等的工费钱。将此有馀以补不足,未为不可。"①这四点是句句在理,第一条从花木管理的角度谈改革的益处;第二条从节约惜物的角度谈改革的益处;第三条从管理者私人的角度谈改革的益处;第四条从公家(集体)的角度谈改革的益处。探春的主张很快得到决策层的认同,证明她不凡的见识及对家族发展的责任意识。之后,她立即大胆地在大观园内进行改革,并得到了其他女性的积极支持与协助,充分体现了探春不同于一般闺阁女性的现实意识与改革魄力。大观园自修建之日起就耗费巨资,而后期的维护费用也是庞大的开支。探春的改革让大观园中被闲置与浪费的物质资源得到利用与盘活,让它能够产出、生利,并且不再耗用大量人力与财力去维护它,让它可以自给自足,同时婆子们的劳动价值得到体现与回报,也激发了她们的工作积极性与主动性。李纨对此不仅表示完全同意,还总结指出:"好主意,果然这么行,太太必喜欢。"②王熙凤在听到平儿汇报后,也表示同意与赞赏。就这样,通过论证,以"放之以权、动之以利"为方针的大观园改革,在贾探春的鼓动下推开了。

(二)选人用人

方案定下来后,接下来就是落实承包人选。在选人用人上,贾探春与王熙凤有所不同:一是坚持集体决策,无暗箱操作。所有人选都是与李纨、薛宝钗、平儿等一起商议:"探春听了,便和李纨命人将园中所有婆子的名单要来,大家参度,大概定了几个,又将他们一齐传来……探春听了,点头称赞,便向册上指出几个人来,与他三人看。"③王熙凤则是自己说了算,任人唯亲,贾芸就是通过给王熙凤送贵重香料谋得监种花木的差事。二是坚持用人标

---

① [清]曹雪芹:《周汝昌校订批点本石头记》,脂砚斋批点,周汝昌点校,译林出版社2011年版,第667页。

② [清]曹雪芹:《周汝昌校订批点本石头记》,脂砚斋批点,周汝昌点校,译林出版社2011年版,第668页。

③ [清]曹雪芹:《周汝昌校订批点本石头记》,脂砚斋批点,周汝昌点校,译林出版社2011年版,第668页。

准。在承包人选上,贾探春规定的原则是"本分老诚,能知园圃事"①,"本分老诚"是重其德,"知园圃事"是重其能,德能兼备方可入选。例如,在竹子管理人员的选择上,探春提出:"这一个老祝妈是个妥当的,况她老头子和她儿子代代都是管打扫竹子,如今竟把这所有的竹子交与他。"②"妥当",说明承包人的品行与职业道德不错;"代代都是管打扫竹子的",说明业务精通,有管好竹子的经验与能力,是在行的人。探春在用人方面还大胆创新,实行了双向选择的办法,在婆子们自愿的基础上,主仆双方达成口头协议,绝不独断专行,强行改革。

(三)账房改革

探春对账目的看法是:"若年终算账归钱时,自然归到账户,仍是上头又添一层管主,还在他们手里又剥一层皮,这如今我们兴出这事来,派了你们,已是跨过他们的头去了,心里有气,只说不出来,你们年终去归账,他还不捉弄你们等什么?"③层层盘剥,中间所经手的流程越多,被盘剥与贪污的银子就越多,因此直接归到里头来,别入他们的手。宝钗继续补充道:"里头也不用归账……不如叫他们领一分子去,就派他揽一宗事去……都是他们包了去,不用账房去领钱。"④则进一步简化账房制度,减少层层盘剥的可能性。

《红楼梦》中探春的改革内容很尖锐,但实施得非常顺利,尚称平稳,不属于激进的改革,这与宝钗对待改革的态度,以及她的运筹帷幄有直接关系。在这次改革中,宝钗对探春改革思路的补充,形成了明显互补,呈现出宝钗与探春不同的人格气质与管理智慧。但她们的共同之处,在于都追求"办事至公,于事甚妥"。凤姐完全是以个人能力、魄力、勤奋及手段来管家,

---

① [清]曹雪芹:《周汝昌校订批点本石头记》,脂砚斋批点,周汝昌点校,译林出版社2011年版,第666页。

② [清]曹雪芹:《周汝昌校订批点本石头记》,脂砚斋批点,周汝昌点校,译林出版社2011年版,第668页。

③ [清]曹雪芹:《周汝昌校订批点本石头记》,脂砚斋批点,周汝昌点校,译林出版社2011年版,第669页。

④ [清]曹雪芹:《周汝昌校订批点本石头记》,脂砚斋批点,周汝昌点校,译林出版社2011年版,第669页。

因此存在许多灰色地带,缺少监督与制衡机制。探春强调清晰、严明的法理、制度,不讲人情、脸面,讲求公正、清明。凤姐的聪明才智全是从生活历练中来的,探春则有学问底子,因而更有眼界、格局,气度更大。正如宝钗所说:"学问中便是正事,此刻于小事上用学问一提,那小事越发作高一层了。不拿学问提着,便都流入市俗去了。"①

### 三、贾探春的自卑与超越

《红楼梦》一书受到明清启蒙思潮的影响,女性的思想具有一定程度的觉醒,但仍无处不在种种限制中。阿德勒的个体心理学认为人的内在有一种优越的向上意志,这种向上意志,使得人总是以各种方式想去突破外在限制,每个人都有各自具体的优越感,目标是属于个人独有的,它取决于个人赋予生活的意义。大观园的女儿们以自己的方式与风格,在时代与社会的种种限制中,努力实践着生命的超越与自我的完成,不论成功与否,这个过程本身就已成就了她们的生命价值。

贾探春自觉意识到必须掌控自己的命运以及超越家族、血缘、身份、出身的限制实现个体人格的独立,开始有了强烈而明确的自觉意志,且将这种意志与改造外在世界紧密相连,努力落实在行动上,积极开创新的格局,以实现自我价值,进行积极自由的践行,建立了现代意义上的独立人格。"老鸹窝里出凤凰。"②在"老鸹窝"这样的逆境中退化、沦落是很容易的,不同于自己不尊重"要往下流走,安着坏心,还只管怨人家偏心"的赵姨娘和贾环,探春努力与各种限制抗争,终于成为一只展翅而飞的"凤凰",从沉沦中新生。第七十回中,探春所放的风筝就是一只"凤凰","探春正要剪自己的凤凰,见天上也有一个凤凰……又见一个门扇大的玲珑喜字儿……那喜字果然与这两个凤凰绞在一处,三下齐收乱顿,谁知线都断了,那三个风筝飘飘

---

① [清]曹雪芹:《周汝昌校订批点本石头记》,脂砚斋批点,周汝昌点校,译林出版社2011年版,第666页。

② [清]曹雪芹:《周汝昌校订批点本石头记》,脂砚斋批点,周汝昌点校,译林出版社2011年版,第177页。

飘飘都去了"①。这只终究要挣脱束缚、遥遥远飞的风筝,象征着探春的人生注定要远离,那牵绊她的游丝终不能束缚它,它将乘着东风远远飞去,"阶下儿童仰面时,清明妆点最堪宜。游丝一断浑无力,莫向东风怨别离"②。面对远离的命运,探春表现出洒脱与豪气,不牵连、不黏滞。桃花社里咏柳絮,探春的诗句是"空挂纤纤缕,徒垂络络丝。也难绾系也难羁,一任东西南北,各分离"③,一如这飘荡的柳絮,难以被羁绊与束缚。面对远嫁他乡"分骨肉"的命运,她表现出来的亦是洒脱和豪气:"告爹娘,莫把儿悬念。自古穷通皆有命,离合岂无缘?从今分两地,各自保平安。奴去也,莫牵连。"④探春的远离,是一种对出身与血缘限制的抗争、对时代给予女性生命限制的抗争。作为庶出的女儿,探春所受的束缚是多方面的,这让她产生了很深的自卑感,然而正是这种"自卑"引发了她"超越"的冲动与努力。

(一)命运的限制——"生于末世运偏消"

探春身上与生俱来的束缚包括血缘、伦理、性别三个方面。一个柔弱的女子很容易被这样命定的重重限制所束缚与压抑,然而探春却能够以强大的理性与意志,突破束缚,反抗命运,且积极付诸行动,实现生命的自我超越,展现出强大的勇气与力量。

1. 庶出与正出——出身决定论

探春是庶出的女儿。平儿曾经问过凤姐:"他便不是太太养的,难道谁敢小看他,不与别的一样看了不成?"⑤凤姐感叹道:"你那里知道,虽然庶出

---

① [清]曹雪芹:《周汝昌校订批点本石头记》,脂砚斋批点,周汝昌点校,译林出版社
2011 年版,第 828 页。

② [清]曹雪芹:《周汝昌校订批点本石头记》,脂砚斋批点,周汝昌点校,译林出版社
2011 年版,第 287 页。

③ [清]曹雪芹:《周汝昌校订批点本石头记》,脂砚斋批点,周汝昌点校,译林出版社
2011 年版,第 825 页。

④ [清]曹雪芹:《周汝昌校订批点本石头记》,脂砚斋批点,周汝昌点校,译林出版社
2011 年版,第 76 页。

⑤ [清]曹雪芹:《周汝昌校订批点本石头记》,脂砚斋批点,周汝昌点校,译林出版社
2011 年版,第 662 页。

一样,女儿却比不得男人,将来攀亲时,如今有种轻狂人,先要打听姑娘是正出庶出,多有为庶出不要的。"①庶出与正出,在身份上有天壤之别,是加在女儿身上的一道枷锁,对她们的生命产生种种限制与束缚。

2.母女关系

对于亲生母亲赵姨娘,探春的态度是极其矛盾的,哀其不幸却更怒其不争。探春对于赵姨娘并不是完全无情的,作为一个女儿,与母亲斗争是非常痛苦的,这是对自我的撕裂,是对宗法血缘的叛离,是脱胎换骨的痛,然也是凤凰涅槃般的新生。

(1)"强者人格"与"奴才人格"

探春清醒地看到了赵姨娘身上的"奴才人格",这是一种弱者人格,有着强烈的依附性与受害者意识,贪小便宜,推诿塞责,攀附关系,到处惹事,还总认为别人亏欠她。赵姨娘人格中的阴微卑贱,让心性光明、自尊自爱的探春异常痛苦。这种卑劣晦暗的依赖型人格,与探春的强者人格产生了强烈冲突。与母亲完全不同,探春的强者人格不依赖人情,讲求规矩公平,且自立自强,凭借着自己的能力与功绩来证明自己。因此,她从骨子里厌恶自己的出身,厌恶自己的母亲。与母亲、出身的决裂,是她独立人格、自由意志的体现,是探春真正人生的开始。

(2)基因钳制与血缘勒索

赵姨娘作为母亲,不仅没有真心为孩子的幸福考虑,反而以母亲的身份要挟孩子,以所谓的牺牲对子女进行道德绑架:"我在这屋里熬油似的熬了这么大年纪,又有你和你兄弟,这会子连袭人都不如了,我还有什么脸?连你也没脸面,别说是我了!"②赵姨娘造成了探春艰难的处境,"'我细想我一个女孩儿家,自己还闹的没人疼没人顾的,我那里还有好处去待人?'口中说到这里,不免又流下泪来。李纨等见他说的恳切,又想他素日赵姨娘每每诽

---

① [清]曹雪芹:《周汝昌校订批点本石头记》,脂砚斋批点,周汝昌点校,译林出版社2011年版,第662页。

② [清]曹雪芹:《周汝昌校订批点本石头记》,脂砚斋批点,周汝昌点校,译林出版社2011年版,第657页。

谤,在王夫人跟前亦为赵姨娘所累,亦都不免流下泪来"①。赵姨娘并没有把孩子作为一个独立的人来理解、关怀,反而将他们作为自己在贾府谋取利益的筹码:对此,探春痛陈:"太太疼你,你越发该拉扯拉扯我们,你只顾讨太太的疼,就把我们忘了。"②探春被王夫人委以重任管理大观园,赵姨娘不仅没有给予她支持,还为了自己的私利刁难、勒索她,给她使绊子。对此,探春痛陈:"太太满心里都知道,如今因看重我,才叫我照管家务,还没有作一件好事,姨娘到先来作践我。倘或太太知道了,怕我为难,不叫我管了,那才正经是没脸呢!"③赵姨娘以母亲的身份绑架探春,对她进行血缘勒索与基因钳制:"谁叫你拉扯别人去了?你不当家,我也不来问你。你如今现说一是一,说二是二,如今你舅舅死了,你多给二三十两银子,难道就不依你? ……明儿等出了阁,我还想你额外照看赵家呢! 如今没有长羽毛,就忘了根本,只拣高枝儿飞去了。"④

（3）人情与法理的斗争

母性并非天性,而是后天塑造出来的,是在社会观念下形成的。儿女怎么看待父母,也是在后天成长之中被灌输的。中国人迷信"血缘",以及由此观念衍生出诸如"天下无不是的父母"等各种观念,这种观念被赋予"孝"的名义,作为最重要的道德伦理沉重地压在为人儿女的身上。当赵姨娘因为兄弟赵国基死后的赏银之事责问探春不顾及人情时,探春则冷静以对:"原来为这个,我说我并不敢犯法违理。"⑤这是法理与人情的斗争。探春的"剔骨还肉"是把传统的情、理、法三者的关系以法、理、情的关系加以颠倒,不受

---

① ［清］曹雪芹:《周汝昌校订批点本石头记》,脂砚斋批点,周汝昌点校,译林出版社2011 年版,第 667 页。

② ［清］曹雪芹:《周汝昌校订批点本石头记》,脂砚斋批点,周汝昌点校,译林出版社2011 年版,第 657 页。

③ ［清］曹雪芹:《周汝昌校订批点本石头记》,脂砚斋批点,周汝昌点校,译林出版社2011 年版,第 657 页。

④ ［清］曹雪芹:《周汝昌校订批点本石头记》,脂砚斋批点,周汝昌点校,译林出版社2011 年版,第 658 页。

⑤ ［清］曹雪芹:《周汝昌校订批点本石头记》,脂砚斋批点,周汝昌点校,译林出版社2011 年版,第 657 页。

限于人情、血缘,以独立人格,理性客观公正地处理家族事务。她要超越血缘带给她的无形枷锁,用理法摆脱母亲带来的往下沉沦的黑暗力量的拉扯,而这让探春背负了沉重的道德压力,"探春毅然决然的独立宣言,并不是来自嫡庶之争,而是人格的保卫战,为了巩固自己的人格,势必要否定血缘的价值,而宗法制恰恰提供了合法合理的依据"①。一心要超越命运束缚的探春绝不允许自己与赵姨娘这样的母亲同流合污,她十分爱惜这次难能可贵的机会,"一只渴望飞翔宇宙,连性别的限制都要超越的凤凰鸟,又怎能甘心被血缘的私心拉往污秽的泥泞而一起沉沦"②。她尊重与靠近王夫人,不仅是因为王夫人是掌权之人,更因为王夫人真正地关怀、赏识、器重她,并能够给予她机会去发展自己。

著名社会学家费孝通先生在《乡土中国》中将社会分为两种:"礼俗社会"与"法理社会"。"礼俗社会"是一种传统社会,它是在传统农业文明中建立起来的社会体制,建立在血缘、宗法之上,这种社会并没有具体目的,只是因为人们在一起生长而发生连接,它的运行是以道德、宗法、人情为规则的,赵姨娘所代表的正是这种传统的礼俗社会。与此不同,"法理社会"则是人们为了完成一件任务而结合的社会,它乃是建立在法理、规范、制度之上的现代社会,晚明正处于从"礼俗社会"向"法理社会"转型的过渡阶段。日本汉学家沟口雄三认为,儒家否定"私"及"专利"而重视"公"的大同思想,强调基于宗族、血缘的共同关系,阻碍了个人主义与私有财产权的确立,从而推迟了中国社会资本主义生产关系的确立,儒教思想传统之深厚阻碍了中国社会对欧洲近代契约思想的吸取,18世纪的儒学之争在大观园这场母女之争中也有所体现。探春与赵姨娘的冲突,正体现出传统儒家的礼俗社会与现代的法理社会两种新旧形态之冲突,探春对法理的守护与遵循,也表现出她作为时代新女性所具有的现代法理精神,"这一补天者形象的意义除了对大观园的肯定、维护和捍卫以外,其更重要的方面在于他们之于历史的创造姿态。这一系列补天者形象之于历史创造的意味,除了他们自身的才能、智

---

① 欧丽娟:《大观红楼》(母神卷),台湾大学出版中心2015年版,第289页。
② 欧丽娟:《大观红楼》(母神卷),台湾大学出版中心2015年版,第289页。

慧和品性、风貌,其核心的内涵在于立法"①。

（二）超越——"才自精明志自高"

周汝昌说:"最要者不幸生为女儿,困于闺中。第二,又不幸身为庶出,旧时女儿身处此境口不能言,其苦无比,而探春偏偏又是'才自精明志自高'之脂粉英雄。"②这样的不幸处境,没有让探春沉沦,反而激励着她不断超越自我。阿德勒认为身体缺陷或其他原因引起的自卑,一方面可能毁掉一个人,使人自暴自弃或发生精神病,如赵姨娘正是此种类型的代表;另一方面,自卑也能激发人的雄心,使人发愤图强,以超于常人的努力和汗水补偿天生的缺陷,从而成为不平凡的人物,探春正是这种类型的代表。

在一个男性占主导地位的社会中,男性价值被高估,当一个女性想要追求更多的功绩、力量或是具有更多的男性品质时,会由于自己性别的低等而产生"男性钦羡"的心理。③ 在追求自我超越的过程中,探春身上就表现出这样自觉、强烈的"男性钦羡"情结,并公开表达对男性所拥有的生命主动权的羡慕与挑战:"我但凡是个男人,可以出得去,我必定早走了,另立一番事业,那时自有我一番道理。"④这是对男权社会既定男女界限的挑战与质疑。在《红楼梦》中,探春是唯一一个自觉意识到男性性别优势,且表现出钦羡与挑战想法的女性,而其他女性多是以"我又不是男人"的思维来自我限制。阿德勒认为追求卓越的强烈渴望是从低级到高级,从负到正的冲动,它是使人上升的巨大内驱力。探春努力克服人格的依附性,努力摆脱庶出、血缘等对她的束缚,追求自由平等与自尊自爱的现代品格:"怎么我是该做鞋的人么?……我不过闲着没事,做一双半双,给那个哥哥兄弟,随我的心,谁管着

① 李劼:《历史文化的全息图像:论〈红楼梦〉》,广西师范大学出版社 2009 年版,第110 页。

② [清]曹雪芹:《周汝昌校订批点本石头记》,脂砚斋批点,周汝昌点校,译林出版社2011 年版,第 657 页。

③ (德)阿德勒:《自卑与超越》,曹晚红译,沈阳出版社 2012 年版,第 118 页。

④ [清]曹雪芹:《周汝昌校订批点本石头记》,脂砚斋批点,周汝昌点校,译林出版社2011 年版,第 657 页。

我不成!""什么偏的庶的,我也一概不知道。"①不同于一般女性甘于接受命运与传统规范的限定,探春的志向很高,她主动积极地争取机会,施展自己的能力,确立自我的价值,开创新的人生格局,"探春心灵手敏,作者写来恰是一种极有作为之人,然全书女子皆不及也"②。在这个过程中,她身上发展出很多男人都无法比拟的高尚品质:反抗精神、现实意识、公而忘私、想象力与创造力,从而实现了个体生命凤凰涅槃般的新生。

1.反抗精神

探春诨号"玫瑰花","玫瑰花又红又香,无人不爱的,只是有刺戳手"③。不同于传统女性的克制与忍耐,探春身上呈现出强烈的反抗性。这种反抗性来自自我意识的觉醒,对事物的独立判断,对现存秩序的批判,敢于公开直言对人、事、物的态度与看法,并付诸行动,在现实中积极加以改变。在抄检大观园时,不同于一般女性的惊慌与躲闪,探春打开大门严阵以待、坦然应对,"命众丫嬛秉烛开门而待……把箱柜一齐打开,将镜奁、妆盒、衾袱、衣包若大若小之物一齐打开"④。她以这样坦荡磊落的态度来对抗与讥讽抄检大观园行为的卑劣与丑陋。对王善保家的这种卑劣恶毒的婆子,探春更是愤怒以对:"你是什么东西,敢来拉扯我的衣裳! 我不过看着太太的面上,你又有年纪,叫你一声妈妈,你就狗仗人势,天天作耗,专管生事。如今越性了不得了。你打谅我是同你们姑娘那样好性儿,由着你们欺负他,就错了主意! 你来搜拣东西我不恼,你不该拿我取笑!"⑤打在这婆子脸上的那一巴掌则更是响亮,充分展现了探春的反抗精神与追求平等、自尊的现代品格。"如果说凤姐在整个小说中是个最有声响的人物,那么探春这一巴掌发出的

---

① [清]曹雪芹:《周汝昌校订批点本石头记》,脂砚斋批点,周汝昌点校,译林出版社2011年版,第349页。

② [清]张冥飞:《古今小说评林》,上海民权出版社1919年版,第78页。

③ [清]曹雪芹:《周汝昌校订批点本石头记》,脂砚斋批点,周汝昌点校,译林出版社2011年版,第778页。

④ [清]曹雪芹:《周汝昌校订批点本石头记》,脂砚斋批点,周汝昌点校,译林出版社2011年版,第872页。

⑤ [清]曹雪芹:《周汝昌校订批点本石头记》,脂砚斋批点,周汝昌点校,译林出版社2011年版,第873页。

声响却盖过了凤姐在小说的全部声响。这一巴掌具有纪念碑意义,因为这不啻捍卫了大观园、捍卫了自身的人身权利和人格尊严,而且捍卫了一部几被泯灭的人的历史。即便到了今天的21世纪之际,受到凌辱和侵犯的人们也未必打得出这响亮的一巴掌。"①

2. 现实意识

阿德勒认为超越自卑的正确道路必须是发展社会兴趣,成为与社会的合作者。探春始终具有清醒的现实意识,关心家族命运,且能够付诸现实行动加以改革,开拓新局面,尽己之力扭转家族颓势。在抄检大观园时,只有她流下了眼泪,痛心于家族的败落:"可知这样大族人家,若从外头杀来,一时是杀不死的,这是古人曾说的百足之虫,死而不僵,必须先从家里自杀自灭起来,才能一败涂地呢!"②她对家族败落的深层原因洞若烛火。

3. 创造力,实践力

周汝昌认为价探春"乃是巾帼异才,脂粉英雄,实有经邦济世之度量。因是女子,故后文有身非男儿之叹。如今身在大观园,首倡诗社,开辟一大新局面,即可见其才干之一斑"③。她在大观园里兴办诗社、剔除痼弊、节流开源,连凤姐都敬重探春,"这正碰了我的机会,我正愁没个膀臂。……到只剩了三姑娘一个,心里嘴里都也来得。……他虽是姑娘家,他心里却事事明白,不过是言语谨慎,他又比我知书识字,更利害一层了"④。在赖大家园子的启发下,她立即想到了大观园的改革之道:"第二件,年里头往赖大家去,你也去的,你看他那小园子,比咱的这个如何?"⑤不仅有着对现实的清晰观

① 李劼:《历史文化的全息图像:论〈红楼梦〉》,广西师范大学出版社 2009 年版,第89 页。

② [清]曹雪芹:《周汝昌校订批点本石头记》,脂砚斋批点,周汝昌点校,译林出版社2011 年版,第 872 页。

③ [清]曹雪芹:《周汝昌校订批点本石头记》,脂砚斋批点,周汝昌点校,译林出版社2011 年版,第 454 页。

④ [清]曹雪芹:《周汝昌校订批点本石头记》,脂砚斋批点,周汝昌点校,译林出版社2011 年版,第 662—663 页。

⑤ [清]曹雪芹:《周汝昌校订批点本石头记》,脂砚斋批点,周汝昌点校,译林出版社2011 年版,第 666 页。

察,更具有除旧布新的魄力与行动力,以及开创新格局的创造力与实践力。

4.公而忘私,全局意识

探春公正严厉、正直清明、公而忘私。她改革大观园时,敢于揭露问题、查明真相,大胆地对凤姐的管理漏洞进行批评与改革。她很清楚自己的改革必定伤及某些人的利益,但仍敢于坚持,秉公行事,因为这并非出于一己私利,而是为了整个家族的发展与未来,"我们这里搜剔小遗,已经不当,皆因你奶奶是个明白人,我才这样行"①。黛玉曾在宝玉面前赞赏她:"'你家三丫头到是个乖人,虽然叫他管些事,到也一步儿也不肯多走,差不多的人就早作起成福来了。'宝玉道:'你不知道,你病着时他干了好几件事,这园子也分了人管……又躏了几件事……最是心里有算计的人。岂只乖而已。'"②探春的改革,是一种正常权力感的体现,它并非出于权欲,不是为了夺取凤姐的权力,而是对自我生命力量的实现,是对王夫人的托付与器重的回报,更是对家族命运的责任意识与勇敢担当。

5.经世致用

探春是第一个用务实的经济眼光来看待大观园的人,她发现并利用大观园的各种资源,并积极开掘它的经济价值。宝玉喜欢的是富贵人家所用的奢侈之物,"左不过是那些金玉铜磁,没处撂的古董,再就是绸缎吃食了"③。探春却说:"谁要这些作什么? 像你上回买的那柳枝儿编的小篮子,整竹子根抠的香盒子,胶泥垛的风炉儿,这就多好。我喜欢的什么是的"④她所偏爱的是那些日常生活所需的"朴而不俗,直而不作"⑤的既经济又实用的

---

① [清]曹雪芹:《周汝昌校订批点本石头记》,脂砚斋批点,周汝昌点校,译林出版社2011年版,第668页。

② [清]曹雪芹:《周汝昌校订批点本石头记》,脂砚斋批点,周汝昌点校,译林出版社2011年版,第737页。

③ [清]曹雪芹:《周汝昌校订批点本石头记》,脂砚斋批点,周汝昌点校,译林出版社2011年版,第348页。

④ [清]曹雪芹:《周汝昌校订批点本石头记》,脂砚斋批点,周汝昌点校,译林出版社2011年版,第349页。

⑤ [清]曹雪芹:《周汝昌校订批点本石头记》,脂砚斋批点,周汝昌点校,译林出版社2011年版,第349页。

小物件,这样的偏好源于探春身上具有的经世致用的实用理性精神。看到赖大家的花园后,敏锐的探春就意识到:"一个破荷叶,一根枯草根子,都是值钱的……咱们这园子,只算比他们的多一半,加一倍算,一年就有四百银子的利息。"①并效仿此法,在大观园内实行改革,还以"登禄利之场,处运筹之界者"②来自嘲。明末清初,顾炎武、王夫之等人主张学问必须有益于国事,学习、征引古人的文章和行事,应以治事、救世为急务,反对当时的伪理学家不切实际的空虚之学,主张关注社会现实,面对社会矛盾,并用所学解决社会问题,以求达到国治民安的实效,对后人影响很大。在探春身上,正体现出了经世致用的实用理性精神,闪现着时代的改革风貌。贾探春与王熙凤都是具有时代新质,有着拯救时弊的能量与才华的补天者,但是与王熙凤的世俗聪明不同,贾探春以其清明公正的品质闪现出更高的理想色彩,寄托了作者的政治理想。"王熙凤踬身于坚石和烂泥之间,周旋挣扎,而不像探春立足于坚石和美玉之间,文采精华,让人见之忘俗。在这层寓意上,王熙凤的妇女病是致命的,无可救药的。所谓补天者的悲剧,也就最集中地体现在王熙凤身上。唯有王熙凤最具真实性,于世俗世界最贴切,因此难免污浊。相形之下,探春乃是一种理想人物的象征,清明照人,以清明的才志整饬乾坤。"③

## 第四节　薛宝钗的儒商气质

薛宝钗是从金陵老家随着母兄到京城的,这一路的迁移过程,丰富了宝

---

① [清]曹雪芹:《周汝昌校订批点本石头记》,脂砚斋批点,周汝昌点校,译林出版社2011年版,第666页。

② [清]曹雪芹:《周汝昌校订批点本石头记》,脂砚斋批点,周汝昌点校,译林出版社2011年版,第666页。

③ 李劼:《历史文化的全息图像:论〈红楼梦〉》,广西师范大学出版社2009年版,第89页。

钗的人生经历,社会关系也会比探春深厚许多。探春看到赖大家园子里的农作物能够产生经济价值,感到惊讶并深受启发。宝钗以自己广博的见识对探春说:"天下没有不可用的东西,既可用,便值钱。难为你是个聪敏人,这些正事上竟没经历过,如今也可惜迟了些。"①相对于三小姐两耳不闻窗外事的闺中书斋生活,宝钗算是有见识的了,具有朴素的民主与唯物思想。她又半带玩笑地嘲讽探春道:"真真膏粱纨袴之谈,你们虽是千金小姐,原不知这事,但你们都念过书,识字的,竟没看见朱夫子有一篇'不自弃'之文不成?"②朱熹的《不自弃》讽刺了贵族纨绔子弟的骄奢生活,并训诫'不自弃'道:"为人孙者,当思祖德之勤劳;当念父功之刻苦,孜孜汲汲,以成其事;兢兢业业,以立其志。"③这体现出宝钗经世致用、踏实刻苦的生命态度。当探春嘲讽道:"那不过是勉人自励,虚比浮词,那里都真有的?"宝钗即针锋相对地应答:"朱子都有虚比浮词?那句句都是有的。你才办了两天的时事,就利欲熏心,把朱夫子都看虚了?你再出去见了那些利弊大事,越发把孔子也看虚了。"④可见,宝钗虽具有商人经世务实的精神,但仍在儒家伦理道德的限制与规范下,自觉遵循儒家的义利观。薛宝钗也参与了大观园改革,但与探春不同,她以儒家的"仁"为基础,主张柔性管理,又兼商人思维,并且始终保持着合乎儒家伦理规范的界限与距离。

### 一、顾全大局,互利共享

宝钗的管理思想强调凡事留有余地,未雨绸缪,全面周到,形成一个和谐的利益共同体,既顾全家族整体利益,也照顾到个人的利益;既考虑到效率,也照顾到公平,"如今这园子里几十个老妈妈们,若只给了这几个,那剩

---

① [清]曹雪芹:《周汝昌校订批点本石头记》,脂砚斋批点,周汝昌点校,译林出版社2011年版,第666页。

② [清]曹雪芹:《周汝昌校订批点本石头记》,脂砚斋批点,周汝昌点校,译林出版社2011年版,第666页。

③ [宋]黎靖德:《朱子语录》,王星贤注解,上海古籍出版社2016年版,第60页。

④ [清]曹雪芹:《周汝昌校订批点本石头记》,脂砚斋批点,周汝昌点校,译林出版社2011年版,第666页。

的也必抱怨不公道……一年竟除了这个之外,每人不论有馀无馀,只叫他拿出几吊钱来,大家凑齐,单散与那些园中的妈妈们。……虽是兴利节用为纲,然亦不可太啬"①。既考虑到节省,也照顾到家族礼仪,尊重婆子们的劳动价值,考虑周全,"却又来,一年四百,二年八百,取租钱的房也能省得几间了,薄地也可添几亩。……虽然还有富馀的,但他们既辛苦一年,也要叫他们剩些,粘补粘补自家"②,体现出宝钗身上所具有的儒家的仁爱精神。

### 二、晓之以理,动之以情

宝钗从对人的平等尊重与利益兼顾出发,并使之以权,动之以利,从正面激发婆子们自主行事,这与凤姐以严刑峻法、权威威慑、打压惩罚的集权管理形成对比。她体贴人情,照顾大局,尊重人格,营造和谐的人际关系,以合理回报的正面激励,执行人情式管理。宝钗鼓励婆子们的积极性:"妈妈们也别推辞了,这也是分内应当的,你们只要日夜辛苦些,别躲懒,纵放人吃酒赌钱就是了……你们这些老的,反受了年小的气?……何不你们自己存些体面,他们如何得来作践?"③对婆子们晓之以理,动之以情,刚柔相济,和善中不乏威严,既激励了婆子们的工作积极性,也要求她们严于律己、洁身自好。在这样的态度下,众婆子都喜欢起来,"众人听了,都欢声鼎沸说:'姑娘说的狠是,从此姑娘奶奶只管放心,姑娘奶奶这样疼顾我们,我们真要不体上情,天地也不容了。'"④

作为贵族社会的标准淑女,薛宝钗具有"停机"美德,能以儒家义利观来指导大观园改革,推行动情晓理的柔性管理模式。若说凤姐的管理更倾向

---

① [清]曹雪芹:《周汝昌校订批点本石头记》,脂砚斋批点,周汝昌点校,译林出版社2011年版,第670页。

② [清]曹雪芹:《周汝昌校订批点本石头记》,脂砚斋批点,周汝昌点校,译林出版社2011年版,第670页。

③ [清]曹雪芹:《周汝昌校订批点本石头记》,脂砚斋批点,周汝昌点校,译林出版社2011年版,第670页。

④ [清]曹雪芹:《周汝昌校订批点本石头记》,脂砚斋批点,周汝昌点校,译林出版社2011年版,第671页。

于法家,以绝对的个人权威、严刑峻法来管理,宝钗则是以儒家的"仁"来实施,两者应相辅相成,因事而行。探春的管理则是更具现代精神的刚性管理,讲求规则、约定的契约精神。宝钗是圆滑,探春则是刚烈;宝钗是散财政策,探春则是敛财政策。历史学家余英时先生认为在 18 世纪明清儒家思想与商人阶层的兴起之间有着交互影响,在薛宝钗身上正体现出这样的儒商气质。她具有儒家的人格品质,厚德载物、刚健有为、仁爱温厚,强调"博施于民而能济众"。她跟王夫人谈起自家药铺时说:"这东西虽然值钱,究竟不过是药,原该济众散人才是。咱们比不得那没见世面的人家,得了这个,就珍藏密敛的。"①一方面,宝钗注重个人的德行修养,反对唯利是图,注重节约修身;另一方面,作为皇商之女,具有经世致用的朴素的唯物主义思想,懂得利用资源获取利益,表现出的这种儒商的经济伦理观与西方强调谋利动机、市场竞争、优胜劣败和个人主义的资本主义精神是有着显著的区别的。

## 第五节　刘姥姥的世俗智慧

　　秦可卿死前给凤姐的托梦指出家族救赎的道路,可惜凤姐"当局者迷",没有智慧领悟。然而,小说通过乡野老妇刘姥姥三进荣国府,映照出贾府的虚弱,并埋下救赎的种子。《红楼梦》通过让异质元素进入原有空间后引起空间氛围及人的存在状态的变化,构成对原有空间机体存在病症的揭示与颠覆,完成对原有空间不同角度的审视,并思考可能的治愈之道。刘姥姥是一个异质元素,她来自"千里之外,芥豆之微,小小一个人家"②,那是一个与

---

　　① [清]曹雪芹:《周汝昌校订批点本石头记》,脂砚斋批点,周汝昌点校,译林出版社2011 年版,第 905 页。
　　② [清]曹雪芹:《周汝昌校订批点本石头记》,脂砚斋批点,周汝昌点校,译林出版社2011 年版,第 84 页。

富贵贾府截然不同的世界。一个粗俗卑微的庄稼人，经年的乡村老寡妇，守着几亩薄田过日子，长年累月在地里劳作。熬过孤独的年头，日晒风吹的辛苦，世情上的经历，都沉淀在她的生命中。这个整日在大地上劳作，依靠着大地的收获来生活的老妇人，带着大地的新鲜气息，进入这个由金钱、权贵、文化堆砌起来的精致美妙的大观园女儿空间，开始了她的空间历险，同时也以小丑式的笑谑，在大观园女儿国掀起一种从未有过的欢乐与放松的氛围。

### 一、庄稼人的眼光

刘姥姥处处以庄稼人的眼光来"观看"大观园空间，并与大观园固有的空间形态形成一种"对照"与"碰撞"，让我们得以从她眼中重新审视大观园女儿的生活。同时，大观园内部产生的震动与变化，让被封闭其中的女性能够有机会接触到来自大观园围墙外的真实世界。

在刘姥姥的视角看来，贾府一顿螃蟹宴的钱"够我们庄家人过一年的了"①，贾府的一个柜子"比我们一间房子还大还高"②。还有那些穿着绫罗绸缎的小姐，"别是个神仙脱生的罢"③。黛玉潇湘馆里的窗纱，刘姥姥觑着眼看个不停，念佛说道："我们想他作衣裳也不能，拿着糊窗户岂不可惜。"④那道"茄鲞"的复杂做法更是"吓坏"了刘姥姥，"别哄我了，茄子跑出这个味儿来了，我们也不用种粮食，只种茄子罢了"⑤。刘姥姥往常吃到的是茄子的本味，这是大观园的少女们未曾尝过的，她们吃到的是经过层层包裹与重重加工的"茄鲞"。

---

① ［清］曹雪芹：《周汝昌校订批点本石头记》，脂砚斋批点，周汝昌点校，译林出版社2011年版，第482页。

② ［清］曹雪芹：《周汝昌校订批点本石头记》，脂砚斋批点，周汝昌点校，译林出版社2011年版，第491页。

③ ［清］曹雪芹：《周汝昌校订批点本石头记》，脂砚斋批点，周汝昌点校，译林出版社2011年版，第489页。

④ ［清］曹雪芹：《周汝昌校订批点本石头记》，脂砚斋批点，周汝昌点校，译林出版社2011年版，第491页。

⑤ ［清］曹雪芹：《周汝昌校订批点本石头记》，脂砚斋批点，周汝昌点校，译林出版社2011年版，第502页。

## 二、笑谑表演的狂欢

刘姥姥二进荣国府,始终以自我嘲笑、装疯卖傻的插科打诨与笑谑表演,给大观园女儿们带来狂欢般的快乐。刘姥姥的笑谑实质上是用庄稼人的本色解除大观园精致文化的伪装。贾府人取笑刘姥姥,实则构成了一种对衰朽贵族生活的解构与嘲讽。狂欢节上,一切话语都成了相对性的,任何东西都可以成为被模仿、讽刺的对象,被模仿的话语与摹仿话语交织在一起,形成多语并存现象。刘姥姥用庄稼人生活语境中的用词来模仿贾府人生活语境中的用词,"一双老年四楞象牙厢金的快子"到了刘姥姥那里成了"叉爬子",而且"比俺那里铁掀还沉,那里㑩的过他"。①"鸽子蛋"则被刘姥姥解读为"这里的鸡儿也俊,下的这蛋也小巧,怪俊的"②。贾府的人从来不知道还可以用"伏手"来比他们习以为常的"金的""银的"筷子,"去了金的,又是银的,到底不及俺那个伏手"③。这种反差,造成了强烈的喜剧效果。刘姥姥用庄稼人的本色语言,来模仿贾府上层女性间文雅的联诗,"我们庄家人闲了,也常会几个人弄这个,但不如说的这么好听,少不得我也试一试""大火烧了毛毛虫""一个萝卜一头蒜""花儿落了结了个大倭瓜"④,因为强烈的摹仿性与陌生化而取得笑谑的效果。以庄稼人的本色语言来置换贵族文化的语言,形成"陌生化"效果,对大观园远离真实生活、精致却虚弱的文化构成嘲讽与颠覆。刘姥姥所说的只是本色的生活与人性,"我们庄家人,不过是现成的本色"⑤,却惹得这些大观园里的女性哄堂大笑,可见,这些封闭

---

① 〔清〕曹雪芹:《周汝昌校订批点本石头记》,脂砚斋批点,周汝昌点校,译林出版社2011年版,第493页。

② 〔清〕曹雪芹:《周汝昌校订批点本石头记》,脂砚斋批点,周汝昌点校,译林出版社2011年版,第493页。

③ 〔清〕曹雪芹:《周汝昌校订批点本石头记》,脂砚斋批点,周汝昌点校,译林出版社2011年版,第493页。

④ 〔清〕曹雪芹:《周汝昌校订批点本石头记》,脂砚斋批点,周汝昌点校,译林出版社2011年版,第500页。

⑤ 〔清〕曹雪芹:《周汝昌校订批点本石头记》,脂砚斋批点,周汝昌点校,译林出版社2011年版,第500页。

在精致而空虚的生活里的女性,是多么远离人的本色,因而缺少了原始的生命活力,这是平民视角对贵族文化的讽刺。

在刘姥姥的笑谑带来的狂欢般的欢乐里,贵族文化形成的框架与约束被松动了。先前存在的等级关系暂时消失,人仿佛因为新型的人际关系而得到再生,等级制度在这里被取消,出现了一种平等自由、无分贵贱的开放气息,具备一种突破富贵簪缨之家繁文缛节的反规范性,"脱离体制随即促进了热烈欢快的气氛,以及集体情绪的昂扬高张,可以说是贾府空前绝后的一次嘉年华"①。刘姥姥进入大观园,打破神圣与粗俗、崇高与卑下、伟大与渺小、明智与愚蠢的二元对立,界限消失。正如脂批所言:"天下事无有不可为者。总因打不破,若打破时何事不能。"②

刘姥姥一开始是作为一个不起眼的卑微角色进入大观园的,却给大观园中的女儿们带来了巨大的快乐,成了大观园空间聚焦的中心人物,活力与能量的来源,发生了主从关系的反转。这样的反转,拆除了优雅的贵族文化加诸自然生命之上的种种包装与修饰,是一次文化包装向生命的自然存在的回归。刘姥姥的笑谑,令大观园女性进入了异乎寻常的狂欢状态,从反面凸显出大观园生活的病态与了无生机,"众人先是发怔,后来一听出来了,上上下下都哈哈的大笑起来。史湘云掌不住,一口饭都喷了出来。林黛玉笑岔了气,伏着桌子'嗳哟'。宝玉淌倒贾母怀里。贾母笑的搂着宝玉叫'心肝'。王夫人笑的用手指着凤姐儿,只说不出话来。薛姨妈也掌不住,口里茶喷了探春一裙子。探春手里的饭碗都合在迎春身上。惜春离了坐位,拉着他奶母叫揉一揉肠子"③。刘姥姥解除了她们生命中的枷锁,激活了她们的生命活力,新的生命氛围洋溢在大观园中。"刘姥姥在前八十回中有两次进贾府,以陌生视角概览了贾府及其人物,不但把自己一种独特的人生体验带入上层社会,也是在其所进入的人物活动的统一空间体中,催生了一种新

---

① 欧丽娟:《大观红楼》(母神卷),台湾大学出版中心 2015 年版,第 523 页。

② [清]曹雪芹:《周汝昌校订批点本石头记》,脂砚斋批点,周汝昌点校,译林出版社 2011 年版,第 509 页。

③ [清]曹雪芹:《周汝昌校订批点本石头记》,脂砚斋批点,周汝昌点校,译林出版社 2011 年版,第 493 页。

的意义。"①

### 三、加冕与脱冕仪式

刘姥姥在大观园空间里,发生一些意外事件,打破了原有秩序。这些事件的叙事并不只是笑料,其实是一种叙事策略,类似狂欢化叙事中的加冕与脱冕仪式,构成嘲讽与颠覆。狂欢节上的主要仪式,是"笑谑地给狂欢国王加冕和随后脱冕,'国王'被打翻在地,而小丑加冕成王"②。

#### (一)潇湘馆甬道摔跤

刘姥姥在潇湘馆甬道上摔了一跤,"他只顾上头和人说话,不防底下果踩滑了,咕冬一跤跌倒"③。这条小路是黛玉平时赋诗与遐思之道,是一个诗意且富有哲思的空间,与刘姥姥在上面滑倒的滑稽,形成强烈的画面对比,却是对黛玉病态诗意与脆弱生命的解构。刘姥姥年老之人,摔倒后不但自己爬起来,还笑着不当回事地说道:"那里说的我这么娇嫩了,那一天不跌两下子?"④相较之下,年轻的黛玉却病恹恹地把自己捆缚在潇湘馆与自哀自怜的情绪中,她远离大地,不事劳作,致使生命失去原始的力量与韧性。因此,刘姥姥这一摔跤仪式,解构了林黛玉生命的病态与脆弱,拆除了文化与本能、肉体与灵魂的二元对立。

#### (二)醉卧怡红院

刘姥姥喝醉酒,不小心进入怡红院,"忽见有一副最精致的床帐……便

---

① 梁冬梅:《永不凋零的原野之花——刘姥姥形象的文化意蕴与林黛玉之比较》,载《红楼梦学刊》2008 年第 4 期,第 190 页。

② (俄)巴赫金:《陀思妥耶夫斯基诗学问题》,刘虎译,中央编译出版社 2010 年版,第 157 页。

③ [清]曹雪芹:《周汝昌校订批点本石头记》,脂砚斋批点,周汝昌点校,译林出版社 2011 年版,第 490 页。

④ [清]曹雪芹:《周汝昌校订批点本石头记》,脂砚斋批点,周汝昌点校,译林出版社 2011 年版,第 490 页。

一屁股坐在床上……一歪身就睡熟在床上……只闻得酒屁臭气"①。在这个精致如同"天宫"一样的空间里,刘姥姥用"鼾声如雷,酒屁臭气,扎手舞脚"构成打诨式的加冕和脱冕。怡红院是大观园的中心,除了宝玉的奶妈,一般的婆子们绝对没有机会进入,然而刘姥姥不仅无意中闯入了这个她原本根本不可能进入的空间,还醉卧在宝玉的床上,破坏了怡红院的精致、高贵与洁净,而经过袭人的遮掩,宝玉完全不知情,这一仪式不仅象征着世事的变幻无常,同时也是一种无意识的篡位,消除了干净与污秽、高尚与卑贱、文化与本能、肉体与灵魂的二元对立。净乃是从污而来,人为地隔绝了生命污浊的绝对的纯净,是没有生命力的。此外,这一仪式也象征着宝玉与刘姥姥生命的深层联系,宝玉虽身在富贵阶层,但天性中有着一种包容与慈悲的禀赋,他平等地对待与关爱身边的人。刘姥姥在栊翠庵喝了一杯茶,妙玉嫌脏不要那杯子,宝玉和妙玉陪笑道:"那茶杯虽然脏了,白撂了岂不可惜!依我说,不如就给了那贫婆子罢,他卖了也可以度日。"②妙玉以高洁自称,可是与宝玉相较,境界之高下一目了然。真正的高洁绝非孤高自傲,执着于清高的假象,而是打破了高洁与粗鄙的二元对立与执着区别,能够平等地对待一切生命现象。

### 五、刘姥姥的生命价值

刘姥姥非常有生命力,然而这种生命力并不是来自文化教养与知识积累,而根源于生活的历练及原始的生存本能。刘姥姥三进贾府,每一步都是生命价值的跃进,她给大观园的人们带来朴实、自然的安稳与原始的快乐,以及新的生命价值。

① [清]曹雪芹:《周汝昌校订批点本石头记》,脂砚斋批点,周汝昌点校,译林出版社2011年版,第509页。

② [清]曹雪芹:《周汝昌校订批点本石头记》,脂砚斋批点,周汝昌点校,译林出版社2011年版,第506页。

## （一）生产力

刘姥姥带进贾府的庄稼地里丰收的果实，代表着一种生产力。刘姥姥的食量大，还曾自嘲："老刘，老刘，食量大似牛，吃个老母猪，不抬头。"①大食量是给予一个庄稼人辛苦劳作后的能量补充，也是她身体健壮、技能活跃的表现。贾母就曾感叹道："这么大年纪了，还这么健朗，比我大好几岁呢。我要到这么大年纪，还不知怎么动不得呢。"②相比较之下，大观园的女性饭量小，是因为她们不事生产，也造成她们身体虚弱。刘姥姥就曾笑道："我看你们这些人，都只吃这一点儿就完了，亏你们也不饿，怪道风儿都吹的倒。"③刘姥姥在精致诗意的大观园里通泄的秽物，最后作为肥料重新返回并滋养大地。秦可卿死前给凤姐托梦，其为贾府设计的出路即回田庄上务农，而这正是刘姥姥所来之处，"将祖茔附近多置田庄房舍地亩……便败落下来，子孙回家读书务农，也有个退步"④。刘姥姥进入大观园，让封闭的女儿世界与大地以某种方式产生联结，只有这样才能有生生不息的生产力。

## （二）乐天知命

刘姥姥进大观园是为了让女儿和女婿能过上好日子。面对生活的艰难，她却充满了乐天知命的乐观。"因这年秋尽冬初，天气冷将上来，家中冬事未办，狗儿未免心中烦虑。吃了几杯闷酒，在家闲寻气恼，刘氏也不敢顶撞。"⑤日子确实难过，但并非穷途末路，一味在家打骂妻儿，并不能抹杀贫穷

---

① ［清］曹雪芹：《周汝昌校订批点本石头记》，脂砚斋批点，周汝昌点校，译林出版社2011年版，第493页。

② ［清］曹雪芹：《周汝昌校订批点本石头记》，脂砚斋批点，周汝昌点校，译林出版社2011年版，第483页。

③ ［清］曹雪芹：《周汝昌校订批点本石头记》，脂砚斋批点，周汝昌点校，译林出版社2011年版，第494页。

④ ［清］曹雪芹：《周汝昌校订批点本石头记》，脂砚斋批点，周汝昌点校，译林出版社2011年版，第161页。

⑤ ［清］曹雪芹：《周汝昌校订批点本石头记》，脂砚斋批点，周汝昌点校，译林出版社2011年版，第85页。

的事实。苦难并不可怕,可怕的是没有勇气去面对生活,"你皆因年小时,托着你那老家的福吃喝惯了,如今所以把持不住。有了钱,就顾头不顾尾,没了钱,就瞎生气,成个什么男子汉大丈夫了! 如今咱们虽离城住着,终是天子脚下,这长安城中遍地都是钱,只可惜没人会去拿去罢了。在家跳蹋坑也不中用的"①。对生活的热情让刘姥姥选择正视和直面生活,萎靡不振的模样根本挺不过艰苦的岁月。刘姥姥给女婿出主意,让他去贾府走一遭,跟王夫人去攀一攀亲戚以渡过眼前的难关。女婿起了名利心但又始终不肯自己前去,只让刘姥姥去试试风头。刘姥姥说道:"你又是个男人,又这样个嘴脸,自然去不得,我们姑娘,年轻媳妇子也难卖头卖脚去,到还是舍着我这付老脸去碰一碰。"②刘姥姥包容了年轻人不愿伤自尊的想法,表示自己可以舍老脸去试一试,这是老母亲对于儿女的包容与慈爱。

面对贾母的富贵与自己的贫贱,刘姥姥并没有"戚戚于贫贱,汲汲于富贵",而是随缘平和,接受与直面命运,"我们生来是受苦的人,老太太生来是享福的。若我们也这样,那些庄家活也没人作了"③,表现出对生命艰难的忍受与随顺,这种态度源自刘姥姥在生活历练中沉淀的坚韧与乐观精神。她曾劝告那个没有出息却一味抱怨生活的女婿:"姑夫,你别嗔着我多嘴。咱们村庄人,那一个不是老老诚诚的,守着多大碗儿,吃多大碗的饭。"④这是村庄人的本色,他们没有家族世袭的富贵权势可以依赖,全凭自己的辛苦付出与踏实肯干,在田里耕作来养活自己,这养成了刘姥姥朴素踏实、自立自强又谦和坚毅的生活态度。生活的舒适安定会滋生惰性,要想不断保持活力,必须时常迎接新的挑战。刘姥姥身上充满智慧与活力,正是因为生活给她出了一个又一个难题,在与生活的抗争中愈来愈强,愈来愈坚韧。而贾府的

① [清]曹雪芹:《周汝昌校订批点本石头记》,脂砚斋批点,周汝昌点校,译林出版社2011年版,第85页。

② [清]曹雪芹:《周汝昌校订批点本石头记》,脂砚斋批点,周汝昌点校,译林出版社2011年版,第86页。

③ [清]曹雪芹:《周汝昌校订批点本石头记》,脂砚斋批点,周汝昌点校,译林出版社2011年版,第483页。

④ [清]曹雪芹:《周汝昌校订批点本石头记》,脂砚斋批点,周汝昌点校,译林出版社2011年版,第85页。

◎ 第四章 末世的救赎力量与时代新质

堕落,也正源于优越的生活环境,使贾府后代产生了严重的惰性。对巧姐的体弱,王熙凤颇为苦恼:"我这大姐儿时常肯病,也不知是个什么原故?"①刘姥姥解释说:"这也有的事,富贵人家养的孩子太娇嫩,自然禁不得一些儿委屈。再他小人儿家过于尊贵了,也禁不起。已后姑奶奶到少疼他些就好了。"②富贵的生活削弱了人的生命力,让人失去对现实风雨的抵抗力,贾府中人所得的多是这样的"富贵病"。

(三)随顺幽默

贾母戴花,凤姐为了博贾母开心,就将一盘子花横三竖四地插了刘姥姥一头。众人笑道:"你还不拔下来摔到他脸上呢! 把你打扮的成了个老妖精了。"③刘姥姥不仅不恼,还趁势制造笑料,幽默地揶揄自己:"我这头也不知修了什么福,今儿这样体面起来。"④并笑称自己是个"老风流"。刘姥姥的幽默是深厚的生活智慧及对人情深刻体察之下的余裕、从容及慈悲,"人之智慧已启,对付各种问题之外,尚有余力。从容出之,遂有幽默"⑤。她深知大观园女性富贵之中的虚弱,于是用这样的"表演"让她们快乐,给予治愈,而她也可以从中得利,获得了贾府丰厚的奖赏,实现了此行的目的。

刘姥姥可以利用各种机会,扮演各种角色,制造笑料,让贾府中人开心,"那刘姥姥虽是个村野人,却生来有些见识,况且年纪老了,世情上经历过的。见头一个贾母高兴,第二个见这些哥儿姐儿们都爱听,便没了话也编出些话来讲"①。她知道宝玉喜欢听少女故事,就信口编了一个"少女雪下抽柴的故事",缺乏人生经验的痴宝玉,竟然信以为真,穷根究底。凤姐和鸳鸯捉弄刘姥姥以博贾母一笑,事后向她赔不是,姥姥不仅不恼,还安慰她们道:"姑娘说那里话,咱们哄着老太太开个心儿,可有什么恼的。你先嘱咐我,我就明白了,不过大家取个笑儿。我要心里恼,也就不说了。"②表面上的滑稽可笑与装疯卖傻,却掩盖不了姥姥的智慧、随顺与慈悲。刘姥姥进入大观园,映照出大观园中精致华贵的病态生活,是无根之木、无源之水,失去了机体细胞更新的能力,小说借由刘姥姥的视野,暗示了大观园乌托邦的虚幻性,"想着那个画儿,也不过是假的,那里有这个真地方。谁知我今儿进了这园子一瞧,竟比那画儿上还强十倍"③。

曹雪芹非常高明的一点就在于,他并没有简单强调纯净与肮脏的反差,而是处处告诉读者,洁净来自肮脏,洁净终究要回到肮脏中去,两者这种动态的关系才造就了世间众生的活力。刘姥姥当是一个系统所循的两条路线中属于进化的一条,而大观园中的众人则属于蜕化的那一条。大观园要想获得救赎,应该从虚幻的空中降落下来,紧紧拥抱住现实的土地,与刘姥姥这个世俗世界的代表紧密地纠缠在一起。可惜的是,刘姥姥的力量是有限的,蜕化的力量大于进化的力量,所以大观园这个系统并没有完成上升,在刘姥姥离开后,贾母就生病了,巧姐儿也病倒了。

刘姥姥带着孙子板儿进入贾府,王熙凤之女大姐儿与板儿在玩耍时互换佛手与柚子,"那大姐儿因抱着一个大柚子顽的,忽见板儿抱着一个佛手,便也要佛手。丫嬛哄他取去,大姐儿等不得,便哭了。众人忙把柚子与了板儿,将板儿的佛手哄过来与他才罢"④。这一细节实则埋下巧姐与板儿之间

---

① [清]曹雪芹:《周汝昌校订批点本石头记》,脂砚斋批点,周汝昌点校,译林出版社2011年版,第484页。

② [清]曹雪芹:《周汝昌校订批点本石头记》,脂砚斋批点,周汝昌点校,译林出版社2011年版,第494页。

③ [清]曹雪芹:《周汝昌校订批点本石头记》,脂砚斋批点,周汝昌点校,译林出版社2011年版,第489页。

④ [清]曹雪芹:《周汝昌校订批点本石头记》,脂砚斋批点,周汝昌点校,译林出版社2011年版,第504页。

的姻缘,蕴藏着救赎力量。大姐儿体弱多病,于是王熙凤请刘姥姥代为取名,才有了"巧姐儿"这个名字,"这个正好,就叫他作巧哥儿好。这叫作以毒攻毒,以火攻火的法子。姑奶奶定要依我这名字,他必长命百岁,日后大了,个人成家立业,或一时有不遂心的事,必然是遇难成祥,逢凶化吉,却从这巧字上来"①。由刘姥姥为巧姐儿取名,象征着刘姥姥将是巧姐儿的拯救者,她赋予巧姐儿新生,并因而保存了贾府的血脉。在贾府败落后,刘姥姥拯救了被卖入烟花巷的巧姐,把她带入农村,这就把原来生长在公侯富贵之家的小女孩移植到农村大地,由此获得新生。

刘姥姥来自园外的真实世界,通过她,小说将贵族家庭与外面的真实世界联结在一起,"作者的深刻之处就在于他时时处处不忘把贵族家庭放到社会的整体中去写,放到历史发展中去写,从社会整体本身固有的矛盾运动中写贵族家庭的衰败、没落"②。在这样的背景下表现出作者对世袭贵族阶层的失望,他们不劳而食,倚靠着世袭的地位、权势与财富享受着奢靡的生活,自身毫无生产力与创造力。随着工商业的发展,新兴的资产阶级、商人及市民阶层的出现与壮大,这些早已失去生产力的世袭贵族阶层注定要被时代所淘汰。曹雪芹安排了巧姐这个由悲剧转为喜剧的最后一代人物,并让刘姥姥来安排她的命运,实际上正表明作者已不寄希望于本阶级,他把未来的命运寄托在下层劳动阶级身上,显示了作者思想中包含着民本主义以及经世致用的思想。刘姥姥身上所具有的朴素的小生产者的经济伦理观,对贾府这些习惯了奢靡生活、不劳而获的世袭贵族有着重要的警示意义。

作者对于人性与社会、历史现实做了深入理性的反思,揭示其复杂性与矛盾性,呈现了诗意乐园内部自我败坏的过程。大观园这个没有根基、自我封闭、虚幻精致的金字塔,注定崩溃倒塌,唯一的救赎是直面与开放,与外在的世界联系在一起,经世致用,进行改革并发展生产力。《红楼梦》中的"末

---

① [清]曹雪芹:《周汝昌校订批点本石头记》,脂砚斋批点,周汝昌点校,译林出版社2011年版,第512页。

② 陈开智:《刘姥姥——封建社会兴衰的见证人》,载《大众文艺》(理论),2009年第8期,第138页。

世"并不仅仅指的是贾府的衰败,同时也是指在历史发展的洪流中,像贾府这样的传统世袭贵族家庭的衰败,更大范围上来看,也是明清之际整个中国封建社会的衰败。当时的中国,面临着西方国家工业革命带来的进步,再沉醉于万邦来朝的"天朝上国"的迷梦已是不可能的,只有打开国门,向西方学习各类先进的技术与科学,发展实业,才能拯救时弊,让这个古老的国家焕发新的生命力,只有走出大观园的乌托邦世界,走向更广阔而未知的现实世界,才有可能带来新的变革与发展。

第五章

《红楼梦》中的欲望书写

明末清初，随着手工业以及商业的发展，城市不断壮大，市民阶层得以兴起，人们的物质欲望以及享乐观念得到极大的张扬与释放，大大冲击了传统儒家伦理体系，打破了程朱理学僵化、扭曲的道德枷锁。意识形态层面对于经济基础与物质生活中的这一转变作出了积极的回应，众多思想家、文学家都纷纷肯定人的自然欲望的合理性，明末清初的启蒙思潮普遍流行着对人的欲望的肯定，提出理欲统一。


## 第一节　明末清初对人欲的肯定与文学表达


　　明末清初的启蒙思想家们认为欲望是生命的本然动能，人之饮食、男女之欲，乃至声色货利之好，"初皆本于人与物感通之良知良能，而未尝有不善也"①，不能桎梏乃至禁绝之，而是应将其纯化为本心的流行。但是，他们也

---

　　①　唐君毅：《中国文化之精神价值》，载《唐君毅全集》（第9卷），九州出版社2016年版，第144页。

对欲望做了区分,如果欲望执着于一种私人之欲,人不再以一种本心之天理作为行动的法则,而是服从于小我之感性偏好,并为本能冲动与主观任性所驱使,那么欲望便会带来沉沦与毁灭,这种欲望就是一种消极的能量,由此他们提出了"理存于欲",认为天理正寓于人欲的恰当处理中,既肯定了欲望的合理性又要求以天理对其加以约束与引导。王夫之认为:"私欲之中,天理所寓。"①王阳明指出:"喜怒哀惧爱恶欲,谓之七情。七情俱是人心合有的,但要认得良知明白。"②欲望如果是出于人的本心自然,是合理的,是一种"仁欲",是生命存在动能的显现,但是如果欲望流于狭隘的个人私欲,且此私欲的膨胀遮蔽了人的生命的良知,则将导致恶行的发生,这样的欲望是要被制止的。

明末清初的文学创作对于人性欲望的表达也趋于直接、大胆。《金瓶梅》以西门庆的发迹故事为背景对欲望作了大胆、直露、赤裸的呈现,对传统小说欲望书写的底线发起了强大的冲击,但也真实地反映了明末清初人欲张扬的社会风气。之后的艳情小说,更是大量书写人的肉体感官欲望,为《红楼梦》中的欲望书写提供了文学的土壤。《红楼梦》在承续这样的欲望主题基础上又有所突破,无论是在欲望内涵的深刻性与复杂性上,还是在欲望表现形式的多元性与微妙性上,都有了新的艺术创造。小说一方面揭示出人性欲望的深刻与不可抑制,乃是作为人之存在的基本内涵与生命活力的重要表现;另一方面也书写出欲望如果不加控制所造成的巨大破坏力。失控的欲望所造成的乌烟瘴气与阴影无所不在地笼罩在小说叙事中,凡是与赤裸欲望的泄露有关的人事,最后几乎都导向死亡与败坏的结局,比如贾瑞死于不可控制的情欲,尤氏姐妹也相继成为其之前放纵情欲的祭品,王熙凤的女性疾病也象征着她那不加掩饰的世俗欲望所带来的破坏力,从这个层面上看,《红楼梦》对欲望的书写仍没脱离之前艳情小说道德训诫的色彩。

为了抑制《金瓶梅》等艳情小说对于人欲的过分张扬,17世纪出现了一批才子佳人小说,以"情"的主题作为"欲"的对立面而凸显出来,通过"情"对

---

① 王夫之:《四书训义》,载《船山全书》(第8册),岳麓书社2011年版,第91页。

② 王阳明:《王阳明全集》,吴光、钱明、董平、姚延福编校,浙江古籍出版社2011年版。

"欲"进行升华与净化。但是,这些小说最终又落入了"纯情"的窠臼,内部失去了欲望的张力,人物成了模式化的单薄符号,丧失了对人性复杂性的揭示,小说故事沦为被先入为主的观念与模式化的写作手法所摆弄的"傀儡戏",损害了小说本应能够达到的艺术境界。直到《红楼梦》,"情"与"欲"的主题才得到了有力的统一,小说的一个中心议题就是如何重新界定"情"和"欲"的关系。"情"和"欲"这一对立继续存在着,但被重新表述为"意淫"和"皮肤烂淫"。"意淫"是一种人与人之间在精神上的体贴、欣赏与亲近,"皮肤滥淫"则指肉体感官上的放纵与享乐。《红楼梦》被认为是由一部名为《风月宝鉴》的早期手稿改写而来的,而《风月宝鉴》则是一部与《金瓶梅》同类的小说。曹雪芹在数度删改这个本子时可能极力抑制了里面的艳情元素,但这些情节还是在《红楼梦》中构建了一个相当清晰的"欲"的世界,这个世界与小说中的另一个世界——宝玉和他的姐妹们徜徉其中的"情"的世界——形成了鲜明的对比。"情"在《红楼梦》中被视为年轻人的独特品性,一个人如果要保持"情"的纯真,唯一的方法就是设法停留在童年,这也是书中种种细节表明宝玉拒绝长大成人的原因,这样他在与女孩子们交往时才不会被认为是出于性的需求,不会受到当时社会的谴责。然而,随着年龄的不断增长,宝玉不可能永远装作孩子而沉浸在"意淫"中。当然,《红楼梦》的"情"并非完全与"欲"对立而单独存在,正如黄卫总指出的,"《红楼梦》的重要成就之一便在于,它极具说服力地证实了要发明一种可以超越'欲'的'情'但同时又不完全排斥'欲'有多么艰难"①。所以,《红楼梦》在处理"情"与"欲"的复杂微妙关系时,既没有落入《金瓶梅》那样沉溺于欲望的俗套,而是用更富精神性与灵魂性的"情"来加以升华,呈现出超越肉体感官层面的内涵及境界;又没有落入才子佳人小说模式化的"纯情"叙事窠臼中,正视人性中的欲望,认为欲望是生命最本源的冲动与动力。那块原本落在大荒山无稽崖的顽石,因为女娲的锻炼而通了灵性,萌发了自我意识,并因为自己无才补天而终日自怨自艾,后偶然间听到一僧一道谈论红尘间的荣华富贵,于是动了

---

① (美)黄卫总:《中华帝国晚期的欲望与小说叙述》,张蕴爽译,江苏人民出版社 2010年版,第 20 页。

凡心,产生了下凡人间享受一番的欲望,"此亦静极思动无中生有之数也"①,从而展开了从"顽石"最初的真如本性,经以"玉"的幻象幻形入世,最后"复归本质"完成生命轮回,这才有了那一番冷暖炎凉的人世历练。可以说,"欲望"正是这一切故事生成的根源动力与深层原因,也是小说叙事的起点与原发性驱动力。当一僧一道以红尘间种种痛苦、缺陷警示顽石,劝诫它不要下凡时,凡心大动的顽石已经完全听不进去了,一定要亲自经历一番方肯罢休,由此可见,生命深层的欲望涌动是不可遏制的。《红楼梦》直面人性之欲,同时也警示人们不受约束的欲望可能造成无法挽救的破坏,要以"情"的纯粹升华"欲"的沉沦,以"幻"的透彻放下对"欲"的执着,以"理"的明智来控制"欲"的放纵。接下来,我们选取几个小说中重要的人物、场景的叙事,来分析小说对"欲望"这一议题的理解以及在小说叙事中的特别呈现。

## 第二节　大观园叙事的现代性

宝玉竭力守护着大观园这片生命乐园,希望在其中与少女们结成永恒不变的命运共同体:"只求你们同看着我,守着我,等我有一日化成了飞灰,飞灰还不好,灰还有形有迹,有知识。等我化成一股清烟,风一吹便散了的时候,你们也管不得我,我也顾不得你们了,那时凭我去,我也凭你们爱那里去就去罢。"②第二十三回中,宝玉作了四首即事诗,在这些诗歌中呈现出田园牧歌般宁静无扰的生活形态,"且说宝玉自进园来,心满意足,再无别项可生贪求之心。每日只和姊妹丫头们一处,或读书或写字,或弹琴下棋,作画

---

① 〔清〕曹雪芹:《周汝昌校订批点本石头记》,脂砚斋批点,周汝昌点校,译林出版社2011年版,第2页。

② 〔清〕曹雪芹:《周汝昌校订批点本石头记》,脂砚斋批点,周汝昌点校,译林出版社2011年版,第245页。

吟诗,以至描鸾刺凤,斗草簪花,低吟悄唱,拆字猜枚,无所不至,到也十分快意"①。大观园中的时间仿佛进入了四季永恒而宁静的循环,"在宝玉一厢情愿的想象里,他的花园一年四季流溢着奢华的感官体验与悠闲的牧歌情调。抒情类文学无疑与这座园子的精神最为契合,因为在这种文学里,时间悄然凝驻,刹那即是永恒"②。连小丫头佳蕙都知道,"昨儿宝二爷还说明儿怎么样收拾房子,怎么样做衣裳,到像有几万年的熬头"③。宝玉喜聚不喜散,心里最害怕的就是离散。然而把宝玉的一厢情愿当成大观园的实际情形,是不恰当的。在宝玉这个富贵闲人的想象中,大观园女儿乐园似乎是永恒的。但实际上大观园空间不是静态、永恒的,而是有时间限定的,是在时间中的空间,这样隐藏的时间意识也让大观园叙事突破传统桃源叙事的抒情性而具有现代性。

### 一、大观园中的现代性时间

在大观园建立之初,黛玉就埋香葬花冢,预示着它最终的消亡。黛玉是死亡吟唱者,深刻的死亡意识也是其生命悲剧感的根源。她是宝玉的引导者,启发他从懵懂顽童一步一步参见生命的真相。在小山坡上,当宝玉偷听到黛玉《葬花吟》中的"一朝春尽红颜老,花落人亡两不知"④后,不觉恸倒山坡上,悟到了事物总有到无可寻觅之时的虚幻本质,感悟到生命无常的深深无奈,以至于痛哭了一回。红玉曾几次说道:"也不犯气他们,俗话说的千里搭长棚——没个不散的筵席,谁混一辈子呢? 不过三年五载,各人干各人的

---

① [清]曹雪芹:《周汝昌校订批点本石头记》,脂砚斋批点,周汝昌点校,译林出版社2011年版,第293页。

② 应磊:《"劫"遭逢现代计时器:〈红楼梦〉的时间意识与焦虑内核》,载《汉语言文学研究》2014年第1期,第20页。

③ [清]曹雪芹:《周汝昌校订批点本石头记》,脂砚斋批点,周汝昌点校,译林出版社2011年版,第328页。

④ [清]曹雪芹:《周汝昌校订批点本石头记》,脂砚斋批点,周汝昌点校,译林出版社2011年版,第351页。

去了,谁还认得谁呢?"①给大观园作为乐园的存在预示了一个时间期限。这一世间本质,在这块顽石欲下凡历劫之时,就通过一僧一道之口,直接点了出来。"二仙师听毕,齐憨笑道:'善哉,善哉!那红尘中有却有些乐事,但不能永远依恃……究竟是到头一梦,万境归空。'并因此奉劝顽石,到不如不去的好。"②小说叙事呈现出多重的时间秩序,在传统的以四季的更迭、自然的节气呈现的静态的自然时间外,还蕴含着现代性的时间意识,由此带来一种现代性的存在焦虑感,其深层的推动力正是生命的欲望。

少女总要长大,不可能永远保持在童稚阶段。男女的区隔是必然的,在日复一日的现实生活的折磨下,少女终究要变成宝玉眼中的"鱼眼珠"。迎春的死亡,也证明了大观园在现实中对少女命运救度的无效,只能作为暂时的躲避,"二则还记挂着我的屋子,还得在园子里住得三五天,死了也甘心了,不知下次还可能得住不得住了呢"③当紫鹃点醒宝玉,道出黛玉终究要出嫁的现实时,"大了该出阁时,自然要送还林家的,终不成林家的女儿在你贾家一世不成"④,这个懵懂顽童,"便如头顶上打了一个焦雷一般"⑤。少女无法逃避真实生活的驳杂艰辛,终归要长大嫁人,她们最终无处逃避,从时间的角度看,无情的时间比流经会芳园的浊流更有力地渗透园中,最终引向大观园的败落。

伊甸园或许只有无欲无求才可能保持永恒,然而黛玉、妙玉、红玉,这三个女性的名字中都有一个"玉"字,王国维先生在《红楼梦评论》中认为,"玉"

---

① [清]曹雪芹:《周汝昌校订批点本石头记》,脂砚斋批点,周汝昌点校,译林出版社2011年版,第328页。

② [清]曹雪芹:《周汝昌校订批点本石头记》,脂砚斋批点,周汝昌点校,译林出版社2011年版,第2页。

③ [清]曹雪芹:《周汝昌校订批点本石头记》,脂砚斋批点,周汝昌点校,译林出版社2011年版,第948页。

④ [清]曹雪芹:《周汝昌校订批点本石头记》,脂砚斋批点,周汝昌点校,译林出版社2011年版,第679页。

⑤ [清]曹雪芹:《周汝昌校订批点本石头记》,脂砚斋批点,周汝昌点校,译林出版社2011年版,第679页。

是欲望之"欲","所谓玉者,不过生活之欲之代表而已矣"①。由于自我意识的觉醒,这些女性对自我生命有了复杂的欲望与对未来的期待,却被困守在大观园这个精致的牢笼中,从而感受到更加强烈的无路可走的苦闷与压抑。妙玉的栊翠庵高高坐落在大观园的山坡之上,平时山门紧闭,似乎是大观园内最为清净无扰之地。但是,紧闭的山门锁不住墙内的红梅,也禁锢不住她的欲望,出家却仍留着头发,不僧不俗,"欲洁何曾洁,云空未必空"。"刁钻古怪"的红玉,因为"心内着实妄想痴心的向上攀高"②却不得门路,充满了怀才不遇的苦闷与无路可走的灰心,"懒吃懒喝"的,"怕什么,还不如早些死了到干净"。③ 但仍然寻找着机会为被现实困缚的人生谋划出路。黛玉是大观园中生命意识最敏锐的女性,她整个生命都浸淫在没有出路的苦闷中,"天尽头,何处有香丘",八个字道尽了她生命不知何去何从的焦虑。宝玉的爱成了她苦闷生命中唯一的亮光,但终究无法给予她生命的归属感。

少女内在欲望的生发、自我意识的觉醒、自我价值的追寻,带来了生命的焦虑感、紧迫感,蕴含着一种现代性,产生了现代时间意识。怡红院中有一个钟表,布设具有策略性的深意,"它们所代言的一种另类的时间秩序,即技术化的、线性推进的且精确的时间,最终颠覆了以四季循环为标识的时间秩序,摧毁了寄托着花园乌托邦精魂的抒情诗式的永恒瞬间"④。大观园要想实现乌托邦式的宁静永恒是不可能的,随着贾府的没落,它也终将消亡在历史的过程之中。小说在反讽意识与抒情冲动之间存在着一种根本断裂,这种断裂呈现出作者自身的思想冲突。黛玉的《葬花吟》正是对那个"伤春悲秋"抒情传统的挽歌,小说中充满着对抒情传统的怀念、对永恒的向往,但又深刻明白永恒宁静的不可实现、过去美好的不可追回、未来变化的不可阻挡。

---

① 王国维:《红楼梦评论》,浙江古籍出版社 2012 年版,第 72 页。

② [清]曹雪芹:《周汝昌校订批点本石头记》,脂砚斋批点,周汝昌点校,译林出版社 2011 年版,第 311 页。

③ [清]曹雪芹:《周汝昌校订批点本石头记》,脂砚斋批点,周汝昌点校,译林出版社 2011 年版,第 328 页。

④ 应磊:《"劫"遭逢现代计时器:〈红楼梦〉的时间意识与焦虑内核》,载《汉语言文学研究》2014 年第 1 期,第 22 页。

## 二、隐秘角落的异质性

园林空间曲折幽深,草木山石以及桥、廊的连接,自然植被的遮挡,构成了大空间中的小空间,并且包含了很多隐秘角落。"中国古代庭园十分讲究布局的巧妙,追求意境的深远,曲径通幽的趣味,因此造园者往往利用草木山石将庭园空间分割成一个个相对独立的空间单元,庭园内部的空间之间往往会有遮挡,当人物行走在庭园之中,穿花度柳到另一个空间时,无意之间往往会窥探到另一个空间场景的人物行为或谈话,而由于草木山石的遮挡,被窥听者往往不易察觉。"①大观园的空间及建筑是半敞开、半封闭的,这就为窥看、窥听以及隐秘角落的存在提供了可能性。"隐秘角落"是不公开的、偶然被揭示的空间。在小说中,读者借助"闯入者"或"偷窥者"的视角,才得以看见。大观园的隐秘角落是通过宝玉这个"每日在园中任意纵横旷荡"②的富贵闲人的偷窥,包括"窥视"与"窥听"呈现出来的。在宝玉的偷窥视角下,隐秘角落被发现,其中蕴藏着人物被遮蔽的隐私、欲望及自然本能的流露。由于这些空间的隐蔽性,它们往往成为人处在开放空间中那些不被允许或不愿被公开的秘密的揭示之地,成为秩序之外的边缘空间,却得以揭示出人性深藏的丰富复杂的真实性,它属于福柯所说的"异质空间"。在《异质空间》一书中,福柯指出,异质空间是那些被社会主流的秩序所排斥的偏离性空间,是另类的、非主流的、离经叛道的,是被忽视或游离于政治之外的弱势群体的空间。③ 这些作为"异质空间"的隐秘角落对贾府这样的主流空间具有幻觉性和补偿性的功能,是可以作为一种"退隐"与"避难"之所,我们相信,"灵魂的每一次退隐都有着避难的形象。角落这个最肮脏的避难所

---

① 葛永海、张莉:《明清小说庭园叙事的空间解读——以〈金瓶梅〉与〈红楼梦〉为中心》,载《明清小说研究》2017 年第 2 期,第 45 页。

② [清]曹雪芹:《周汝昌校订批点本石头记》,脂砚斋批点,周汝昌点校,译林出版社 2011 年版,第 453 页。

③ 包亚明:《后现代性与地理学的政治》,上海教育出版社 2001 年版,第 1—8 页。

值得我们作一番考察"①。因为与主流秩序背离,因而显得"肮脏"。当宝玉无意中窥视到这些隐秘角落里的女性生命时,他就是那个一次次走出"自身"并逐渐长大的孩子,"孩子从她自身的存在那里得来的一闪念,正是在她走出'自身'之时发觉的"②。当他看到贾蔷与龄官之情时感悟道:"我昨儿晚上的话竟说错了,怪道老爷说我是管窥蠡测,昨夜说你们的眼泪单葬我,这就错了,我竟不能全得了。"③这是从"管窥蠡测"的自我限制与懵懂天真中一次次的顿悟、成长与觉醒,在这些偷窥场景中,宝玉从被包围与保护的中心位置走向边缘,这是对他所熟悉的人与世界的重新认识。大观园中的这些隐秘角落往往是通过偷听叙事得以展开与揭示的。

## 第三节 《红楼梦》的偷听叙事——欲望的泄露

在汉语中,以"偷"开头或涉及"偷"的词语都带有不同程度的负面意义,如"偷窥""偷盗""偷情"等,"偷听"给人的感觉也是如此,古今中外的叙事作品中,将"偷听"作为故事进程推手的作品不计其数。《红楼梦》在叙事上也穿插了一些"偷听"的情节,这些看似细枝末叶的情节实则贯穿整个行文脉络,推动着整个故事的发展。

"偷听",是指暗地里听人说话,这种行为在一定程度上是主动的,且具有侵犯他人隐私的性质,虽然古代圣贤历来有"非礼勿视、非礼勿听"的教导,但在很多情况下,人们在听到谈话双方不愿意被第三方所听到的话时,

① (法)加斯东·巴什拉:《空间的诗学》,张逸婧译,上海译文出版社 2009 年版,第147 页。

② (法)加斯东·巴什拉:《空间的诗学》,张逸婧译,上海译文出版社 2009 年版,第147 页。

③ [清]曹雪芹:《周汝昌校订批点本石头记》,脂砚斋批点,周汝昌点校,译林出版社2011 年版,第 450 页。

出于各种因素而很难做出立即停止聆听的反应，因此，只要是涉及"不应听而听"的行为，都有几分触犯他人隐私的性质。所以，将小说中所有说话人本身不愿让与事件无关的旁人所知道的语音内容，被其他人不管用何种方式或因何种目的，通过不同类型和渠道听到的，包括偶听、监听等都以"偷听"类属。

## 一、偷听类型

### （一）作为命运暗示的"无意"偷听

"无意"偷听是指始于机缘巧合被偶然听到的话，但由于被听到的对话是具有隐私性质的，所以也属于偷听范畴。小说中这些偷听情节看似无意，实则包含着重要的命运暗示与哲理意蕴。

小说第一回，娲皇氏炼石补天遗留下的灵性已通的顽石，无意间偷听到一僧一道谈论红尘中的荣华富贵的对话后，便激起了去凡间阅历一番的想法。顽石"无意"偷听到的对话，实则是开启顽石人间历练的根源，也是推动整个小说叙事的原动力。

另一个重要人物甄士隐在梦中无意间偷听到一僧一道的谈论，有幸见识了"通灵宝玉"，后来在经历了家破人亡的突变，领略到生命的虚幻空无后遁入空门，为小说奠定了"悟书"的基调。甄士隐之所以能在梦中"偷听"到一僧一道的对话，不仅是对其个性中出世倾向的呼应、暗示，也预示着他接下来的命运遭际与人生走向。

赵姨娘是个粗俗之人，她不守本分，觊觎与自己地位不相符的利益，这也使得她难逃被王熙凤等人鄙视和压制的命运。王熙凤和赵姨娘的第一次正面冲突发生在小说第二十回中，贾环因和莺儿掷骰子输了钱，起了纷争，后又被宝玉训导一番，受气回至家中。赵姨娘见状就骂起来，明是骂贾环不争气，暗则是嫉恨王夫人、宝玉、王熙凤等人的得势，这一切正好被从窗外路过的王熙凤听在耳内，她抓住机会把赵姨娘训了一顿，借机压制了赵姨娘的气焰。凤姐一开始是"无意"听到赵姨娘母子的对话，但是基于平日里对赵氏的不满,所以借此机会"有心"地打压一番,但同时,也在赵姨娘心里埋下了仇恨的种子,为其后来加害凤姐和宝玉埋下了伏笔。

第七十九回中,黛玉"无意"偷听到宝玉偷偷写给晴雯的祭文,她夸赞宝玉祭文写得好,还建议他把"红绡帐里"改为"茜纱窗下",宝玉在听了黛玉的建议后,遂将祭文改为"茜纱窗下我本无缘,黄土陇中卿何薄命"①。这里黛玉看似"无意"的偷听,实则表现出黛玉与晴雯性情的相似,所谓"晴为黛影",也为黛玉的悲剧命运及她和宝玉的爱情悲剧埋下了伏笔,暗示了黛玉的薄命及宝黛的无缘。

迎春死后,宝玉去她生前居住的紫菱洲,却发现那里荒凉满目,早已人去楼空,追忆起之前的情景,不禁悲从中来,于是作了一首诗,感慨骨肉分离之痛,而这恰巧被路过此地的香菱"无意"偷听到,这首诗不单是为迎春而作,也暗示着香菱的悲剧人生,只是"当局者迷,旁观者清",香菱不仅不解其意,还误解了宝玉的好言相劝。

### (二)利益驱使下的"有意"偷听

如果说"无意"的偷听是始于机缘巧合的被动遭遇,那"有意"偷听则是指当事人一开始就有意去偷听别人说话,是一种积极主动、目的性很明显的主动行为,并且当事人还会为了达到偷听目的而主动创造偷听环境。

#### 1.刻意的偷听

贾府中的丫鬟奴仆不计其数,他们每个人为了自己能够在这个偌大的贾府中生存下去,时刻竖着耳朵监听主子们的动静,如若听到了有价值的信息后,或相互协商分析,或向更高一级的主子汇报请赏。花袭人是怡红院里丫鬟们的领班,同时又是被王夫人安排在宝玉身边的眼线,"监视"宝玉并使其安分守己,因此她在有意偷听这方面表现得很突出。第三十二回中,宝玉跟黛玉大胆表白自己的心事,这一段对话正好被追出来给宝玉送扇子的袭人偷听到。在听到宝玉对黛玉的表白后她的反应是"唬得魄消魂散,只叫

---

① [清]曹雪芹:《周汝昌校订批点本石头记》,脂砚斋批点,周汝昌点校,译林出版社2011年版,第936页。

'神天菩萨,坑死人了!'"①。这"坑死人了"四个字显示袭人把监督贾宝玉当作自己的责任,同时也表达出她坚定维护王夫人的利益与传统礼教的立场。在发现宝玉与黛玉之间的感情纠葛后,她担心这两人"将来难免不才之事,令人可惊可畏","心下暗度如何处治,方免此丑"。② 此后便更加有意地去偷听收集有关宝玉的信息,以便及时向王夫人反映,同时也是为了维护自身的利益,保全自己的地位。

第二十五回中,王夫人命贾环在她那里抄《金刚经》奉诵,贾环虽也是政老爷的儿子,只因是庶出加之各种自身因素不被待见,宝玉却深受宠爱,因此他对宝玉十分憎恨,多次想法陷害宝玉。这天正值宝玉醉酒往王夫人处来,因和彩云说笑,被贾环"有意"听入耳内,贾环与彩云暗地里互生情愫,因此听到这些对话,他心生妒意,故意拨翻烛台,烫伤宝玉。可知贾环是刻意偷听宝玉与彩云的谈话,并想通过陷害宝玉而提升自己的地位。

第五十七回中,林黛玉、薛宝钗、薛姨妈三人在潇湘馆内闲谈,聊及姻缘的话题,薛姨妈提到跟老太太说把黛玉许配给宝玉,这一段话被紫鹃偷听到,"紫鹃忙也跑来笑道:'姨太太既有这个主意,为什么不和老太太说去?'"③。这里可以看出丫鬟们时刻竖着耳朵监听主子们的动静,紫鹃之前骗宝玉说林黛玉要回苏州老家去,来试探宝玉对黛玉的感情,并确定了宝玉对黛玉的爱意。在这一次偷听后,她希望薛姨妈去找贾母说情,让黛玉和宝玉在一起。从中可以看出,紫鹃对黛玉忠心耿耿,她很了解黛玉的处境,并设身处地为黛玉着想。小说通过这一情节的描写将紫鹃的人物性格刻画得更加鲜明,也表明她之所以能够超过黛玉从家里带来的雪雁,成为她最倚仗的丫鬟的原因。

---

① [清]曹雪芹:《周汝昌校订批点本石头记》,脂砚斋批点,周汝昌点校,译林出版社2011年版,第406页。

② [清]曹雪芹:《周汝昌校订批点本石头记》,脂砚斋批点,周汝昌点校,译林出版社2011年版,第406页。

③ [清]曹雪芹:《周汝昌校订批点本石头记》,脂砚斋批点,周汝昌点校,译林出版社2011年版,第689页。

2.恶意的偷听

恶意的偷听是指偷听者不怀好意、带有某种目的性地去偷听别人对话的行为。第三十回中,宝玉来至王夫人房中,见到金钏儿在给午睡的王夫人捶腿,便悄悄和她玩笑并说要向王夫人讨她去自己房里,金钏儿却挑逗宝玉说:"凭我告诉你个巧宗儿,你往东小院子拿环哥儿和彩云去。"[①]不料这一切被假睡的王夫人偷听在耳内,王夫人听后大怒,朝金钏儿脸上掌了一嘴巴子,辱骂了一番,并说要撵出贾府,最终导致金钏儿投井而死的悲剧。此处王夫人的"偷听"便是恶意的偷听,王夫人本来就醒着,然而因她平日里对宝玉和丫鬟们的行为不放心,生怕她们"教坏"宝玉,所以才故意装睡,要拿现行。

第四十四回中,王熙凤因为过生日多喝了几杯酒,准备回房歇息,因看到一个丫鬟见她来鬼鬼祟祟地跑了就觉有事,便命人抓了来审问,不承想知道了贾琏与鲍二家的媳妇偷情。得知情况后,王熙凤虽很气愤但并没有直接闯进门去捉奸,而是悄悄来到窗前偷听房内的动态,在听到鲍二家的咒她死时,一时气愤难平才冲了进去大闹并厮打鲍二家的。此处的偷听行为也是"恶意"的,因凤姐忌恨贾琏奸情而去偷听,企图发现秘密,有报复的心理,最后鲍二家的上吊自尽,有一个因素也是惧怕凤姐的阴险毒辣。

(三)介于"偶听"和"有意"的偷听

通常人们听到的声音大部分是经主观意识筛选后留下的结果,即对自己感兴趣或经常接触到的一些内容会听得比较细致,而介于"偶听"和"有意"之间的偷听则是指听者一开始对耳边飘过的话语没有过多的留意,所以大脑中留存的只是些模糊的片段,但之后遇到的事又会让听者努力去回忆自己尚未忘记的只言片语,从而将前后发生的事情联系起来。

第二十七回和第二十八回中,林黛玉因夜里晴雯不开门一事错怪宝玉,后来听到了门内有宝玉和宝钗的笑声传来,结合之前发生的事,黛玉就以为

---

① [清]曹雪芹:《周汝昌校订批点本石头记》,脂砚斋批点,周汝昌点校,译林出版社2011年版,第385页。

宝玉还在生她的气。黛玉仅通过听到的这些模糊的片段就将一系列事联系起来,故而独自伤心落泪。又因次日是"饯花之期",黛玉勾起了愁思顿时见花落泪,这边宝玉不见黛玉,便去寻她,正巧听见有人在哭,知是黛玉后,便前往细听,听了黛玉的《葬花吟》,宝玉也不觉感伤落泪,增加了他对黛玉的感情。这里宝玉先是听到是黛玉在吟诗,细听黛玉所吟之诗后,联想到黛玉的身世处境,增加了他对黛玉的爱惜之情。第三十回中,宝玉在蔷薇花架旁听到有人在哭,"宝玉心想:难道这也是个痴丫头,又像颦儿来葬花不成?"①作者这一处的描写虽说不是偷听的直接描写,但是也表现了宝玉因偶然听到蔷薇架旁的龄官哽噎,而想去一探究竟,为后文宝玉知道龄官爱慕贾蔷做了铺垫。

## 二、偷听场景

场景是叙事中最基础的实体空间。曹雪芹将偷听场景分别设置在不同人物形象所居住院落的窗外、外间、门外、墙外、亭外等个人私密空间,不仅突出了"室"内外人物的形象和性格特征,而且增强了不同场景在文本中的叙事作用,以场景空间叙事代替平铺直叙。

### (一)室内的偷听

有关室内的偷听行为,林黛玉最为典型。因为黛玉父母双亡、无依无靠、寄人篱下,又常年体弱多病,多数时候是一个人闷闷地待在室内静养。为了能在贾府中生存而不被排挤,林黛玉只能通过经常留心去捕捉耳边飘过的话语来决定自己应该如何应对。细读文本可以发现小说中有多次描写丫鬟们在林黛玉的外屋悄声絮语,而身处里屋的林黛玉也在侧耳细听的情节,这种长年的"偷听"也使得林黛玉的听觉变得十分的敏感,以至于紫鹃等人根本不会想到林黛玉离她们那么远还能听到她们的对话。

---

① [清]曹雪芹:《周汝昌校订批点本石头记》,脂砚斋批点,周汝昌点校,译林出版社2011年版,第386页。

（二）室外的偷听

1. 窗

窗,虽然只是用来供建筑物采光、通风的设备,但在美学意义上有着独特的地位,具体表现在它的"道具性":当窗户关闭时,窗内是隐秘空间,但仍然有光线、声音可以出入,想象和聆听的意境很深;当窗户打开时,人是窗里的风景,风景是窗里的"画"。曹雪芹很善于运用园林场景的叙事手法,在表现宝玉和黛玉的情爱上也多用偷听的情节来刻画。第二十六回中,宝玉来潇湘馆时无意在窗外听到黛玉说"每日家情思睡昏昏",从而了解到黛玉心中对爱情的渴望及无助的慨叹。小说此处安排宝玉"偷听"到黛玉的心声,也是别有用意的,因为依黛玉"步步留心,时时在意"的性格,是比较谨慎细心的,不可能在别人面前随意表露自己的心声,小说通过窗外偷听的细节叙事,写出了黛玉不轻易表露心声的形象,也泄露了这个青春少女隐秘幽微的情思,同时小说此处安排的"偷听者"为宝玉而非别人,在一定程度上也象征着宝黛二人深刻的情感联系。

王熙凤在得知贾琏与鲍二家的媳妇偷情后,虽很气愤但并没有直接闯进门去捉奸,而是悄悄来到窗前偷听房内的动态。此时的"窗"是介于偷听者和被偷听者之间的一道屏障,如若没有"窗"这个具有隐秘性质的道具,鲍二家的断不敢直言对王熙凤的咒骂和憎恨。王熙凤听到鲍二家的咒她死时,愤怒达到高潮,冲进去厮打鲍二家的,很符合"凤辣子"的性格。小说通过这一偷听情节的描写也从侧面反映了王熙凤的"毒辣",并为后文凤姐设计害死尤二姐做了铺垫。

2. 外间

中国古典建筑中的空间构成单位是"间",通常有里间、外间之分,是一个相对完整的空间。"里间"具有相对隐秘的性质,指相通的房间中不直接与室外连通的房间,一般指主卧室。"外间",指相通的几间屋子中能直接通到外面的房间,在古代通常是会客处或通房丫鬟们的居所。第二十一回中,袭人因看到宝玉终日在黛玉、史湘云处,和姐妹们没有任何避讳,所以十分不悦并和他赌气。宝玉因袭人的冷淡而闷闷不乐,以致牵连到麝月、蕙香等人。宝玉因问蕙香名字,说是袭人所起,还在与袭人赌气的他就说这名字晦气,"不必什么蕙香兰气的,那一个配比这些花"①,于是将她改名为"四儿","袭人和麝月在外间听了,抿嘴而笑"②。这里也是一处偷听情节的描写,此处袭人、麝月所在的"外间"与宝玉、四儿所在的"里间"在某种程度上具有亲疏等级的对比性,平日里袭人、麝月与宝玉的关系在丫鬟里是最亲近的,她们是能够在"里间"服侍宝玉的人,四儿只是院儿里的丫鬟,本没有进入"里间"直接服侍宝玉的资格,只因宝玉赌气不让袭人、麝月服侍,于是四儿才得以抓住机会在宝玉面前服侍,也表现了袭人时刻关注怡红院内丫鬟们的动静,以保全自己的领班地位。

3. 门外

门作为房间和庭院的开关设备,是分隔室内外的"屏障",而且在小说中"门"也具有很强的叙事视角的功能。第二十六回中,黛玉听说贾政把宝玉叫去了,一日未归,很担心,所以吃过晚饭便来找宝玉,远远地看见宝钗也进了宝玉的院内。等她到怡红院门口时发现大门紧闭,于是敲门,不承想晴雯和碧痕刚拌了嘴,在气头上且也没听出是黛玉的声音就骂起来,黛玉听到院内有嬉笑声传来,细细听后是宝玉和宝钗的声音,联想之前的事,误以为宝玉恼她,所以不免又伤心落泪。此处黛玉是站在门外"偷听",在不了解里面的情况的背景下,自行揣测而独自伤感,作者对这一情节的刻画把黛玉多愁善感的人物性格凸显了出来。

4. 亭外

中国园林中亭子的功能不仅是为了让人能够在此停留休息,也是人们在室外座谈聊天的不二之选,因而亭子的选址而且一般都是风景绝佳之地,不仅通风性好而且景色宜人,能够自然引出故事的线索。在小说的场景叙事中,看似不起眼的亭子却起着决定性的作用,如果把亭子去掉的话,则很

---

① [清]曹雪芹:《周汝昌校订批点本石头记》,脂砚斋批点,周汝昌点校,译林出版社2011年版,第267页。

② [清]曹雪芹:《周汝昌校订批点本石头记》,脂砚斋批点,周汝昌点校,译林出版社2011年版,第267页。

难把握故事情节的发展变化。如第二十七回中,薛宝钗见有一双出色的蝴蝶便去扑,至滴翠亭时,无意间偷听到了亭子内红玉和坠儿关于贾芸捡到红玉手帕的谈话,当红玉和坠儿二人为防自己的对话被别人听到而要打开窗户时,薛宝钗上演了一出"金蝉脱壳"。原本没什么大事,但是薛宝钗小题大做,将"偷听""嫁祸"给林黛玉,把自己撇得很干净。作者此处对薛宝钗偷听情节的描写,将薛宝钗"事不关己不开口"以及她颇有心机的一面展现了出来,这与平日里人们心里的贤德仁和的形象形成一个对比。如果此处没有滴翠亭,那红玉和坠儿就不可能在毫无遮蔽处坦露具有个人隐私性质的话,亭子充当了很好的"偷听"场景的作用,推动了故事情节的发展。

### 三、偷听产生的情感类型

情感是人类对客观事物的一种最普遍的态度体验,包括最基本的喜怒哀乐等情绪。偷听行为,往往会造成偷听者的情感的变化,并引发偷听者与被偷听者之间关系的变化。

#### (一)正向情感

正向情感是指人对正向价值的增加或负向价值的减少所产生的情感,如愉快、信任、感激、庆幸等。第三十二回中,黛玉偷听到贾宝玉和史湘云的谈话:"林妹妹从来说过这些混账话不曾?他也若说这些混账话,我早和他生分了。"[①]从而确定了宝玉是自己的知己,不禁又喜又惊。由此可以看出黛玉当时引发的情感是正向情感,因为通过偷听她进一步了解自己在宝玉心中的形象,增加了他们之间彼此的情感信任。

#### (二)负向情感

负向情感是指人对正向价值的减少或负向价值的增加所产生的情感,如痛苦、鄙视、仇恨、嫉妒等。第二十五回中,王夫人命贾环在她那里抄《金

---

① [清]曹雪芹:《周汝昌校订批点本石头记》,脂砚斋批点,周汝昌点校,译林出版社2011年版,第404页。

刚经》奉诵，贾环素日里就十分嫉妒和憎恨宝玉，诡计多端，颇有小人之风，多次陷害宝玉，正值这天宝玉醉酒往王夫人处来，见宝玉和彩云说笑，贾环就刻意偷听他们说话，由此心生妒意从而故意拨翻烛台，烫伤宝玉。由此可以看出"偷听者"贾环当时的情感是负向情感，他因为嫉妒王夫人对宝玉的疼爱，又见宝玉和彩云亲近，从而增加了对宝玉的仇恨。第三十回中，王夫人本来就醒着，却装睡偷听宝玉和金钏儿说话，因她平日里对宝玉和丫鬟们的行为不放心，生怕她们"教坏"宝玉，想要拿现行，可以看出"偷听者"王夫人当时的情感是负向情感，她仇恨丫鬟们的不自重，也恐惧她们带坏宝玉，并威胁到她自己在贾府的声望与地位。第四十四回中，凤姐因过生日多饮了几杯酒，准备回房歇息，因看到一个丫鬟见她来鬼鬼祟祟地跑了就觉有事，便命人抓了来审问，不曾想知道了贾琏与鲍二家的媳妇偷情，得知情况后王熙凤并没有直接闯进去捉奸，而是悄悄来至窗前偷听，在听到鲍二家的咒她死时，一时气愤难平冲进去大闹并厮打鲍二家的，由此可以看出"偷听者"王熙凤当时的情感也是负向情感，她知道贾琏偷情后内心是痛苦的，因为像凤姐这样的狠角色是不容许别人和自己共享一个男人的，在知道贾琏的偷情对象竟是下人之妻时，她内心更是充满鄙视，所以一时间难抑怒气冲了进去。

偷听事件不仅可以成为故事的始发、故事的展开，甚至可以为故事的转向提供动力。如果顽石没有"偷听"到一僧一道的谈话，就没有之后动凡心去人间历练一番的想法，而此次的"偷听"情节正是整个《红楼梦》小说故事始发的核心；如果没有甄士隐无意间"偷听"到一僧一道的对话，就没有他在历经人间沧桑后选择遁入空门的结局，且这个结局又牵引着故事发展的走向，为人们揭示同样在历经人间变幻后的宝玉最终的结局；如果林黛玉没有去偷听贾宝玉和史湘云的对话，就不会断定宝玉是自己的知己，也不会有后来宝玉向黛玉表明心声，被袭人偷听到而去向王夫人打小报告的情节；如果王夫人没有装睡偷听宝玉和金钏儿对话，就不会有金钏儿羞愤投井而死，更不会有后来宝玉在凤姐生日一大早骑马去郊外的水仙庵祭奠死去的金钏儿这一情节，而宝玉敬重怜爱女儿们的一面也无从体现。所以说作者在文章中穿插的偷听事件的描写，贯穿了整个小说的行文脉络，对推动故事情节的发展以及人物形象的刻画起到了不容小觑的作用，这些情节的安排也有助于我们更深入地了解不同人物的内心欲望，理解其形象的丰富性和复杂性。

## 第四节　王熙凤的欲望书写

在传统社会，作为"他者"存在的女性，生命欲望长期处于被压抑的状态。在伦理语境中，她们被要求表现出无欲无求的娴静、贞洁、内敛，以及为丈夫、为家庭、为子女无我的服务、奉献、牺牲精神。薛宝钗作为传统社会被规训的女性典范，只有常常服用"冷香丸"，才能镇静那来自生命深处的欲望之病——"热毒"的侵扰，以压抑、克制对自身欲望的萌动，保持贞静。"被阉割的女性"是去欲化的，她的欲望用道德教条约束，被禁锢在伦理边界之内，这样的女性形象是用德行、圣洁、牺牲等包装起来的。可是，不正视女性作为主体的人的复杂欲望，就不可能呈现出一个真实的有血有肉的女性形象。在王熙凤这个女性人物身上则表现出迥异于传统女性的蓬勃欲望，她从不掩饰对自身欲望的表达与追逐，包括物欲、权欲、情欲等等，小说赤裸裸地呈现了凤姐生命中这些欲望的具体形态。

脂砚斋在比较宝钗与凤姐时说："宝钗此等非与凤姐一样，此是随时俯仰，彼则逸才逾蹈也。"[①]其中"逸""逾"指凤姐现世欲望的张扬与外露，是对传统妇德规训的反叛。她性格中已带有资本主义的折光，"蔑视封建主义的道德说教，甚至蔑视神权、夫权，不顾一切地以追逐金钱和权力为人生目的，才是这一人物形象性格本质之所在"[②]。在王熙凤身上，既包含超越传统女性意识的现代性萌芽，展现出巨大的个性魅力、才干能力与进取力量，亦有

---

① ［清］曹雪芹：《周汝昌校订批点本石头记》，脂砚斋批点，周汝昌点校，译林出版社2011年版，第669页。

② 朱淡文：《王熙凤形象探源》，载《曹雪芹研究》2017年第2期，第74页。

着破坏性、毁灭性的邪恶力量,表现出"亦正亦邪"的女性意识,呈现为一种"否定的美质","凤姐治世之能臣,乱世之奸雄也"①,"她的才智,她的声势,她的英气,她的珍贵,与她的心机,她的权欲,她的骄大,以及她的恃强好胜,多事逞才等,不可割裂地联系在一起"②。鲁迅在《中国小说史略》中曾指出,《红楼梦》的创造性表现在于把中国"传统的思想和写法都打破了",摒弃了"叙好人完全是好,坏人完全是坏""恶则无往不恶,美则无一不美"的传统模式,敢于正视人的全部复杂性,"如实描写,并无讳饰",善于从"全部现实性底丰满和完整上把握住"人物性格。③ 在王熙凤这个女性人物身上正充分体现了这种复杂性,本质上乃是明清之际新旧交替的时代特质在文学人物想象上的呈现。王熙凤这个女性身上既有着突出的时代新质,代表着一种新的经济力量,但同时,由于资本主义的萌芽并没有相应成熟的法制或社会结构的支撑,所以往往流向混乱与堕落,不受约束的欲望与阶层、权力结合,走向权力寻租的腐化与罪恶,凤姐身上这种正邪两赋的二重性正是这种时代状况的表现。

《红楼梦》的时代背景,是我国封建农业社会自然经济制度在工商都会中向市场经济转轨换型的初始阶段。王熙凤这一人物身上的时代新质主要表现为对经济制度的革新。其中,她视时间为财富的理念,明确的分工负责意识,统一协作观念,奖赏、扣罚适度的观念,成本核算理念,收支前后严格审计理念等观念都明确表现出与自然经济自给自足,以及个体小生产者无组织、无计划的制度和观念的冲突对立。"东海缺少白玉床,龙王来请金陵王"④,凤姐的娘家王家是一个船运商业世家,专管与外国人的商业往来,以及各国进贡朝贺的事,"凡有外国人来,都是我们家养活。粤、闽、滇、浙所有

① [清]涂瀛:《〈红楼梦〉论赞》,载一栗:《红楼梦资料汇编》,中华书局 1964 年版,第134 页。

② 孙绍振:《〈红楼梦〉美女谱系中的美恶交融》,载《名作欣赏》2017 年第 16 期,第107 页。

③ 鲁迅:《中国小说史略》,商务印书馆 2011 年版,第 102 页。

④ [清]曹雪芹:《周汝昌校订批点本石头记》,脂砚斋批点,周汝昌点校,译林出版社2011 年版,第 54 页。

的洋船货物，都是我们家的"①。在这个闭关自守的封建帝国，王家是最早与西方有接触往来的家族之一，王熙凤必是最早接受西风吹拂的新一派，站在时代潮流的最前端。她家里有许多来自西洋的奇物珍玩，自鸣钟、玻璃炕屏等，这些西洋的奇物珍玩是连贾府中人都不曾见识过的。以至于当贾蓉向凤姐借玻璃炕屏时，凤姐得意地笑道："也没见我们王家的东西都是好的不成。一般你们那里放着那些东西，只是看不见，偏我的就是好的。"②这些西洋的奇物珍玩，一定程度上开阔了凤姐的眼界，刺激了她的物欲，促成了她享乐主义、物质主义的生命倾向。小说第六回中，刘姥姥第一次进贾府，在凤姐屋里生平第一次看到了自鸣钟，小说以刘姥姥这个普通农妇的视角，写出了这种西洋物件给她的感官带来的强大冲击，"刘姥姥只听见咯当咯当的响声，大有似乎打箩柜筛面的一般，不免东瞧西望的。忽见堂屋中柱子上挂着一个匣子，底下又坠着一个秤砣般的一物，却不住的乱幌。刘姥姥心中想着：'这是个什么爱物儿，有煞用呢？'正獃时，陡听得当的一声，又若金钟铜磬一般，不防到唬的展眼。接着又是一连八九下"③。在传统社会中，女性是没有独立的经济收入与地位的，这从根本上决定了她们对于男性的依附性。凤姐在管家的过程中，显然为自己积蓄了丰厚的私房钱，同时她娘家强大的经济实力也使得她在经济上并不依附贾琏，可以在人格上获得一定的独立性。

凤姐从不掩饰自己对财富、名利的欲望，且不择手段地追求利益最大化："你是素日知道我的，从来不信什么是阴骘司地狱报应的，凭你什么事，我说要行就行，你叫他拿三千银子来，我就替他出这口气。"④与在传统农业文明基础上形成的重公、重义的儒家伦理价值观截然不同，这是一种新兴的

---

① [清]曹雪芹：《周汝昌校订批点本石头记》，脂砚斋批点，周汝昌点校，译林出版社2011年版，第198页。

② [清]曹雪芹：《周汝昌校订批点本石头记》，脂砚斋批点，周汝昌点校，译林出版社2011年版，第93页。

③ [清]曹雪芹：《周汝昌校订批点本石头记》，脂砚斋批点，周汝昌点校，译林出版社2011年版，第90页。

④ [清]曹雪芹：《周汝昌校订批点本石头记》，脂砚斋批点，周汝昌点校，译林出版社2011年版，第186页。

商业资本社会价值观,目的性、功利性强,利益至上,为达到目的可以不择手段,追逐赤裸裸的欲望和野心,不受道德感的束缚。在明代中叶以后,社会上出现了一股强大的市侩势力,他们既与传统的封建势力不同,又与西方的早期资产阶级有别,他们是中国封建货币经济发展不成熟的产物。这些市侩势力和封建统治者相勾结,牢牢利用手中的权力,不择手段地追求实利和暴利,《金瓶梅》中的西门庆正是这种市侩势力的典型,他们所信奉的是"金钱万能""有钱能使鬼推磨"的思想,在王熙凤身上也表现出了某些市侩主义的特征。

## 第五节　尤三姐的欲望与自杀

在弗洛伊德看来,爱欲为人格的转移与升华提供了力量。在现实生活层面,尤三姐只是靠肉体取悦于男性的风尘女子,但她后来的转变以及自杀行为,展现出超越肉体的生命力量及悲剧意义,她的自我觉醒经历了复仇、重生到死亡的最终完成。

当尤三姐看清贾琏与贾珍二马同槽一味玩弄她们姐妹的真面目后,"反雌为雄"对他们兄弟俩进行报复,用肉体来嘲讽那些玩弄女人的男人,"据珍琏评去,所见过的上下贵贱若干女子,皆未有此绰约风流者。二人已酥麻如醉,不禁去招他,那妇人淫态风情反将二人禁住……自己高谈阔论,任意挥霍洒落一阵,拿他弟兄二人嘲笑取乐,竟真是他嫖了男人,并非男人淫了他"[①]。在复仇狂欢之后,她欲通过与柳湘莲的婚姻来求得重生。尤三姐沦落风尘是为了生存而不得已之事,在她的内心始终保留着对真挚爱情的渴望,这是她沦落污浊的生命中的光亮,"但终身大事,一生至死,非同儿戏。

---

① ［清］曹雪芹:《周汝昌校订批点本石头记》,脂砚斋批点,周汝昌点校,译林出版社2011年版,第774页。

我如今改过守分,只要我拣一个素日可心如意的人,方跟他去。若凭你们拣择,虽是富比石崇,才过子建,貌比潘安的,我心理进不去,也白过了一世"①。尤三姐对自己过去的淫荡充满深刻的羞耻感,她想要重生的愿望与决心是如此强烈:

> "姐夫,你只放心,我们不是那心口两样的人,说什么是什么。若有了姓柳的来,我便嫁他。从今日起……我自己修行去了。"说着,将一根玉簪击作两段,说:"一句不真,就如这簪子!"说着,回房去了,真个竟非礼不动,非礼不言起来。②

这是尤三姐自我意识的觉醒,生命不再随波逐流,被外在现实与命运主宰,而是凭借自由意志进行伦理选择。她通过节欲的形式,来完成道德伦理上的救赎,洗刷肉体之罪,提升人格,以期获得柳湘莲的真情,"他小妹果是个斩钉截铁之人,每日侍奉母姊之馀,只安分守己,随分过活"③,表现出改变命运的强大意志力。在得到柳湘莲的订婚信物鸳鸯剑后,"三姐喜出望外,连忙收了,挂在自己绣房床上,每日望着剑,自喜终身有靠"④。这是她生命中最有希望与光亮的一刻。柳湘莲的高洁品性、重情重义,跟她以前所认识的那些男人都不一样,但尤三姐爱的不仅仅是柳湘莲这个人,更是她自己的理想,是她对重生的渴望,以及对腐朽肮脏的旧生活的告别,她的爱情是这些生命的向往在柳湘莲身上的投射。然而柳湘莲的拒婚,否定了她的所有努力与她期待的未来,更否定了她重获新生的可能性,把她打回原来那种不堪忍受的生活。对真挚爱情的向往不可得,对未来生活希望的破灭,让尤三姐看不到自我拯救的任何希望,"由于他是自杀者不愿去继续他的旧生活的

---

① 〔清〕曹雪芹:《周汝昌校订批点本石头记》,脂砚斋批点,周汝昌点校,译林出版社2011年版,第776页。

② 〔清〕曹雪芹:《周汝昌校订批点本石头记》,脂砚斋批点,周汝昌点校,译林出版社2011年版,第782页。

③ 〔清〕曹雪芹:《周汝昌校订批点本石头记》,脂砚斋批点,周汝昌点校,译林出版社2011年版,第783页。

④ 〔清〕曹雪芹:《周汝昌校订批点本石头记》,脂砚斋批点,周汝昌点校,译林出版社2011年版,第783页。

自白,它同时也是并非一切善的火花都已在自杀者的灵魂中熄灭的这个事实的一种象征"①,最后选择以剑自刎,结束生命。

在希腊学派当中,斯多葛学派和伊壁鸠鲁学派特别强烈地维护自杀在道德上的可行性,他们把当生命没有进一步的价值时摒弃生命的自由赞美为人的一种特权。这时候,尤三姐只有最后一条路,即自杀。既然重生不能,只有以死来解构、否定那耻辱肉体的存在,终结以往不堪的生活,这也是尤三姐对伦理罪业的忏悔与自我惩罚,是"可耻生命的可耻的结束"。尤三姐的自杀是对那些侮辱与玩弄她的男人的嘲讽,也包括柳湘莲这样轻视她的意志与真情的男人,是对虚幻痴情的嘲讽,"妾痴情待君五年矣,不期君果冷心冷面,妾以死报此痴情"②。

"揉碎桃花红满地,玉山倾倒难再扶"③,小说用"桃花""玉山"来赞美尤三姐人格之高洁。柳湘莲在得知尤三姐自刎后泣道:"我并不知是这等刚烈贤妻,可敬,可敬!"④尤三姐是污泥中的一朵莲花,她为生活所迫不得不沦落风月场,但内心高洁,志气很高。尤三姐的自杀,是对男权社会的控诉,是女性人格自尊、自由意志的表现,展现出一种强烈的反抗力量,她的自杀完成了从肉体沉沦向精神升华的蜕变。

从尤三姐之死可知,当时女性仍然是以男性的婚娶作为唯一的归宿,她们没有独立的经济地位,也没有其他出路,不得不依附男性,把生命的幸福完全寄托在男人身上。那柄柳湘莲赠的鸳鸯剑,冷飕飕,明亮亮,如两痕秋水般,挂在她的绣房床上。尤三姐整日望着它,仿佛看到了那束可以让她绝地反击、改变命运的希望之光。可是,也是这柄倾尽平生之力,压上全部生命重量的鸳鸯剑,最终取了她的性命。她的标致、刚烈、痴情与觉醒,在女性

---

① (德)弗里德里希·包尔生:《伦理学体系》,何宏生译,中国社会科学出版社 1988 年版,第 505 页。

② [清]曹雪芹:《周汝昌校订批点本石头记》,脂砚斋批点,周汝昌点校,译林出版社 2011 年版,第 785 页。

③ [清]曹雪芹:《周汝昌校订批点本石头记》,脂砚斋批点,周汝昌点校,译林出版社 2011 年版,第 785 页。

④ [清]曹雪芹:《周汝昌校订批点本石头记》,脂砚斋批点,周汝昌点校,译林出版社 2011 年版,第 785 页。

生命没有更多选择、出口与可能性的封闭黯淡的世界里,终是一束被遮挡的虚妄之光,让人唏嘘同情。


## 第六节　贾瑞的欲望悲剧


　　贾瑞的故事突出地表现了欲望的破坏力。当理性在欲望面前失序,欲望成为一种纯然的本能冲动,就会造成巨大的破坏力。贾瑞身上有着复杂的欲望形成机制,包括祖父贾代儒打压式的教育方式对他的欲望造成的压抑、作为贾府寒族的自卑心理,以及王熙凤的美色诱惑,可以说贾瑞对王熙凤的迷恋本质上是其众多深层心理情结的一个集中体现,是被压抑、被扭曲的权力欲望通过情欲形式的弥补,而造成贾瑞悲剧的根本原因则是缺乏自我救赎的智慧,以及对于不可知欲望的病态执着。

　　贾瑞对自我的认识存在极大误区。拉康的镜像理论认为,个体的"异化"是从他人的形象认同中发生的想象性误认。[①] 贾瑞受到贾府中男人风气的影响,对这些浮浪子弟的价值观产生了潜移默化的认同,从而对自己产生了想象性的误认,并在暗中不自觉地模仿这种所谓的男儿气魄,通过调戏与追逐王熙凤来弥补内心深处的懦弱与自卑。贾瑞完全看不清真实的自我,或者说他看到的是那个占有凤姐的虚假镜像中的自我,即拉康所说的"伪主体",这也导致了他完全看不清自己在现实中的位置与处境,产生了错位的行为,"早已被掏空的自我被套上伪自我的面具却浑然不知"[②]。"人的存在总是在别处",对于内心压抑、自卑的贾瑞来说,在凤姐身上才感觉到那个"理想"自我的存在,所以他一次一次靠近凤姐,不顾一切地去追赶那个虚假的理想自我。祖父贾代儒打压式的教育方式从来没有让贾瑞有机会去形成

---

① (法)拉康:《拉康选集》,褚孝泉译,上海三联书店2001年版,第4—56页。
② (法)拉康:《拉康选集》,褚孝泉译,上海三联书店2001年版,第4—56页。

健全的自我认知。相反,经常性的责骂与侮辱,让贾瑞内心充满自卑感与压抑感,生活也无快乐可言,所以当他在贾府的私塾中接触到了薛蟠之流时,他仿佛看到了那个向往的自我,所以快速地认同了这些同龄人的价值观,并趋向、模仿他们,以构建他新的"自我"镜像,一个不同于在祖父那里被压抑的自我。拉康认为,人格的第二层异化是从他人的形象认同中发生的想象性误认。婴儿逐渐长大,开始将父母、其他亲人的面容以及身边玩伴的行为和游戏等他者的形象对象化为自己的欲望。这实际上就是一场隐性的暴力,因为当婴儿可以认清表情的背后所隐含的特定涵义时,原先那个"镜像之我"就会再一次强化和重构。主体占据着他者的位置,通过对面容的认同返回式地规范自身,在他者的凝视中抛弃自我,这实际上是一种以他者形象自居的自恋式、虚假式的想象性关系。这种以他人的面部表情、行为等产生的倒错式的意象投射到自我的想象性关系中的过程,再次印证了真实自我构建的不可能。贾瑞的欲望没能得到顺利的提升或是转化,这种情欲何尝不含有对压抑的训诫本能的反抗,对于一个新的自我无知觉的尝试?

在贾瑞生命的最后时刻,道士带来了风月宝鉴,并叮嘱他只能照反面,切不可照正面。正面的美女("色")与反面的骷髅("空")并非相互对立的两个不同事物,其实是同一事物在不同时期的转化,即佛法中所言的"色空不二","美女"只是一种幻象,它没有自性,是贾瑞不可遏制的欲望所幻化出来的假象,要从美女看到反面的骷髅,是警醒贾瑞要看到假象本幻,从而从对这一幻象的执着中跳脱出来,才能得以解脱,保全自己。道士给贾瑞这一面风月宝鉴,是要贾瑞张开"慧眼",在欲望的牵扯与执着所带来的巨大痛苦中,生起觉醒之心以及从焚烧般的欲望地狱的煎熬里解脱出来的大勇气与大智慧。道士把这面风月宝鉴交给贾瑞,预示着生命获得拯救的主动权是把握在自己手中的,人在痛苦中只能依靠自力自救才能获得解脱,道士及这面风月宝鉴只是贾瑞解脱的一个助缘,觉醒的种子正在贾瑞的自性之中。然而可悲的是,愚痴如贾瑞者并不具有心性上觉醒的自力,他无力自救,最后只能在欲望深渊的不归路上销蚀了自己年轻的生命。

## 第七节　从梦境看"二玉"之欲

《红楼梦》中描绘的女性人物众多,红玉是其中很特别的一个。她有自己的见识与思量,能力也强,是红楼之梦里难得的清醒者,她曾说过"千里搭长棚,没有个不散的宴席",一言点破了贾府繁华之梦的虚幻。她的性格有着不同于其他丫鬟的大胆、坚韧和顽强,她的人生目标不是"丫鬟大了,随便发配个小子",她抓住机会赢得了王熙凤的欣赏,大胆为自己的未来谋划,制造机会追求出身并不好的穷主子贾芸,最终得偿所愿。在感情深处,她也懂得以德报德,以直报怨,在贾府众人的悲剧收场中,她却收获了一个相对美好的结局。小说中曾写到红玉的一个梦境,从此梦境中可以读出红玉的深层欲望。

### 一、红玉的落帕之梦

红玉的梦境是这样的:"忽听窗外低低的叫道:'红玉,你的手帕子我拾在这里呢!'红玉听了,忙走出来看,不是别人,正是贾芸。红玉不觉的粉面含羞,问道:'二爷在那里拾着的?'贾芸笑道:'你过来,我告诉你。'一面说,一面就上来拉他。那红玉急回身一跑,却被门槛绊倒。"①这个梦境十分真实,连细节都很清晰,而且梦境中的场面后来在现实中真实发生了,红玉丢了手帕,恰巧被贾芸捡到,并成就了他们俩的情缘,那么这个梦境究竟是红玉的未卜先知还是她的潜意识在作祟呢?

在《红楼梦》的少女之中,红玉是极为现实的存在,她知道什么样的时间应该做什么样的事情,在机会出现之前她懂得等待时机,做好准备,这在她

---

① ［清］曹雪芹:《周汝昌校订批点本石头记》,脂砚斋批点,周汝昌点校,译林出版社2011年版,第312页。

经营自己的感情与未来的人生中可以看出来。红玉内心的不甘表现在行动上，她会在晴雯、袭人、秋纹、麝月这些大丫鬟不在的时候走到贾宝玉的面前献殷勤，纵使知道这样做会被这些大丫鬟刁难，她也义无反顾地选择尝试一下。她也明白什么时候需要冷静地忍耐，在面对大丫鬟们的刁难与指责时，选择默默忍受。可以看出，红玉是一个有胆有识、有谋有略的女性，虽然身为贾府的世代家仆，但外在的卑贱身份并不能掩盖小红心中的野心，"这红玉虽然是个不谙事的丫头，却因他有三分容貌，心内着实妄想痴心的向上攀高，每每的要在宝玉面前显弄显弄"①。她的名字里面有一个"玉"字，可见她内心潜藏的欲望，即使因为冲撞了主子名字中的"玉"字而被迫改成"小红"，但那与生俱来的生命力是不可能因为名字的更改而消失的。在古代社会，红玉所做的梦境可以说是一个近乎"恐怖"的场景，古代婚姻讲究父母之命、媒妁之言，任何形式的男女私下交往都是被制止的，是不合法的。而在红玉的梦境中，她不仅与贾芸见了面，更有了交谈，作为一种古代女子私物，手帕素来被视为定情之物，用以传达男女之间的亲密情谊，贾芸捡到了小红的手帕，本身就充满了私密的情色意味。按照常理，这样的梦境当会引发做梦人的自我道德谴责，但红玉对此并没有表现出太大的惊讶或自责，由此可以判断她内心自我意识的觉醒，以及对传统伦理束缚的自觉反抗，这也与她大胆制造机会，谋划自己未来的胆识是相符的。小红因为帮凤姐带话深得凤姐赏识："好孩子，难为你说的齐全。别像他们扭扭捏捏蚊子是的。……他们必定一句话拉长了作两三截儿，咬文嚼字，拿着腔儿哼哼，急的我冒火。……这一个丫头就好，方才两遭儿说话虽不多，听那口声就简断。"②可见小红做事条理清晰、泼辣干练，与王熙凤是属于同一类型的人。因此，当凤姐表示要叫她跟自己去时，小红的回答表现得不卑不亢、果断自信，"愿意不愿意，我们也不敢说。只是跟着奶奶，我们也学些眉眼高低，出入上下，天

---

① ［清］曹雪芹：《周汝昌校订批点本石头记》，脂砚斋批点，周汝昌点校，译林出版社2011年版，第311页。

② ［清］曹雪芹：《周汝昌校订批点本石头记》，脂砚斋批点，周汝昌点校，译林出版社2011年版，第346页。

下的事也得见识见识"①,从中可见,小红既清楚地知道自己的身份地位,又敢于抓住机会,而且在凤姐面前能够大方自信地应答,可见其胆识、自信与平等意识。小红清楚地知道自己的出身,但她不仅没有随波逐流,也不会自暴自弃,更没有利用邪恶庸俗的手段通过打压或伤害别人的利益来往上爬,她脚踏实地地做事,又依靠自己的聪明与能力来努力创造改变命运的机会。与王熙凤一样,小红有着积极进取的生命态度,富有主动性、目的性,以及果断的行动力,敢于去争取自己想要的东西,这种特质正是商业文明中呈现出来的时代新质,因此这个身为下贱的女仆却在名字中有一个"玉"字,并且得到了较为美满的命运归宿,从中可以看到作者对于这样具有时代新质的女性的欣赏与肯定,对于个体积极行动去实现欲望的行为的肯定。

　　不论是面对事业还是爱情,红玉一直处于绝对的清醒状态,她的爱情是一种经营,不论对方是谁。起初,红玉的注意力集中于贾宝玉,一旦找到合适的机会就会凑到贾宝玉身边,在知道自己无法获宠于贾宝玉时,不免灰心丧气,"心内早灰了一半",这是个人能力无用武之地的无奈,也是人生抱负不得实现的落寞。但是贾芸的偶然出现,让她心中慢慢生起了新的计划:"正闷闷的,忽然听见老嬷嬷说起贾芸来,不觉心中一动,便闷闷的回至房中,睡在床上暗暗盘算"②。当她知道贾芸是"本家爷们",长相方面又十分清秀,便留了心,多看了两眼,当得知贾芸要面见宝玉的时候,她便抓住机会主动充当引路人的角色,还曾"下死眼把贾芸钉了两眼"③,这大胆、坚定的眼光寄托了小红对改变自己被打压、被欺侮、被无视的草芥命运的破釜沉舟的决心与勇气。小红的梦境正是在她内心开始有了新的计划与盘算后产生的,是她内心深层欲望的泄露。在梦境之后,小红主动制造见面的机会,又故意在贾芸面前提起手帕的事情,最终借助手帕完成感情的传递。这个梦境是

---

① ［清］曹雪芹:《周汝昌校订批点本石头记》,脂砚斋批点,周汝昌点校,译林出版社2011年版,第347页。

② ［清］曹雪芹:《周汝昌校订批点本石头记》,脂砚斋批点,周汝昌点校,译林出版社2011年版,第312页。

③ ［清］曹雪芹:《周汝昌校订批点本石头记》,脂砚斋批点,周汝昌点校,译林出版社2011年版,第308页。

小红内心运筹帷幄的呈现,她一步步地经营着自己的爱情以及命运,在众多被摆布的贾府的奴仆中,小红这样的人是注定不可能泛泛同流而任凭命运之浪吞噬自己的。

### 二、妙玉的被嫁之梦

妙玉的身份在《红楼梦》中是十分特殊的。与宝玉、黛玉一样,妙玉的名字中也有一个"玉"字,可见她在小说人物中的重要性。妙玉的出身经历和林黛玉极为相似,小时候均身体羸弱,因为身体原因均被预言难以长大成人,在林黛玉小时候,一僧一道曾经来到扬州林府,预言黛玉无法长寿,希望带她出家。妙玉在这点上与林黛玉几乎完全吻合,不同之处在于妙玉最终真的选择了出家修行,小说有意将妙玉与黛玉在人物上进行相关联。妙玉的首次出场就给人不太好的印象,性格孤傲,"不合时宜,万人不入他眼"①,却又带发修行,她虽身在佛堂心却依旧在尘世之中,判词上画着一块玲珑剔透的美玉掉在泥沼之中,这是极具讽刺意味的画面和描述。无论是对待刘姥姥在栊翠庵喝茶的态度,还是送拜帖给贾宝玉,都显现着她的怪诞。真正的出家人,心如止水,不会在意身外之物,不会在意谁脏谁干净,这样过度洁癖(心理洁癖)的行为,出家究竟是迫不得已的选择,还是真的一心皈依,值得玩味。正如邢岫烟对她的评价:"他这脾气竟不能改,竟是生成这等放诞诡僻了。……这可是俗语说的僧不僧俗不俗女不女男不男的,成个什么道理。"②

妙玉的梦境是这样的:一片混乱之中许多侯门子弟要娶她为妻,媒婆还在旁边叽叽喳喳地劝解她,让她同意。另一个场景为,绿林土匪拿着棍棒要劫持她,强娶她,在一片混乱中,妙玉无奈又无措,只能号啕大哭。这样的梦境相比于红玉委实算不上好梦,应该算一场噩梦。后来,在贾府败落后,妙

---

① 〔清〕曹雪芹:《周汝昌校订批点本石头记》,脂砚斋批点,周汝昌点校,译林出版社2011年版,第751页。

② 〔清〕曹雪芹:《周汝昌校订批点本石头记》,脂砚斋批点,周汝昌点校,译林出版社2011年版,第751页。

玉被强盗劫走,强行霸占。结合弗洛伊德释梦理论的视角,梦并不是偶然形成的,而是人们内心深处的一种本能欲望的具象化表现。林黛玉的琴音、贾宝玉的话语触动了妙玉内心深处的情感。宝玉从栊翠庵取回的一枝"花吐胭脂,香欺兰蕙"①的红梅;贾宝玉生日,妙玉悄悄地派人送来一张字帖并署上"槛外人妙玉恭肃遥叩芳辰"②,无不透露着少女内心悸动的情愫。妙玉处在青春期,出于人类的本能向往着男女之情,在生理激素的催化下,这样的梦境是合情合理的。但是出家人的身份让妙玉的情欲长期处于自我压抑之中,她内心的情绪和欲望只能以梦境的形式具象化呈现,在梦境中妙玉满足了自己对尘世姻缘深深的渴望。同时,从梦中呈现出的强迫性也透露出妙玉内心深处对于本能欲望的抵抗,处于一面渴望一面抵抗的矛盾状态,正如邢岫烟所评价的,是僧不僧、俗不俗、女不女、男不男的怪异与挣扎。如果说红玉的梦境是赤裸裸的,十分直接地表现出内心的诉求,那妙玉的梦境则是十分隐晦的,经过了充分包装和隐藏,转化成了公子王孙争相迎娶、绿林盗匪逼迫强娶。

红楼世界的悲哀在于时间的流逝,日子终究一天又过一天,年龄终究一岁大过一岁,少女必然成为妇女。本能的欲望不能逃避,乌托邦注定走向消亡。在传统文化环境里,曹雪芹无法全方位考量女性的价值,但又无法不正视人性欲望的存在,因而只能通过以上梦境形式进行隐晦表达。《红楼梦》对于欲望这一主题所表现出来的态度是复杂的,一方面,正视人性中欲望的存在,肯定其合理性,并且对欲望所蕴藏的潜在生命力、创造力做了正面的揭示;另一方面,又对欲望潜在的危险性与破坏性极为警惕,欲望如果没有理性、良知的控制,极易失控,把生命带向深渊与毁灭。贾瑞的欲望悲剧其实只是贾府悲剧的一个缩影,贾府从一个鼎盛的百年世家走向败落,正是因为族中众子弟在家族的权力、财富带来的声色欲望中糜烂、败坏,最后导致

---

① [清]曹雪芹:《周汝昌校订批点本石头记》,脂砚斋批点,周汝昌点校,译林出版社2011年版,第602页。

② [清]曹雪芹:《周汝昌校订批点本石头记》,脂砚斋批点,周汝昌点校,译林出版社2011年版,第750页。

整个家族走向毁灭。这正如小说第三回中贾雨村在智通寺所看到的预示，"身后有馀忘缩手，眼前无路想回头"，用理性克制欲望，将欲望导向一种积极、正向的创造力与生产力，才是一种正确的态度。

第六章

《红楼梦》中的有情世界

## 第一节　明清之际浓厚的主情文化

### 一、明清之际"情"的思潮

明清之际出现了"理"的衰微与"情"的彰显,形成了一股主情文化思潮。从晚明开始,对于"情"的书写与推崇成为失意文人表达人格的不屈与独立性的一种重要表达,转向红颜寻觅知己被认为是失意文人政治抗争的自觉行为,这一行为往往是以"情"的名义展开的。"情世界"成为一种超越世俗羁绊,追求具有超越性的生命审美境界的体现。顽石因无"补天"之用而落堕"情根",贾宝玉则因无法顺从传统男权社会中读书—科举—做官的人生模式,而将情感生活寄托于大观园中的纯洁少女,决绝地与仕途经济分道扬镳,并将大观园情世界作为自己独立人格与生命境界的归宿,这是明清之际许多文人大力推崇"情"的深层的社会与时代的原因。

随着明朝经济的发展,程朱理学开始衰落,阳明心学则开始兴起。个人主体意识加强,社会思潮的主流转为尚人欲、重个性、重真情,这种观念不仅得到士人阶级的认可,还普及到了市民阶级。明初,程朱理学作为一门国学,影响了当时的社会风气和文学发展,受到众多学者的尊敬。方孝孺认为宋代儒家已经穷尽了天理、天道之谜。后世学者应学道理规矩,以成为日常习惯,"养其心,关于其形",推崇理学。程朱理学旨在"存天理,灭人欲",反对人的私情,禁锢人的情感与欲望,实行禁欲制,使得明朝之初的社会处于一种压抑、僵硬的状态,这种思想上的高压与禁锢引起了有识之士的反抗,阳明心学自然而然地兴起。阳明心学提倡以心为主,"心即天理",强调心是身体的主宰,肯定了人的欲求的合理性,"喜怒哀乐爱恶欲,谓之七情,七者俱是人心合有的,但要认得良知明白"①,对明清人士影响极大。阳明心学影响了许多后学者,比如李贽的"童心说"、袁宏道的"性灵说"等。

李贽是晚明思潮的一面鲜明的旗帜。他鼓励自我意识的觉醒,肯定人对世俗快乐的追寻,倡导自由平等及个性的自由与解放。在其思想的影响下,晚明社会呈现出一派新的气象,人们大胆表达,放纵欲望,追求幸福,享受生活,充满了对传统的反叛精神。这时的文学作品带有鲜明的重情、纵欲的享乐主义特色,肯定了人的私情,敢于表达真情实感,把人情、人性当作一部作品的主旨来表现,颠覆了以往的小说创作风格,传统的文学观念也随之受到猛烈的冲击,形成了"尚情"的文学风气。《红楼梦》"大旨谈情"的创作主旨正是在这种文学思潮的影响下产生的。

除了李贽,推动明清情文化发展的还有一位伟大的戏剧家——汤显祖,以及他的重要作品《牡丹亭》。《牡丹亭》中杜丽娘与柳梦梅的爱情故事打动了无数男女的心,也使得《红楼梦》中的林黛玉为之心伤,与之共鸣。汤显祖认为"情"是最重要的,"性无善无恶,情有之""人生而有情,死欢怒愁,咸于出微,流乎啸歌,形诸动摇,或一往而前,或积日而不能自休"②,在他看来,"情"是伟大的,是超越生死、无可比敌的。孔尚任《桃花扇》中侯方域与李香君的爱情故事也极为感人。除此之外,还有被誉为"短篇小说之王"的蒲松龄,他的著作《聊斋志异》描绘了许多动人的情感故事,刻画了许多典型的人物,如婴宁、聂小倩、素秋等。

---

① [明]王阳明:《传习录》,中州古籍出版社2015年版,第220页。
② [明]汤显祖:《汤显祖全集》,徐朔方校注,北京古籍出版社2001年版,第138页。

## 二、文学中"情"的书写

《金瓶梅》反映了社会众人的面貌,展示了人的欲望。艳情小说和才子佳人小说就是在《金瓶梅》影响之下产生的。明末清初出现了大量以反映男女之情、家庭盛衰、人情事态为主的人情小说,它们的出现都影响了《红楼梦》的创作。明清时期社会动荡不安,士人们批判当时的社会制度,分析明朝衰亡的原因,并将理想寄托在自己的作品中,希望通过文学创作达到拯救时弊的目的。他们不仅批判了"天命存亡,人欲绝灭"的理学,而且反对放纵欲望的行为,主张"礼寓欲""导欲",强调对"情"的描写,摒弃"淫"。在这种文学主张之下,出现了对"欲"加以克制,并强调"情"的才子佳人小说。鲁迅在《中国小说史略》中曾对才子佳人的叙事模式:"《金瓶梅》《玉娇李》等既为世所艳称,学步者纷起,一面又生异流,人物状事皆不同,唯书名尚多蹈袭,如《玉娇梨》《平山冷燕》皆是也。至所叙述,则大率才子佳人之事,而以文雅风流缀其间,功名遇合为主,始或乖违,终多如意,故当时或亦称为佳话。"①才子佳人小说的"情"更多地描写青年男女之间的爱情,才华横溢的青年和年轻漂亮的少女一见钟情,但往往会遭到别人的陷害或者父母的反对,备尝悲欢离合之苦,最终书生金榜题名、功成名就,并迎娶佳人,两人幸福团圆、美满生活。才子佳人小说中把才、情、色当成择偶标准,其中又最注重"才",这较之以往有了一些进步,才华横溢是男主人公能娶到佳人的最重要依据。一方面,才子佳人小说的"情",是坚定不移、忠贞不渝的。如《定情人》中江蕊珠与双星定情后,受奸人陷害,不能与双星一起,便中途自杀成全了这份情感;另一方面,才子佳人小说中的情又是"发乎于情,止乎于礼"的,注重道德规范,自觉遵循封建机制。何满子在《中国爱情小说的两性关系》中指出,才子佳人小说"顺情而不越礼,风流而无伤风教",是"才子佳人小说的要旨所归"。②才子佳人小说在一定程度上宣扬了恋爱自由、婚姻自由,追求男女间更高的精神契合,但是它依旧没能摆脱封建制度的影响,书生必得在金榜

---

① 鲁迅:《中国小说史略》,上海古籍出版社1998年版,第231页。
② 何满子:《中国爱情小说中的两性关系》,上海书店出版社2012年版,第;56页。

题名、功成名就之后，才能同佳人双宿双飞，小说中所展现出来的"情"，依旧带着封建制度的功利性色彩，不自觉地维护了社会等级制度，维护了传统的人生与婚姻模式。

就艺术层面来讲，《红楼梦》无疑超越了《金瓶梅》和才子佳人小说。它借鉴并超越了《金瓶梅》中的"欲"，继承了《金瓶梅》的总体设计，以家族的盛衰之变以及社会的时过境迁作为小说的主要内容。清人诸联在其《红楼评梦》中指出："书本脱胎于《金瓶梅》，而褒嫚之词，淘汰至尽。中间写情写景，无些黠牙后慧。非特青出于蓝，而蝉蜕于秽。"①《金瓶梅》描写社会的欲，《红楼梦》则将"欲"升华为"意淫"，是为"至情至性"，它刻画的是精神世界的"情"，在情感方面继承并超越了才子佳人小说中"情"的单一模式，展现了更多样更复杂的"情"，包括爱情、亲情、友情等。

### 三、汤显祖的"至情"说

汤显祖（1550—1616）在《牡丹亭题词》中写道："情不知所起，一往而深。生者可以死，死可以生。生而不可与死，死而不可复生者，皆非情之至也。"他高度推崇"情"在人生中的重要性，赋予情超越生死界限的力量。认为世界是由理、势、情三者构成的，但在他所处的时代，却最缺乏情，只有礼法与权势充斥在社会中，弄得人们动辄得咎，没有自由，整个社会也毫无生气，所以他要大声为情呼唤，以期一个有情世界的到来。汤氏"至情"说，对明清文学的发展有深远的影响，并对《红楼梦》"大旨谈情"这一主题的形成有重要影响。

汤显祖的"至情"说源于阳明后学泰州学派罗汝芳（1515—1588）的"生生之仁"的哲学命题。罗汝芳的"生生之仁"呈现为生命的"情""趣"，从"生生之仁"的基点出发，在生生不息的生命活动历程中，随时随处都有生趣的触发，给生命活动带来无尽的生机与活力。汤显祖的"至情"说包含"重生"思想，即重视自我生命，如《贵生书院说》中所言，"天地之性人为贵。人反自

---

① 冯其庸：《重校八家评批〈红楼梦〉》，青岛出版社 2015 年版，第 60 页。

贱者，何也？……故大人之学，起于知生，知生则知自贵，又知天下之生皆当贵重也。然则天地之性大矣，吾何敢以物限之？天地之生久矣，吾安忍以身坏之？"①这种人本主义的基调，沿袭重生尊身的泰州学派传统，汤显祖所谓的"情"并不局限于男女之情，它是一种生命活力、一种宇宙精神、一种自然生机，有着浓厚的人情味，它不是腐朽呆板的礼教世界，俗儒用死板的"理"来格这充满生机的"情"的世界，而将此世界弄得死气沉沉。在《牡丹亭》中，汤显祖所追求的绝非俗儒标榜的礼法世界，而是充满生机活力、富有人情味的有情世界，"汤氏所言之情从哲学观上讲，是指生生不息的宇宙精神，体现在人类身上则是生生之仁，表现在具体的人性之上，便是包括爱情在内的人之情感。从汤氏的个体人格上讲，此情是指其对现实人生的执着以及对现实政治的关注，同时也指他丰富的情感世界与充沛的生命活力"②。

　　《红楼梦》中体现出的人本主义思想的萌芽，对女性生命的关怀、尊重与珍惜，对女性生命自然之本然的正视，正是沿袭了这样的"重生"思想。汤显祖"至情"说对曹雪芹影响尤深，曹氏美学思想的核心范畴即是"情"。《红楼梦》开宗明义即为"大旨谈情"，整部小说即是一个有情世界的展开，是一个"因空见色，由色生情，传情入色，自色悟空"的"以情悟道"的过程。那块顽石落于大荒山无稽崖青埂峰，"青埂"即"情根"，可见小说乃是以情为生命之根，建立了情的本体论，把情上升为万物生成之本源、世界之本体、宇宙的终极，一切生命创造的原动力，万物和谐运行的依据，"开辟鸿濛，谁为情种？都只为风月情浓"③。抛却了情，世界万物将陷入一片混沌。众女儿生在一个有情世界，由情衍生出她们的一切活动，她们或"情"或"痴"，生命的美好皆源于"情"，推崇儿女真情。此"情"不仅仅是对人，亦是对物，于是从"唯情论"又发展到"泛情论"，世间万物，草木风石亦有情。《红楼梦》中"正邪两

---

① [明]汤显祖：《汤显祖全集》，徐朔校注，北京古籍出版社 2001 年版，第 328 页。
② 左东岭：《阳明心学与汤显祖的言情说》，载《文艺研究》2003 年第 3 期，第 104 页。
③ [清]曹雪芹：《周汝昌校订批点本石头记》，脂砚斋批点，周汝昌点校，译林出版社 2011 年版，第 75 页。

◎ 第六章　《红楼梦》中的情世界

187

赋"的人性观亦是建立在"情"的基础之上,有"情"的自然人性本身是正邪两赋,包含着矛盾与冲突,"正不容邪,邪复妒正,两不相下,亦如风水雷电。地中既遇,既不能消,又不能让,必致搏击掀发后始尽。故其气亦必赋人,发泄一尽始散。使男女偶秉此气而生者,上则不能成仁人君子,下则亦不能为大凶大恶"①。这样的人性观并不如俗儒所谓非善即恶、非黑即白的二元世界,而是充分正视和还原了自然人性的复杂性与丰富性。

### 四、冯梦龙的情教观

冯梦龙(1574—1646)是明末清初"情"文化的代表性人物。他在文学创作中高举"情"的旗帜,把它强化到形而上的地位。他在《序〈山歌〉》中公开宣称"借男女之真情,发明教之伪药"②,在《情史·序》中又大声疾呼"天地若无情,不生一切物。一切物无情,不能环相生。生生而不灭,由情不灭故。四大皆幻设,惟情不虚假。有情疏者亲,无情亲者疏,无情与有情,相去不可量。我欲立情教,教诲诸众生"③。冯梦龙立"情教"的目的,就是以"情"来教化众生,他认为"情"既是精神的,也是物质的;既是道德规范的,也是放纵肆意的。他鼓励女性追求自由平等,追求自己的幸福,富有人道主义精神。冯梦龙曾说,他死后不能忘记爱世界,希望带来很多爱,将爱的种子遍布世界各地。他致力于以"情"来从根本上解决世间的烦恼,这面鲜明的"情"的旗帜,是与宣扬"存天理,灭人欲"的理学的公开对峙。冯梦龙欲以情教化世人,他在万历四十八年前后编撰的《情史·序》中提出情教思想,"我欲立情教,教诲汝众生",使这个社会"无情化有,私情化公,庶乡国天下,蔼然以情相与,于浇俗冀有更焉"。④《情史·序》强调"情"是人类的自然情感,是普遍存在的,冯梦龙从世界本原的追寻来建构理论,建立了"情"一元论世界

---

① [清]曹雪芹:《周汝昌校订批点本石头记》,脂砚斋批点,周汝昌点校,译林出版社2011年版,第26页。

② [明]冯梦龙:《山歌》,江苏古籍出版社2000年版,第2页。

③ [明]冯梦龙:《情史》,岳麓书社1986年版,第60页。

④ [明]冯梦龙:《情史》,岳麓书社1986年版,第71页。

观,把"情"作为世界的本原,"子有情于父,臣有情于君,推之种种相,俱作如是观。万物如散钱,一情为线索"①。这里的情并不仅仅是男女之情,包括人与人之间的所有社会关系,此情并不是无约束的泛情,而是以儒家思想为主体,合乎礼义的仁爱之情。

（一）区分"情"与"淫"

在封建社会,论及情时,人们总是将其与淫、欲联系在一起,但情是人的普遍情感,和淫有一定的区别。"情教"所推崇的是一种真情、痴情的生命理想境界:"夫情近于淫,而淫实非情。今纵欲之夫,获新而置旧;妒色之妇,因婢而虐夫,情安在乎? 惟淫心未除故而耳。……情之所极,乃至相死而不悔,况净身乎!"②冯梦龙的小说意在以情匡世、救世,以较多笔墨揭示了无情之淫的放荡行为的本质,仅仅是追求情欲的宣泄、感官的刺激,是不道德的社会行为。"淫"绝非作者所倡导的情,淫只能导致社会道德沦丧,大则危国害家,小则亡身丧命。故《情史》认为情生爱,爱复生情,这与情欲之发泄绝不相同。

《红楼梦》中提出"皮肤滥淫"与"意淫"、"风月"与"儿女真情"的区别,正是受到冯梦龙情教观的影响。小说把合乎事理,建立在感情基础之上的男女之情,称作"意淫"③,它是对双方人格的尊重、体贴与关怀,有自然感情的基础,声气相投、恩德相结。同时把只是追求感官刺激,不尊重人格的男女之欲,贬作"皮肤滥淫"。曹雪芹在忏悔家族的败落时,对"淫"之忏悔是其中一个重要内容。"欲"既可升华为"情",亦可沉沦为"淫",曹雪芹肯定的是正当情欲的显露与张扬,而不是"邪淫"的堕落。小说中的宝黛之情乃是"情至"的演绎,神瑛侍者日以甘露灌溉,而绛珠仙草则欲酬报此灌溉之德,这样的情以长期感情为基础,且有恩义的内涵。

---

① ［明］冯梦龙:《情史》,岳麓书社 2003 年版,第 1 页。
② ［明］冯梦龙:《情史》,岳麓书社 2003 年版,第 42 页。
③ ［清］曹雪芹:《周汝昌校订批点本石头记》,脂砚斋批点,周汝昌点校,译林出版社 2011 年版,第 79 页。

## （二）要求"情"合乎事理

冯梦龙受到李贽自然人性论的影响，在强调贞洁的同时还强调事理。事理不是单纯的天理、道德规则，而是指人的自然属性。对于男女私情，不能一味视作不贞，而应具体分析，顺乎人性。冯梦龙所依据的事理、礼义，已不是程朱理学的教条，而是与世俗的事理相结合，具有很浓的人情味。在宋明理学下，女性只是一个伦理符号，她们生命的欲望、情感都被压缩与忽略，甚至被视为邪恶的需要被克制的东西，人成了伦理教条下的干瘪的符号，被剥夺了人的生命的正当权利。《红楼梦》在情的思想下，恢复了女性的生命权利，肯定了女性"情"的天然的欲望与权利，她们生命之原动力即是"情"，人生因情而动，因情而乐，也因情而苦，保存了人性的天真。小说中女性自作主宰的愿望与冲动已经呈现出来，她们想主宰自己的婚姻、爱情，开始有了生命的自我意识的觉醒。

"情"乃是一种合乎礼义，又顺乎人情与事理的情。冯梦龙说："世儒但知理为情之范，孰知情为理之维乎？"①"情为理之维"，故"情"对"理"有所渗透，使得"贞节"等传统道德理念的基础由外在理性的约束转向深厚的感情支持；"理为情之范"，则以"理"对"情"有所规范，使得"情"趋于专一与恒定，情之真挚深沉的意味大大增强。冯梦龙认为情的理想状态是，情理并行而以情助理，达到情、欲、理三者之间的统一。

## （三）男女在情面前是相互平等的

冯梦龙在李贽思想的影响下，主张情是人人具有的，男女二人的感情是在长期相互了解中逐渐培养的，即使出身地位悬殊，但在情感方面是平等的，这就肯定了女性的情感权利。在批判封建婚姻制度的同时，冯梦龙提出了以情为基础的自由择夫、男女相悦的婚姻原则；主张女子应以能"择一佳婿自豪"，而再也不能听任"临之以父母，诳之以媒妁，敆之以门户，拘之以礼

---

① ［明］冯梦龙：《情史》，岳麓书社 2003 年版，第 36 页。

法"的婚姻制度的摆布；再也不能成为专制制度的牺牲品。① 这是对女子追求幸福权利的充分肯定。

## 第二节　大观园诗性空间

### 一、大观园空间的理想性与诗性

大观园，是曹雪芹为女性营建的一个理想空间，作为小说中的"女儿乐园""净水世界"，从外部形态到内部构造都呈现出理想性，富有诗意。这个精致美丽的贵族园林，是曹雪芹回忆与想象的空间，它通向曹雪芹美丽忧伤的回忆，是他内心幻想的诗境。大观园具有伊甸园的理想性，有着美好的自然景致、无忧无虑的生活、个体性灵的自由舒展、天赋灵性的完整呈现，以及人与人之间自由、民主、平等的氛围，"它是属于人的生存性空间，是一个充满意义追求，充满感性经验，充满情感体验、充满精神超越、充满生命关怀的个性化世界。唯因如此，空间才是一个生机勃勃、生命跃动、意义充盈的生存性世界，一个诗意栖居的审美世界"②。

（一）大观园空间叙事的美学与文学渊源

1. 园林美学意义

中国传统文人园林，是独特的审美空间，与儒家礼制空间具有不同的空间属性。它是一个悠闲适意、怡情悦性、安顿性灵的自由空间，人与自然交融和谐，空间不再构成秩序、权力，对人产生压迫。

---

① ［明］冯梦龙：《情史》，岳麓书社 2003 年版，第 115 页。
② 谢纳：《空间美学：生存论视阈下空间的审美意蕴》，载《社会科学辑刊》2009 年第 4 期，第 153 页。

2. 中国桃花源叙事传统

清代二知道人说:"大观园与吕仙之枕窍等耳……雪芹所记大观园,恍然一五柳先生所记之桃花源也。其中林壑田池,于荣府中别一天地,自宝玉率群钗来此,怡然自乐,直欲与外人间隔矣。"[①]直接点出大观园继承中国小说从《刘陵阮肇》中的仙女境界、《黄粱一梦》中的枕窍,到《桃花源记》中的桃花源的叙事传统。

3. 戏曲小说中的后花园叙事传统

元杂剧往往把花园当作超越世俗的理想之所,才子佳人在此尽情品味爱情的甘露。到了汤显祖《牡丹亭》,杜丽娘人性的觉醒、爱情的发生就在后花园里,使之成为超越世俗的理想之所。在这里,礼法暂告阙如,青春爱情萌发,人性苏醒和释放。明清小说包括《红楼梦》继承了戏曲小说中的后花园叙事传统,形成了"后花园模式",在叙事中充满牧歌情调。

(二)大观园理想空间的构成

1. 逃逸皇权与父权的空间

大观园是一个特赦的逃逸空间。元妃动用皇权给予家中少女们以自由与快乐,让她们迁入大观园中居住,这是人情对政治禁闭的侵入,也是皇权、母权对少女们的荫护,使得大观园政治功能转向了诗性功能。男人不可入园,贾母、王夫人、王熙凤等父权执行者也没有居住在里面,暂时逃脱了父权伦理秩序的监管。大观园更是成了随少女入园的贾宝玉对现实世界的逃避之地,"那宝玉素日本就懒与士大夫诸男人接谈,又最厌峨冠礼服贺吊往还等事,今日得了这句话,越发得了意,不但将亲戚朋友一概杜绝了,而且连家庭中晨昏定省亦发都随他的便了,日日只在园中游卧,不过每日一清早到贾母,王夫人处走走就回来了,却每每甘心为诸丫嬛充役,竟也得十分闲消日

---

① [清]二知道人:《〈红楼梦〉说梦》,载一栗:《红楼梦资料汇编》,中华书局1964年版,第86页。

月"①。宝玉每日在园中任意纵横旷荡，"大观园就是他的山林草野，他正是隐居在女儿之中，以这种怪异而独特的方式逃避着读书——入仕的厄运，过着一种适己任性的生活，尽享着心灵的清净"②。

### 2.纯净的少女空间

元春的命令，保证了大观园作为少女乐园存在的合法性。李纨能够入园，因为她是寡妇，没有沾染男人的气息，凤姐作为有夫之妇则不能住在园中。大观园空间隔离了男性，而宝玉作为"绛洞花王"，是作为这片少女乐园的守护者随其入园的，其他男人若要进园，则需要严加防范与遮挡。大观园作为纯净的少女乐园，把男人以及男人的权力、文化阻挡在了园外。

### 3.青春的乐园

大观园是青春的乐园，少女们都处在青春时期，"此时大观园中比先更热闹了多少。李纨为首，馀者迎春、探春、惜春、宝钗、黛玉、湘云、李纹、李绮、宝琴、岫烟，再添上凤姐合宝玉，一共十二三个。叙起年庚，除李纨年纪最长，这十二个皆不过是十五六七岁"③，都处于一片天真烂漫的混沌世界，"坐卧不避，嬉笑无心"④。这些少女，未经世事，质朴天然，保持了生命的纯洁诗意。

### （三）大观园的生活形态与精神内涵

### 1.诗意的生活空间

大观园由假山叠石、小桥流水、花草树木构成，曲折蜿蜒，自然随性。少女们在这样的自然环境中开展各种富有诗意的活动，结诗社、宴饮、赏乐，构筑了一个快意自在的生活空间，"且说宝玉自进园来，心满意足，再无别项可

---

① ［清］曹雪芹：《周汝昌校订批点本石头记》，脂砚斋批点，周汝昌点校，译林出版社2011年版，第442页。

② 王向东：《情感与理智的冲突——大观园理想的建立与破灭》，载《红楼梦学刊》1995年第2期，第18页。

③ ［清］曹雪芹：《周汝昌校订批点本石头记》，脂砚斋批点，周汝昌点校，译林出版社2011年版，第589页。

④ ［清］曹雪芹：《周汝昌校订批点本石头记》，脂砚斋批点，周汝昌点校，译林出版社2011年版，第295页。

生贪求之心,每日只和姊妹丫头们一处,或读书或写字,或弹琴下棋,作画吟诗,以至描鸾刺凤,斗草簪花,低吟悄唱,拆字猜枚,无所不至,到也十分快意"①。

### 2. 超越红尘的性灵驿站

大观园美好的自然环境,达到人、自然、诗的融合,成为一个超越红尘的诗意之境,是少女们自由舒展性灵的驿站,是自然情性、天赋灵性得以呈现的空间,女儿才情也得以自由展现。香菱只有进了大观园,才能有机会作诗,展现天赋的诗才。林黛玉的教导,宝玉与女儿们的鼓励、支持,让香菱得以从现实生活的束缚中暂时解放出来,自由展开她向往已久的诗歌写作。潇湘馆里,池边树下,山石之上,都是香菱可以自由沉浸在诗情的地方,"越性连房也不入,只在池边树下,或坐山石上出神,或蹲在地下抠土。来往的人都咤异"②。这个诗意的自由空间,点燃了香菱掩藏已久的诗情。宝玉笑道:"这正是地灵人杰。老天生人,再不虚赋情性的。"③"地灵"就是指大观园这个诗意空间。香菱黯淡可怜的一生中,唯有一次闪亮绽放,就是与黛玉学诗。在身不由己的现实人生中,大观园这片诗境,为香菱提供了一个空间,让她可以自由地做自己钟爱之事,沉浸其中,暂时忘掉烦忧,展现独特的天赋与生命的光彩。所以宝玉感叹道:"我们成日叹说,可惜他这么个人竟俗了,谁知到底有今日,可见天地生人至公。"④湘云最向往的就是能进园,在大观园里,她自由释放豪兴,醉卧芍药花丛,满头脸衣襟上红香散乱,蜂蝶围绕,人,诗、酒,自然交融,一派天真烂漫的自然气息。

宝玉对生命清净本性与原始性灵的爱护与欣赏,对天赋人权的尊重,只有在大观园里才有可能实现。在这个诗意空间,少女们得以自由展现生命

---

① [清]曹雪芹:《周汝昌校订批点本石头记》,脂砚斋批点,周汝昌点校,译林出版社2011年版,第293页。

② [清]曹雪芹:《周汝昌校订批点本石头记》,脂砚斋批点,周汝昌点校,译林出版社2011年版,第583页。

③ [清]曹雪芹:《周汝昌校订批点本石头记》,脂砚斋批点,周汝昌点校,译林出版社2011年版,第583页。

④ [清]曹雪芹:《周汝昌校订批点本石头记》,脂砚斋批点,周汝昌点校,译林出版社2011年版,第583页。

的美好与天然的灵性。宝玉感叹道:"老天老天,你有多少精华灵秀,生出这些人上之人来,可知我井底之蛙,成日家只说现在的这几个人是有一无二的,谁知不必远寻,就是本地风光,一个赛似一个,如今我又长了一层学问了。"①李纨作为一个寡妇,在大观园里也得到特赦,可以参与这些少女的诗社活动,且表现得异常活泼与积极,被传统礼教束缚压抑的生命力暂时获得释放。"花象征着女性般的本然真情的柔美、干净,诗则象征着童趣、韵致始终不离弃感性情态的欢愉。只有在大观园中,所有这一切才达到了完整的综合。"②

### 3.理想化的人际情场

大观园成为一个情感场域。在这里,有宴饮、诗社的相聚时光,宝玉对女孩们的关怀,姐妹之间的情谊,都达至情的至真至纯境地。甚至贾母、王夫人进入园中,都有不一样的表现,打破主仆间坚硬的阶级等级,主动松懈绑缚在身上的伦理秩序,褪下了主母的庄严、权威,变得随性、亲切、平易近人、可爱慈祥,仿佛回到了少女时代,人性可爱真实的一面,在这个自由轻松的空间里流露出来,洋溢着平等、民主的氛围。"这些人因贾母、王夫人不在家,没了管束,便任意取乐,呼三喝四,喊七叫八,满厅中红飞翠舞玉动朱颜,十分热闹。"③自然诗意、怡情悦性的公共空间之外,大观园中还有属于每个女孩的私密个性空间,黛玉的潇湘馆幽静诗意,宝钗的蘅芜院朴素安静,探春的秋爽斋爽朗开阔,都是女儿呈现个性的空间。

### 4.爱情生发空间

在大观园里,宝黛的自由爱情也得以有机会与空间来滋润与发展,沁芳桥边桃花树下共读西厢,小山坡上一起葬花,潇湘馆里嬉笑玩耍,分享着生命中最美好的私密空间。

① [清]曹雪芹:《周汝昌校订批点本石头记》,脂砚斋批点,周汝昌点校,译林出版社2011年版,第587页。

② 雷鸣:《〈红楼梦〉的花园意象》,载《齐齐哈尔大学学报》(哲学社会科学版)2010年第2期,第82页。

③ [清]曹雪芹:《周汝昌校订批点本石头记》,脂砚斋批点,周汝昌点校,译林出版社2011年版,第735页。

## 二、大观园空间的隐秘角落

大观园建成后,第一个进园的是贾政,他作为父权的代表,具有首先入园检视并为园内各处题写匾额对联的权力。然而,贾政那久在儒家经典与官场打磨的年老灵魂、古板性情与此怡情悦性的园林空间具有不相融性,"你们不知,我自幼于山水花鸟上题咏就平平,如今上了年纪,且案牍劳烦,于这怡情悦性文章上更生疏,纵拟了出来,未免迂腐古板,反不能使花柳园亭生色,倘不妥协,反没意思"①。于是他把这个权力让渡给了宝玉。宝玉注定是那个进入大观园空间,行走各处,并为园中所有亭台轩馆一一题咏,赋予此空间以灵魂,与这个空间产生高度融合性的核心人物。他将大观园中那条水源命脉命名为"沁芳",这是宝玉第一次开口题名,仅此二字就将全园之精神命脉囊括其中,预示着他将目睹众女儿的人生悲剧。

在第一次进入大观园时,宝玉在一座玉石牌坊之前,"心中忽有所动,寻思起来,倒像那里曾见过的一般,却一时想不起那年月日的事了"②。这正是他梦境中所到的太虚幻境。在那里,宝玉被警幻仙子引领,见到了少女们的命册,但那时他并不能领悟。大观园是太虚幻境在人间的投影,只有在这个人间的少女乐园中去观察、体验、历劫,宝玉才能真正领悟这些少女的命运,在这个过程中,宝玉也将从一个天真烂漫的懵懂顽童成长、觉醒,逐渐悟到生命实相,真正面对人间现实。因为元妃下旨命宝玉随众女儿进园,他才能以守护者的身份,伴随着少女进入大观园,陪伴、守护她们。宝玉在园中闲逛时,无意中窥视到许多大观园隐秘角落里的女儿心事,这些隐秘角落里充满生命的哲思与诗意的场景,让宝玉一次次地感动、共鸣,并领悟到生命的真谛。宝玉这无意的窥视,是对于少女青春生命的深情一瞥,"宝玉的情感世界成为大观园中具有主导性的空间。在庭院场景的不断转换中,人物内

---

① [清]曹雪芹:《周汝昌校订批点本石头记》,脂砚斋批点,周汝昌点校,译林出版社2011年版,第206页。

② [清]曹雪芹:《周汝昌校订批点本石头记》,脂砚斋批点,周汝昌点校,译林出版社2011年版,第214页。

心世界不断被拓展,大观园这个世俗之域,经过提振与升华而成为闪烁着哲思光彩的诗性空间"①。

（一）哲思顿悟空间

小山坡那边的呜咽之声与满山的落花,牵引着宝玉来到黛玉葬花与吟诗的伤情角落。黛玉唱《葬花吟》,宝玉听痴了,"不觉恸倒山坡之上,怀里兜的落花撒了一地"②。这一曲悲歌引发了他对人、事、物"终归无可寻觅之时"③的生命空幻本质的顿悟,启发宝玉发出"自己又安在?"④这个生命归宿的终极之问。这个无忧无虑、希望乐园永恒的懵懂顽童,在偷听到黛玉的《葬花吟》后,突然被点醒,第一次强烈感受到生命虚幻本质的透彻哀伤,感悟到生命无常的深深无奈,以至于痛哭了一回。黛玉听到山坡上也有悲声,心下想道:"人人都笑我有些痴病,难道还有一个痴子不成?"⑤"两个痴子",在小山坡的角落,心意被联结在一起,共同领悟着生命的虚幻本质,这个隐秘空间是充满生命顿悟与本质之问的哲思之域。

（二）才情流露空间

在大观园少女才情流露的空间里,女儿们自由展示性灵与才情,其间总有宝玉的视线在默默关注、欣赏并鼓励她们,这是宝玉对少女天赋灵性与个性才华的惊喜与爱护,是真挚情感流露的感动,是对性灵自由舒展的喜悦,是对宇宙世界中美好生命的珍惜与天赋人权的尊重。这个隐秘角落洋溢着

---

① 葛永海、张莉:《明清小说庭园叙事的空间解读——以〈金瓶梅〉与〈红楼梦〉为中心》,载《明清小说研究》2017年第2期,第45页。

② [清]曹雪芹:《周汝昌校订批点本石头记》,脂砚斋批点,周汝昌点校,译林出版社2011年版,第353页。

③ [清]曹雪芹:《周汝昌校订批点本石头记》,脂砚斋批点,周汝昌点校,译林出版社2011年版,第353页。

④ [清]曹雪芹:《周汝昌校订批点本石头记》,脂砚斋批点,周汝昌点校,译林出版社2011年版,第353页。

⑤ [清]曹雪芹:《周汝昌校订批点本石头记》,脂砚斋批点,周汝昌点校,译林出版社2011年版,第354页。

生命的喜悦、平等与诗意，寄托着对女性生命深厚的人道关怀。宝玉看香菱学诗，"老天生人，再不虚赋情性的。我们成日叹说，可惜他这么个人竟俗了，谁知到底有今日，可见天地生人至公"①。宝玉看宝琴作诗，"见他年纪最小，才更敏捷，深为奇异"②。

### （三）守护情谊空间

怡红院的空间布局象征着它作为大观园中女儿守护者的空间。怡红院后院有一条清流，这股水"原从那闸起流至那洞口，从东北山坳黑引到那村庄里，又开一道岔口引到西南上，共总流到这里，仍旧合在一处，从那墙下出去"③。水代表少女的生命，怡红院是水流汇合之处。种植的西府海棠，被称为女儿海棠，系出女儿国。"水"与"花"都象征着怡红院是少女的守护空间。平儿被凤姐与贾琏欺负，宝玉让平儿到怡红院中，给予平儿一次守护，"不想落后闹出这件事来，竟得在平儿前稍尽片心，亦是今生意中不想之乐也"④。照顾好平儿遗落的物件，衣裳、手帕子，用熨斗熨了叠好，手帕子洗了晾上，又喜又悲，"不觉洒然泪下，因见袭人等不在房内，尽力落了几点痛泪"⑤。宝玉的眼泪，并不是在平儿面前流的，而是在无人之时偷偷流的，它是对少女命运遭际全然真心的悲悯与怜惜。宝玉也欣赏着少女之间的姐妹情谊，对宝钗与黛玉之间的金兰之契既惊讶又喜悦，"黛玉果然转过身来，宝钗用手替他拢上去。宝玉在傍看着，只觉更好看"⑥。在这个细微的动作中体现出

---

① ［清］曹雪芹：《周汝昌校订批点本石头记》，脂砚斋批点，周汝昌点校，译林出版社2011年版，第583页。

② ［清］曹雪芹：《周汝昌校订批点本石头记》，脂砚斋批点，周汝昌点校，译林出版社2011年版，第603页。

③ ［清］曹雪芹：《周汝昌校订批点本石头记》，脂砚斋批点，周汝昌点校，译林出版社2011年版，第217页。

④ ［清］曹雪芹：《周汝昌校订批点本石头记》，脂砚斋批点，周汝昌点校，译林出版社2011年版，第539页。

⑤ ［清］曹雪芹：《周汝昌校订批点本石头记》，脂砚斋批点，周汝昌点校，译林出版社2011年版，第539页。

⑥ ［清］曹雪芹：《周汝昌校订批点本石头记》，脂砚斋批点，周汝昌点校，译林出版社2011年版，第520页。

来的女儿与女儿之间的惺惺相惜，让宝玉感动。

（四）少女深情空间

这一隐秘角落是由少女哽噎之声的牵引而被发现的，一开始就奠定了伤情的氛围，"时值五月之际，那蔷薇正是花叶茂盛之时，宝玉便悄悄的隔着篱笆洞儿一看"[①]。透过这个篱笆洞儿，宝玉看到的龄官画蔷仿佛是一幅画，一幅少女深情之画。蔷薇花不仅象征着少女的情思，也暗寓她心里所爱慕的那个男人是贾蔷。在偷窥场景中，偷窥者与被偷窥者的状态都是"痴"，"里面的原是早已痴了，画完一个蔷，又画一个蔷，已经画了有几十个蔷。外面的不觉也看痴了，两个眼珠儿只管随着簪子动"[②]。以至于下了雨，两个人都没有觉知到自己的身体已经淋湿了，他们的情感、心意高度集中，以至忘却了身体的感受。

通过龄官的眼，我们看到了偷窥时宝玉的状态，"花叶繁密，上下俱被枝叶隐住，刚露有半边脸，那女孩子只当是个丫头，再不想是宝玉"[③]。偷窥时的宝玉，仿佛化身为少女，对眼前这个痴情少女充满姐妹般的惺惺相惜，完全用一片真诚的怜爱之心去体贴她的心意，"这女孩子一定有什么说不出的大心事，才这个形景。外面既是这个形景，心里不知怎么煎熬呢。看他模样儿这般单薄，心里那里搁得住还熬煎。可恨我不能替你分些过来"[④]。被蔷薇花枝叶遮蔽的篱笆洞儿，构成了空间的阻隔，使偷窥者与被偷窥者都没有发现对方，这就使得隐秘空间所发生的一切都成为人物最真实心意与情感、生命状态的呈现，最真实情感与自然欲望的流露，赋予了这个场景以丰富的

---

① ［清］曹雪芹：《周汝昌校订批点本石头记》，脂砚斋批点，周汝昌点校，译林出版社2011年版，第386页。

② ［清］曹雪芹：《周汝昌校订批点本石头记》，脂砚斋批点，周汝昌点校，译林出版社2011年版，第387页。

③ ［清］曹雪芹：《周汝昌校订批点本石头记》，脂砚斋批点，周汝昌点校，译林出版社2011年版，第387页。

④ ［清］曹雪芹：《周汝昌校订批点本石头记》，脂砚斋批点，周汝昌点校，译林出版社2011年版，第387页。

诗意,"距离构成了审美的外在条件,叙事的间隔带来了叙事效果的距离之美"①。正是人物之间这样的距离,构成了纯粹的不带有任何功利色彩的欣赏与审美。

宝玉的偷看,绝不是对少女隐私的僭越与侵犯,不是为了满足自己的淫欲,而是出于对少女生命的尊重与诚敬。他的痴看,全然是出于对少女的一片体贴、怜惜之心,欣赏着她们生命中最私密而真情流露的伤情时刻,为之流泪,为之痴迷。在偷看的过程中,看者与被看者之间,产生了深深的感应。宝玉甚至忘了自己的存在,与少女心意相通,感动于她们的命运、遭际,与她们融为一体。在这个偷窥空间中,他的移情,流动着强烈的内心情感,但更耐人寻味的是,两人似乎都没有意识到雨水已经淋湿了自己的身子,所以当宝玉提醒龄官时,自己反要对方来提醒,说明了在同一空间里,"内在的痴情是如何外化为肉体的近乎麻木的同样感受"②。

宝玉后来在梨香院窥视到了龄蔷之恋。在这一场窥视中,宝玉被忽略了,俨然从中心的位置被置于边缘的局外人位置,这引发了宝玉的失落,"宝玉见了这些光景,不觉痴了,这才领会了画蔷深意。自己站不住,也抽身走了"③。悟到人间儿女情缘的奇妙、难测,"宝玉默默不对,自此深悟人生情缘,各有分定"④,也让宝玉领悟到自己并非世界的中心,"我昨儿晚上的话竟说错了,怪道老爷说我是管窥蠡测,昨夜说你们的眼泪单葬我,这就错了,我竟不能全得了。从此后只是各人得各人的眼泪罢"⑤。这是宝玉个体有限性的发现,是从个人中心走出来,观照并接受他人的平等存在,是宝玉生命的

---

① 王丽文:《间隔之妙与距离之美——〈红楼梦〉独特的叙事艺术》,载《红楼梦学刊》2009 年第 4 期,第 178 页。

② 詹丹:《阻隔与同在——论〈红楼梦〉人物交往的空间意义》,载《红楼梦学刊》2014 年第 2 期,第 133 页。

③ [清]曹雪芹:《周汝昌校订批点本石头记》,脂砚斋批点,周汝昌点校,译林出版社2011 年版,第 450 页。

④ [清]曹雪芹:《周汝昌校订批点本石头记》,脂砚斋批点,周汝昌点校,译林出版社2011 年版,第 450 页。

⑤ [清]曹雪芹:《周汝昌校订批点本石头记》,脂砚斋批点,周汝昌点校,译林出版社2011 年版,第 450 页。

成长。宝玉偷窥藕官烧纸钱,并给予庇护,并悟到"两尽其道"的人生哲理,"比如男子丧了妻,或有必当续弦者,也必要续弦为是。但只是不把死的丢开不提,便是情深意重了。若一味因死的而不续,孤守一世,妨了大节,也不是礼,死者反不安了"①。真正的深情、并不是溺于情、困于情,而是情理兼备,做到心中的情与现世的礼并重。

宝玉用细腻体贴的心,看着这一幕幕少女的人间情剧,对少女命运产生了深深的共情、共鸣与思考。这样的偷窥视角,让大观园情世界里的这些隐秘角落充满情感的流动、温情的关怀与哲理的感悟,"宝玉作为主要的窥听者,他以有情之目观众女儿的喜怒哀乐,其温润的目光给许多篇章涂抹了一层诗意而温暖的底色"②。在这些偷窥场景中,宝玉从现实的中心位置被推向边缘,这是对他所熟悉的那个世界的重新开启,给他的心灵带来巨大的冲击,也促成了他的领悟与成长,这种多元视角,暗合了"大观"之意。

## 第三节　海棠诗社——女性话语空间

明末清初女性诗歌创作的兴盛,主要体现为闺秀结社的兴盛。中国文人结社的传统,源远流长,这是男性文人展现才华、知己唱和、比拼诗才,以及在与大自然的交融中感悟生命的风雅活动。明末清初女性诗社的兴起,正是出于女性对男性文人结社这一风雅活动的向往、对女性自身诗才的肯定,以及对男性话语权的挑战。这些女性从与世隔绝的闺房中崭露头角,在文学领域撷取了一个清晰的位置,这一位置从前是男性文人的特权。《红楼

---

① ［清］曹雪芹:《周汝昌校订批点本石头记》,脂砚斋批点,周汝昌点校,译林出版社2011年版,第699页。

② 张燕:《"窥视"的艺术情蕴——从〈金瓶海〉到〈红楼梦〉的私人经验之文本呈现》,载《红楼梦学刊》2009年第2期,第158页。

梦》中有男儿之志的探春,凭借着"孰谓莲社之雄才,独许须眉。直以东山之雅会,让余脂粉"①的不凡气魄,首结海棠社,在大观园开创了一个新局面,构建了一个属于女性自己的文化圈子与话语空间。海棠诗社活动在大观园内举办,且恰逢贾政出门的时机,"这年贾政又点了学差,择于八月二十日起身"②,因而是在一个父权统治暂时松绑的分离领域中展开的,"分离领域促进了一种闺阁内女性文化的繁荣,这一文化在一定程度上是独立于男性世界之外的。只有通过探究这些女性独有的交际含义,我们才能正确评价其生活的经和纬:在以男性为中心的官方宗族和权力结构中,女性能够获取的独立是怎样衍生出来的"③。清代诸多闺秀诗人通过诗歌结社活动走出深闺,由私人空间迈向公共空间,公开地展现自我、表达自我、创造自我,并形成一个个交流与探讨的女性文化圈。在这些诗歌空间中,女性获得了充分的话语权,包括诗歌创作、家族事务言说、诗文评论等,甚至还打破了内闺之文不可外传的传统,将其诗歌创作刊刻出版。

## 一、诗社组织形式

《红楼梦》细致地展现了大观园女性诗社的组织与活动过程。诗社是一个理想化的自由空间,"如果说大观园是曹雪芹的理想世界,红楼诗社则在一定程度上寄寓了曹雪芹对理想社会结构的向往和思考"④。

### (一)自愿、自主地参与

第三十七回中,探春欲结海棠社,下帖邀请,众女儿积极响应,在充分尊重个人意愿的基础上,自愿、自主地参与,"我不算俗,偶然起了个念头,写了

---

① [清]曹雪芹:《周汝昌校订批点本石头记》,脂砚斋批点,周汝昌点校,译林出版社2011年版,第454页。

② [清]曹雪芹:《周汝昌校订批点本石头记》,脂砚斋批点,周汝昌点校,译林出版社2011年版,第453页。

③ (美)曼素恩:《缀珍录》,定宜庄、颜宜葳译,江苏人民出版社2005年版,第104页。

④ 严安政:《红楼诗社——曹雪芹理想的社会模式》,载《西安电子科技大学学报》(社会科学版),2004年第4期,第20页。

几个贴儿试一试，谁知一招皆到"①。可见这是件让女儿们众望所归的雅事、乐事，她们表现出了强烈的积极性与主动性。诗社并不是家长意志的产物，而是女儿们自主自愿的集合，是顺应她们自然、纯真、活泼天性的一个组织，给予女儿们以充分的自主权。诗社"海棠社"的命名是因为当天恰逢贾兰送来一盆海棠花，且就以海棠花作为所咏之物，由此可见诗社活动的非正式性、偶然性、随机性，体现出一种自然天成之趣，"明日不如今日，就是此刻好"②。

### （二）平等的角色分工

在诗社活动的工作分配中，李纨虽不善于创作，但善于评论，且又最公道，所以由她来负责评阅优劣，并作为社长来组织、引导诗社活动。迎春、惜春两姐妹都不会作诗，但俱作为副社长，各分担一件事，一位负责出题限韵，一位负责誊录监查，如果遇到容易些的题目，她们也可以作上作一首。林黛玉、薛宝钗则是诗社中最主要的两位诗人，她们是大观园诗歌创作最主要的力量。由此可见，诗社活动是充分尊重参与者个人不同的个性、能力与意愿的，每个人都有各自的角色分工，以平等的形式参与诗社的运作。

### （三）打破血缘与伦理关系

在海棠诗社的活动中，女儿们首先要起一个别号。黛玉道："既然定要起诗社，咱们都是诗翁了，先把这些姐妹叔嫂的字样改了才不俗。"③李纨应和道："何不大家起个别号，彼此称呼到雅。"④这些别号是符合参与诗社每个成员的独特个性，并能够体现其生命情趣的称号，代表她们是以个体身份参

---

① ［清］曹雪芹：《周汝昌校订批点本石头记》，脂砚斋批点，周汝昌点校，译林出版社2011年版，第455页。

② ［清］曹雪芹：《周汝昌校订批点本石头记》，脂砚斋批点，周汝昌点校，译林出版社2011年版，第457页。

③ ［清］曹雪芹：《周汝昌校订批点本石头记》，脂砚斋批点，周汝昌点校，译林出版社2011年版，第455页。

④ ［清］曹雪芹：《周汝昌校订批点本石头记》，脂砚斋批点，周汝昌点校，译林出版社2011年版，第455页。

与诗社活动的,成员间不再以伦理血缘关系论资排辈。在这个特殊的以诗为媒介的文艺社团中,女儿们能够从日常功利与礼教语境中暂时逃脱,不再有尊卑、上下、长幼的分别,成为诗艺上的挚友,相互切磋诗艺才情,平等交流思想情感。海棠诗社成为大观园女儿们暂时逃离现实伦理规训的自由诗意空间与社会文化空间。

（四）平等、民主的合作与竞争关系

在海棠诗社活动中,多次通过"拈阄"的形式来决定限韵和词调。如第七十回填柳絮词时,通过拈阄,宝钗拈得了《临江仙》,黛玉拈得了《唐多令》等。"拈阄"这一形式虽不科学,却体现了机会面前人人平等。在初结海棠社时,宝玉就率先提出:"这是一件正经大事,大家鼓舞起来,不要你推我让的。各有主意,自管说出来大家平章。"①所谓"各有主意,自管说出来大家平章"就是鼓励大家各自发表意见,体现出民主的精神。诗社的诗歌评比以诗艺高低为准则,由李纨为主评,因为"她虽不善作,却善看,又最公道"。女性之间互联互对,互评互译,切磋讨论,共赏共评,既有诗艺上的竞争,又有共同合作,形成了平等、民主、和谐的诗社氛围,构成一个具有现代组织精神的结构模式,"红楼诗社平等的态度、民主的原则、公正的价值尺度、和谐融洽的气氛,体现了《红楼梦》作者曹雪芹心中理想的社会模式"②。

（五）游戏性与愉悦性

海棠诗社的诗歌创作活动,是以一种自由游戏的形式展开的,常与喝酒、划拳、酒令、抽花签等游戏结合在一起,既有娱乐性、消遣性又富有诗意,并且融入女性的日常生活情境,与节令、气候、日常生活、家族重要时刻等紧密相连,实现了女性日常生活的艺术化与审美化。在诗社活动中,人、自然、

---

① [清]曹雪芹:《周汝昌校订批点本石头记》,脂砚斋批点,周汝昌点校,译林出版社2011年版,第455页。

② 严安政:《红楼诗社——曹雪芹理想的社会模式》,载《西安电子科技大学学报》（社会科学版）,2004年第4期,第20页。

诗歌交融在一起,心灵是自由、释放的,游戏的形式赋予诗歌创作以自由快乐的氛围,互动与比拼增强了群体狂欢的愉悦性,女性之间的群体交流与心灵对话,也抚去了常年封闭的闺阁生活的寂寞,带来精神上的愉悦性。

## 二、诗社活动创作特征

### (一)寄兴寓情,独抒性灵

宝钗说:"古人赋诗,也不过都是寄兴寓情耳。"①诗歌创作是用来寄兴寓情的,是少女各自性灵的自然呈现。在这些诗歌中,呈现出女儿们各自不同的文气、个性与生命形态,"一人是一人口气"②,让女性不同的生命品质得到精致的尊重与美的呈现。明末清初,男性文人推崇女性诗歌的特点为"真",认为它们感性、清新、自然,表现出女性自然的性灵与活力,与男性文人为了科举而作的应制之诗不同,视之为"清物"。这些诗歌既没有功利目的,不干涉公共领域事务,也不满足于道德训诫的实用目的,它们是女性生命情感最真实与自由的表达,诗歌里能够看到女性的童心与真心。第三十七回咏白海棠时,薛宝钗的诗呈现出的是"淡极始知花更艳"③的清洁自厉、温雅沉着,李纨称赞"到是蘅芜君"④。而黛玉的"偷来梨蕊三分白,借得梅花一缕魂"⑤所透露出来的别样的风流别致、逸才仙品,更赢得了大家的喝彩,"果然比别

① [清]曹雪芹:《周汝昌校订批点本石头记》,脂砚斋批点,周汝昌点校,译林出版社2011年版,第457页。
② [清]曹雪芹:《周汝昌校订批点本石头记》,脂砚斋批点,周汝昌点校,译林出版社2011年版,第459页。
③ [清]曹雪芹:《周汝昌校订批点本石头记》,脂砚斋批点,周汝昌点校,译林出版社2011年版,第459页。
④ [清]曹雪芹:《周汝昌校订批点本石头记》,脂砚斋批点,周汝昌点校,译林出版社2011年版,第459页。
⑤ [清]曹雪芹:《周汝昌校订批点本石头记》,脂砚斋批点,周汝昌点校,译林出版社2011年版,第459页。

人又是一样心肠"①。海棠社创立期间共有三次雅集。自咏白海棠创立了咏花诗先河,咏花便成为大家的乐趣,接下来的咏菊、咏红梅成为大观园诗社一道道奇特的风景线。众钗在所作诗歌中寄情托志,展现了各人的性情、追求、胸怀,也隐示了她们个人的命运走向。曹雪芹按照众钗的个性特点,"按头制帽,诗即其人"②,通过其所作诗歌的不同意象,展现了大观园群芳不同的才情风貌。

1. 白海棠——清高白净

《红楼梦》第三十七回,大观园众人纷纷响应探春的提议,来到秋爽斋进行结社。恰逢贾芸赠送了两盆珍稀的白海棠,于是第一次雅集便有了主题——咏白海棠诗。此次雅集以"咏白海棠"为题,共作诗六首。黛玉、宝玉、宝钗、探春均赋诗一首。次日湘云加入,赋诗两首。此时的海棠社众人如这两盆白海棠一般素净,其乐融融、无忧无虑。这些诗通过生动的比喻、丰富的联想,运用拟人、夸张等艺术手法,多角度、多层次地描绘了白海棠的形色神态和内在精神品质。白海棠多姿多娇、色白香幽,又道骨仙风、冰清玉洁,在各人的笔下各具鲜明性格,象征了大观园众诗人娇妍的外貌、优秀的品格和高雅的气质。

黛玉笔下的白海棠展现了她摒弃世俗、纯洁坚贞的清高品性。"碾冰为土玉为盆"③,表现了海棠花的高洁白净;"偷来梨蕊三分白,借得梅花一缕魂"④,更是突出了黛玉的性情特点。"偷""借"二字构思巧妙别致,"一缕魂"这样的文字,也只有生命长期沉浸在孤独状态的黛玉写得出来。黛玉以白海棠自比,既有梨花的纯洁,又有梅花的孤傲。以花及人,海棠花高洁优雅

① [清]曹雪芹:《周汝昌校订批点本石头记》,脂砚斋批点,周汝昌点校,译林出版社2011年版,第459页。

② 蔡义江:《红楼梦诗词曲赋鉴赏》,中华书局2004年版,第5页。

③ [清]曹雪芹:《周汝昌校订批点本石头记》,脂砚斋批点,周汝昌点校,译林出版社2011年版,第459页。

④ [清]曹雪芹:《周汝昌校订批点本石头记》,脂砚斋批点,周汝昌点校,译林出版社2011年版,第459页。

的品格,正映衬了黛玉的玉洁冰清、目下无尘。而"月窟仙人""秋闺怨女"①也正是黛玉自我性格的真实写照,写出了她的气质与神态。

相比于黛玉白海棠诗的"风流别致",宝钗的白海棠诗则被李纨评为"含蓄浑厚",赢得此次咏海棠诗头筹。该诗首联的"珍重芳姿"②直接写出宝钗的稳重端庄,与黛玉"半卷湘帘"的风流婉约完全不同。"淡极始知花更艳"一句,既表现出宝钗洁白淡雅的美丽,更显现出她对生命朴素品格的坚定自信。

探春所作的白海棠诗亦是她本人的真实写照。探春笔下的白海棠形神兼美,颔联的"玉""雪"写出了海棠之白,"难比洁"写出其高洁无比,"易销魂"更是写出其神韵之美③,有如探春"顾盼神飞"之态。紧接着以花拟人,将白海棠描绘成一个千娇含羞却又跃跃逞强的少女,这不正是探春的样子吗?庶出的她从不妄自菲薄,而是不卑不亢,内心有着宏大的志向与美好的追求。

海棠社刚成立时,湘云并不在场,后来宝玉特地把她请来。次日湘云入园后,兴致极高,马上依韵和了两首。湘云的诗文思跳跃,与其性格的憨直相通。第一首兴致浓郁、气格高雅。她笔下的白海棠如仙人种出来的玉一样,无比美丽,"也宜墙角也宜盆"④,映衬了湘云哪怕在史家寄人篱下,都能做到阔大宽宏,处处顺合环境、随地而宜。从"却喜诗人吟不倦,岂令寂寞度朝昏"⑤此句也可以清楚地看出湘云是一个性情活泼、不甘寂寞且有着真性情的女孩儿。

---

① [清]曹雪芹:《周汝昌校订批点本石头记》,脂砚斋批点,周汝昌点校,译林出版社2011年版,第459页。

② [清]曹雪芹:《周汝昌校订批点本石头记》,脂砚斋批点,周汝昌点校,译林出版社2011年版,第458页。

③ [清]曹雪芹:《周汝昌校订批点本石头记》,脂砚斋批点,周汝昌点校,译林出版社2011年版,第458页。

④ [清]曹雪芹:《周汝昌校订批点本石头记》,脂砚斋批点,周汝昌点校,译林出版社2011年版,第465页。

⑤ [清]曹雪芹:《周汝昌校订批点本石头记》,脂砚斋批点,周汝昌点校,译林出版社2011年版,第464页。

### 2.菊花——坚贞高洁

菊花多在草木枯萎凋零的秋季盛开,因其独特清雅的外观、恬淡广远的清香、傲然挺直的风姿,被古往今来的诗人反复吟唱,赞美其孤高绝俗、坚贞自爱、高洁傲世的品格。而自陶渊明的"采菊东篱下,悠然见南山"之后,菊花又逐渐成为恬淡悠闲的田园生活的典范和象征,在某种程度上表达着一定的隐逸思想。在第一次雅集结束后的次日,由于湘云的晚加入,她提出自罚一场,由她做东,请大家吃蟹赏菊并借此吟诗,为此紧接着开展了海棠社的第二次雅集——咏菊。席间十二首菊花诗写出了众人对菊花的生命态度。

在这十二首菊花诗中,首当其冲的便是此次诗魁林黛玉。林黛玉一共创作了三首,即《咏菊》《问菊》《菊梦》,这三首诗被评为十二首菊花诗之冠。不得不说,菊花的特性,只怕没有谁比黛玉的身世气质更加适配了,她能更充分、更真实、更自然地借菊表达自己的思想感情。

被评为第一的是《咏菊》。顾名思义,咏赞的对象就是菊花。首联的"临霜写""对月吟",形象地写出了黛玉对艺术的执着追求;颈联的"素怨""秋心",借咏菊形象地表达出她的多愁善感、她的不被理解;尾联更是借陶渊明歌咏菊花,暗示自己的高洁品格。①

《问菊》则被认为是最能显现黛玉个性的一首。这首诗,看似问菊,实则自问。作者通过一连串的问句将其内心细腻的情感表达了出来。"孤标傲世偕谁隐"②既是赞美菊花的高洁品格,也是道出林黛玉清高孤傲、目下无尘的品性。颔颈两联表面上似在询问菊花为什么要开得这么迟,是不是为了等待谁,为什么甘愿忍受寂寞,实际上是诗人自己内心的呐喊,是对知己的追寻渴求、对信念的坚贞不渝,林黛玉的孤傲之心,从此诗文便可见一斑。

《菊梦》这首则可以看出她希望能像陶渊明一样"孤标傲世",在采菊东

---

① [清]曹雪芹:《周汝昌校订批点本石头记》,脂砚斋批点,周汝昌点校,译林出版社2011年版,第475页。

② [清]曹雪芹:《周汝昌校订批点本石头记》,脂砚斋批点,周汝昌点校,译林出版社2011年版,第475页。

篱时可以不问世事。"篱畔秋酣一觉清,和云伴月不分明"①,岁月静好、无忧无虑,每天可以睡到自然醒,这是黛玉对理想生活的憧憬,也是所有人的理想生活。

林黛玉的三首菊花诗,歌咏之深,物我两化。诗歌都高度推崇弃官隐居的陶渊明,寄托了自己的美好理想。因此,社长李纨以"题目新,诗也新,立意更新"为由,将黛玉的这三首诗推为此次菊花诗魁首。

宝玉的《访菊》《种菊》,表达了对菊花的喜爱之情。此刻的宝玉因贾政外出暂时管不了他,便毫无顾虑地和众姐妹在大观园内尽情地寻欢作乐,可谓宝玉人生中最惬意自在的时刻,可以看出赏菊和种菊是他日常生活中经常会做的两件事情,体现出他富贵闲人的生活情趣。《种菊》的尾联"泉溉泥封勤护惜,好和井迳绝尘埃"②,也不觉让人有"采菊东南下,悠然见南山"的绝尘出世之感,表现出贾宝玉绝尘埃的性格特点,不喜喧嚣、吵闹与纷扰,更不喜与他人争抢。

史湘云的诗写得也很好,很符合她本人的气质。史湘云从小就喜欢女扮男装,其形象及性格颇有男子气。湘云所作的《对菊》一诗,将自己拟作菊花,以一个男性抒情主人公的形象出现,更是将其"真名士自风流"的个人形象跃然纸上。《供菊》一诗,更被黛玉所欣赏。黛玉评论"圃冷斜阳忆旧游"一句好在运用了"背面傅粉"法,先写完园中插瓶的那朵白菊花,再写原来在园中观花赏菊的情景,这就大大增加了诗的意境,丰富了诗歌的表现形式和描写内容,体现了诗人丰富的想象力,表现出其平和恬淡、不与世俗同流合污的高雅情操,颇有陶潜之风。尾联"傲视"两句,更是寄寓了湘云与菊一样傲世不群的志向。

(二)即景生诗,自然流露

女性的诗歌创作并不为科举考试,常以即景生诗的方式创作,自然、真

---

① [清]曹雪芹:《周汝昌校订批点本石头记》,脂砚斋批点,周汝昌点校,译林出版社2011年版,第475页。

② [清]曹雪芹:《周汝昌校订批点本石头记》,脂砚斋批点,周汝昌点校,译林出版社2011年版,第474页。

诚,新鲜、活泼,表现出女性活泼的天性,没有沉重的道德或功利负担,唯有个人性情的自由抒发。海棠诗社的命名,也是因为看见有人抬了两盆白海棠就咏起它来。诗歌的体式是迎春走到书架前取出一本诗来,随手一揭是一首七言律,即决定作七言律诗;限韵则是因为一个小丫头正倚着门立着,就限定了门字韵,这符合钟嵘《诗品·序》所言所提倡的"即目直寻"的创作方法,"至乎吟咏情性,亦何贵于用事?'思君如流水',既是即目……观古今胜语,多非补假,皆由直寻"①。以审美直觉触物兴情,使诗歌呈现出没有雕琢痕迹的自然真美,如黛玉所说,"何等自然,何等现成,何等有景,且又新鲜"②。这样的即景生诗,使诗歌富有天然清新、生动活泼的气质,且妙肖自然,不露一丝矫揉造作的痕迹。

## 第四节 "情情"——林黛玉及其形象区域女性的有情世界

林黛玉在警幻情榜上的考语是"情情",这是指她只对有情者用情,体现出她生命中衷情与深情的品质。在绛珠神瑛的神话故事中蕴含了林黛玉重要的生命密码:

> 只因西方灵河岸上,三生石畔,有绛珠草一株。时有赤瑕宫神瑛侍者,日以甘露灌溉,这绛珠草始得久延岁月。后来既受天地精华,复得雨露滋养,遂得脱却草胎木质,得化人形,竟修成个女体,终日游于离恨天外,饥则食密青果为膳,渴则饮灌愁海水为汤。只因尚未酬报灌溉之德,故甚至五内便郁结成一段缠绵不尽之意。恰近日,神瑛侍者凡心偶炽,乘此昌明太平盛世,意欲下凡造历幻缘,已在警幻仙子前挂了号警

---

① [南朝]钟嵘:《诗品集注》,曹旭编注,上海古籍出版社1994年版,第174页。
② [清]曹雪芹:《周汝昌校订批点本石头记》,脂砚斋批点,周汝昌点校,译林出版社2011年版,第900页。

幻亦曾问及："灌溉之情未偿,趁此到可了结的?"那绛珠仙子道:"他是甘露之惠,我并无此水可还。他既下世为人,我也去下世为人,但把我一生所有的眼泪还他,也偿还得过他了。"①

她的生命是源于自然的"草胎木质","密青"乃"秘情"也,决定了她用情至深的个性,"五内便郁结成一段缠绵不尽之意"乃因深情而来的忧愁、缠绵。她投胎转世的动力、根源是神瑛侍者的灌溉之"情","还泪"决定了她这一生要用眼泪来表达根本性的生命深情,可以说,林黛玉是《红楼梦》情世界最为核心的人物形象,她代表着中国文人的抒情传统,体现着明清之际情的思潮。

## 一、林黛玉形象探源

林黛玉并非一个单纯的女性形象,而是一个文化复合体,复合了中国的神话原型、文学传统与历史上的女性人物形象。这一女性形象的精神风貌、性格特征、外貌神韵都与屈原楚辞中的"巫山女神"颇有渊源。屈原《九歌》十一首之九《九歌·山鬼》是祭祀山鬼的祭歌,讲述了一位多情的女山鬼在山中采灵芝及约会恋人的故事。巫山女神那"既含睇兮又宜笑"的幽怨、哀伤之美,"余处幽篁兮终不见天"的幽闭、清高,"表独立兮山之上"的孤独、脱俗,"风飒飒兮木萧萧,思公子兮徒离忧"的萧瑟、思念,她痴情守候所爱之人的样子,与林黛玉的神韵极为相似,"巫山女神在失恋的绝望之中,支撑她生命的力量仍然是爱情,唯有爱而决无恨,正如林黛玉之爱情坚贞纯洁,甘愿为所爱者而泪尽。屈原诗中的巫山女神善良美丽,她渴望得到真诚的爱情,也十分真挚地将自己的全部感情乃至精魂奉献给所爱之人:美的形象,美的灵魂,美的情操,这正是曹雪芹笔下的林黛玉精神"②。林黛玉在大观园中的住处是潇湘馆,暗示她拥有娥皇、女英泪洒斑竹的痴情与忠贞。同时,林黛玉的形象也非常符合明清时期江南薄命才女的形象,是一种极度的阴性之美,也是被男性文人所塑造出来的理想的女性生命,病态、哀伤、忧郁、

---

① [清]曹雪芹:《周汝昌校订批点本石头记》,脂砚斋批点,周汝昌点校,译林出版社2011年版,第7页。

② 朱淡文:《林黛玉形象探源》,载《红楼梦学刊》1994年第1期,第102页。

自恋而耽于幻想，但灵心蕙质、富有诗才。这些女性常常具有多泪、多病、多情的特点，体现了情的独特美学。

在林黛玉情的世界中，阅读成为构筑其情世界的重要活动，在她孤独而单调的闺阁生活中，阅读成为她排遣孤独与寂寞的重要途径，占有极其重要的地位。阅读构筑了黛玉的生命状态，塑造了她的自我意识，寄托了她的孤独灵魂，形成了她独特的生命美感与超逸气质，成为生命本体性的存在。由此延伸出来的创作、评论、葬花、焚稿等行为，甚至她的爱情心理，都不无受到阅读生活的影响。

## 二、林黛玉的阅读生活

刘姥姥进大观园时，在黛玉的潇湘馆中看到了很多书。"刘姥姥因见窗下案上设着笔砚，又见书架上垒着满满的书，刘姥姥道：'这必定是那位哥儿的书房了。'贾母笑着指着黛玉说：'这是我这外孙女儿的屋子。'刘姥姥笑道：'这那里像个小姐的绣房，竟比那上等书房还好。'"①可见在黛玉的生命构成中，阅读占据了非常重要的位置。阅读在明清之际女性的情欲启蒙中起着重要的作用，《牡丹亭》中的杜丽娘是在读了《诗经·关雎》中"关关雎鸠，在河之洲。窈窕淑女，君子好逑"的诗句后引发了潜意识中的情欲，而冯小青和商小玲这些明清时期的才女也是在阅读《牡丹亭》后深陷情网，无可自拔，最终郁郁而死。冯小青死前还在读《牡丹亭》，甚至写了一首绝命诗："冷雨幽窗不可听，挑灯夜看《牡丹亭》。人间亦有痴于我，岂独伤心是小青。"②将杜丽娘引为知己。《红楼梦》中的林黛玉也是沉迷于《牡丹亭》《西厢记》及诗词曲赋的阅读中，《牡丹亭》的戏文引发了她深深的共鸣，甚至到了"心痛神痴"③的程度。可见，阅读活动对于明清时期女性情感世界的塑造产

---

① 〔清〕曹雪芹：《周汝昌校订批点本石头记》，脂砚斋批点，周汝昌点校，译林出版社2011年版，第490页。

② 潘光旦：《潘光旦文集》（第一卷），北京大学出版社1993年版。

③ 〔清〕曹雪芹：《周汝昌校订批点本石头记》，脂砚斋批点，周汝昌点校，译林出版社2011年版，第297页。

生了重要影响。

黛玉出生书香门第,从小父亲就令其守制读书。然而,黛玉自小多病,母亲早逝,父亲年迈,上无亲母教养,下无姐妹兄弟扶持,在她孤寂而又多病的童年生活中,读书成为黛玉心灵的慰藉。从小沉浸在书的世界里,使得黛玉的精神与灵性高度发达,培养了她的才华,但也造成了她与外部世界交往的隔阂。黛玉患有不足之症,长期处于生病状态,但病体创造了机会,让黛玉可以适当地逃脱传统儒家妇德规训对女性在日常生活及礼仪上的束缚与要求,整个大观园里只有她可以不做女红,"他可不做呢。饶这么着,老太太还怕他劳碌着了。大夫又说,好生静养才好,谁还敢烦他做?旧年算好一年的工夫,做了个香袋儿,今年半年还没见拿针呢!"①朝昏定省的礼仪也得以免去,这让她得到更多的时间可以独处于闺阁之中。黛玉几乎把自己全部的精力与时间,都放在她所热衷的阅读与写作上。在一个人的时空中,孤独与疏离让她更深入地沉浸在诗文世界;而诗文阅读与创作,又让她与现实生活更疏离,以至于慢慢陷入病态,沉迷于一种情感的消极虚空之中:

> 这里黛玉嗑了两口稀粥,仍歪在床上。不想日未落时天就变了,渐渐沥沥下起雨来。秋霖脉脉,阴晴不定,那天渐渐的黄昏,且阴的沉重,兼着那雨滴竹梢,更觉凄凉。知宝钗不能来,便在灯下随便拿了一本书,却是乐府杂稿,有《秋闺怨》《别离恨》等词。②

可以想见,多少个孤独的漫漫长夜,只有阅读这些诗词与黛玉相伴。

### (一)林黛玉阅读的本体性意义

黛玉的阅读多以诗词为主,这是一种出于性灵的阅读,构筑了一个可以释放性灵的空间。阅读是黛玉生命的寄托、灵魂的归宿,是她最初性灵的自由活动空间。阅读为她创造了现实之外另一个更为本源性的存在空间。对

---

① [清]曹雪芹:《周汝昌校订批点本石头记》,脂砚斋批点,周汝昌点校,译林出版社2011年版,第402页。

② [清]曹雪芹:《周汝昌校订批点本石头记》,脂砚斋批点,周汝昌点校,译林出版社2011年版,第550页。

黛玉来说,阅读已经远远超越了识字的程度,不是一种外在的文化装饰,而是其生命中本体性的存在。阅读是其生命乐趣之所在,带来跨越时空的审美愉悦。与古人性灵的对话,滋润了她孤独的心灵,抚慰了她心灵的寂寞。阅读创造出一个唯美的审美空间,塑造了黛玉的自我意识与个体意识,促成了生命意识的觉醒,塑造了超逸脱俗的生命气质与优雅美感,也成为其情欲与浪漫想象的寄托。

### (二)林黛玉的病态阅读

黛玉对阅读呈现出"上瘾"的特性,远远溢出了儒家社会性别规训对女性阅读行为所设置的界限,呈现出一种"情迷"的状态。这是明清女性阅读生活中很有时代性的一种现象,是汤显祖《牡丹亭》在闺阁中引发的痴迷与狂热现象。从《红楼梦》对黛玉阅读生活的细致描写中,可以看到这种"情迷"现象,已超越了平衡的阅读生活,耗费了她大量的生命能量,强化了她的生命痛苦与情感抑郁,加重了她的执着与无奈。在这样的病态阅读中,黛玉体验着自身的存在,但也消耗了自己。

#### 1. 罪中之乐

黛玉的阅读始终伴随着罪恶感与道德压力。在沁芳桥旁、桃花树下私密的环境中,黛玉与宝玉共读《会真记》,通过对戏文字词的品读与戏谑,传递两人的隐藏情欲,"我就是多愁多病的身,你就是那倾国倾城貌"①。这样的戏曲文字是现实世界里被压抑的情爱心理,以文艺白日梦的形式所做的委婉表达、传递与泄露。情窦初开的黛玉不可能不受影响,这些文字甚至在公共场合也不经意地流露出来,"黛玉道:'良辰美景奈何天。'宝钗听了回头看着他。黛玉只顾怕罚,也不理论。鸳鸯道:'中间锦屏颜色俏。'黛玉道:'纱窗也没有红娘报。'"②黛玉开口便是《牡丹亭》,下句又是《西厢记》,皆是

---

① [清]曹雪芹:《周汝昌校订批点本石头记》,脂砚斋批点,周汝昌点校,译林出版社2011年版,第296页。

② [清]曹雪芹:《周汝昌校订批点本石头记》,脂砚斋批点,周汝昌点校,译林出版社2011年版,第499页。

闺中忌读之书。

林黛玉一直游走于传统规范的边缘,她的行为常溢出规训,心灵因此承受着巨大的疏离感、焦虑感与道德压力。她是矛盾的,既热爱写诗,沉浸在自由情感与心灵世界中,又不敢脱离体系与秩序,这造成了她过分的小心与谨慎,刚进大观园时就是"步步留心,时时在意,不肯轻意多说一句话,多行一步路"①。当位于体系内的薛宝钗劝诫她不要读那些杂书时,黛玉的反应不是发怒,反倒是"大感激",感激宝钗对她的教导,而且感叹从没有人像她那样教导自己。可见,阅读这些"邪书",让黛玉不自觉地被深深吸引并产生强烈共鸣,同时也承受着巨大的道德压力,而宝钗的真诚相劝,疏解了黛玉的压力,给予她很大的心灵慰藉与温暖。

2. 强化精神的孤独、封闭与自恋情结

阅读强化了黛玉的自恋与幽闭,没有把她引向客观现实,反而令她深深困囿于自我情绪、情感与浪漫幻想的世界,加重了她的自怨自艾。宝钗劝诫黛玉不要读那些"邪书",正是因为怕她"移了性情,就不可救了"②。这些"邪书",一方面确实唤醒了女性的生命主体意识,但是,因为没有提供其他出路,让觉醒的生命主体沉溺于情感中无处可逃。阅读把黛玉封闭在幻想中,无法进入真实的现实生活,加深了她对那个幻想世界的浪漫想象,也强化了她对眼前现实的失望,心里产生强烈的排斥与逃避,销蚀了生命的力量,这或许就是明清时期那么多热爱文学的才女过早离世的原因。"盖以才貌双全的少女,虽然出身社会底层,幼小的年龄和阅历的缺乏,使得她对自我的人生往往会高自期许,一旦落入生活的罗网,只会在理想和现实的巨大差距中但求速死,于生命的决绝中体现出来的是对人生强烈的热情和热情得不到满足的幻灭,也可以说是一种未能面对真实人生而选择的逃避。"③

黛玉的阅读呈现出上瘾的特性,她在其中投注了大量的生命情感,消耗

① [清]曹雪芹:《周汝昌校订批点本石头记》,脂砚斋批点,周汝昌点校,译林出版社2011年版,第33页。

② [清]曹雪芹:《周汝昌校订批点本石头记》,脂砚斋批点,周汝昌点校,译林出版社2011年版,第516页。

③ 朱淡文:《林黛玉形象探源》,载《红楼梦学刊》1994年第1期,第103页。

了巨大的生命能量,沉迷于一种对自我生命哀怜的情绪及美学想象之中,把书中天地与真实生活画上等号。她的忧伤,已经不是她一个人的忧伤,而是一种哲学的、文学的忧伤。她将自己视为历史上才女的代言人与化身。在阅读中,黛玉与作品中的主人公获得一种认同与惺惺相惜之感,建立一种情感的慰藉与命运共同体式的连接。在阅读中,她被触动身世之感,为书中至情之人而情迷,并在摹仿和表演性的行动中展露与慰藉自己的创伤经验。

阅读本来是人生的指南和调剂,但若将之与生活混淆起来的话,只会夺走阅读对心灵产生的疗效,反而使得原先的良药变成苦难的泉源。阅读可以使我们了解别人的生活,但若过度投入,就会使我们偏离当下的生活,甚至还会危及生命。因此庚回本后的评论为:"前以《会真记》文,后以《牡丹亭》曲,加以有情有景,消魂落魄,诗词总是争于令颦儿种病根也。看其一路不迹不离,曲曲折折,写来令观者亦技难持,况瘦怯怯之弱女乎!"①在那个礼教森严的时代,在一个女性没有更多自由选择与出路的环境中,过度的阅读所带来的对于现实的疏离,对于想象世界的沉迷,不可企及的幻想与渴望,给女性的身心带来了巨大的折磨。

3.阅读衍生为镜像与行为艺术

黛玉在阅读之后,进一步在形式化的行动中"表达"出她的阅读感受。阅读已经不止于文字层面,由文字所展开的那个浪漫感伤的世界,自我的幻想空间,让她难以自拔地陷溺其中。她甚至在生活中"表演"着这种文学的想象,"几乎到了要吞噬生活全部的程度"②,"葬花",某种程度上亦是一种表演。黛玉创造了她自己的阅读生活,反过来,她所阅读的那些诗文,又进一步塑造了她,"阅读参与到女性读者的自我塑造和建构,甚至影响到整个时代风尚和文化美学"③。王德威有言:"汤显祖的'因情生梦,因梦成戏'因此

---

① [清]曹雪芹:《周汝昌校订批点本石头记》,脂砚斋批点,周汝昌点校,译林出版社2011年版,第297页。

② 张春田:《不同的"现代":"情迷"与"影恋"——冯小青故事的再解读》,载《汉语言文学研究》2011年第1期,第39页。

③ 郑培凯:《汤显祖与晚明文化》,允晨文化公司1995年版,第78页。

或有另一种解读：'因戏生梦，因梦成情。'"①由此上演幻想投射、以幻为真的传奇。在文字的诱引下，戏、梦、情的交织更复杂地作用于黛玉，情的"表演"在她那里也愈加发展到吞噬生活全部的程度。黛玉把历史上的才女形象融入了自己的生命之中，她不再是她自己，而是历史上那些薄命才女的化身，构成了一种"欲望介体"，"这是经由阅读和想象建构起来的喻像（figure）阅读所引发的表演性实践正是主体对于喻像的一种摹仿。甚至这种表演越是带有悲剧性，表演主体越是付出沉重代价，似乎意义越大"②。黛玉的阅读以及衍生的行为艺术，构成了一种"表演"（performing），是一种明确的自我反射和拟像的行动，是文字中的意淫，"在这样的表演中，她将现实与梦幻、现实自我与理想自我、角色身份与社会身份混同/迭映起来，以穿梭于欲望与死亡的迷宫里"③。阅读与实际生活在不知不觉中已经融为一体，想象与现实的界限已经模糊了，阅读中的命运感、人物形象想象、情感体验、自我认同已经融入实际生活之中，她已经完全把阅读经验替换为自己的生活经验和期待了。这样的阅读，构成了一种"镜像"④，在镜像认同中获得的所谓同一性根本上是一种"误认"，把本来属于想象的东西当作是真实的，把本来属于他者的属性当作是自己的，把本来属于外在的形式当作是内在的，就像面对镜像的婴儿，他内在的身体镜像本来是破碎的、不协调的，但却在视觉格式塔的完型作用下，获得了完整统一的身体形象，并将这一外在形象预期为自己必将拥有的，由此而产生了对它的欣悦认定。⑤

黛玉对自我生命意识的认同是不客观，也是不完整的，她受到了自小所读诗词的投射与影响，形成一种观念中的自我，带着强烈的美学上的自恋，在与镜像的循环往复间完成理想自我的型构，还通过预期把这一理想自我投

---

① 王德威：《游园惊梦，古典爱情——现代中国文学的两度还魂》//陈平原：《现代中国》（第六辑），北京大学出版社 2006 年版，第 102 页。

② 张春田：《不同的"现代"："情迷"与"影恋"——冯小青故事的再解读》，载《汉语言文学研究》2011 年第 1 期，第 39 页。

③ 张春田：《不同的"现代"："情迷"与"影恋"——冯小青故事的再解读》，载《汉语言文学研究》2011 年第 1 期，第 41 页。

④ （法）雅克·拉康：《拉康全集》，储孝泉译，上海三联出版社 2001 年版，第 168 页。

⑤ 吴琼：《雅克·拉康——阅读你的症状》，中国人民大学出版社 2011 年版，第 77 页。

射到自己未来的形象中,形成了一个理想主体。拉康说,这种误认机制带来的是一种异化,人们满足于披着异化身份的外部他者形象的华衣,却陷入了自我理想形象和现实经验之间的不协调,进而造成一种内部和外部世界的撕裂,也对自我的求证造成了极大的困扰。从小过多的阅读生活,使得黛玉的自我意识在形成中,没有能够充分与现实世界融合,无形中构成了社会化的障碍。

　　4. 情感匮乏与想象性满足

　　在这样的阅读中,女性的自我生命意识有了初步觉醒,这首先表现为女性对自我情感的渴望与确认。但是这样的觉醒还是很初步的,它没有其他更丰富的表现方式与通向进一步成长的合理渠道,一旦萌芽即被封闭的现实生活压抑下去。爱欲这股生命的原始强大能量缺少自由宣泄的方式,只能以白日梦的艺术形式得到间接的表现与泄露,这种艺术的白日梦又进一步强化了女性的爱欲与匮乏感。与杜丽娘一样,她们的爱情不存在于现实中,只有在想象的世界中才得以释放。《牡丹亭》的"梦"正好呼应了女性的情感诉求,填补了女性的现实缺憾,撩拨着她们关于理想爱情和美好婚姻的憧憬,《牡丹亭》对于女性的重要性即在此。"在《牡丹亭》的阅读中,明清江南众多的女子即是以近乎宗教般的痴迷与狂热释放着主流意识形态长期压抑的情感,在一种想象性、替代性的满足中找到情感的宣泄与慰藉。"①在情感匮乏与无望的现实世界中,文学阅读为女性提供了一个浪漫的想象空间,寄寓了女性在现实中被压抑的生命渴望,确证了人存在的情感体验与表达的权利,给女性带来巨大的心理抚慰。同时,阅读也是一种创造性行为,在其中,女性读者不仅创造了她们的自我形象,也构建着她们自己幻想中的多彩世界。每个读者对这些故事都有再想象的空间,以满足变化中的心境与需求,并构成一种超越现实的行为。"书籍如宗教献身一样,提供着一条超脱乏味世俗的路径,从这些虚构的纸页中,女读者建造起了她们自己的浮世,于此浮世中,智力刺激与情感和宗教的满足结合在一起。"②现实在对比

　　① 董雁:《明清江南闺阁女性的〈牡丹亭〉阅读接受》,载《东方丛刊》2009 年第 4 期,第221 页。

　　② (美)高彦颐:《闺塾师》,李志生译,江苏人民出版社 2005 年版,第 104 页。

之下,显得更加不值得流连,她们转而将生命能量投注在想象的世界中,以至于把生命完全消磨在虚幻之中。文学的想象对于生活在现实匮乏与压抑中的人有着重要影响,它提供一种生命价值观,成为想象性、替代性的满足。杜丽娘的形象正是女性自我形象的投射,柳梦梅则成为女性想象中的爱欲对象,她们沉浸在这样想象性的意淫中,来弥补现实中爱情生活的匮乏与渴望,"在明清江南,尚没有其他任何文学作品能激发出如此强烈的女性情感共鸣,这种集体浸淫与情感狂欢并不是充溢,反而对应着匮乏。在《牡丹亭》的女性阅读者身上,可以看到当时女性普遍的生存境遇与群体压抑"①。杜丽娘精神是一种对真挚爱情的高度的专注与献身,这似乎成为闺阁女性的生命能量与价值所在,借此通道,她们尚能感觉到对自我生命的把握。阅读成为黛玉等闺阁才女们逃避寂寞与压抑的现实人生的出口,然而这个出口并不通向一个更为光明与广阔的现实世界,反而让她们更深地沉湎于想象的世界,并在这种虚幻、强烈的情感体验中,飞蛾扑火,消灭了自己。男女之爱成为这些女性寄寓生命的唯一价值,并在反复的阅读与想象中陷溺得越来越深。这种阅读,已不仅仅是闲暇之余的消遣和娱乐,而成为一种深刻的生命和情感体验,一种承受精神损耗和心灵痛楚却不容己的生存状态。

### 三、林黛玉的诗歌创作——灵魂的吟唱

林黛玉是大观园的首席女诗人、女哲人,她是太虚幻境下凡的仙女,用一首首诗词的创作感受、记录、吟唱并哀悼那个时代女性的命运悲剧。

#### (一)黛玉诗作特色

##### 1.私密性

在公开的群体诗社活动外,林黛玉大量的诗歌创作是在私人时空中进行的,这是孤独寂静又充满诗性与哲理启悟的诗境。潇湘馆窗下案上设着笔砚,书架上叠着满满的书,绿竹掩映,苔痕苍苍的古意清幽之境,小山坡上

---

① 董雁:《明清江南闺阁女性的〈牡丹亭〉阅读接受》,载《东方丛刊》2009年第4期,第220页。

◎ 第六章 《红楼梦》中的情世界

的葬花冢,梨香院的墙角,这些隐秘角落都成为黛玉感悟生命、酝酿诗意的场所,是她从个体生命通向自然、宇宙的窗口,它们既是禁闭、孤独之地,也是黛玉观察与冥思之境,守着这个窗口的凝思、书写构成了黛玉作为一个女诗人的生存图景,窗口前的灯火是广阔宇宙中漫长黑夜下的孤独存在,"被灯火的星星照亮的孤独家宅具有了宇宙空间性,它总是作为一种孤独感出现"①。一个小小的窗口、一线摇摇的微弱的烛火,是微弱的性灵之光。写诗对黛玉而言不是一种外在的附庸或身份的象征,而是其生命内在最真实幽微的灵魂的表达。

2. 专业性

在传统女性规训中,诗歌创作只是闺中游戏,生活中最基本而重要的事情是女工、家庭事务以及人际往来,"女子无才便是德,总以贞静为主,女工次之,其馀诗词,不过是闺中游戏,原可以会,可以不会"②。因为个性的孤僻与身体的羸弱,黛玉不用担负太多的女红与交际任务,从而将大量时间花费在个人情感与创作中。与宝钗不同,她在各种场合主动展示自己出众的诗才,"林黛玉安心今夜大展奇才,要压倒群芳"③。她的诗歌创作远远超过传统女性写作的边界,这样的越界与沉迷,也让黛玉坠入焦虑矛盾与压抑冲突中。

3. 情感性

黛玉诗歌整体的格调与风格是凄楚哀伤的,是她苦闷灵魂的表达。她的诗字字是血与泪,甚至不惜牺牲自己的身体健康来写作。她的诗歌充满了强烈的情感性,沉湎于纤弱的自我伤感与现实的无奈窘困,是被小女儿的眼泪所浸润的诗歌,但也困缚了黛玉的生命,使其病情更甚,"林黛玉公认最有诗才,但她写的诗无不自伤情怀。在那首著名的《葬花吟》中,她视自己为

---

① (法)加斯东·巴什拉:《空间的诗学》,张逸婧译,上海译文出版社 2009 年版,第 125 页。

② [清]曹雪芹:《周汝昌校订批点本石头记》,脂砚斋批点,周汝昌点校,译林出版社 2011 年版,第 762 页。

③ [清]曹雪芹:《周汝昌校订批点本石头记》,脂砚斋批点,周汝昌点校,译林出版社 2011 年版,第 229 页。

落花。一个惯于自恋的人即在观赏天然美景时也不会忘掉她自己的"①。

### (二)黛玉诗作的主要内涵

#### 1."题帕三绝"——传达私情

在传统儒家道德规训之下,文学(戏文文字、诗歌等)成为男女之间私相传递心意、暗订盟约的方式。宝玉的旧帕子是贴身私密之物,它以"私物"的形式被送到黛玉那里,打破了贵族男女礼仪的区隔与禁忌,试图建立一种私密的亲近关系,蕴含着情欲的色彩。黛玉以在这方旧帕子上书写自己的诗的隐晦方式回应了宝玉的心意,这些诗歌文字因而具有私密性与禁忌性,透露了她的隐秘情欲,以至于黛玉写完后"觉得浑身火热,面上作烧,走至镜台前揭起锦袱一照,只见腮上通红,自羡压倒桃花,却不知病由此萌"②。

#### 2.闺中抒怀——伤叹青春

#### (1)女性的生命意识与命运哀叹——《葬花吟》

林黛玉对宇宙人生拥有的一种根本性的体悟,她是大观园中的女诗人、女哲学家,是女性命运的代言人、预言者,以她的灵性聪慧预见了那个时代女性命运的无奈、脆弱与受到的限制、剥夺,饱尝着女性生命之苦闷。她的诗歌因此充满女性生命意识的觉醒及身世之叹,《葬花吟》正是黛玉这种根本性生命悲感的集中爆发。"花谢花飞花满天,红消香断有谁怜?"③青春易逝,女性美好的少女时代是短暂的,一旦进入婚姻就结束了,"进入青春期的男孩子是主动迈向成人的,而少女只能等待这个全新而又难以预料的时代的到来。从现在起,她的故事将是被编好的,时间会裹挟着她进入这个漩涡中"④。被压抑在深闺中无处发泄的青春活力让人感到苦闷,空中飘舞的落

---

① 夏志清:《中国古典小说》,何铭译,刘绍铭校订,香港中文大学出版社2016年版,第267页。

② [清]曹雪芹:《周汝昌校订批点本石头记》,脂砚斋批点,周汝昌点校,译林出版社2011年版,第426页。

③ [清]曹雪芹:《周汝昌校订批点本石头记》,脂砚斋批点,周汝昌点校,译林出版社2011年版,第350页。

④ (法)西蒙·波伏娃:《第二性》,李强译,西苑出版社2004年版,第356页。

花,仿佛她们飘零短暂的青春,"帘中女儿惜春莫,愁绪满怀无处诉""桃李明年能再发,明岁闺中知有谁"①,充满了对不可知未来的恐惧。她们没有任何实在的人生目标,活着只是在消磨时间,青春在等待中逐渐消逝,让人感慨。"愿奴胁下生双翼,随花飞落天尽头。天尽头,何处有香丘?"②这青春美好的生命,就在深闺的禁闭中日复一日单调生活的磨损下慢慢消散,生命的归宿到底在哪里?这是对男权社会中女性生命何去何从的追问,大观园里那个葬花冢,正是黛玉对少女美好青春生命的悼念。但诗中也蕴含着黛玉对生命纯粹性与自主性的坚持,以及对外在世界与命运的反抗,"质本洁来还洁去,强于污淖陷渠沟"③。她不愿被人摆布、随波逐流,柔弱中蕴含着抗争的力量,"她聪慧过人,且善于独立思考,但是她的全部观念只能深藏于心,注定被圈于深宅大院的她只能关注自我。于是,对自身美好品质的肯定,对自身不幸命运的哀怨,对严酷外界的控诉,对污浊环境的拒斥,便组成了此诗的精神境界。这是基于女性立场的对生命的礼赞,是对男性价值观念的否定"④。

(2)持守与反抗——《五美吟》

在《五美吟》这组咏史诗中,黛玉沉浸于古代才女的命运中,被她们深情、高洁的人格,为情献身的主动精神而感动,并唤起自己的命运之叹,"我曾见古史中有才色的女子,终身遭际,令人可欣、可羡、可悲、可叹者甚多。胡乱凑几首诗,以寄感慨"⑤。"尸居馀气杨公幕,岂得羁縻女丈夫?"⑥黛玉

---

① [清]曹雪芹:《周汝昌校订批点本石头记》,脂砚斋批点,周汝昌点校,译林出版社2011年版,第350页。

② [清]曹雪芹:《周汝昌校订批点本石头记》,脂砚斋批点,周汝昌点校,译林出版社2011年版,第351页。

③ [清]曹雪芹:《周汝昌校订批点本石头记》,脂砚斋批点,周汝昌点校,译林出版社2011年版,第351页。

④ 莫砺锋:《论红楼梦诗词的女性意识》,载张宏生:《明清文学与性别研究》,江苏古籍出版社2002年版,第176页。

⑤ [清]曹雪芹:《周汝昌校订批点本石头记》,脂砚斋批点,周汝昌点校,译林出版社2011年版,第762页。

⑥ [清]曹雪芹:《周汝昌校订批点本石头记》,脂砚斋批点,周汝昌点校,译林出版社2011年版,第763页。

赞许红拂为"女丈夫",对她钟情李靖而夜奔之勇持赞赏态度,对她大胆追求自由爱情与人生抱负表达出欣羡与赞赏。然而这五首诗中所写的才女仍然未能获得真正的人格独立,这也让黛玉感叹"红颜命薄古今同"①。黛玉的诗歌目光始终对准"闺中女儿"这个自我,关注女儿自身,这种关注已经超越个人存在,而是关乎所有女性的命运。

### (三)黛玉的艺术人格

#### 1. 敏锐而无法自拔

黛玉是天生的女诗人,具有艺术家人格,是大观园中唯一的真正诗人。对其他少女而言,作诗只是作为艺术修养或游戏活动,黛玉则是把全部的生命能量与灵魂寄托于诗歌创作中,诗歌成为她生命最极致的表达方式,可以说没有诗歌就没有黛玉。小说中黛玉的病态与她旺盛的艺术创造力形成了鲜明的对比,这只有从艺术的角度来理解,"那些描写早慧才女的故事常常有意将她们心理、生理上的脆弱和创造力的旺盛作成鲜明的对比"②。瑞士心理学家荣格认为,"艺术家是自己才能的'受难者'"③因此可以认为,她的病态乃是一种"艺术家的病态"。黛玉以身体健康为代价,献身于诗歌的创作,用全部的生命去书写那个时代女性生命无可逃避的悲剧性。她身上这种被强化的生命悲剧感,始终萦绕着的浓重的伤感基调,是她为诗歌创作付出的昂贵代价,最后,她也在诗歌创作中毁灭了自己,"通常,艺术家们的生活非常不尽如人意。创造之火这一神圣的天赋索取了艺术家的一切动力,使他们不得不产生各种坏的品质——冷酷无情、自私自利、高傲虚荣,甚至产生出各种恶习,以维持那生命的火花,使它不至于完全熄灭"④。从艺术创

---

① [清]曹雪芹:《周汝昌校订批点本石头记》,脂砚斋批点,周汝昌点校,译林出版社2011年版,第762页。

② (美)曼素恩:《缀珍录》,定宜庄、颜宜葳译,江苏人民出版社2005年版,第93页。

③ (瑞士)古斯塔夫·荣格:《心理学与文学》,冯川、苏克译,译林出版社2011年版,第389页。

④ (瑞士)古斯塔夫·荣格:《心理学与文学》,冯川、苏克译,译林出版社2011年版,第389页。

作的角度来看,黛玉人格中所有的痛苦、敏感,滋养了她独特的诗歌创造力,精神疾患既可以剥夺一个人的正常生活能力,也可以使他更有创造力和创造性。

### 2. 艺术家天命

"艺术是一种天赋的驱动力,它攫住一个人,把他变成自己的工具。"①黛玉不得不接受这作为女诗人的艺术家天命,为女性代言,诉说她们的生命悲剧,为了完成这个使命,她不得不牺牲身心的宁静、和谐与健康。"因为真正的艺术家从出生的那一刻起,就被召唤来完成一个比普通人所能胜任的更伟大的任务。要完成这一艰难的使命,他有时必须牺牲幸福及对普通人来说每一样使生活值得去过的东西。"②

## 四、晴雯的身体叙事

《红楼梦》在人物形象塑造上运用了独特的重影手法,其中"晴为黛影"最为典型。晴雯是属于林黛玉形象区域中的一个人物,"晴雯"即"情文",可见晴雯是《红楼梦》情世界中一个重要的女性形象。

晴雯的性格在大观园众丫鬟里是最突出的,"霁月难逢,彩云易散。心比天高,身为下贱"③,她性格活泼开朗、率真任性,虽然命运给了她一个丫鬟的身份,但其内心不甘为奴,渴望人格平等,并处处表现出强烈的反抗意味。宝玉和晴雯都是具有平等意识的人,他们的灵魂相互契合,宝玉十分欣赏并给予空间,保护晴雯身上这种难得的自尊自重与平等精神。但是宝玉这个"港湾"毕竟是脆弱无力的,在严酷的男权社会,丫鬟想要活下来,只能像袭人这样温柔笨拙、遵循礼数,而晴雯抵抗奴性、追求平等的个性则与时代要求格格不入,时代环境迟早会把她吞没。不过"彩云"虽"易散",但其短暂却美丽的绽放以及蕴含的悲剧意味具有强烈的艺术感染力,在小说中通过其

---

① (瑞士)古斯塔夫·荣格:《心理学与文学》,冯川、苏克译,译林出版社 2011 年版,第351 页。

② (瑞士)古斯塔夫·荣格:《心理学与文学》,冯川、苏克译,译林出版社 2011 年版,第379 页。

③ [清]曹雪芹:《周汝昌校订批点本石头记》,脂砚斋批点,周汝昌点校,译林出版社2011 年版,第 70 页。

言语、行为、体态、装扮等身体因素表现出来。

（一）晴雯与袭人的身体叙事比较

《红楼梦》的重要创作手法之一便是对比。黛玉、晴雯这一类女性注重内在自我，直率任性，不愿被束缚，具有人性的觉醒意识。相比较之下，宝钗、袭人这一类女性则是克己复礼的典范，她们努力使自己的言谈举止符合封建社会的妇德标准，遵循着现实的要求。这两类女性的区别最明显的就是她们的语言方式、行为动作与体态打扮。

1. 语言方式

袭人的性格温柔和顺，但用心深细、颇有城府，脂批说她"贤而多智术"[①]出处，所以她的语言方式总是有些曲曲折折、吞吞吐吐。第十九回中，她母亲想要赎她回去，她坚定地说："权当我死了，再不必起赎我的念头。"[②]但在宝玉面前则是说："去定了。"[③]并说了一大堆理由，让宝玉知道家里赎她出去是多么合理的事，目的是引得宝玉伤心挽留，她则可以乘机与宝玉谈条件，如改掉"弄花儿""弄粉儿""不好读书"等"坏毛病"，"只作出个喜读书的样子来，也教老爷少生些气，在人前也好说话"[④]。这样的条件在当时并不是一般主仆之间可以谈的，分明是作为妻子或妾氏对丈夫的劝诫之语，可见袭人在内心深处并不把自己只看成宝玉的丫鬟。这样一波三折的话语方式也可以看出袭人的深沉与心机。同样的事，若是在直率任性、充满反抗意识的晴雯那里，则有着完全不同的语言表达方式。她会直接表达自己的内心而毫不掩饰："我多早晚闹着要去了？饶生了气，还拿话压派我。只管去回，我一头

① ［清］曹雪芹：《周汝昌校订批点本石头记》，脂砚斋批点，周汝昌点校，译林出版社2011年版，第245页。

② ［清］曹雪芹：《周汝昌校订批点本石头记》，脂砚斋批点，周汝昌点校，译林出版社2011年版，第244页。

③ ［清］曹雪芹：《周汝昌校订批点本石头记》，脂砚斋批点，周汝昌点校，译林出版社2011年版，第243页。

④ ［清］曹雪芹：《周汝昌校订批点本石头记》，脂砚斋批点，周汝昌点校，译林出版社2011年版，第246页。

蹦死了也不出这门儿。"①直接表明了自己不愿离开宝玉的心思,从比较中明显可以看出袭人的心思缜密与晴雯的任性直率,而在传统男权社会,显而易见前者更能求得生存空间。

2.行为动作

贾母将袭人派给宝玉后,袭人的眼里便只有宝玉一人了,宝玉的吃穿住行无一不是靠她悉心照顾,自然她也把自己当作宝玉未来的"姨奶奶",宝玉出外回来稍晚一点,她不是倚门而望,就是到处寻找;宝玉的神色略有变异,她就先觉察到;宝玉那块"命根子"通灵宝玉以及所用的东西,她都非常细心地保护着、经营着,无时无处不为她的主人担着心,生怕宝玉有一丝一毫的烦恼与灾难。这样的袭人其实是在为自己"姨奶奶"的身份努力着,她对宝玉的关心更多的是为了保障自己的未来,她的爱其实是需要回报的爱。晴雯则有所不同。第五十二回中,晴雯病中为宝玉补雀金裘:"一面坐起来,挽了一挽头发,披了衣裳,只觉头重身轻,满眼金星乱迸,实实撑不住。待要不作,又怕宝玉着急,少不得狠命咬牙挨着,使命麝月只帮着纫线……织补两针,又看看,织补两针,又端详端详。无奈头晕眼黑,气喘神虚,补不上三五针便伏在枕上歇一回……晴雯已嗽了几阵,好容易补完了,说了一声:'补虽补了,到底不像,我也再不能了。'嗳哟一声,便身不由主倒下了。"②晴雯冒着病情加重的危险,用心帮宝玉缝补雀金裘,从"实实撑不住""狠命咬牙挨着"等词,可以感受到晴雯身体上经受的折磨以及她誓死要为宝玉缝补雀金裘的坚定内心,这种情感深刻而真实;"又看看""又端详端详"等动作则体现出晴雯在缝补中精益求精的态度,这也是源于晴雯对宝玉无私的爱与关心。

宝玉情性只愿常聚,生怕散了添悲。在一场端午酒席上感受到气氛的冷淡,自然心里闷闷不乐,不巧晴雯又失手跌了扇子,宝玉便将郁闷发泄在她身上训斥了她几句:"蠢才,蠢才! 将来怎样! 明儿你自己当家立事,难

---

① [清]曹雪芹:《周汝昌校订批点本石头记》,脂砚斋批点,周汝昌点校,译林出版社2011年版,第392页。

② [清]曹雪芹:《周汝昌校订批点本石头记》,脂砚斋批点,周汝昌点校,译林出版社2011年版,第629页。

道也是这么顾前不顾后的?"①晴雯心性刚烈,怎么可能忍受委屈,宝玉的愤怒亦令晴雯失望,本以为他是自己的知己,却被如此对待,这无疑是对晴雯的自尊与信任的打击,对此她只能用言语进行反抗:"二爷近来气大的狠,行动就给人脸子瞧。前儿连袭人都打了,今儿又来寻我们的不是。""我原是糊涂丫头,那里配和你说话呢!"②从最开始晴雯跌扇导致与宝玉的争吵,到后来宝玉主动让晴雯撕扇,换佳人一笑,可以清楚感受到宝玉态度的转变,这一事件让宝玉得到成长,"爱物论"的观点让晴雯感受到宝玉对她的尊重,以及他们之间相同的平等意识,促进了他们彼此关系的深入。在晴雯撕扇的情节中,"嗤的一声""嗤嗤几声"③,让撕扇这一行为在读者脑中充满画面感,宝玉和晴雯在撕扇中一起大笑,从这以后他们彼此间的距离便拉近了,思想契合度得到了认证。撕扇这一行为表现出晴雯性格中对不平等制度的反抗、独立人格的诉求、维护自身尊严的勇气,也可看出宝玉与晴雯二人共同具有追求人格平等的价值观,他们的关系已不单单是主仆关系,还有一种平等的友谊及更深的知己之情。抄检大观园时,"晴雯挽着头发闯进来,'豁啷'一声,将箱子掀开,两手提着,底子朝天,往地下尽情一倒,将所有之物尽都倒出"④,用极端愤怒的肢体语言,表达了对王善保家的狗仗人势的不满和蔑视,更表达了她维护自身尊严的强烈意愿。

3. 体态打扮

小说中作者对袭人的外貌描写简短而精准:"那贾芸口里和宝玉说着话,眼睛却瞅那丫头。细挑身材,容长脸面,穿着桃红袄儿,青缎背心,白绫

---

① [清]曹雪芹:《周汝昌校订批点本石头记》,脂砚斋批点,周汝昌点校,译林出版社2011年版,第391页。

② [清]曹雪芹:《周汝昌校订批点本石头记》,脂砚斋批点,周汝昌点校,译林出版社2011年版,第391—392页。

③ [清]曹雪芹:《周汝昌校订批点本石头记》,脂砚斋批点,周汝昌点校,译林出版社2011年版,第394页。

④ [清]曹雪芹:《周汝昌校订批点本石头记》,脂砚斋批点,周汝昌点校,译林出版社2011年版,第871页。

细折裙子。不是别个,却是袭人。"①从这一句中我们可以看出袭人的长相并不出挑,打扮朴素,给人一种低调、拙朴的感觉。而描写晴雯的体态则是:"上次我们跟了老太太进园逛去,有一个水蛇腰,削肩膀,眉眼又有些像你林妹妹的,正在那里骂小丫头。我的心里狠看不上那个轻狂样子。"②"王夫人一见他钗軃鬓松,衫垂带褪,有春睡捧心之遗风,而且形容面貌恰是上月的那人,不觉勾起方才的火来。"③小说用"水蛇腰,削肩膀"来描写晴雯身材的苗条,而对于袭人则只是用"细挑"来描写其身材,可见晴雯体态上的优势;眉眼有几分像林黛玉,可见晴雯的神态带着黛玉的傲气,从中可以看出其性情独特之处,对于袭人,作者只是用简单的"容长脸面"带过。"钗軃鬓松,衫垂带褪,有春睡捧心之遗风"更是展现了晴雯天然的美丽,在连日不自在,并无十分装扮的情况下依旧让王夫人感觉她过于美丽而轻狂。

袭人与晴雯是完全不同的两种类型,对比他人对两者不同的对待方式,可以看出传统妇德对女性的要求。袭人的拙朴、低调符合当时的妇德要求,因此王夫人对她充满信任,凤姐送她裙子包袱,这些都能说明传统妇德对袭人这类人的认可,而晴雯的风流、妖媚则被传统妇德所贬斥,是妇德败坏的体现,从王夫人对她的冷嘲热讽中可以看出传统道德对晴雯这类人的恶意,晴雯的反抗正是对传统父权社会女性观念的反抗。

通过与袭人在身体叙事上的比较,可以清晰地看出晴雯的性格特征,她与时代格格不入,渴望人格平等,有很强的反抗意识,性格上自尊自爱、开朗任性,完全没有低人一头的感觉。在她被驱逐出大观园后,宝玉痛心地预感到晴雯将面对的打击与不幸:"他自幼上来娇生惯养,何尝受过一日委屈。连我知道他的性格,还时常冲撞了他。他这一下去,就如同一盆才抽出嫩箭

① [清]曹雪芹:《周汝昌校订批点本石头记》,脂砚斋批点,周汝昌点校,译林出版社2011年版,第331页。

② [清]曹雪芹:《周汝昌校订批点本石头记》,脂砚斋批点,周汝昌点校,译林出版社2011年版,第869页。

③ [清]曹雪芹:《周汝昌校订批点本石头记》,脂砚斋批点,周汝昌点校,译林出版社2011年版,第869—870页。

来的兰花送到猪窝里去一般。"①这样美丽任性的丫鬟是抵抗不了大环境的浪潮的,她的命运可想而知。

（二）晴雯与宝玉的知己之情

"晴雯从幔帐中单伸出手去。那太医见了这只手上有两根指甲,足有二三寸长,尚有金凤花染的通红的痕迹,便忙回过头来。有一个老嬷嬷忙拿了一块手帕掩了"②。这是小说第五十一回中对晴雯手部的描写,可以看出晴雯的手十分美丽,甚至让大夫以为她是一位小姐而不是丫鬟。金凤花又叫凤仙花,花瓣捣碎后可染指甲,传说唐代杨贵妃最先开始染指甲,后来传入日本和朝鲜。留长指甲也是中国妇女传统的爱美习俗,清代极为流行。慈禧太后老年时还留着长长的指甲,长指甲上还戴着纯金的指甲套加以保护。由此可见,指甲代表着一种高贵美丽,是珍贵的象征。这种象征与晴雯之外貌、才华相匹配,唯一不符的是她现实中的丫鬟身份,但是晴雯明明知道作为一个丫鬟是没有资格蓄留指甲的,但她仍然倔强地偷偷留起来,从中可以看到,蓄养指甲除了增添了晴雯的美,更映衬了她性格中不甘为奴的反抗性。

在人生的尽头,晴雯更是将她对命运的不甘与反抗、对宝玉及人世的眷恋倾注于此。第七十七回中,"晴雯拭泪,就伸手取了剪刀,将左指上两根葱管一般的指甲齐根铰下"③,美丽的指甲是好不容易养长的,但她用剪刀将其"齐根铰下"这一极端的行为饱含着不甘、气愤与无奈,她是如此的纯洁却被小人污蔑至如此地步,并被王夫人逐出大观园,这样的奇耻大辱对个性高傲的晴雯来说无疑是巨大的打击,她想要呐喊、申诉,无奈身不由己、反抗无门,因此唯一的反抗便是在离开这个肮脏的世界之前,用最后的气力将她自

---

① ［清］曹雪芹:《周汝昌校订批点本石头记》,脂砚斋批点,周汝昌点校,译林出版社2011年版,第910页。

② ［清］曹雪芹:《周汝昌校订批点本石头记》,脂砚斋批点,周汝昌点校,译林出版社2011年版,第615页。

③ ［清］曹雪芹:《周汝昌校订批点本石头记》,脂砚斋批点,周汝昌点校,译林出版社2011年版,第913页。

己珍惜蓄养的指甲齐根铰下,交付给她的知己,指甲象征着晴雯的珍贵、高傲,只有宝玉才有资格来保管它。

　　第二十一回中,王熙凤怀疑贾琏在外面有不忠的行为,让平儿检查贾琏私物中有没有夹杂着其他多出来的东西,其中就有说到"指甲",可以看出,在那个年代指甲是可以作为情人间的信物的,晴雯在生命尽头将其赠与宝玉,也是因为临死前她对宝玉的爱已无须隐藏,可以毫无顾虑地传达出来。临终前与指甲一起交予宝玉的还有晴雯贴身的红绫袄,"回去他们看见了要问,不必撒谎,就说是我的。既耽了虚名,越性如此,也不过这样了"①。男女间交换贴身内衣是对两人间情感关系的明确表达,在死亡之际,晴雯为自己的感情做了最后的选择,大胆直白地表达了自己的感情,这是对这个无情人世的最后抗议。

　　晴雯与黛玉的神貌、心性相似,是众丫鬟中宝玉最欣赏的一位,他们之间不像主仆关系,而是一种知己间的友谊,或是刚萌芽的爱情,甚至有学者认为晴雯是使得宝玉感情净化的重要人物,因为晴雯的感情干净得没有一点杂质。晴雯撕扇,更是让宝玉懂得了丫鬟的人格也是无比高贵、值得珍惜的。宝玉要和晴雯一起洗澡,不仅被她直接拒绝,而且把之前他和碧痕洗澡的事情毫不顾虑地说了出来,给宝玉上了一课。晴雯渴望的是与宝玉在精神上的平等和人格上的尊重,他们之间的感情没有一丝世俗的污秽。宝玉为晴雯焐手,让晴雯进同一个被窝取暖,只让人感觉温暖自然。他们之间有很强的信任感,比如宝玉要给黛玉送旧手帕,支走了袭人,只让晴雯去传送。在贾府,宝玉是晴雯的避风港,她能偶尔放肆做自己的主要原因是有宝玉的保护。他们有着共同的平等信念,相互间的感情非常纯粹,不掺杂一丝利害关系。

　　晴雯死后,宝玉为她作了诔文《芙蓉女儿诔》,称赞她"其为质则金玉不足喻其贵,其为性则冰雪不足喻其洁,其为神则星日不足喻其精,其为貌则

---

　　① [清]曹雪芹:《周汝昌校订批点本石头记》,脂砚斋批点,周汝昌点校,译林出版社2011年版,第913页。

花月不足喻其色"①。可见,在宝玉心中,晴雯是无比干净、高贵、美好的生命存在,晴雯对宝玉的影响是深刻的,她的死对宝玉的打击也是巨大的,若不是相信她已经成为神,宝玉很难疏解自己的痛苦。晴雯的纯洁美丽让读者喜爱,他人的嫉妒冤枉造成其最后的愤恨而死,则让读者为之痛苦,并感慨父权统治对女性的迫害与摧残。传统父权社会对女性的规训是温柔和顺、男尊女卑、遵守妇道,然而晴雯作为女性,在其身上却几乎看不到这些带有奴性的特征,这预示了她注定被权力掌握者摧残的命运,她的反抗最终只能是以卵击石。

### 五、香菱学诗——生命的一次闪光

香菱,一个天生的孤女诗人,她浑然天真、毫无心机,在命运的折磨下,只能默默承受痛苦,用"呆""憨"来消解尘世之痛,忍受、伪装与麻痹自我。香菱对自己的身世并不关心,将当下的痛苦合理化为前世罪孽的报应,"我今日罪孽可满了!"②更令人沉痛的是,香菱始终以置之度外的态度,来坦然领受这样的痛苦,甚至都看不出她曾有过痛苦。诗歌,是"呆"香菱心底的一个秘密,在与黛玉学诗前,她私下就一直读诗。诗歌是她在苦难现世的一个避难所,是"痴""憨"背后的伤痕累累中掩埋的激情。

(一)诗歌重现灵性与天赋

香菱是甄士隐的女儿,出身书香门第。但三岁就被拐,历经世事的坎坷,被薛蟠强占为妾;而诗歌,重新唤醒了她被损害与掩埋的天赋与灵性,让她的生命再一次焕发出活力与光亮。香菱读诗、作诗时的痴迷,以及她表现出来的悟性与诗意,让来往的人都诧异。正如宝玉所言:"这正是地灵人杰。老天生人,再不虚赋情性的。我们成日叹说,可惜他这么个人竟俗了,谁知

---

① [清]曹雪芹:《周汝昌校订批点本石头记》,脂砚斋批点,周汝昌点校,译林出版社2011年版,第931页。

② [清]曹雪芹:《周汝昌校订批点本石头记》,脂砚斋批点,周汝昌点校,译林出版社2011年版,第56页。

到底有今日,可见天地生人至公。"①诗歌是香菱未被世俗所移的最初本心与童心的呈现,在命运的漩涡中,她不甘于就此陷落,内心还向往着那个更美好的本原的自己:"细想香菱之为人也,根基不让迎探,容貌不让凤秦,端雅不让纨钗,风流不让湘黛,贤惠不让袭平。所惜者青年罹祸,命运乖蹇,足为侧室,且虽曾读书,不能与林湘辈并驰于海棠之社耳。"②

### (二)诗歌唤起生命的自主性

香菱"苦志学诗精神诚聚"③,体现出生命的自主性,这与她世俗生活中随波逐流的被动态度完全不同。她是现实世界的奴隶,却是精神世界的主人。一入园,香菱就主动请黛玉教她作诗:"我这一进来了,也得了空儿,好歹教给我作诗就是我的造化了。"④拿了黛玉借给她的诗集,"诸事不顾,只向灯下一首一首的读起来"⑤。写诗时更是越性"连房也不入,只在池边树下,或坐山石上出神,或蹲在地下抠土"⑥。甚至睡梦中都在作诗,从梦中笑道:"可是有了。难道这一首还不好?"⑦作诗的快乐让香菱在梦中笑出来。诗歌唤醒她生命的自主性并带来创造的愉悦,重新发现本真的自我及生命力量,让她不再感到自己是个被人摆布的奴隶。诗歌创作,虽然不可能改变整体的社会性别规范与秩序,却可以在很小的范围内,给予女性体验自身更

---

① [清]曹雪芹:《周汝昌校订批点本石头记》,脂砚斋批点,周汝昌点校,译林出版社2011年版,第583页。

② [清]曹雪芹:《周汝昌校订批点本石头记》,脂砚斋批点,周汝昌点校,译林出版社2011年版,第578页。

③ [清]曹雪芹:《周汝昌校订批点本石头记》,脂砚斋批点,周汝昌点校,译林出版社2011年版,第584页。

④ [清]曹雪芹:《周汝昌校订批点本石头记》,脂砚斋批点,周汝昌点校,译林出版社2011年版,第580页。

⑤ [清]曹雪芹:《周汝昌校订批点本石头记》,脂砚斋批点,周汝昌点校,译林出版社2011年版,第581页。

⑥ [清]曹雪芹:《周汝昌校订批点本石头记》,脂砚斋批点,周汝昌点校,译林出版社2011年版,第583页。

⑦ [清]曹雪芹:《周汝昌校订批点本石头记》,脂砚斋批点,周汝昌点校,译林出版社2011年版,第584页。

多可能性的空间,为女性创造出一个精神领域的自由生存空间,并对社会与习俗所安排的位置作出反抗,获得一点非正式的权利和社会自由。

(三)体会关怀与支持

在薛宝钗的引入、林黛玉的教授、宝玉的称赞、湘云的陪伴及众姐妹的鼓励下,学诗让香菱饱经折磨的心灵,得到了庇护、鼓励与抚慰。"学诗"事件中,不仅香菱得到了生命快乐,其他人也因对香菱的鼓励与支持,得到了快乐。湘云对香菱学诗表现出侠义与热情;黛玉作为老师给予香菱帮助与教导;探春作为诗社的创立者,邀请香菱入社。宝钗主动把香菱引入大观园,对待香菱学诗的事情,她虽然免不了训诫与教诲,但也欣然赞同与支持,这也表现出宝钗生命状态的变化。当宝玉看到作诗让香菱生命力复苏,并表现出美和诗意时则更是快乐与激动。诗社让香菱在悲苦的命运下,任性了一回,梦想成真。

然而"诗"只是一个暂时的庇护所、短暂的乌托邦。在当时的社会制度下,香菱如同一颗流星一闪而过,这是她生命里唯一一次的发光。在社会制度的折磨下,纯真、简单如她,根本无力对抗,最后在金桂之悍下香消玉殒。诗歌是她可怜生命中的唯一亮光。

## 第五节　史湘云的身体美学

《红楼梦》中的主要女性形象具有高度的开创性和理想性。众女儿中史湘云以一闺秀身份却具有男儿气质,呈现出双性同体的独特现象。小说对于史湘云这一女性人物的身体体态、肢体动作、服饰穿着等做了突出的强调与细腻的描绘,蕴含丰富的身体政治与美学内涵,且具有深刻的时代性,是中国明末清初启蒙思潮下身体观的呈现。

## 一、史湘云的身体政治

### （一）传统儒家规训下的女性身体

社会建构论的身体观认为身体是作为人的"社会性别"（gender）的一种社会建构。米歇尔·福柯（Michel Foucault）的身体政治理论认为，人的身体从来不是单纯生物学意义上的存在，而是自然性、社会性、文化性的交织与统一，身体是实现权力运行的工具。在福柯的权力谱系学中，身体是在历史中不断被压制、遮蔽与规训形成的，而人对权力的反叛则可以表现在身体上。①

法国哲学家皮埃尔·布尔迪厄（Pierre Bourdieu）也认为，性别首先通过身体的区别体现出来，而身体是社会构造的产物，女性身体其实是男权社会构造出来的：

> 社会性别不平等是通过姿势和姿态，从身体和视觉上强调内／外、男／女间的区分，身体的社会定义，尤其是性器官的社会定义，是社会构造作用的产物，女性身体与男性身体之间的差别，是依照男性中心观念的实际模式被领会和构造的。男女身体不同的姿势与姿态限制，构成了一种性别区别的"象征暴力"，但它是温柔的，受害者本身是不易觉察、看不见的。②

"男女有别"的性别区隔是儒家建构人伦秩序的一条基本准则，它包含三方面的内涵：性别隔离、性别分工及相应的性别塑造。儒家传统对女性的性别规训，首先从身体上强调内／外、男／女的区分，并塑造出一种"理想的向心型女性"③。《礼记·内则》中首先做了区分："男不言内，女不言外""女子

---

① （法）米歇尔·福柯：《规训与惩罚》，刘北成、杨远婴译，生活·读书·新知三联书店2007年版。

② （法）皮埃尔·布迪厄：《男性统治》，刘晖译，中国人民大学出版社2011年版，第35—46页。

③ （美）高彦颐：《闺塾师》，李志生译，江苏人民出版社2005年版，第143页。

出门，必拥蔽其面"①。而后经过班昭《女诫》这部在中国历史上最流行的女训著作的宣扬，"四德"的传统规训得以广泛流传，从起居行为、语言方式、服饰打扮、日常生活等方面对女性身体作了更为细致的规定，并以此为据加以性别塑造。

> 女有四行，一曰妇德，二曰妇言，三曰妇容，四曰妇功。夫云妇德，不必才明绝异也；妇言，不必辩口利辞也；妇容，不必颜色美丽也；妇功，不必工巧过人也。清闲贞静，守节整齐，行己有耻，动静有法，是谓妇德。择辞而说，不道恶语，时然后言，不厌于人，是谓妇言。盥浣尘秽，服饰鲜洁，沐浴以时，身不垢辱，是谓妇容。专心纺绩，不好戏笑，洁齐酒食，以奉宾客，是谓妇功。此四者，女人之大德，而不可乏之者也。②

男性出现时总是不被指定的，相形之下，女性则具有明确的特征。这些特征、规范构成了一条"神秘的分界线"，造成了男女两性的区隔，人类就是在这些分界线中变得固定、刻板、隔绝和不自然，并形成明确的性别标志。男女两性的性别角色正是借助文化中产生的这些性别标志来实现的。朱迪斯·巴特勒（Judith Butler）的性别表演理论认为性别乃至一切身份都是表演性的，性别问题其实是一个角色问题，女人做女人，男人做男人。主体是一个通过重复的身体表演行为建构的过程中的主体。③

明末清初女性依然受到父权制度的诸多限制。湘云很小就不得不接受命运的限制，承受着现实生活的艰辛与闺中女儿的性别规训。虽是大家小姐，但因从小无父无母，寄居在叔婶家，被迫做大量的针线活儿，常常做到三更半夜，"在家里竟是一点儿作不得主"④。大热天出门，被二婶婶逼着穿上

① 王文锦：《礼记译解》，中华书局 2001 年版，第 159 页。

② 班昭：《女诫》，中央民族大学出版社 1996 年版，第 68 页。

③ （美）朱迪斯·巴特勒：《性别麻烦：女性主义与身份的颠覆》，宋素凤译，上海三联书店 2009 年版，第 120 页。

④ ［清］曹雪芹：《周汝昌校订批点本石头记》，脂砚斋批点，周汝昌点校，译林出版社 2011 年版，第 407 页。

厚外套,连贾母和王夫人都心疼她:"也没见你穿上这些作什么!"①婚姻大事上更是完全作不得主。然而她劝诫宝玉要用心在仕途经济的学问上,不要成日和女儿们玩在一起,自觉认同男女的性别分工;在与翠缕谈论阴阳时,也遵循着男为阳女为阴以及男尊女卑的性别等级制度。

### (二)史湘云的身体反叛与性别表演

巴特勒认为身体的引用与重复性表演并不是被动的,在实施过程中,主体可以同时产生对规范的抵制力量,并削弱规范的强制效果,"性别的认同过程既包含对于规范的妥协,也包含对于规范的抵制以及在此基础上产生的偏差"②。主体完全可以通过身体表演的变化来对传统的性别模式作出抵抗,改变性别的不利地位。

在对性别规范的妥协中,湘云时常感受到痛苦与压抑。当离开叔婶家,来到大观园这一少女理想空间中,在玩耍、宴饮、诗会等游戏性的非正式场合,湘云得以暂离她的身份定位,打破传统儒家规训既定的女性身体秩序与边界,展开大胆的身体反叛与颠覆性的性别表演。小说中主要通过对她的爱玩爱笑、喝酒吃肉、女扮男装三个方面来展开。

#### 1. 爱顽爱笑

儒家规训要求女性"专心纺绩,不好戏笑"。在男权社会中,女性的嬉笑与欢乐被视为放纵的行为加以贬斥与限制。"要是女学生也像男孩子一样,成群结队地嬉笑着招摇过市,必然会被侧目而视;走路时昂首阔步,唱着小调儿,高谈阔论,或嘻嘻哈哈,或吃着苹果,就会激怒别人。这样的女学生会招来侮辱,放纵的欢乐本身就意味着行为的不检点。"③平日在叔婶家,湘云整日埋首于大量的针线活儿。然而在大观园里,她无所顾忌地淘气玩闹。大雪天在雪地里玩耍,"老太太一个簇新的大红猩猩毡的斗篷放在那里,谁

---

① [清]曹雪芹:《周汝昌校订批点本石头记》,脂砚斋批点,周汝昌点校,译林出版社2011年版,第395页。

② (美)朱迪斯·巴特勒:《性别麻烦:女性主义与身份的颠覆》,宋素凤译,上海三联书店2009年版,第120页。

③ (法)西蒙·波伏娃:《第二性》,李强译,西苑出版社2004年版,第210页。

知眼错不见,他就披上了,又大又长,他就拿了条汗巾子拦腰系上,和丫头们在后院子扑雪人儿去,一跤栽倒沟跟前,弄了一身泥水"①。"妇容"所要求的"盥浣尘秽,服饰鲜洁",全然被她置之度外。大观园的诗会活动,无论是作诗、喝酒、划拳、酒令,她都是玩得最投入的那个。

湘云爱说爱笑,小说中诸多场合都可见她的大笑,还常常伴随夸张的身体姿态,如伏在椅子背上笑,以至于连人带椅都歪倒。她的大笑强烈地感染了身边的其他女性,"湘云笑的腰湾……喊道:'石楼闲睡鹤。'黛玉笑的握着胸口……湘云伏着已笑软了。众人看他三人对抢,也顾不得作诗,看着也只是笑……湘云只伏在宝钗怀里笑个不住"②。这不分场合、无所顾忌的大笑与快乐情绪,是对"不好戏笑""清闲贞静"的女性规训的对抗与讽刺,透露着湘云未被压抑的健旺生命力。"笑对于人来说,首先是一种肯定性的力量。它包含着一种巨大的勇气,肯定个体创造的无可取代,可以把'快乐'的本质恰如其分地描述为权力的充盈感。"③笑是生命肯定性、主动性及创造性的力量的释放,它表达出生命存在的喜悦与自信,是生命权力意志的充盈。

2. 喝酒吃肉

大观园贵族女性在饮食上有很多禁忌,所吃食物必须经过精细加工,精致干净,且进食量小,每次只吃少许,"身体并不仅仅是一种生物学的存在;进食也不仅仅是补充身体所需的能量。为了恪守社会和道德习俗,他们必须吃得像个人样——即吃的方式要符合他的种族、种姓、阶级、宗教以及年龄等身份"④。饮食并不仅仅是一种生理行为,而是受到复杂的社会、政治与文化因素制约。湘云大碗喝酒、大口吃肉,打破了饮食在阶级、性别等方面的禁忌,是对社会和道德习俗的挑战;而割腥啖膻、烤生鹿肉吃的行为,更是

---

① [清]曹雪芹:《周汝昌校订批点本石头记》,脂砚斋批点,周汝昌点校,译林出版社2011年版,第395页。

② [清]曹雪芹:《周汝昌校订批点本石头记》,脂砚斋批点,周汝昌点校,译林出版社2011年版,第600页。

③ 陈佳奇:《"笑"的力量——论尼采"笑"的理论》,载《南阳师范学院学报》(社会科学版),2005年第10期,第48页。

④ (美)约翰·奥尼尔:《身体形态——现代社会的五种身体》,张旭春译,春风文艺出版社1999年版,第43页。

对传统女性规训"洁净"边界的逾越,以至于宝琴嫌她"怪脏的"。玛丽·道格拉斯(Mary Douglas)认为"洁净"是秩序的表现,传统规训对女性身体"洁净"的限制,是将女性身体行为与感官欲望限制在严格的秩序中。而"不洁"或"肮脏"则象征着失序,隐藏着危险,"与洁净相对的肮脏意味着危险,而这种危险其实是源自肮脏对于秩序的挑战,即肮脏意味着失序"①。它是对男权社会既定秩序的威胁与挑战。面对湘云割腥啖膻的反常行为,黛玉讥她为"花子",还叹道:"今日芦雪广遭劫,生生被云丫头作践了。"②然而湘云却笑话她们是"假清高,最可厌",认为自己这是"真名士自风流"③,言语中充满着对传统女性规训的不屑与对自然真实的向往。在各种游戏嬉闹、喝酒吃肉中,湘云无所顾忌地释放身体姿态,呈现开放、自由的生命状态,坦然享受感官的声色之乐,以及身体的自由游戏带来的快乐与轻盈。

### 3.女扮男装

湘云爱穿男装,而且男装打扮比女装更显自然俏丽。"脚下也穿着鹿皮小靴,越显得蜂腰猿背,鹤势螂形。众人都笑道:'偏他只爱打扮成个小子的样儿,原比他扮女孩儿更俏丽些。'"④她常把宝玉的袍子、靴子穿上,两人身型相似,让贾母把她误认作宝玉。她还将葵官也改扮男装,并唤作"大英","因他姓韦,便叫他作韦大英,方合自己的意思,暗有惟大英雄能本色之语,何必涂朱抹粉"⑤。湘云向往大英雄之本色气魄,不屑于传统涂脂抹粉的女性打扮,通过女扮男装的"性别戏仿",她有意识地打破传统性别的归属与分界,"服装属于性别表演中最重要的手段。时装为各种性别归属制造并预

---

① 李洁:《肮脏与失序——读玛丽页。道格拉斯之"洁净与危险"》,载《中国农业大学学报》(社会科学版),2001年第10期,第70页。

② [清]曹雪芹:《周汝昌校订批点本石头记》,脂砚斋批点,周汝昌点校,译林出版社2011年版,第595页。

③ [清]曹雪芹:《周汝昌校订批点本石头记》,脂砚斋批点,周汝昌点校,译林出版社2011年版,第595页。

④ [清]曹雪芹:《周汝昌校订批点本石头记》,脂砚斋批点,周汝昌点校,译林出版社2011年版,第593页。

⑤ [清]曹雪芹:《周汝昌校订批点本石头记》,脂砚斋批点,周汝昌点校,译林出版社2011年版,第753页。

备了可见的明确标志,时装也就造成了性别差"①。女扮男装的故事,古已有之,但不论是木兰女扮男装替父从军,还是黄崇嘏女扮男装科举出仕,都是外在环境逼出来的,是女性为了进入男性世界,不得已为之,实质上还是女性对传统性别规训的迎合。相比较之下,史湘云的女扮男装,却是对传统性别规训有意识的反叛,发乎自然情性,是其个体生命气质的自然流露、生命形态的独特呈现。

## 二、史湘云身体反叛的历史背景与时代因素

人的身体形象与经验,往往受制于具体的社会环境和文化形态,它是历史的,而不是一成不变的。《红楼梦》中湘云的身体反叛及双性同体现象,有着具体的历史背景与时代因素。程朱理学主张"存天理,灭人欲","理"与"气"、"天理"与"人欲"、"天地之性"与"气质之性"是分裂、冲突的,以抽象、先验的道德伦理框架来束缚具体的现实生活经验与世俗欲望,并造成身心二分。明末清初江南地区商品经济发展,物质繁荣,市民阶层壮大,激发了人的物质追求及感官欲望。此时兴起的启蒙思潮,反叛程朱理学,直面现世日常感性生活,促成对人的身体及与身体相关的欲望、情感的肯定与解放。王阳明提出"无心则无身,无身则无心"②,坚持身心合一。阳明后学,尤其是泰州学派的王艮,更是强调身体的重要性,"身也者,天地万物之本也,天地万物末也"③,以个体的身体作为天地万物之根本,"身未安,本不立也,知身安者,则必安身,敬身"④,注重"保身""爱身""敬身""尊身"的个体生理身体的保存。"王艮悬置了普遍本质的形而上学道德本体,而立足于百姓日常的身体本体,是儒家德性身体观念的消退。"⑤李贽继承泰州学派的尊身思想,

① (德)格尔特鲁特·雷纳特:《穿男人服装的女人》,张辛仪译,漓江出版社2004年版,第361页。

② [明]王守仁:《王阳明全集》,上海古籍出版社1992年版,第90页。

③ [明]黄宗羲:《明儒学案》,中华书局1986年版,第711页。

④ [明]黄宗羲:《明儒学案》,中华书局1986年版,第711页。

⑤ 齐林华:《中国古代文化中的身体观念及其发展》,湖南师范大学博士学位论文,2013年,第177页。

以"天下万物皆生于两"、惟是"阴阳二气,男女二命"为哲学基础,进一步来论证男女天赋相同的自然情欲观,"不必娇情,不必逆性,不必抑志,直心而动"①,肯定女性自然人性与身体欲望的合理性,恢复女性的生命权利。明末清初江南极大的社会变化,使两个性别的身份体系都陷入混乱。此时中国女性的生活,在传统的延续中一点点地产生了现代文明的萌芽,传统儒家女性规训所强调的"理想的向心型女性"的形象产生了变化,"'女:内'这一场域本身的变化,以致'妇女'以及'女性特质'在定义和界限上都比以前宽松灵活"②,呈现出一种不同于儒家传统女性的中性之美。这些时代思想为《红楼梦》中湘云身体美学与双性同体的呈现奠定了基础。

### 三、史湘云身体美学的审美内涵

#### (一)肉体的活力

尼采认为美首先是生命力丰盈的身体,是肉体的活力,是对于"驯化的身体"的反叛,审美状态仅仅出现在那些能使肉体的活力横溢的天性之中。尼采的身体美学思想,突破传统西方哲学史中身与心的二元对立和意识对身体的压抑,认为身体是人唯一真实的存在,"我完完全全是身体,此外别无其它。灵魂不过是身体上的某物的称呼"③。尼采认为身体是生命权力意志的体现,权力意志是生命扩张与创造的意志,是充溢着创造性冲动的生命力量。德勒兹则进一步将尼采的生命之力分为"能动的力"与"反动的力",认为"能动的力"是可塑、支配、征服的力,它肯定生命的差异与丰富多元;"反动的力"则通过采取限制、归约、同一化的手段,来使身体与丰富的可能性相分离。由此观点来看,史湘云的身体反叛行为打破了传统儒家规训下同一化的女性身体秩序,呈现出丰富、多元的身体形态,是身体的艺术化创造与超越,身体能动的力量得以释放,因而是其生命权力意志的体现,洋溢着肉体的活力。

---

① [明]李贽:《李贽文集》(第1卷),中国社会科学文献出版社2000年版,第70页。

② (美)高彦颐:《闺塾师》,李志生译,江苏人民出版社2005年版,第156页。

③ (法)吉尔·德鲁兹:《解读尼采》,张唤民译,百花文艺出版社2000年版,第110页。

（二）即时的陶醉与喜悦

大观园的每一次诗社活动，湘云都是最兴致勃勃、全情投入的一个。她的豪兴、陶醉与快乐感染在场的每一个女性，使得那些深锁重闺的少女的生命力也随之活跃起来，流溢着朝气与春意。《红楼梦》中湘云出场的季节正是春天，她要留住生命的美好春光，她的生命正如春天般灿烂而孕育着活力。在这些自由的游戏中，人得以打破现实限制，重新与他人、自然、世界融为一体，感受到敞开自身的自由与舒展，忘却生命痛苦，形成一种"陶醉"的美感，"在陶醉状态中，机体变得具有开放性了，它将万物收归眼底，人与存在者第一次变得如此亲近"①。人获得暂时的狂欢与自由，感受到打破传统规训束缚与超越自身能力的力量感。在此基础上，女性身体的元话语被重新发现，焕发出鲜活的原始生命力量，并呈现出生命的快乐，"生命不是为了快乐而存在，生命是在强化生命的过程中，是在肯定生命的过程中，是在创造生命的过程中，滋生出快乐"②。

（三）身份想象中的自我超越

史湘云自觉意识到现实的困境与束缚，父母早亡的身世、寄人篱下的生活、日常劳作的艰辛以及女性身份的限制。但在身体反叛与性别表演中，名士化的身体状态构成她的身体想象，在这样的想象中，她得以超越现实生活的困境与女性规训的束缚，满足自我超越的渴望。湘云自比为"真名士"，言谈举止颇有名士之风，"至烧鹿大嚼，裀药酣眠，尤有千仞振衣、万里濯足之概，更觉豪之豪也。不可以千古与！"③越名教而任自然，完全不管旁人的议论与观感，只求适意自在，呈现出名士般的豪放不羁。

与魏晋名士异曲同工之处是，他们豪放不羁的生命态度是以生命的悲苦为底色的，生命的快乐中包含着否定的意味。但这种否定不同于悲观主

---

① （德）尼采：《权力意志》，张念东、凌素心译，商务印书馆2006年版，第239页。

② 张秋菊：《尼采美学中身体的回归》，载《中国水运》（学术版），2006年第6期，第239页。

③ 涂瀛：《红楼梦论赞》，载一栗：《红楼梦资料汇编》，中华书局1964年版，第127页。

义的生命虚无论,它是一种生命的大智慧,是参透了生命与存在的底色之后,以无畏来对抗绝望的一种潇洒。湘云命运坎坷、孤苦艰难,却不以悲苦萦怀,豪放不羁、放达爽朗,不陷溺于伤感纤弱的情绪中,"幸生来,英雄阔大宽宏量,从未将儿女私情略萦心上。好一似,霁月光风耀玉堂"①。她是一道光,带来一派明亮与欢愉,"光,是权力意志的隐喻,它开朗、耀眼、明媚,一扫包裹生命的乌云"②。不似黛玉"冷月葬花魂"③的凄清哀怨,湘云的生命气象则是"寒塘渡鹤影"④,在冷月下的寒塘之中,仍有鹤飞动的身影,"从个性上看,与'葬花'相对,'鹤影'则鲜明地体现出湘云向外飞动的个性,是一种超越恶劣环境的积极追求"⑤。这种豪放美学将阴郁柔弱一扫而光,呈现出明亮闪耀的阳刚精神与超越命运束缚的生存美学。

### (四)自然情性的流露

儒家传统对女性身体进行严格规训,以外在礼仪对女性自然生命进行强制性约束、塑造与改变。明末清初的李贽提出"童心说":"夫童心者,真心也。夫童心者,绝假纯真,最初一念之本心也。"⑥"童心",即人之一念初心、真心,是真实无伪的欲望、情感的自然流露,他以此抨击程朱理学的虚伪,强调人的自然本性,并以自然为美,"盖声色之来,发于情性,由乎自然,是可以牵合矫强而致乎? ……惟矫强乃失之,故以自然之为美耳,又非于情性之外复有所谓自然而然也"⑦。道家身体思想推崇"赤子"状态,在《老子》第五十

---

① [清]曹雪芹:《周汝昌校订批点本石头记》,脂砚斋批点,周汝昌点校,译林出版社2011年版,第6页。

② 汪民安:《尼采与身体》,北京大学出版社2008年版,第167页。

③ [清]曹雪芹:《周汝昌校订批点本石头记》,脂砚斋批点,周汝昌点校,译林出版社2011年版,900页。

④ [清]曹雪芹:《周汝昌校订批点本石头记》,脂砚斋批点,周汝昌点校,译林出版社2011年版,第900页。

⑤ 苏萍:《寒塘鹤影读湘云——试论湘云形象及其独特的女性价值》,载《红楼梦学刊》,2008年第12期,第50页。

⑥ [明]李贽:《李贽文集》(第1卷),中国社会科学文献出版社2000年版,第123页。

⑦ [明]李贽:《李贽文集》(第1卷),中国社会科学文献出版社2000年版,第123页。

五章有"含德之厚,比于赤子"之说,在老子看来,最有厚德的是婴儿状态的人;身体的最佳状态,是未被遮蔽和污染的,不为外物所役的赤裸裸的婴儿状态的身体。湘云的生命精神唯一"真"字,自然而然,不拘不羁,身体姿态全然是自然情性的流露,洋溢着返璞归真的赤子之美、自然之美。

### 四、史湘云双性同体现象的性别意义

#### (一)双性同体现象的文化渊源

1. 中国道家传统阴阳互转理论

第三十一回中,湘云与翠缕谈到了阴阳的问题:"这天地间都赋阴阳二气所生,或正或邪,或奇或怪,千变万化,都是阴阳顺逆多少。一生出来,人罕见的就奇,究竟理还是一样。"[①]中国道家传统以阴阳来阐释宇宙自然间的一切生命现象,认为世界万物包括人都是赋阴阳二气所生,"中国的阴阳概念交织成一张相互制约的网,从广泛的现象到普遍的重要体系,都受到这张网的制约,这张网也成为形而上理论的基石"[②]。男女也是这个阴阳系统中的一部分。

西方的男女差异是指生理解剖结构的不同,性别差异建立在二元对立的哲学思维模式上,将性别截然区分为男性/女性。中国传统的性别差异则建立于阴阳对立互补的哲学思维模式上。"阴"与"阳"并非相互对立的两个事物,而是蕴含在同一事物中,且处在转化过程中,"阴阳两个字,还只一个字。阳尽了就成阴,阴尽了就成阳。不是阴尽了又有个阳生出来,阳尽了又有个阴生出来"[③]。阴气渐少,阳气则生;反之,亦然。阴阳之分不是恒定不变的,而是有着顺与逆的动态发展,多与少的比例变化的。人多数是阴阳同

---

① [明]曹雪芹:《周汝昌校订批点本石头记》,脂砚斋批点,周汝昌点校,译林出版社2011年版,第397页。

② (美)费侠莉:《繁盛之阴:中国医学史中的性》,甄橙主译,江苏人民出版社2006年版,第6页。

③ [清]曹雪芹:《周汝昌校订批点本石头记》,脂砚斋批点,周汝昌点校,译林出版社2011年版,第397页。

体的,每个人都保持着阴和阳的不同平衡。男女两性虽有不同性别特征,但它们相互依存、相互转化,并不存在单一的"男性化"或"女性化"哲学,"男女是混合的可变化的统一体,物质能量互相融汇,这样的理论意味着有许多阴和阳的构成方式,伴随着时间和环境的变化在个体中也在变化"①。当女性生命中的阳气增多时,会呈现出男性化的特质,而当男性中的阴气增多时,则会呈现女性化的特质,"从某一方面来说,男性和女性的身体是相同的,或者是同质的,性差别只是身体的和有弹性的差别而已"②。这样的阴阳观念为生命形态与性别特质的多元性、丰富性提供了说明。它打破了西方"惟别是论"的性别理论,这种性别理论狭隘地解读性别差异,并将男女之间的性别差异推向极端,"不像经典的欧洲医学'单性'的理论模式,经典中国医学的想象理论认为身体是阴阳同体的,阴和阳命名了'女性化'和'男性化'作为所有身体和宇宙的各个方面。这样的逻辑为性别变化和性别弹性提供了空间"③。史湘云身上所呈现出的与众不同的性别特质,正是生命构成中阴阳二气顺逆、多少不同变化的呈现,是对传统男女二元对立的性别属性的突破。

2.西方男女双性理论

在西方文化中,双性同体现象也有着深厚的理论渊源。荣格认为在男人伟岸的身躯里,其实生存着阴柔的女性原型意象,并把它叫作"阿尼玛"(anima),它是男性心中的女性意象(女性潜倾)。同样,在女人娇柔的灵魂中,也隐藏着刚毅的男性原型意象,荣格把它叫作"阿尼姆斯"(animus),它是女性心中的男性意象(男性潜倾)。④ 荣格认为,我们每个人的心灵结构,都被上帝预装了这样一套双系统,只是社会文明过分重视性格的一致性,歧视男人身上的女性气质或女人身上的男性气质。这种歧视早在童年时代就

① (美)费侠莉:《繁盛之阴:中国医学史中的性》,甄橙主译,江苏人民出版社2006年版,第44页。

② (美)费侠莉:《繁盛之阴:中国医学史中的性》,甄橙主译,江苏人民出版社2006年版,第44页。

③ (美)费侠莉:《繁盛之阴:中国医学史中的性》,甄橙主译,江苏人民出版社2006年版,第6页。

④ (美)费侠莉:《繁盛之阴:中国医学史中的性》,甄橙主译,江苏人民出版社2006年版,第6页。

已经开始,所谓"男人婆""娘娘腔"就经常遭到嘲笑。人们总是希望男孩成为符合文化传统的男人,期待女孩成为符合文化传统的女人。久而久之,性别人格面具就占据了上风,压抑了阿尼玛和阿尼姆斯。于是便造成,在气质上,女性常偏于柔弱,男性常偏于刚强。在智力上,女性常偏于感性,男性常偏于理性,然而个体的"内貌"中则可能是"雌雄同体"的。这些理论为突破我们习以为常的性别意识提供了理论基础。而历史中男女两性性别差异的分体对立,首先体现在社会、文化对性别身体的塑造上。

(二)宝黛湘三者之间的性别互补意义

《红楼梦》中,湘云被强调其身体性的存在,而黛玉则是属灵性的存在。凹晶馆联诗时,黛玉赋的是"冷月葬花魂",乃花之"灵魂",湘云联的则是"寒塘渡鹤影",她是鹤之"身影"。黛玉是中国传统文化才女形象的代表,她们灵性高度发达,诗才横溢,身体却是病态、纤弱与清瘦的,"两湾似蹙非蹙罥烟眉,一双似泣非泣含露目。态生两靥之愁,娇袭一身之病。泪光点点,娇喘微微,闲静时如名花照水,行动处似弱柳扶风。心较比干多一窍,病如西子胜三分"[①]。黛玉的前身是瘦弱的绛珠草,靠着神瑛侍者的甘露浇灌才得以生存下来。在中国传统文化中,草是富有灵性的圣洁之物,屈原的《离骚》以香草比喻君子忠信高洁的人格品性。黛玉身体的病态、纤弱与清瘦,是为了去除肉体的感官欲望,而强调精神层面的忠心(专情)与高洁。第三十四回中,黛玉收到宝玉用过的两张旧帕子,体会到宝玉对她的深情,她的身体反应很是强烈,"不觉神魂驰逸""五内沸然炙起""觉得浑身火热,面上作烧,走至镜台前揭起锦袱一照,只见腮上通红,自羡压倒桃花,却不知病由此萌"[②]。此病,乃是情欲之病,对宝玉情欲的萌动扰乱、冲击了她被禁锢的身体。

---

① [清]曹雪芹:《周汝昌校订批点本石头记》,脂砚斋批点,周汝昌点校,译林出版社2011年版,第45页。

② [清]曹雪芹:《周汝昌校订批点本石头记》,脂砚斋批点,周汝昌点校,译林出版社2011年版,第425—426页。

尼采认为人的生命充满了力，但力存在着两种完全相反的方向，或者是主动向外的发泄与征服，表现为权力意志，由身体本能直接驱动，欢快流畅、自我放纵、优哉游哉；而向内反动的力，则源于意识与灵魂这"可怜的、易犯错误的器官"，"它充满着痛苦，自我征服、自我折磨、自我禁闭、自我撕裂"。①黛玉的生命之力是内向而反动的力，它不能向外发泄，只能向内转化为灵魂与意识的深刻与敏感，进而自我折磨与自我否定。"质本洁来还洁去"的"洁癖"，对自我身体的鄙视与折磨，源于意识（灵魂）对感官（身体）的压抑，是现实礼教束缚与身体及欲望本能的冲突下产生的罪恶感与焦虑感，以至于感觉到"一年三百六十日，风刀霜剑严相逼"②。这是男权文化对女性身体欲望的压制，是黛玉自我意识的觉醒与身体限制之间构成的强烈冲突，造成了身心的不平衡。在这样的神话叙事中，女性是柔弱、病态、不完整的，只有依靠男性才能得以生存。这和基督教中亚当和夏娃的故事一样，隐喻了女性自身是不完整的构成。相比较之下，湘云的生命之力则是向外而张扬的，由身体本能直接驱动，解除了传统礼教规训的束缚，是生命意志的向外、张扬与征服，健康、阳刚且快乐，与黛玉构成灵肉的互补。《红楼梦》中史湘云与贾宝玉的关系并非一种情爱的纠葛，而是天然的默契与亲密，性格契合，各自都有一个麒麟，且一大一小、阴阳相对。湘云穿上宝玉的衣服时常被误认为宝玉，这些意象与细节是否在暗示我们，湘云是宝玉的内在女性潜倾"阿尼玛"（anima）的体现，而宝玉则是湘云内在男性潜倾"阿尼姆斯"（animus）的体现，这提供了另一个解释湘云与宝玉间亲密关系的视角。

（三）男权文化的反思与文化源头的追溯

在世界各地区、各民族的创世神话中，普遍存在着双性同体神。中国的创世神女娲与伏羲，就是双性同体的始祖，他们既是兄妹又是夫妻，共同创造了世界。然而到了《淮南子》中，女娲却成为辅佐丈夫伏羲治天下的配角。

① 汪民安：《尼采与身体》，北京大学出版社 2008 年版，第 167 页。
② ［清］曹雪芹：《周汝昌校订批点本石头记》，脂砚斋批点，周汝昌点校，译林出版社 2011 年版，第 351 页。

柏拉图《会饮篇》中,讲了一个古希腊神话故事。最初的人是球形的,一半是男一半是女,男女背靠背黏合在一起。球形人体力和智慧超凡,因此常有非分之想,欲与诸神比高低。宙斯担心球形人冒犯神灵,便令诸神把其劈成了两半。

人类历史的发展过程是一个双性分体的过程,它标志着父权制及男尊女卑的性别等级制的意识与社会形态的确立,人类从此进入了狭隘的性别分化,"曾经茂盛的双性同体文化话语构成了对于男/父权制文化的威胁,或者是男/父权制社会为了其所推崇的异性爱文化的一统天下,而把双性同体现象与其文化话语摒弃于主流文化话语之外,使之失去其存在的合法性"①。在儒家性别体系中,阳象征男性,阴象征女性,构成男尊女卑的伦理秩序。《周易·系辞》:"天尊地卑,乾坤定矣。……乾道成男,坤道成女。"对男女的二元定性奠定了儒家性别伦理的基调。汉儒董仲舒则用阴阳定男女,夫为阳,妻为阴。在他的价值体系中,阳尊阴卑,故男尊女卑。

曹雪芹意识到女性在男权社会遭受的压迫和痛苦,洞悉男权社会腐朽堕落的内幕,故塑造了史湘云这一双性同体的理想形象。这既是作者对女性被压抑生命的同情,也是他对男权社会污浊与衰败的自我反省。男性霸权、科举制度、官场腐朽,造成人性的扭曲、男性世界的堕落,当男权思想主宰两性世界的时候,不仅女人是受压抑和控制的群体,男性也间接成为男权思想的受害者。解放女性不仅仅是针对女性,男性也将会获得新生。吴敬梓的《儒林外史》写尽了科举制度下男性世界的堕落。《红楼梦》中贾府没落的根本在于族中男性的堕落与衰朽,男性的堕落已无可救药。作者公开向传统男权社会挑战,不仅对男权社会的价值观进行颠覆,还将男性世界描写得肮脏不堪。书中,贾宝玉提出了男浊女清的价值判断:"女儿是水作的骨肉,男人是泥作的骨肉。我见个女儿,我便清爽。见了男子,便觉浊臭逼

---

① 于洋:《〈红楼梦〉与明清女性身体教育》,载《华东师范大学学报》(教育科学版),2016年第4期,第4页。

人。"①正是对被权力异化的男性世界的自省与批判,对被隔离在男性世界之外的少女生命中保存的质朴、单纯的"清"的品质的肯定与赞赏,"从浓墨重彩地描摹女性身体,到以男人之浊臭对比女儿之清爽,作者离经叛道地表现出浓厚的女性崇拜意识,引导明清士人回到人类的始源性存在"②。

《红楼梦》中史湘云的双性同体、身体反叛与美学,是曹雪芹对母神世界的怀念,对两性关系的重新审视,对"开辟鸿蒙"天地万物创世之初两性朴素的平等、双性同体的活力与创造力的追溯,"《红楼梦》文本存在着男性作家神化女性角色的潜意识里,深藏着回归母体的渴望,也许同时还显露出他对生命最初的神圣恋情"③。双性同体的性别现象也是对传统男女性别对立与限制的突破,对更为丰富、多元、自然的性别图景的推崇,"阴和阳并不只是互补的两面,其中的每一面都通过一个变形和调整的过程在文化上优化男性和女性"④,塑造出双性同体的更具理想性的性别形象,寄托着作者的生命理想。

## 第六节 "情不情"——贾宝玉的有情世界

### 一、"无才补天"——"顽石"的本真生命境界

贾宝玉是《红楼梦》一书众多人物中误解度最高的人物形象。在小说的描写与叙事中,人们得到的往往是对他的消极印象:不爱读书、不求上进、顽劣异常,只喜与女孩子厮混在一起。第一回中,作者曾经感慨自己的创作是

---

① ［清］曹雪芹:《周汝昌校订批点本石头记》,脂砚斋批点,周汝昌点校,译林出版社2011年版,第25页。

② 朱嘉雯:《〈红楼梦〉中的阴阳之理》,载《曹雪芹研究》2019年第1期,第109页。

③ 孙康宜:《从差异到互补——中西性别研究的互动关系》,载《中山大学学报》(社会科学版)2005年第1期,第5页。

④ 朱嘉雯:《〈红楼梦〉中的阴阳之理》,载《曹雪芹研究》2019年第1期,第109页。

"满纸荒唐言"①。看似"荒唐"的语言中却深藏余味的写作方法可以说是《红楼梦》最独特的文学笔法。这种饱含深意的"荒唐言"其实来源于作者非同寻常的生命经历，以及由此而来的对生命真相的深刻反思，对现实无奈的辛辣嘲讽以及对心中理想境界的深情歌颂。这种看似"贬低"实为"赞美"的写作手法在贾宝玉这一人物身上也有体现。

　　小说多次将宝玉与《庄子》一书放在一起。第二十一回写到了宝玉读《南华经》："这一日宝玉也不大出房，也不和姊妹、丫头等厮闹，自己闷闷的，只不过拿书解闷，或弄笔墨，也不使唤众人，只叫四儿答应。……因命四儿剪烛煎茶，自己看了一回《南华经》。正看至《外篇·胠箧》一则……看至此，意趣洋洋，趁着酒兴，不禁提笔续曰。"②宝玉平时不爱读书，却偏爱读《庄子》，而且读得"意趣洋洋"，他还常常引用《庄子》中的句子来表达自己的想法，甚至模仿《庄子》写作。

　　这种紧密的联系一定不是偶然。《庄子·逍遥游》中曾提到"大鹏鸟"与"蜩与学鸠"的差别，"大鹏鸟"一飞九万里高空，而"蜩与学鸠"却讥笑它说："我决起而飞，抢榆枋而止，时则不至而控于地而已矣，奚以之九万里而南为？"③庄子认为这种区别是"小知不及大知"，是"小大之辩"，而"小"与"大"的差别在于生命境界的不同，从不同的生命境界带来对生命完全不同的理解。以"蜩与学鸠"生命境界之"小"，永远无法理解"大鹏鸟"生命境界之"大"。人们对贾宝玉形象的误读亦是因为生命境界的不同。那么什么样的生命境界才能真正理解贾宝玉形象所寄寓的深刻内涵呢？冯友兰先生的"境界说"认为人生有四种不同的境界，分别是"自然境界""功利境界""道德境界""天地境界"。世俗中人大多处于"功利境界"，从这样的生命境界出发，人们常以是否有用作为衡量事物价值的标准。然而庄子及贾宝玉并非寻常的世俗中人，他们身处的是最高的"天地境界"，人们只有在"天地境界"

---

　　① ［清］曹雪芹：《周汝昌校订批点本石头记》，脂砚斋批点，周汝昌点校，译林出版社2011年版，第5页。

　　② ［清］曹雪芹：《周汝昌校订批点本石头记》，脂砚斋批点，周汝昌点校，译林出版社2011年版，第268页。

　　③ ［先秦］庄子：《庄子》，孙通海译注，中华书局2007年版，第6页。

的高度才能真正理解他们，这种"天地境界"正是一种超越世俗的诗意境界。人们从世俗功利境界上产生了对贾宝玉这一形象的消极印象与误读，因此要真正理解贾宝玉这一人物形象，必须突破世俗功利境界，进入诗意境界，这种对诗意境界的追寻赋予了《红楼梦》一书强烈的诗意精神。

### （一）无用之用

#### 1. 宝玉之性格核心——"无才"

贾宝玉的性格元素中有一个核心，即"无才"。《红楼梦》多次用"无才"来形容宝玉以及他的前身。在《红楼梦》神话世界的叙事中，宝玉的前生即因无才补天而幻形入世，被那茫茫大士、渺渺真人携入红尘、引登彼岸的那块顽石。石上偈子也写道："无才可与补苍天"①，甲戌本的侧批为："书之本旨"②，认为"无才"是《红楼梦》一书的主旨，可见"无才"对于理解贾宝玉这一人物形象与《红楼梦》一书的主旨都是非常重要的核心概念。

在《红楼梦》现实世界的叙事中，贾宝玉的人物形象也是一开始就被定位在"无才"上。第三回中，王夫人向林黛玉介绍贾宝玉时描述道："'但我不放心的最是一件，我有一个孽根祸胎，是这家里的混世魔王，今日因庙里还愿去了，尚未回来，晚间你看见便知。你只以后不用睬他，你这些姊妹都不敢沾惹他的。'黛玉亦常听得母亲说过，二舅母生的有个表兄，乃衔玉而诞，顽劣异常，极恶读书，最喜在内帏厮混。外祖母又极溺爱，无人敢管。"③所谓"孽根祸胎""混世魔王""顽劣异常，极恶读书"所指向的都是其"无才"的个性特点。作者更是用《西江月》二首反复渲染强调了贾宝玉这一人物形象"无才"的性格核心。

　　无故寻愁觅恨，有时似傻如狂。总然生得好皮囊，腹内原来草莽。

　　①　［清］曹雪芹：《周汝昌校订批点本石头记》，脂砚斋批点，周汝昌点校，译林出版社2011年版，第3页。

　　②　［清］曹雪芹：《周汝昌校订批点本石头记》，脂砚斋批点，周汝昌点校，译林出版社2011年版，第3页。

　　③　［清］曹雪芹：《周汝昌校订批点本石头记》，脂砚斋批点，周汝昌点校，译林出版社2011年版，第41页。

潦倒不通世务，愚顽怕读文章。行为偏僻性乖张，那管世人诽谤。

富贵不知乐业，贫穷那耐凄凉。可怜辜负好韶光，于国于家无望。天下无能第一，古今不肖无双。寄言纨袴与膏粱，莫效此儿形状。①

《红楼梦》中，围绕着贾宝玉"无才"的性格核心，呈现出多方面的个性特点，突出表现在其不爱读书、不喜结交权贵、不谋仕途经济等方面。第六十六回中，借尤三姐与兴儿的对话指出了宝玉不爱读书的个性特点："忽见尤三姐笑问道：'可是你们家那宝玉，除了上学，他作些什么？'兴儿笑道：'姨娘别问他，说起来姨娘也未必信。他长了这么大，独他没有上过正紧学堂。我们家从祖宗直到二爷，谁不是寒窗十载？偏他不喜读书。老太太的宝贝，老爷先还管，如今也不敢管了。成天家疯疯颠颠的，说的话人也不懂，干的事人也不知。外头人人看着好清俊模样儿，心里自然是聪明的，谁知是外清而内浊，见了人一句话也没有。所有的好处，虽没上过学，到难为他认得几个字。每日也不习文，也不学武，又怕见人，只爱在丫头群里闹。'"②

曹雪芹为什么要反复渲染贾宝玉性格中的"无才"？"无才"所指的真的仅仅是世人眼中消极的无用之意吗？还是说有更复杂深刻的意蕴蕴含其中？第二十二回中，宝玉因试图调和湘云与黛玉，结果却把两人都惹恼了，于是"细想自己原为他二人怕生隙恼，方在中调和，不想并未调和成，反自己落了两处的贬谤。正与前日所看《南华经》上有：巧者劳而智者忧，无能者无所求，饱食而遨游，汎若不系之舟，又曰'山木自寇，源泉自盗'等语。因此越想越无趣"③。这里宝玉所引的是《庄子·列御寇》与《庄子·人间世》中的文字，所指的都是庄子对"无用之用"的思考。"无用"是《庄子》一书的核心概念之一，《庄子·人间世》中说："人皆知有用之用，而莫知无用之用也。"《庄子》一书所着重阐释的即是世人莫知的"无用之用"。

---

① ［清］曹雪芹：《周汝昌校订批点本石头记》，脂砚斋批点，周汝昌点校，译林出版社2011年版，第44页。

② ［清］曹雪芹：《周汝昌校订批点本石头记》，脂砚斋批点，周汝昌点校，译林出版社2011年版，第780页。

③ ［清］曹雪芹：《周汝昌校订批点本石头记》，脂砚斋批点，周汝昌点校，译林出版社2011年版，第381页。

### 2.《庄子》的"无用之用"

《庄子·人间世》中提到"散木""不材之木",在世俗功利境界来看是完全无用的,"以为舟则沉,以为棺椁则速腐,以为器则速毁,以为门户则液樠,以为柱则蠹,是不材之木也"①。然庄子认为正因为其"不材","无所可用,故能若是之寿"②。因其在世俗功利上的无用,反而保全了自己生命的完整与自在。相反那些世俗功利世界中的有用之木,"夫柤梨橘柚果蓏之属,实熟则剥,剥则辱。大枝折,小枝泄"③。因其有用而形成对自己生命的一种障碍甚至是伤害,所谓"以其能苦其生者也。故不终其天年而中道夭,自掊击于世俗者也"④。世人都追求有用于世,庄子却让我们清醒于"有用"所造成的生命障碍,这显然与他生活在战国这一乱世有关,但其中不乏深刻与清醒的生命思考。当人们汲汲于世间的成功与名利时,深陷其中,不知不觉反而失去了生命更为重要与宝贵的东西,即生命的完整与自在。那么庄子所谓的有用之木"以其能苦其生""自掊击于世俗者也"在人类社会上又有着怎样具体的指涉呢?

《庄子·齐物论》中对于世人汲汲于世间的成功与名利有着清醒的认识与深刻的批判:"其寐也魂交,其觉也形开。与接为构,日以心斗。缦者,窖者,密者。小恐惴惴,大恐缦缦。"⑤世人为了有用于世,整天与外界交涉纠缠,日复一日钩心斗角,患得患失,惴惴不安,费尽心机,"一受其成形,不亡以待尽。与物相刃相靡,其行尽如驰而莫之能止,不亦悲乎!终身役役而不见其成功,苶然疲役而不知其所归,可不哀邪!人谓之不死,奚益!其形化,其心与之然,可不谓大哀乎?"⑥一生苦苦追寻外在的成功与名利,没有停歇的时候,却常常茫然若失,到头来也不知道自己在追寻什么。庄子于是感

---

① [先秦]庄子:《庄子》,孙通海译注,中华书局 2007 年版,第 83 页。
② [先秦]庄子:《庄子》,孙通海译注,中华书局 2007 年版,第 83 页。
③ [先秦]庄子:《庄子》,孙通海译注,中华书局 2007 年版,第 84 页。
④ [先秦]庄子:《庄子》,孙通海译注,中华书局 2007 年版,第 84 页。
⑤ [先秦]庄子:《庄子》,孙通海译注,中华书局 2007 年版,第 26 页。
⑥ [先秦]庄子:《庄子》,孙通海译注,中华书局 2007 年版,第 26 页。

叹："人之生也,固若是芒乎? 其我独芒,而人亦有不芒者乎?"①世间的人们都是如此迷茫。由上可知,庄子认为过于追求"有用"于世,反而对生命会形成障碍,如机心、智巧、计谋等,产生种种烦恼,被外物所役,损害了生命原初的质朴、自然与自在,遮蔽了本有的质朴清明而茫然不自知。一个人越是"有用",其被外物所役的程度越严重,就越难保持生命的完整与自在。庄子人生哲学追寻的最高价值即是生命的自由与完整,因而对于世俗所谓的"有用"他是极其警惕的。反过来,当人在世俗世界中没那么"有用"甚至是有些"无用"之时,反而能够保持生命原初的清明、完整与自在,这也就是庄子所谓的"无用之大用"。

《红楼梦》中,作为与贾宝玉之"无才"的对比,作者刻画了很多在世俗功利境界看来极为"有才"的人物,如王熙凤就是一个典型代表。而对于这个人物,曹雪芹的态度是质疑、批判与同情的。王熙凤可以说是《红楼梦》世界中的第一女强人,"十个会说话的男人也说他不过""脂粉队里的英雄",她一人管理着庞杂的家族事务。她的判词为"凡鸟偏从末世来,都知爱慕此身才"②。作者直接点明她是极为"有才"之人,但是"哭向金陵事更哀"。③ 这一"哀"字点明其悲剧的结局。她的生命悲剧的原因是什么呢?在《红楼梦》十二支曲中对王熙凤的生命悲剧所作的诠释是:"机关算尽太聪明,反算了卿卿性命"④,作者指出她的生命悲剧恰恰是因为她在世俗社会中太"有才",陷入太深,结果生命完全被外物所异化,充满"机心""谋算""烦恼",以致失去了原本的质朴、完整与自由。由此可见,宝玉的"无才"只是从世俗功利角度来看的,如果从超越的诗意境界上来看,"无才"恰恰构成其生命中最大的价值,即宝玉生命不被世俗功利所束缚扭曲而能够保持其完整、自然与自在。

① [先秦]庄子:《庄子》,孙通海译注,中华书局2007年版,第26页。

② [清]曹雪芹:《周汝昌校订批点本石头记》,脂砚斋批点,周汝昌点校,译林出版社2011年版,第72页。

③ [清]曹雪芹:《周汝昌校订批点本石头记》,脂砚斋批点,周汝昌点校,译林出版社2011年版,第72页。

④ [清]曹雪芹:《周汝昌校订批点本石头记》,脂砚斋批点,周汝昌点校,译林出版社2011年版,第77页。

然而世人往往只从世俗功利的角度来看待事物,他们的生命境界被功利蒙蔽以至无法"用大"。《庄子·逍遥游》中讲了一个"五石之瓠"的故事:惠子从魏王那里得到了大瓠之种,将它种下长成了一个五石之瓠。可是,用它来盛水浆,则其坚固程度承受不了自己的容量;把它破开做成瓢,则阔大的瓢无处可容。因此在现实中看来完全是无用的,所以惠子"为其无用而掊之"。那么,这个在惠子眼中完全无用的瓠在庄子眼中又是怎样的呢?庄子曰:"夫子固拙于用大矣。……今子有五石之瓠,何不虑以为大樽而浮乎江湖,而忧其瓠落无所容?则夫子犹有蓬之心也夫!"①庄子认为此瓠可以当作腰舟系在身上,然后浮游于江湖之上,逍遥自在。在这里,庄子与惠子对这个"五石之瓠"有用与否的态度之不同源于生命境界的不同,惠子是从世俗功利境界来看待这个瓠的,因为它既不能承受重量又无处可容,因此得出无用的结论。庄子认为惠子局限于瓠的"小用"而看不到其"大用",惠子困囿于世俗功利境界而看不到事情更广阔的面向、事物更丰富的价值。"以为大樽而浮乎江湖",此瓠可以让人自由自在地浮游于江湖之上,此用完全超越了狭小的世俗功利之用,因此被庄子称为"用大矣"。惠子的态度代表了大多数世人的态度,他们完全被局限在世俗功利境界中,他们不懂得如何"用大",他们的心仍是"有蓬之心"。

《庄子·逍遥游》中还有一棵"无用"的樗树,在世俗功利的角度看,这棵树"其大本拥肿而不中绳墨,其小枝卷曲而不中规矩。立之涂,匠者不顾"②,可以说是完全无用。但当庄子从超越诗意境界来看时情况就完全不同了:"今子有大树,患其无用,何不树之于无何有之乡,广莫之野,彷徨乎无为其侧,逍遥乎寝卧其下。不夭斤斧,物无害者,无所可用,安所困苦哉!"③这棵在世人看来无用的樗树,却正因其无用可以逃过斤斧之害,让人可受其荫蔽,倚靠、逍遥乎其侧,快乐自在。这样诗意广阔的"大用"岂是被困囿于狭小的功利境界中人所能够看到与理解的?

---

① [先秦]庄子:《庄子》,孙通海译注,中华书局 2007 年版,第 16 页。

② [先秦]庄子:《庄子》,孙通海译注,中华书局 2007 年版,第 17 页。

③ [先秦]庄子:《庄子》,孙通海译注,中华书局 2007 年版,第 18 页。

由此可见，从超越诗意境界来看，宝玉的"无才"反而是其生命能够不受限制而保持完整与自由的重要原因。世人对他的误读与否定是因为他们身陷狭隘的功利境界，无法理解生命更为广阔的境界与更为多元的价值。因此，人们在嘲笑宝玉的无用时是不是恰恰证明了自己的迷茫与狭隘？那么，具体来说，宝玉性格中的"无才"有哪些重要的内涵？结合《庄子》的人生哲学思想可以从"自适""浑沌""齐物"三个方面来深入阐释。

（二）"自适"的生命态度

1.《庄子》中的"自适"

宝玉的"无才"首先是因为他"自适"的生命态度。"自适"是《庄子》人生哲学思想中的一个重要概念，《庄子·大宗师第六》《庄子·骈拇第八》《庄子·秋水第十七》中都提到了这个概念。在《庄子·大宗师第六》中，有"若狐不偕、务光、伯夷、叔齐、箕子、胥馀、纪他、申徒狄，是役人之役，适人之适，而不自适其适者也"①。庄子批判这些人的生命被人役使，使他人快意而不是以自己的快意为快意。因此庄子所谓"自适"即指不违背自由的天性，以自我生命的快意为快意，不为了外在目的而失去身心的自由，庄子人生哲学将之视为生命最高的价值所在。《庄子》书中用很多寓言故事来形象地表现何为"自适"的生命态度。

《庄子·秋水五》有云："庄子钓于濮水，楚王使大夫二人往先焉，曰：'愿以境内累矣！'庄子持竿不顾，曰：'吾闻楚有神龟，死已三千岁矣，王巾笥而藏之庙堂之上。此龟者，宁其死为留骨而贵乎，宁其生而曳尾于涂中乎？'二大夫曰：'宁生而曳尾涂中。'庄子曰：'往矣！吾将曳尾于涂中。'"②在庄子看来，那只被尊贵地藏于庙堂之上的神龟，虽然得到了世俗中的富贵荣华，但是失去了"曳尾于涂中"这种自在自足的生命存在。对庄子来说，自我生命的自在自足是生命最高的价值，为了它可以舍弃外在的富贵荣华，因此他宁愿做一只"曳尾于涂中"却自在自足的乌龟而不愿做一只"留骨而贵"的神

①　[先秦]庄子：《庄子》，孙通海译注，中华书局 2007 年版，第 36 页。
②　[先秦]庄子：《庄子》，孙通海译注，中华书局 2007 年版，第 266 页。

龟。若从世俗功利的境界来看,这只"曳尾于涂中"的乌龟完全是"无才"的,它根本无法与"巾笥而藏于庙堂之上"的神龟相媲美,然而若从超越的诗意境界来看,它的无用反而是大用,即它实现了自在自足的生命最高价值,因此"自适"的内涵包括无目的性、不为物役、无所待。同样的,在《庄子·养生主》中也借"泽稚"来表达其"自适"的生命哲学,"泽稚十步一啄,百步一饮,不蕲蓄乎樊中。神虽王,不善也"①。所谓"不善"即是不自在。"泽稚"不愿"蓄乎樊中"而宁愿辛苦地"十步一啄,百步一饮"的根本原因就是想要保持生命的自在自足。

2. 宝玉"自适"的生命态度

庄子的"自适"可以帮助我们理解宝玉的"无才"。他的"无才"与其说是他无能不如说是他不屑,不愿意苟同于外在的约束,不愿为了满足世人基于外在功利目的施加在他身上的诸多期盼而牺牲生命的自在自足。宝玉不读书、不结交官场中人,其实都是出于清醒的认识与慎重的判断。宝玉并非什么书都不读,他是有选择地读,他读《庄子》,读《西厢》,读诗词,而且读得意趣洋洋,因为这些书都不是为了求取外在的功名利禄,不是为了应付科举考试而读的,它们是表现真情真性的书。第八十二回中,宝玉对黛玉说:"还提什么念书,我最厌这些道学话。更可笑的是八股文章,拿他诓功名混饭吃也罢了,还要说代圣贤立言,好些的不过拿些经书凑搭凑搭还罢了,更有一种可笑的,肚子里原没有什么,东扯西扯,弄的牛鬼蛇神,还自以为博奥。这那里是阐发圣贤的道理。"②可见宝玉对读什么书,如何读书是有清醒的认识与慎重的选择的,在他"自适"的生命态度下他绝不会逼迫自己去读那些功利圣贤之书,他只读那些符合他的真情真性,让他感到愉悦、自在的书。宝玉鄙视那些为了功名富贵而读书的人,称这样的人为"禄蠹"。宝玉认为这些人为了求取外在的功名而去读那些自己不喜欢的书,他们为了外在的目的而牺牲了自我生命的自在自足,他们的生命存在就如同那卑微可怜的"蠹"。宝玉不喜欢结交官场中人,不喜谈仕途经济,是因为他认为这些在官场中攀

① [先秦]庄子:《庄子》,孙通海译注,中华书局 2007 年版,第 59 页。
② [清]曹雪芹:《红楼梦》,知识出版社 2015 年版,第 1068 页。

爬通达之人往往是为了外在的功名利禄而失去真性情的人。第三十二回写道:"正说着,有人来回话:'兴隆街的大爷来了,老爷叫二爷出去会。'宝玉听了,便知是贾雨村来了,心中好不自在。袭人忙去拿衣服,宝玉一面登着靴子,一面抱怨道:'有老爷和他坐着就罢了,回回定要见我。'史湘云一边摇着扇子,笑道:'自然你能会宾接客,老爷才叫出去呢!'宝玉道:'那里是老爷,都是他自己要请我去见的。'湘云笑道:'主雅客来勤,自然你有些警他的好处,他才只要会你。'宝玉道:'罢罢,我也不敢称雅,俗中又俗的一个俗人,并不愿同这些人往来。'"①湘云、宝钗等辈不忍宝玉之"无才",故常常劝诚他应谋划自己的仕途经济,"还是这个情性不改。如今大了,你就不愿读书,去考举人进士的,也该常会会这些为官做宰的人们,谈谈讲讲,学些世途经济的学问,也好将来应酬世务,日后也有个朋友。没见你成年家只在我们队里搅些什么!"②宝玉听了非常生气,讽刺道:"姑娘请别的姐妹屋里坐坐去,我这里仔细赃了你知经济学问的!"③宝玉的生命态度是"自适"的,毫无外在目的性,"他为读书而读书,为诗歌而诗歌,为爱恋而爱恋"④。

(三)"浑沌"与"齐物"的生命态度

宝玉之"无才"的第二个内涵是"浑沌"。贾宝玉在世人眼中的"无才"表现为其生命的浑沌状态,即书中所说的"疯疯颠颠""痴痴傻傻",人们称他为"呆子"。"浑沌"的对立面应是"聪明""世故"。

1.《庄子》中的"浑沌"与"齐物"

"浑沌"也是《庄子》哲学思想中的一个重要概念。《庄子·应帝王第七》《庄子·在宥第十一》《庄子·天地第十二》中都提到了"浑沌"。那么,庄子

---

① [清]曹雪芹:《周汝昌校订批点本石头记》,脂砚斋批点,周汝昌点校,译林出版社2011年版,第403页。

② [清]曹雪芹:《周汝昌校订批点本石头记》,脂砚斋批点,周汝昌点校,译林出版社2011年版,第403页。

③ [清]曹雪芹:《周汝昌校订批点本石头记》,脂砚斋批点,周汝昌点校,译林出版社2011年版,第403页。

④ 刘再复:《浑沌儿的赞歌——贾宝玉论续编》,载《读书》2013年第7期,第113页。

所谓的"浑沌"到底指怎样的一种生命状态呢？在《庄子·应帝王第七》中，庄子讲了一个关于浑沌的寓言故事："南海之帝为倏，北海之帝为忽，中央之帝为浑沌。倏与忽时相与遇于浑沌之地，浑沌待之甚善。倏与忽谋报浑沌之德，曰：'人皆有七窍，以视听食息，此独无有，尝试凿之。'日凿一窍，七日而浑沌死。"①"日凿一窍"是要凿开这原初的浑沌。在庄子这里，这原初的浑沌所指的是人在产生是非、对错、好坏等种种分别心之前的那种质朴、单纯的状态，即保持一种本真本然的浑朴状态。所谓"凿"是指人们在后天的生活经历、文明教化中慢慢失去了生命原初的质朴与单纯，陷入分别，带着偏好、成心来看待身边的人事物，执着于自己的是非与爱恶，变得"聪明""世故"，生起机巧之心。世人生活在是非、等级、爱恨的世界中，他们执着于世间的种种分别，并生起执着、成心、偏爱，不再能够用质朴、单纯的眼光来看待世界与他人，于是困囿其中，失去了与"大道"的联系，失去了生命原初的质朴、单纯与开阔，"是非之彰也，道之所以亏也。道之所以亏，爱之所以成"②。因为"有时候，道会隐藏起来，譬如对那些有成心的人，也就是有是非心分别心的人。成心给自己的心设了一个界限，画地为牢，心只能在牢里打转，而不能游于四海之外"③。为了在这个分裂的世界存活下去，他们又生出相应的智巧、谋算，"浑沌之死"其实即是生命最初的本真状态的失去，陷入二元分别的遮蔽中，无法再看到世界原本丰富广阔的景象。而且人越是"聪明""世故"，越是远离"浑沌"，其分别心、机心、偏爱之心越重，越是远离生命原初的质朴。庄子的哲学思想提醒世人在人生不断向前的追逐路途上要常常停下来，反观自我，"人的生命，确实需要'开窍'的一面，但是人类往往把这一面绝对化与极端化，遗忘'不开窍'即保持天真天籁赤子之心这一面的极端重要性与无量价值，这一面使人能够超越社会的污浊与人世的黑暗，也使人不会在功利活动中愈陷愈深而迷失，遗忘自由、自在、逍遥的价值"④。

---

① [先秦]庄子：《庄子》，孙通海译注，中华书局 2007 年版，第 36 页。
② [先秦]庄子：《庄子》，孙通海译注，中华书局 2007 年版，第 36 页。
③ 王博：《庄子哲学》，北京大学出版社 2013 年版，第 111 页。
④ 刘再复：《浑沌儿的赞歌——贾宝玉论续编》，载《读书》2013 年第 7 期，第 114 页。

宋代禅宗大师青原行思提出了参禅三境界:参禅之初,看山是山,看水是水;禅有悟时,看山不是山,看水不是水;禅中彻悟,看山还是山,看水还是水。若以此来看待人生的变化,则在经历过"看山不是山,看水不是水"之后仍然应该能够返回到"看山还是山,看水还是水"的质朴,这恰如《庄子·山木》篇中所说的,"既雕既琢,复归于朴"。

与"浑沌"密切相关的概念是"齐物"。"齐物"是庄子人生哲学中又一个非常重要的概念,它指的是打破分别心、成心,能够以包容、平等的态度来对待天下一切人事物,从而达到"天地与我并生,万物与我为一"①的广阔的生命境界,"它和知识无关,只和生命有关,只和生存的态度与境界有关"②。

2. 宝玉"浑沌"的生命态度

《红楼梦》中贾宝玉"浑沌"的生命状态在很多地方得以表现。他出身贾府这个等级分明的富贵府第,作为地位极高的贵族公子,对待身边的人却能够最大限度地做到没有贵贱、贫贱、尊卑之分。第六十六回中,兴儿对尤三姐说道:"……(宝玉)有时见了我们,喜欢时,没上没下,大家乱顽一阵。不喜欢,各自走了,他也不理人。我们坐着卧着,见了他也不理,他也不责备。因此没人怕他,只管随便,都过的去。"③金钏儿投井死后,"宝玉素日虽然口角伶俐,只是此时一心总为金钏儿感伤,恨不得此时也身亡命殒,跟了金钏儿去"④。他兼爱一切人,宽恕一切人。上至王候、下至戏子奴婢,都同怀视之,"天分中生成一段痴情"⑤,就连落在地上的花瓣也恐怕脚步践踏了,"宝玉要抖将不来,又恐脚步践踏了,只得兜了那花瓣,来至池边,抖在池内"⑥。

---

① [先秦]庄子:《庄子》,孙通海译注,中华书局 2007 年版,第 28 页

② 王博:《庄子哲学》,北京大学出版社 2013 年版,第 113 页。

③ [清]曹雪芹:《周汝昌校订批点本石头记》,脂砚斋批点,周汝昌点校,译林出版社 2011 年版,第 780 页。

④ [清]曹雪芹:《周汝昌校订批点本石头记》,脂砚斋批点,周汝昌点校,译林出版社 2011 年版,第 410 页。

⑤ [清]曹雪芹:《周汝昌校订批点本石头记》,脂砚斋批点,周汝昌点校,译林出版社 2011 年版,第 79 页。

⑥ [清]曹雪芹:《周汝昌校订批点本石头记》,脂砚斋批点,周汝昌点校,译林出版社 2011 年版,第 295 页。

第三十五回中,作者借两个婆子的口来替世人"嘲讽"宝玉的"呆气":"那两个婆子见没人了,一行走,一行谈论。这一个笑道:'怪道有人说他们家宝玉是外相好,里头糊涂,中看不中吃的,果然有些呆气。他自己烫了手,到问人疼不疼,这可不是个呆子!'那一个也笑道:'我前一回来,听见他家里许多人抱怨,千真万真有些呆气。大雨淋的水鸡是的,他反告诉人下雨了,快避雨去罢。你说可笑不可笑!'"①宝玉对身边人不分等级、不分尊卑地予以关心,反倒被世俗中的婆子讥为"呆子",可见世人的荒唐与无知。

第四十一回中,写到刘姥姥到妙玉的栊翠庵喝茶,妙玉自认高洁,因此对刘姥姥这样的粗俗农妇颇有厌恶之情,甚至要将她喝过的杯子丢弃,而宝玉却有完全不同的做法:"宝玉也随出来,和妙玉陪笑道:'那茶杯虽然赃了,白撂了岂不可惜!依我说,不如就给了那贫婆子罢,他卖了也可以度日。你道可使得?'妙玉听了,想了一想,点头说道:'这也罢了。幸而那杯子是我没吃过的,若是我吃过的,我就砸碎了。只是我可不亲自给他,你要给他,我也不管,我只交给你,快拿去了罢。'"②两相对比之下,宝玉与妙玉生命境界之高低昭然若揭。妙玉身为出家人,可是内心却仍然执着、分别,这也就是判词中所谓的"欲洁未必洁";相反,宝玉身处富贵之位却能够放下分别心,体恤一个粗俗农妇的难处。这种"傻",这种"呆",却比很多"有用"之人的"聪明""世故"要美好得多。宝玉的"傻"与"呆"不正是曹雪芹所布下的"荒唐言"的陷阱吗?然而其中的"深味",世俗中人又有几人能够体味?世俗功利世界中的那些"有用"之人,得到了很多的功名利禄,然而失去的却可能是生命中最美好的东西。

宝玉"浑沌"的生命态度还表现在他身处显贵之家,却全然没有算计之心,也不知道常人朝思暮想的金银财宝是什么,不懂人们为它争得你死我活是为什么。第十六回中,贾元春被皇上晋封为"凤藻宫尚书",还加封为贤德

---

① [清]曹雪芹:《周汝昌校订批点本石头记》,脂砚斋批点,周汝昌点校,译林出版社2011年版,第438页。

② [清]曹雪芹:《周汝昌校订批点本石头记》,脂砚斋批点,周汝昌点校,译林出版社2011年版,第507页。

妃,喜讯传来,宁荣两府上下里外,欣然踊跃,因为他们都清楚这件"大事"会为这个家族带来多少名利荣华,只有贾宝玉无动于衷,心里只牵挂着受了父亲毒打的朋友秦钟。"贾母等如何谢恩,如何回家,亲朋如何来庆贺,宁荣两处近日如何热闹,众人如何得意,独他一个皆视有如无,毫不曾介意。因此众人嘲他越发呆了。"①众人嘲他呆,正是因为"他对人人皆开窍人人皆向往的'荣华富贵'和'飞黄腾达',竟然没有感觉,没有兴趣,没有追求的热情。不仅没有,而且鄙薄、鄙视、蔑视。他本是一个最有地位的贵族子弟,荣国府的头号'接班人',但他偏偏对财富、权力、功名这套价值体系无动于衷"②。宝玉生命境界中的"浑沌"正是因为他保留着一颗远离世故、计谋、伪善的赤子心肠。第一百一十八回中,宝玉与宝钗说道:"什么是圣贤,你可知道圣贤说过,不失赤子之心。"③

### (四)本真的存在

在"自适""浑沌""齐物"之后,宝玉的生命臻于海德格尔在《存在与时间》中所指出的"本真的存在"④。这是生命返璞归真后的诗意存在。在这里,生命本身的清明、美好不被欲念所遮蔽,生命本身的质朴、广阔不被分别、执着、偏爱所割裂,生命本身的自由自在不被外物所役使。

《红楼梦》中存在着两个不同的世界,即大观园所代表的"净水世界"与大观园之外的贾府所代表的"泥浊世界"。大观园中的"净水世界"所象征的正是本真存在的世界,在那儿拥有的是一片自然、纯真与诗意;而"泥浊世界"中的人们,则为了追逐人世间的富贵荣华而争得天翻地覆、头破血流,在那儿只有最为现实的算计、压制、争斗与痛苦,失去了生命的纯真、自在与诗意。贾宝玉则是这个"泥浊世界"中的一个异类,他被"泥浊世界"中的人们

---

① [清]曹雪芹:《周汝昌校订批点本石头记》,脂砚斋批点,周汝昌点校,译林出版社2011年版,第192页。

② 刘再复:《浑沌儿的赞歌——贾宝玉论续编》,载《读书》2013年第7期,第114页。

③ [清]曹雪芹:《红楼梦》,知识出版社,2015年版,第1506页。

④ (德)马丁·海德格尔:《存在与时间》,陈嘉映、王庆节合译,生活·读书·新知三联书店2000年版,第49页。

嘲讽为"无才",可是他的生命存在正因其"无才"而进入了一个超越的诗意境界,他悠游于大观园的"净水世界"中,自在自足。"且说宝玉自进园来,心满意足,再无别项可生贪求之心,每日只和姊妹丫头们一处,或读书或写字,或弹琴下棋,作画吟诗,以至描鸾刺凤,斗草簪花,低吟悄唱,拆字猜枚,无所不至,到也十分快意。"[1]他在桃花树下读西厢,"正看到落红成阵,只见一阵风过,把树上桃花吹下一大斗来,落的满身满书满地皆是"[2]。"时常没人在跟前,就自己自哭自笑的,看见燕子,就和燕子说话;河里看见鱼,就和鱼说话,见了星星月亮,不是长吁短叹的,就是咕咕哝哝的。"[3]他诗意地栖居于大观园中,这是他最为理想的生存状态。

贾宝玉是庄子式的理想人格,是一个进入社会但未被社会所同化、所异化而保持自然天性的道家理想人格的"真人"。他在世人眼中的"无才"却正是其最美的生命品质所在,即是生命的自在自足、平等宽容、质朴单纯与诗意美好,而这些恰恰是那些世俗中人在汲汲于有用于世时所失去的。《红楼梦》与《庄子》一样,对世俗功利的世界有着清醒的认识与深刻的思考,它们都歌颂着被世人所遗忘的生命境界中的美好与纯朴,它们指向的是一个超越的诗意的生命境界,认为这才是人生最美好的归宿,而看似"无才"的贾宝玉则是这种美好的本真生命境界的代表与象征。

## 二、"意淫"——宝玉的"女儿"观辨析

《红楼梦》以"女儿"为主角,小说的女性观在宝玉身上得到了集中呈现。小说首先区分了男性对待女性的两种态度,即"皮肤滥淫"与"意淫":

> 淫虽一理,意则有别。如世之好淫者,不过悦容貌,喜歌舞,调笑无

---

① [清]曹雪芹:《周汝昌校订批点本石头记》,脂砚斋批点,周汝昌点校,译林出版社2011年版,第293页。

② [清]曹雪芹:《周汝昌校订批点本石头记》,脂砚斋批点,周汝昌点校,译林出版社2011年版,第295页。

③ [清]曹雪芹:《周汝昌校订批点本石头记》,脂砚斋批点,周汝昌点校,译林出版社2011年版,第438页。

厌、云雨无时，恨不能尽天下之美女，供我片时之趣兴，此皆皮肤滥淫之蠢物耳！如尔则天分中生成一段痴情，吾辈推之为意淫。意淫二字，惟心会而不可口传，可神通而不能语达。汝今独得此二字，在闺阁中固可为良友，然于世道中未免迂阔怪诡、百口嘲谤、万目睚眦。①

在书中，"皮肤滥淫"是指男性对女性肉体上的占有、玩弄，把女性当作暂时满足自己淫欲的工具；"意淫"则是对女儿生命的欣赏、体贴，将女儿作为良友。宝玉对于女儿的喜爱，是悦色、恋情而来的"意淫"。在这些少女面前，宝玉把自己的位置放得很低，他膜拜、欣赏这些女性，是一种不带肉欲的审美化的欣赏，是对纯真生命本身的欣赏与爱惜，超越世俗阶层与等级。"宝玉一视同仁，不问迎、探、惜之为一脉也，不问薛、史之为亲串也，不问袭人、晴雯之为侍儿也，但是女子，俱当珍重，若黛玉，则性命共之矣。"②宝玉对女性的"意淫"态度，是具有时代进步性的，它突破了血缘、身份、阶层的局限，是对作为独立个体的生命的平等欣赏与敬重。小说中很多地方都为我们描述了宝玉对少女的这种"意淫"的态度。

当偷看到龄官画蔷之痴时，宝玉恨不得替她分些过来，自己被雨淋湿，还记挂着龄官没处避雨，一片天真待人，实在一可爱至极的痴儿暖男。凤姐生日众人热闹欢庆，只有宝玉记得这天也是跳井自尽的金钏儿的生日，"天亮了，只见宝玉遍体纯素，从角门出来，一语不发，跨上马，一湾腰顺着街就趱下去了"③。看到水仙庵的洛神像时，宝玉不觉滴下泪来，仿佛看到了死去后化为洛水女神的金钏儿，并一片虔敬地祭悼她，充满了对一个逝去少女生命的悼念与哀伤。当平儿无故被牵涉进凤姐与贾琏夫妇之争而遭受委屈时，宝玉将她接到怡红院中，并替贾琏夫妇向平儿道歉，悉心帮她整理妆容，

---

　　① ［清］曹雪芹：《周汝昌校订批点本石头记》，脂砚斋批点，周汝昌点校，译林出版社2011年版，第79页。

　　② ［清］二知道人：《〈红楼梦〉说梦》，载一栗：《红楼梦资料汇编》，中华书局1964年版，第90页。

　　③ ［清］曹雪芹：《周汝昌校订批点本石头记》，脂砚斋批点，周汝昌点校，译林出版社2011年版，第528页。

把她的衣服熨了叠好，"见他手帕子忘去，上面犹有泪渍，又在面盆中洗了晾上"①。这一系列细腻的动作源于宝玉对于一个个美好少女生命的关怀，是宝玉对她们命运的哀叹、同情，不带任何淫念与占有之欲。当他想到平儿命运之苦时，"便又伤感起来。不觉洒然泪下，因见袭人等不在房内，尽力落了几点痛泪"②。这痛洒的热泪不仅是为了平儿这样的女孩，更是对几千年父权社会中被损害、被侮辱的千万少女的青春生命的哀悼，表现出宝玉对于生命的深厚的同体大悲。

（一）宝玉的女儿崇拜

贾宝玉是少女的崇拜者、守护者。然而他所崇拜的并非全体女性，而是特指没有出嫁的少女，即"女儿"。宝玉严格地区别出"女儿"与"女人"，他对待"女儿"与"女人"是有着截然不同的态度的。那么，"女儿"与"女人"有着怎样的区别呢？宝玉心中的"女儿"又有着怎样的特殊美质呢？宝玉对待这些"女儿"的崇拜有着怎样复杂与多层次的内涵呢？

1."女儿"与"女人"

"女儿"与"女人"以是否出嫁为区别的界线。"女人"是指已出嫁的女性，她们不再是少女，而是为人妇、为人母，进入儒家伦理体系和现实婚姻生活中。宝玉关于女性的三阶段论完整体现了他的女性观："女孩儿未出家，是颗无价的宝珠，出了嫁，不知就怎么变出许多的毛病来，虽是颗珠子，却没有光彩宝色，是颗死的了，再老老，更变的不是珠子，竟是鱼眼睛了。"③宝玉所崇拜的女儿显然是未出嫁的女孩儿，对那些已出嫁而被世俗化的女人，则充满了鄙夷与嫌弃。

---

① ［清］曹雪芹：《周汝昌校订批点本石头记》，脂砚斋批点，周汝昌点校，译林出版社2011年版，第539页。

② ［清］曹雪芹：《周汝昌校订批点本石头记》，脂砚斋批点，周汝昌点校，译林出版社2011年版，第539页。

③ ［清］曹雪芹：《周汝昌校订批点本石头记》，脂砚斋批点，周汝昌点校，译林出版社2011年版，第703页。

2.宝玉推崇的女儿美质

晴雯死后,宝玉为她作了一篇《芙蓉女儿诔》,其中赞叹她道:"女儿曩生之昔,其为质则金玉不足喻其贵,其为性则冰雪不足喻其洁,其为神则星日不足喻其精,其为貌则花月不足喻其色。"[1]这段话涵盖了宝玉心目中所推崇的女儿美质。貌美,是指这些女儿各有各的美态,如黛玉的脱俗超逸之美、探春的顾盼神飞之美、宝钗的端庄浑厚之美、湘云的娇憨洒脱之美。精神,是指女儿们都有着各自天赋的才华、灵气与个性,如黛玉的诗才、探春的经世之才、宝钗的博学端庄、湘云的名士风流。性洁,则是指女儿们品性高洁,天然率真,这种洁净单纯是因为她们未出嫁、没长大,不进入社会,不触碰现实,亦没有功利之心。她们远离外面的"泥浊世界",保留着纯真天然的童心。质贵,指与男人比较,女儿们是尊贵清净的"纯洁天使",在宝玉眼中,"这女儿两个字极尊贵清净的,比那阿弥陀佛、元始天尊的这两个宝号还更尊荣无对的呢"[2]。他把这些女儿看成是山川日月之精秀,与女儿的尊贵清净相比,"须眉男子不过是些渣滓浊沫而已。因有这个呆念在心,把一切男子都看成混沌浊物,可有可无"[3]。

3.宝玉女儿崇拜的内涵

(1)女儿的诗意化/去世俗化

贾宝玉的女儿崇拜是对女儿生命的诗意化,具体表现为去世俗化,将女儿从世俗生存语境中脱离出来。世俗生存的琐碎、庸常,被宝玉忽略不计,或有意遮蔽,避免将女性世俗化,并用来自大自然之物,如日月山川、花草、净水来比拟女性,又用形而上的观念诗化女儿的生命,"女人只是因为她特殊的特质,引起了他的兴趣。她在大自然中根深叶茂,亲近大地,仿佛是通向彼岸的必由之路。她就是真、美和诗,就是一切;又一次处于'他者'的形

① [清]曹雪芹:《周汝昌校订批点本石头记》,脂砚斋批点,周汝昌点校,译林出版社2011年版,第931页。

② [清]曹雪芹:《周汝昌校订批点本石头记》,脂砚斋批点,周汝昌点校,译林出版社2011年版,第27页。

③ [清]曹雪芹:《周汝昌校订批点本石头记》,脂砚斋批点,周汝昌点校,译林出版社2011年版,第258页。

式下,惟独没有她自己的一切"①。这样对女儿的诗意化,表面上看起来是对女儿的推崇,实则仍然没有逃脱男性中心化,女儿作为男人理想的欣赏品,并非作为真实完整的主体本身存在,而是被美化了的"他者"与"第二性"。

(2)"纯洁天使"——被阉割的女性

这些女儿如净水般清爽,她们被当作男性心目中的"纯洁天使"来崇拜与歌颂。如果深入思考这种"纯洁",实则是男性对女性生命的某种阉割,曹雪芹所秉持的是一种不折不扣的男性视角。他推崇女性其实是在推崇一种男性文人的价值追求,同情女性又不将其作为一个整体来对待。"'女性'这一概念在《红楼梦》中从来都是不完整的,它被象征、被提纯、被分解。"②这种单纯,是因为女性被男权中心的传统伦理规范与社会制度隔绝在真实复杂的社会生活外,重重锁于深闺中,她们没有权利去参与社会生活,没有机会去发展作为一个完整生命所应具有的全部潜能与复杂性、丰富性,作者剥夺了女儿们作为一个完整女性的权利。在男性对女性的单方面想象中,作者主观地对女性这一独立的性别做着意识上的阉割,使她们成为男性期望中纯洁的天使。一旦女性表露出对家庭生活之外的现实社会的参与兴趣,或者有机会展现出生命力量,即会被男性视为威胁。宝玉讨厌听到女性说科场之事,"或如宝钗辈,有时见机道劝,反生起气来,只说好好的一个清净洁白的女儿,也学的吊名沽誉,入了国贼禄鬼之流,这总是前人无故生事,立言谏词,原为道后世的须眉浊物,不想闺阁中亦有此风也,真真有负天地毓秀钟灵之德"③。因为她们对现世功利的追求,破坏了他理想中的女儿的单纯。宝玉不愿长大,排斥那个成人世界,躲避在女儿温柔乡中。因此一旦他心目中的温柔乡被破坏(追求现世功利、出嫁),会让他异常恐惧与焦虑,由此而愤怒。

男性对女性单纯的赞颂,实质是用男权话语,将女性划入权力核心之外

---

① (法)西蒙·波伏娃:《第二性》,李强译,西苑出版社 2004 年版,第 125 页。

② 崔晶晶:《〈红楼梦〉性别视角辨析》,载《红楼梦学刊》2008 年第 2 期,第 234 页。

③ [清]曹雪芹:《周汝昌校订批点本石头记》,脂砚斋批点,周汝昌点校,译林出版社 2011 年版,第 442 页。

的"他者""第二性"的樊笼之中,并未真正把女性当作一个独立自由、具有超越力与创造力的平等生命主体,"我们建构了一个象征世界,男人是前景而女人则是背景,女人被边缘化成外人和规则的例外"①。男性社会隔绝女性,禁止女性进入社会生活,通过这种方式,维持女性的单纯,未把女性作为完整意义上的人来看待,"虽然在文本中,女性的生命与美被推崇到极高的地位,主体生命意识得以提到形而上的角度去思考,但女性的价值乃至女性主义意识却没有现实生长的空间,整部作品充满了浓厚的悲剧气息"②。男人把女人当作宠物一般,赞颂的语言、诗意的歌颂,都是危险的束缚。他们试图取消女性生命的多样性与可能性,将她们豢养在"单纯"的陷阱中,让女性心甘情愿用男性所喜爱与欣赏的样子,来塑造与看待自己,这让男人觉得女人是可以控制,不具有威胁与魅惑的。少女崇拜,表面上是对少女的赞颂,其实是父权社会中,男性对女性居高临下的审判与掌控力的满足。他们用"纯洁"剥夺了女性与男性竞争的机会与力量。

(3)宝玉尊重女性与女权主义不同

宝玉对待女性并非一视同仁,而是具有排斥性、选择性与条件性的。他只钟爱少女,"他对少女的推崇,是建立在纯粹主观的个人审美基础上的判断,反映了他对未受婚姻和男性世界污染的少女的纯真审美的推崇和向往"③,把女性作为他欣赏、爱慕的对象,这不是女性主义,并未能够客观看待女性的存在处境。宝玉所爱的并不是真正意义上的女人,而是他观念中的理想少女。他渴望和这些女儿之间保持永远的孩童般的亲昵,建立命运共同体,没有嫌隙与距离,不分你我,甚至不分性别,心心相印,真诚体贴,他则是这个共同体的中心,这些女儿永远围绕着他。这种关系并不是建立在对各自独立人格的尊重上,宝玉未能真正把女性当作一个完整意义上具有丰富可能性的生命来尊重与对待,更无法用现实力量去改变女性处境,让她们

① (英)亚伦·强森:《性别打结:拆除父权违建》,成令方等译,群学出版社 2008 年版,第 56 页。

② 沈小琪:《〈红楼梦〉中女性主义意识的萌芽与消解》,载《北方文学》2016 年第 10 期,第 45 页。

③ 刘再复:《红楼梦悟》,生活·读书·新知三联书店 2009 年版,第 278 页。

能够真正获得与男性平等的机会,去发展她们的生命,让她们能够走出深闺,走出精致的牢笼,走出男性的期待与幻想,超越男性设置的女性理想标准去发展她们独一无二的生命,呈现力量与智慧。他把她们供奉于诗意的神坛之上,"加以"歌颂与膜拜。宝玉的不成熟,让他并不能够以理性客观的成熟态度来对待女性。

(二)宝玉女儿崇拜的价值与意义

这些被诗意化的女儿生命所具有的美质,满足了男性甚至是人类的深层心理渴求,从而被男人所渴望与崇拜。

1.女守护者

川端康成在《来自书的感情》中说:"儿童和女性与自然一样常常是有生命力的明镜,是新的清泉。"[1]这些天然率真的美好女儿,是男人温柔的守护者与灵魂的呵护者。

> 她们犹如弯曲的葡萄枝和小河般神秘,她们包裹并治愈了创伤,她们的心灵代表了生命无法言传的智慧,她们的品质与身具有。男人在她们这里可以卸下自尊的重负,重新体会到作为孩童的甜蜜和温柔。和这些女性为伴,不需要勾心斗角,用不着害怕自然莫测的魔力。这些看护他的温柔女性,在奉献自身时已将自身处于女仆的位置,他顺从于她们的慈爱,原因在于即使服从她们,他还是她们的主人。[2]

男人世界代表成人世界,宝玉对成人世界是拒斥与逃避的,一方面是认识到成人世界的复杂、污浊与功利,这让一心向往诗意、真诚与单纯的他不愿意进入。另一方面是逃避,逃避进入成人世界必须承受的压力、代价与承担的责任。因为这些女儿是没有社会性、被阉割的,因而让他感到没有威胁与压力。他把少女作为对抗男性世界价值观及传统人生模式的武器,希望她们永远包围、安慰与关怀他,把她们当作他逃避现实世界的乐园。她们环

---

① 邓桂英:《试论山音中的处女崇拜》,载《日本学论坛》2008年第4期,第59页。
② (法)西蒙·波伏娃:《第二性》,李强译,西苑出版社2004年版,第125页。

绕着宝玉,成为给他带来疗愈和幸运的,善良的"女守护者"。

2.女儿信仰

宝玉喜爱的女儿可以不是真实对象。并未对她们的现实存在有深入接触与了解,只是观念中的"女儿"意象,并融入了自己的想象与信仰。她们可能只有一面之缘,甚至从未谋面,只是耳闻。路上偶遇的一个十七八岁的村庄丫头、小书房画中的美人、寺庙中的洛神塑像、传说中的女儿傅秋芳,都成为他爱慕、欣赏的对象。"只因那宝玉闻得傅试有个妹子,名唤秋芳,也是个琼闺秀玉,常闻人传说才貌具全,虽未亲睹,然遐思遥爱之心十分诚敬。不命他们进来,恐薄了秋芳。"①刘姥姥信口编造的不存在的女儿若玉,宝玉信以为真,真心诚意地对待这个不存在的女儿。从这些"女儿"推而广之,他喜欢一切纯真、弱小、美丽、自然,隔绝了男性社会的事物,如海棠花、桃花、杏花、燕子等自然物象,以及女性化的男性。这些女儿是宝玉内心对纯真、天然的信仰的投射,"'女性崇拜'是学者们从西方文学作品中总结出的一种情结。它并非将女性作为一个性别进行崇拜,而是把女性性格中某种美好的特质美化、神化,并以此作为净化和拯救自己灵魂的情感和精神寄托。这些连同女性的美丽肉体一起成为男性受挫后寻求安慰和灵魂拯救的对象"②。"女儿"是宝玉心中的寄托与信仰,是让他能够在这个异己的成人世界中感受到快乐、温暖与喜悦的乐园。

3.精神救赎

这些女儿给予宝玉的是生命力、青春气息,以及爱意,在他给她们爱的同时,也得到了少女们爱的温暖。女儿崇拜代表着对青春、生命力的憧憬,对纯真的爱的渴望。宝玉把少女作为自己精神上的归宿与救赎力量,让他在这个不和谐的异己、苦闷的世界里,感受到的温暖、放松与安慰,因而对她们充满情感依恋。男性作为主导者来欣赏女性身上保留的单纯,乃是作为对陷入病态的男性社会的对照与反省、抚慰与补偿。

---

① [清]曹雪芹:《周汝昌校订批点本石头记》,脂砚斋批点,周汝昌点校,译林出版社2011年版,第437页。

② 崔晶晶:《〈红楼梦〉性别视角辨析》,载《红楼梦学刊》2008年第2期,第228页。

《红楼梦》之前的才子佳人小说中已出现了女儿崇拜。《玉娇梨》称赞女主人白红玉有"百分姿色,百分聪明",是"山川所钟,天地阴阳不爽"①。《平山冷燕》称女主人公山黛"自是山川灵气所钟"②;燕白颔则感叹地说:"天地既以山川秀气尽付于美人,却又生我辈男子何用?"③。贾宝玉则说:"凡山川日月之精秀,只钟于女儿,须眉男子不过是些渣滓浊沫而已。"④宝玉的女儿论显然继承了才子佳人小说中的女性观。

宝玉虽是富贵公子的天真心性,却有着对自己的反思、忏悔,并坚持生命的平等观。然而这种平等观其实也是停留在一种理念上的平等,在这些少女身上,他看到的是一种生命美好纯洁的理想,但任何生命一旦落在现实的处境中,是很难保持这样理想意义上的纯洁美好的。他不知道那些他所讨厌的婆子也是从少女变化而来的,她们在日复一日现实生活的折磨下变成了"鱼眼睛"。然而,少女出嫁后进入了婚姻、家庭的现实场域,就不得不变。宝玉因为逃避现实,不愿意看到丑恶、残缺与无奈,逃避在自己一厢情愿的美好意境中。

尽管宝玉对这些女儿在态度上大大有别于传统男权社会,但仍然没有跳出男权社会的意识藩篱。何谓父权体制?"一个社会是父权的,就是它有某种程度的男性支配(male-dominated),认同男性(male-identified)和男性中心(male-centered)。"⑤这些女儿被宝玉作为客体,以自己的理想来想象他们,并未将她们作为现实世界中的独立个体来对待。他根本上是自私的,对这些女儿的关怀、体贴,实际上是出于他自己的需要。虽然宝玉给了这些女儿关心与体贴,但这无助于她们人生处境及现实命运的改变。正如夏志清先生所说,宝玉的意淫只是一种感伤的温情,他只是对这些处于悲苦地位、

---

① [清]荑秋散人:《玉娇梨》,冯伟民校点,人民文学出版社 2006 年版,第 25 页。

② [清]荻岸山人:《平山冷燕》,黑龙江美术出版社 2014 年版,第 18 页。

③ [清]荻岸山人:《平山冷燕》,黑龙江美术出版社 2014 年版,第 280 页。

④ [清]曹雪芹:《周汝昌校订批点本石头记》,脂砚斋批点,周汝昌点校,译林出版社 2011 年版,第 258 页。

⑤ (英)亚伦·强森:《性别打结:拆除父权违建》,成令方等译,群学出版社 2008 年版,第 67 页。

遭受压迫蹂躏的女子怀着无可奈何的关怀和怜惜；他无力改变这种现状，于是到处发挥这种不能自制的感伤的温情，他从来没有看清这些女儿的真实命运与处境，只能用哀叹、眼泪来同情与祭悼她们。

## 第七节 《红楼梦》中的"三情缘"

《红楼梦》描写的情感大体围绕着贾宝玉展开，因此在对于《红楼梦》"情"的研究中，也主要以贾宝玉的三段最重要的情缘即"木石前盟""金玉良姻""麒麟缘"为要点展开分析。

### 一、宝黛"木石前盟"爱情观辨析

#### （一）传统爱情的浪漫性与理想性

儒家文化不讲自由浪漫之爱，而是强调符合伦理秩序的婚姻关系。中国文学中的浪漫之爱，在宝黛之恋中得到最为充分、深刻与细腻的描绘，是中国古典小说中最具有心灵性与精神性的爱恋。悲剧的结局让它永远处于未完成状态，未能进入儒家伦理秩序的婚姻关系中，却也得以保持为永远的自由之爱。小说赋予它"木石前盟"的神话色彩，使得这段爱情具有超越世俗的纯洁性与精神性。

宝黛之爱继承了才子佳人小说中的两情相悦，浪漫的"木石前盟"是理想中的精神爱恋与情感牵绊。从"木石前盟"到宝黛之恋的梦幻情缘，传神地呈现了汤显祖《牡丹亭》中对"至情"理想的推崇。这种"至情"的理想，纯粹关乎情感本身，可以不依凭其他现实条件与因素，"我是为我的心"①，纯粹

<hr/>

① ［清］曹雪芹：《周汝昌校订批点本石头记》，脂砚斋批点，周汝昌点校，译林出版社2011年版，第260页。

是两颗心的相互体贴,呈现出情感的至上性、纯洁性与强烈性,达到一种"情迷"的境界。汤显祖在《牡丹亭》的题词,正是这种"情迷"的本质的阐发:"情不知所起,一往而深。生者可以死,死者可以生。生而不可与死,死而不可复生,非情之至也。梦中之情,何必非真?天下岂少梦中之人耶!必因荐枕而成亲,待挂冠而为密者,皆形骸之论也。"[①]在汤显祖看来,"至情"是超越形骸的,不依赖现实条件而存在,甚至可以发生在梦境中。"至情"有着超凡的力量,超越真假与生死。另外一位戏剧大家洪昇在《长生殿》中,也以唐明皇与杨玉环的爱情故事,诠释了人间真情的力量。这些作家对于真情的相信与描绘,显示出一种浪漫主义的倾向,将情推崇至生命极高的位置,并对这种不掺杂功利色彩的、真挚深刻且永恒的情的存在深信不疑。

(二)爱情的悲剧性与日常性

宝黛之爱是在日常现实语境中发生的浪漫纯净的自由爱情。《红楼梦》借贾母之口批判了传统才子佳人小说存在的诸如故事的模式化,人物抽离现实时空,情节设计脱离现实的弊病。

> 这些书都是一个套子,左不过是些佳人才子,最没趣儿,把人家女儿说的那样坏,还说是佳人,编的连影儿也没有,开口都是书香门第,父亲不是尚书就是宰相,生一个小姐,必是爱如珍宝,这小姐必是通文知礼无所不晓,竟是个绝代佳人,只一见了一个清俊的男子,不管是亲是友,便想起终身大事来。父母也忘了,诗礼也忘了。鬼不成鬼,贼不成贼,那一点儿是佳人?[②]

在传统的才子佳人小说中,当人物陷入绝境的时候,总是以机械降神的方式,依靠强大的外力来拯救,结局则总是有情人终成眷属,并为儒家伦理婚姻秩序接受,最终必然成为一出喜剧。才子佳人小说对情的理解,大多只

---

① [明]汤显祖:《牡丹亭》,[清]陈同、谈则、钱宜合评,李保民校点,上海古籍出版社2016年版,第10页。

② [清]曹雪芹:《周汝昌校订批点本石头记》,脂砚斋批点,周汝昌点校,译林出版社2011年版,第646页。

是开始于彼此容貌才华上的欢悦,如南北鹣冠史者在《春柳莺·序》中曰:"男慕女色,非才不韵;女慕男才,非色不名,二者具焉,方称佳话。"①虽然谈到了男女之间感情的问题,但这种感情包含的更多的是情欲和色情,相较之下,《红楼梦》中的宝黛之爱在才子佳人爱情故事的框架下进行了深刻的突破,赋予了爱情更复杂的内涵与深刻的思考。

1. 爱情的悲剧性

曹雪芹是像王实甫与汤显祖那样将浪漫传统发扬光大的伟大作家,《红楼梦》描写了宝黛之间至纯至真的梦中情缘,但同时让它遭遇了无数的现实考验与磨折,最后宣告破灭,这样的悲剧是对社会现实的深刻批判,是对两性关系的深入思考、对人性的深入审视。"《西厢记》与《牡丹亭》都以大团圆结尾,曹雪芹却把社会地位相当、浪漫气质相近的男女主角放在一个悲剧的僵局中,比起王、汤两位前辈来可以说野心更大,因为他要表达出更具社会复杂性和哲学意义的人生真相。"②曹雪芹有意识地把他的主角置于反世俗的个人主义的浪漫传统中,这些"正邪两赋"、善恶兼备的男女拥有特殊的生命活力,小说没有通过机械降神的方式,靠强大的外界力量让宝黛的精神爱恋结出现实之果,而是勇敢地直面当时的社会现实与婚姻制度,让人慨叹它的美好与纯粹,却也不得不感慨自由爱情在坚实的现实束缚面前的虚幻与无力,如水中月、镜中花。正如小说一开始,一僧一道对顽石所示,"那红尘中有却有些乐事,但不能永远依恃。况又有'美中不足,好事多魔'八个字紧相连属"③,揭示了生命的残缺本质,赋予小说人物以残缺的悲剧美。

2. 爱情的日常性与现实性

《红楼梦》中的宝黛爱情与以往的才子佳人小说不同。作者曾借石头之口说他们写的是"大半风月故事,不过偷香窃玉,暗约私奔而已,并未曾将儿

---

① 《古本小说集成》编委会:《古本小说集成》,上海古籍出版社,2018年版,第321页。

② 夏志清:《中国古典小说》,何铭译,刘绍铭校订,香港中文大学出版社2016年版,第201页。

③ [清]曹雪芹:《周汝昌校订批点本石头记》,脂砚斋批点,周汝昌点校,译林出版社2011年版,第2页。

女之真情发泄其一二"①。林黛玉与贾宝玉的爱情首先改变了书生与小姐一见钟情的模式,更多的则是日久生情。贾宝玉和林黛玉见面时,两人还很小,不懂得男女之间的爱情。宝黛的爱情是在长期的相处中自然发生的,感情的发展模式与之前的才子佳人小说相比也发生了很大的变化。

宝玉与黛玉在贾府中日日相伴,彼此熟识,深入了解对方的性情、才学、喜好。宝玉知道黛玉喜静,好风雅,虽然自己最喜欢,但仍将潇湘馆留给了黛玉,他关注黛玉,并付诸行动,时时把黛玉放在心上。黛玉身患不足之症,需常常吃丸药,宝玉便时时叮嘱,按时配药,生怕少了林妹妹的药;黛玉常使小性,爱捏酸吃醋掉眼泪,宝玉也好生安慰,不曾发怒离去。宝玉的一举一动,处处透露着对黛玉的关怀,这也只是宝黛之间爱恋的一种日常体现。相比较之下,才子佳人小说及《牡丹亭》《西厢记》这样的戏剧,则充分表现了爱情的浪漫性,男女主人公常常是一见钟情并私订终身,完全不需要在真实的生活语境中去相互了解与关怀。然而这样空幻的"至情",只有在梦中才可能存在,最终未必在现实中有结果。曹雪芹则把宝黛之爱放在"日则同行同坐,夜则同息同止"②的日常生活语境中,放在传统礼制的束缚中真实呈现,赋予它日常性与现实性,呈现了在明清之际男女自由爱情复杂曲折的历史展开方式。如黛玉在收到宝玉让晴雯私相传递的旧帕子时,那番"可喜、可悲、可笑、可惧、可愧"③五味杂陈的复杂心理,真实展现了当时自由爱情给年轻男女的心灵带来的巨大冲击,是喜悦、吸引,更是无奈、煎熬与纠缠。"宝玉的这番苦心,能领会我这番苦意,又令我可喜。我这番苦意,不知将来如何,又令我可悲。忽然好好的送两块旧手帕子来,若不领会深意,单看了这手帕子,又令我可笑。再想私相传递、我又可惧。我自己每每好哭,想来也

---

① [清]曹雪芹:《周汝昌校订批点本石头记》,脂砚斋批点,周汝昌点校,译林出版社2011年版,第8页。

② [清]曹雪芹:《周汝昌校订批点本石头记》,脂砚斋批点,周汝昌点校,译林出版社2011年版,第64页。

③ [清]曹雪芹:《周汝昌校订批点本石头记》,脂砚斋批点,周汝昌点校,译林出版社2011年版,第426页。

无味,又令我可愧。"①宝黛的悲剧性结局,"是对现实的正视,对被浪漫化的'至情'的审视与反思,用以告诉世人这些浪漫故事'假拟妄称'的荒谬所在"②。这样的书写方式是那些坚持认为《红楼梦》是追求婚恋自主的现代读者应该重新深入省思的。两情相悦的自由感情在那个时代是"非法"的,因而其发展过程是异常艰难的,相爱的男女只能用一些委婉曲折的暗示来让对方领悟到自己的心意。宝黛恋情最为显露的一回便是送帕情节。宝玉挨打,黛玉去探视他,却是心痛难忍。宝玉担心黛玉便劝黛玉回去休息,之后使晴雯赠两条旧帕子给黛玉。帕子有何意呢? 一是宝玉担心黛玉伤心,"旧帕"即"就怕",是以赠帕以示安慰;二是旧帕子乃是宝玉的贴身之物,以旧帕子赠予黛玉表示亲近之意,就算此时不能陪在身旁,至少心中是时时惦念;三是帕子送两条,也暗示了宝玉希望与黛玉两人同心,相互陪伴;四是相思,冯梦龙的《山歌》中有一首《素帕》:"不写情词不写诗,一方素帕寄相思。请君翻覆仔细看,横也丝来竖也丝。"③就是以送帕表达相思之意。送帕表相思,是宝玉对黛玉的告白、对恋情的诉说。因此,黛玉看着这两方帕子,了然于心,感动、欣喜却又难过伤心。这一细节真实细腻地再现了明清之际男女之间自由爱情曲折艰难而又无比动人的展开方式。

3. 情的虚幻性

《红楼梦》对情的矛盾思想,在宝黛之恋上得以充分呈现。它诠释着男女真情的美好,可又无不渗透着对这种"至情"虚幻性的苦恼与无奈,对坠入至情"迷津"的反省与警惕。这浪漫化的不可自制的"至情",并没有让黛玉起死回生,却最终要了她的性命。《红楼梦》对于情爱的态度是复杂的,它既高度地赞颂真情的可贵,但也多次指出情爱的危险,认为爱情具有毁灭性力量,"爱河之深无底,何可泛滥,一溺其中,非死不止"④。如果一段感情只停

---

① [清]曹雪芹:《周汝昌校订批点本石头记》,脂砚斋批点,周汝昌点校,译林出版社2011年版,第426页。

② 欧丽娟:《大观红楼》(母神卷),台湾大学出版中心2015年版,第368页。

③ [明]冯梦龙:《山歌》,凤凰出版社2000年版,第76页。

④ [清]曹雪芹:《周汝昌校订批点本石头记》,脂砚斋批点,周汝昌点校,译林出版社2011年版,第64页。

留在双方生命的内在性中,无法在现实世界中找到超越与出路,相爱的两个男女最终就会一起陷溺在这虚幻的情中,"两个注定只为对方活着的情人都已死去:他们死于无聊,死于寄托于本身的爱情的慢性挣扎"①。

（三）宝黛之爱的内涵

1."木石前盟"——生命的契合

爱情是两个独立个体,基于平等人格与自由意志的相互吸引而产生的情感,它不服从于任何外在权威,是超越世俗功利目的。爱情以坚实的感情为基础,是对双方生命本质的深入了解与认同,在生命的精神层次上的相互理解。宝黛的心灵深深相契,互为知己,"林黛玉听了这话,如轰雷掣电,细细思之,竟比自己肺腑中掏出来的还觉恳切,竟有万句言语,满心要说,只是半个字也不能吐"②。宝玉深深懂得黛玉的心灵,黛玉也懂得宝玉的心,"林妹妹从来说过这些混账话不曾？若他也说这些混账话,我早和他生分了"③。黛玉在小山坡上吟《葬花吟》,山坡下的宝玉被深深打动。黛玉正自伤感,忽听山坡上也有悲声,心下于是想道:"'人人都笑我有些痴病,难道还有一个痴子不成?'想着,抬头一看,见是宝玉。"④两个痴子都有痴病,他们相互理解,并分享生命的私密时刻,甚至连说话方式与气味都相仿。爱情克服人的孤寂,实现人与人的亲密结合;爱情是生命的确证,也是孤独的证明,"爱情是心灵间的呼唤与呼应、投奔与收留、坦露与理解,那便是心灵解放的号音"⑤。在礼教禁忌的夹缝中,宝玉与黛玉这两个诗意的人,共同创造了他们爱的形式,唤醒压抑的生命力。

---

① （法）西蒙·波伏娃:《第二性》,李强译,西苑出版社 2004 年版,第 125 页。

② ［清］曹雪芹:《周汝昌校订批点本石头记》,脂砚斋批点,周汝昌点校,译林出版社 2011 年版,第 405 页。

③ ［清］曹雪芹:《周汝昌校订批点本石头记》,脂砚斋批点,周汝昌点校,译林出版社 2011 年版,第 404 页。

④ ［清］曹雪芹:《周汝昌校订批点本石头记》,脂砚斋批点,周汝昌点校,译林出版社 2011 年版,第 354 页。

⑤ 史铁生:《爱情问题》,江苏文艺出版社 1995 年版,第 278 页。

2."绛珠还泪"——黛玉的危机

木石前盟的神话故事,蕴含两性关系的密码:男性是作为给予的强者,女性则是作为接受的弱者。神瑛侍者是主动给予绛珠草以甘露滋养的强者,他是绛珠草生命的泉源,只有依靠着他,那株虚弱的绛珠草才得以存活下来。在这段感情中,男女两性的地位并不平等,女性的生命意义与价值全然依附于爱情关系上,除此之外,似乎没有其他目的,"他既下世为人,我也去下世为人,但把我一生所有的眼泪还他,也偿还得过他了"①。生命只与他建立连接,以他为她生命的全部,陷溺在爱情中无法自拔,"虽然绛珠还泪的神话极为浪漫凄美,但其中所蕴含的性别意识其实是对女性的一种偏见"②。

在这段关系中,虚弱而痴情的绛珠草整天游于离恨天中,郁结成一段缠绵不尽之意,这份情显然已经成为她生命中沉重的负担,最终导致泪尽而亡。绛珠草所体验到的不是喜悦、生机,而是煎熬、纠缠、痛苦,由甘露转化出来的爱情,对黛玉而言成为生命的危机,"这是一种以弱者的态度去体验爱情所产生的生命危机"③。绛珠仙草的虚弱,黛玉的"不足之症",象征着她人格的不完整与不成熟,她显然无法处理与安置好这段爱情,与宝玉的爱情既成了她生命的慰藉,又时时折磨着她,"爱情是以最动人形式表现的祸根,它沉重地压在被束缚于女性世界的女人的头上,而女人则是不健全的,对自己无能为力的"④。宝黛之爱的悲剧,除了来自时代、社会外在条件的约束,也与黛玉人格的不完整不成熟有直接关系。德国精神分析学家弗洛姆认为,爱是人格整体成熟度的展现,爱并不是一种与人的成熟程度无关的感情,只需要投入身心的感情,而是可以通过自己的行为规范、专心的投入和养成耐性而学到的一门艺术,爱是需要学习的,"爱需要清明的理智、成熟的人格、深厚的生命根底、爱的创生性力量。如果不努力发展自己的全部人格,任何爱的试图都会失败。如果没有爱的能力,在爱情生活中永远不会得

① [清]曹雪芹:《周汝昌校订批点本石头记》,脂砚斋批点,周汝昌点校,译林出版社2011年版,第7页。

② 欧丽娟:《大观红楼》(母神卷),台湾大学出版中心2015年版,第38页。

③ (法)西蒙·波伏娃:《第二性》,李强译,西苑出版社2004年版,第396页。

④ (法)西蒙·波伏娃:《第二性》,李强译,西苑出版社2004年版,第396页。

到满足"①。相反,宝钗与宝玉之间的"金玉良缘",则构成一种对"木石前盟"梦中情缘在现实中的补充与制衡。

## 二、"金玉良缘"的家族婚姻

传统婚姻总是着眼于家庭利益的需要。男女之间的结合不是个人感情的维护和结合,而主要是为了两个家族之间的利益联系。为了扩大家族影响,婚姻以双方家庭的尊卑和地位为首要考虑,现实利益远远胜于情感需求。在这样的婚姻制度下,宝钗无疑是符合世家豪族联姻要求的适宜人选,并被贾府的家长们选择为家族联姻的对象,这样的"选择"也得到了深居宫中但时时关注家族命运的贾元春的认同。第十八回中,元春省亲所赏赐给弟妹们的赠礼中,宝钗、黛玉、宝玉与诸姊妹列为同等。而到了小说第二十八回元春赐物时,宝玉所得的赐物与宝钗的一样,而黛玉与诸姊妹只单有扇子同数珠儿。宝玉听了诧异道:"这是怎么个原故? 怎么林姑娘的到不同我的一样,到是宝姑娘的同我一样。"②在这次赐物中,宝玉第一次感受到了自己的情感倾向与家长意图之间的冲突,感觉到了家长婚姻制的隐隐威胁。宝钗与宝玉的"金玉良缘"是人为推动的结果,宝钗所佩戴的金锁属于人间凡物。宝玉的通灵宝玉则是下凡历劫之物,不属于凡间,由此象征着他们的婚姻本质上就是一个错位的悲剧。相比起"木石前盟","金玉良缘"更符合贾府的利益,也更合乎封建礼法的要求。与黛玉的重"情"相反,宝钗守"礼"。宝钗不是一个封建社会的叛逆者,而是一个崇尚儒学的符合当时社会标准的大家闺秀。她善于控制情感,一言一行都合乎传统道德规范,性格是在家长的严格管教与传统儒家思想的熏陶下形成的。在为人处世上,她也常常以礼来律人律己,她劝黛玉不要被《西厢记》《牡丹亭》等书乱了心性;她寡言少语,却心有城府,为人处世周到细致,日常生活中也以这些标准严格要求自己,可以说是一位传统社会的典范女子。

---

① (德)埃里希·弗洛姆:《爱的艺术》,李健鸣译,上海译文出版社 2008 年版,第 1 页。
② [清]曹雪芹:《周汝昌校订批点本石头记》,脂砚斋批点,周汝昌点校,译林出版社 2011 年版,第 366 页。

这样的宝钗，却不是宝玉的同路人。宝玉天生自有一段风流，他的淫是"意淫"，他爱慕美好的事物，处处体贴，却不轻浮。宝钗时常劝宝玉走经济仕途，为家族争光，而宝玉恰恰厌恶官场与功名利禄，每逢贾政的清客上门拜访，宝玉便避之不及。有一回贾雨村拜访贾府，宝玉避而不见，更是愤然怒骂他为国贼禄蠹。宝钗与湘云劝宝玉好好读书，考取功名，来日做官光宗耀祖，激怒了宝玉，反驳说："林妹妹从来说过这些混账话不曾？若他也说这些混账话，我早和他生分了。"

### 三、"麒麟缘"之雌雄同体

金麒麟最开始出现在《红楼梦》第二十九回。张道士借宝玉的通灵宝玉一观，在他托回盘子时，内有众道士表礼。在楼上看戏时，宝玉将贺礼一件件拿给贾母看，赤金点翠的麒麟于是就出现在众人面前。宝玉悄悄拿了金麒麟打算送给湘云，对于湘云与宝玉之间的感情，红学界一直众说纷纭。有一些学者认为湘云与宝玉才是真正的"金玉良缘"，他们从小青梅竹马，四大家族又同气连枝，情感深厚。更是有人指出，宝玉与湘云有白首之约。但是这显然与《红楼梦》中"千红一窟（哭）""万艳同杯（悲）"的结局有所冲突。《红楼梦》十二钗都是薄命司中人物，都以悲剧收场。《红楼梦》对史湘云的判词"展眼吊斜晖，湘江水逝楚云飞"，虽然词意尚属朦胧，但写湘云婚后好景不长，似可肯定。

应该说，湘云与宝玉之间并无爱情，而是深厚的友情。《红楼梦》中有一回写大观园赏雪，宝钗打趣湘云时说，往年三四月里，湘云在贾府住着，就把宝玉的袍子穿上，靴子也穿上，抹额也勒上，猛一看倒像是宝玉，就是耳朵上多两个坠子。当时湘云站在椅子后边，哄的贾母以为是宝玉，只叫："宝玉，你过来，仔细上头那挂的灯穗招下灰来迷了眼。"[①]湘云喜扮男装可谓是大观园中众所周知的事了。她性情中自有一番豪爽的劲头，像极了男孩子。宝玉同湘云一块儿长大，关系亲近自然。他与湘云相处时处处透露着自然而

_____

① ［清］曹雪芹：《周汝昌校订批点本石头记》，脂砚斋批点，周汝昌点校，译林出版社2011年版，第395页。

然的亲近,像朋友,像兄弟。一回湘云与黛玉在房中休憩,湘云的臂膀露在外面,宝玉十分自然地就将它放进了被子里。湘云洗漱的水,宝玉也自然地就用了,不曾在意男女大防,不曾有羞涩含蓄之意。再看湘云议论阴阳:"阴阳两个字,还只一个字。阳尽了就成阴,阴尽了就成阳。"[①]飞禽走兽,雄为阳,雌为阴,就像是一个人也有阴阳两面。湘云和宝玉就像是一个人的一体两面。他们是手足,是朋友,也就不会产生爱情。

### 四、"三情缘"的悲剧结局

中国传统家庭婚姻关系已经深深地渗透和体现了宗法礼教的精神。传统的伦理规范没有退出历史舞台,依旧制约和影响着人们的行为。明清以后,宗法专制并未减弱,还有加强的趋势。《红楼梦》也体现了传统社会婚姻制度的残忍性。小说中木石前盟是一场悲剧,以黛玉的逝去而告终,相比之下,金玉良缘更符合贾府的利益以及封建礼教的要求。"知己之恋"与"家族婚姻"的矛盾,充分说明了"情"与"礼"的冲突。他们的爱情越发展,受到的压力就越大,内心就越痛苦,最终导致悲剧收场。宝钗处处以理御情,以礼节情,但这并不意味着宝钗就没有感情,相反,宝钗情感炽热,但是她处处抑制情感,以至于需要以冷香丸来治那热毒之症。黛玉病逝,宝玉含恨终身,宝钗最终也没有得到幸福。"木石前盟"的没有婚姻的爱情固然可悼,但"金玉良缘"的没有爱情的婚姻亦是可悲。而这悲剧的制造者,不是宝玉,也不是宝钗,正是当时的宗法社会,最直接的"凶手"就是传统家长制婚姻制度。

才子佳人小说中男女主人公之间的许多情感交流都是通过赠诗来表现的,有的还以小玩意为表达情感的方式。《红楼梦》里也有这样的情节,比如贾宝玉有"莫失莫忘,仙寿恒昌"的玉石,宝钗则有"不离不弃,芳龄永继"的金锁,金玉良缘就是才子佳人小说的传统感情模式的写照。然而贾宝玉只执着于"木石前盟",这是他对命运和社会的无力的抗争的一种表现,也是对才子佳人小说固有传统模式的颠覆和超越。

---

① [清]曹雪芹:《周汝昌校订批点本石头记》,脂砚斋批点,周汝昌点校,译林出版社2011年版,第397页。

不同于才子佳人小说中洞房花烛、金榜题名的大团圆式结局的描述模式,《红楼梦》以悲剧作为结尾。才子佳人小说最大的一个特点就是无论中间发生了多少挫折和磨难,都会有情人终成眷属,最终幸福美满地生活在一起,而这种爱情是不真实的,是与社会现实相违背的。《红楼梦》则不同,它展现了社会的真实,揭露了残酷的社会本质,"叙述皆存本真,闻见悉所经历"[①],完全依照现实生活的逻辑规律来创作作品,写出了理想与现实的矛盾、美好与丑恶的共存,以及它们此消彼长的动态关系,创作出了新的艺术境界,更为打动人心。宝黛二人的爱情悲伤而无望,最后只能是一个泪尽、一个出家,给我们留下了最刻骨铭心的伤痛和遗憾。《红楼梦》在爱情观念和文学价值上远远超过了才子佳人小说,达到了前所未有的境界。

《红楼梦》对"情"的肯定是对明清时期"欲"的张扬与泛滥的反驳,"情"偏向于人与人之间在精神性上的依恋、欣赏与爱慕,表现出对双方人格独立性、完整性的尊重与肯定;"欲"则是对肉体感官的沉沦,只是将对象作为享乐与占有的工具,因此,"情"是对"欲"的升华与净化。但是,《红楼梦》中对"情"也表现出克制与谨慎的态度,贾宝玉是落于情根的情种,他生命最突出的品质即是多情,但也因此困缚于其中,"情"成了他生命成长的最大障碍,只有突破情执,宝玉才能真正拥有可以承担家族发展重任的成熟的人格。宁荣二公嘱托警幻仙子的事情正是让宝玉从世间的"情"的痴迷与幻境中觉醒,悟到世间情之幻,从多情的束缚中解脱,做到"情理兼备",将谨谨有用的功夫都用在"经济之事"即家族的发展大业上。从这个角度上看,《红楼梦》也是贾宝玉的成长记录,在小说中他也一直处于追求个人"情"的自由与承袭世家大族的"理"的责任之人生矛盾、冲突之中,宝玉终归要从大观园的有情世界中走出来,走向现实"理"的世界,然而宝玉最终并未能够实现成长,他始终无法获得"情"与"理"的和解。最后,当他在这个世间最大的情感羁绊林黛玉死后,贾宝玉在这个世间的所有情缘已尽,以出家的方式告别尘世,他在离开前,面对父亲遥遥地跪拜,正是对自己在现实面前无能为力的忏悔与愧疚。

---

① 鲁迅:《中国小说史略》,上海古籍出版社 2001 年版,第 68 页。

# 第七章

# 《红楼梦》中『理』的二元性

《红楼梦》蕴含着理、情、欲的三重世界，这三个因素在人性中互相牵扯。《红楼梦》肯定与正视人性之欲，张扬人伦之情的可贵，小说所推崇的情是基于对双方人格的尊重，是有心灵与思想沟通的知己之情，同时又由"理"对"情"加以规范与约束，使之不致堕落为"淫"，实现"以情悟道，守理钟情"。小说所写之情是在儒家传统伦理规范内的情，若不以"理"加以规范与约束，"情"也会成为"迷津"。小说自觉在情、理、欲的三重关系中，在人的自然属性与社会属性的复杂关系中展开写作。《红楼梦》中所谈之"理"，虽然还是在传统儒家伦理规范内，但并非程朱理学中僵化的教条，其内容具有肯定人的情感的成分，传统礼仪已与世俗事理相互结合，具有很浓的人情味。

　　《红楼梦》是一部包含作者自我冲突的小说，内部不存在意识形态的一致性，这种自我冲突首先便突出表现在作者对传统儒家伦理秩序态度的复杂性、双重性上。评论者常会简单地给这部小说贴上反儒家、反礼制、反传统的标签，认为它是对传统儒家伦理制度的批判，但如果深入细读文本会发现，小说内部其实隐含着一种强烈的道德冲动、伦理精神，以及对传统儒家伦理秩序的信奉与敬畏，它并非单纯地反礼教、反儒家、反传统，而是批判性地继承了传统儒家伦理思想的温柔敦厚、仁爱精神与中庸之道。正如周汝昌先生所言："雪芹喜用礼字，亦重礼仪，是其思想性情中之另一面。论事论

第七章　《红楼梦》中「理」的二元性

人,皆不可简单肤浅。"①小说中表现出来的儒家礼制思想的二重性,与中国18世纪的儒学困境是有着直接联系的。

## 第一节  对儒家伦理秩序的敬畏与尊重

小说一开始就展现出一个没落世家大族子弟的深刻忏悔与自省:"实愧则有馀,悔又无益之大无可奈何之日也! 当此时,则自欲将已往所赖,上赖天恩、下承祖德,锦衣纨袴之时,饫甘厌肥之日,背父母教育之恩,负师兄规训之德,已致今日一事无成、半生潦倒之罪,编述一记。"②在这段文前自叙中,可以看到作者对有悖于传统伦理秩序,上至"天恩""祖德",下至"父母之恩""师兄之德"的强烈的伦理罪恶与忏悔感,如果背离了这些礼数,势必会受到惩罚与报应,表现出对传统儒家伦理秩序强烈的敬畏感。

### 一、传统世家之礼

中国古代世家大族,往往都有着代代相传的严格的家规世范与伦理规范,以及不可触犯的家族伦理禁忌,这是家族繁衍、保存与稳固的重要手段。《红楼梦》中多次提到"礼"。贾母曾说道:"可知你我这样人家的孩子们,凭他有什么刁钻古怪的毛病儿,见了外人,必是要还出正紧礼数来的,若他不还正紧礼数,也不容他刁钻去了。"③"正紧礼数"是不容背离,要谨谨遵循的,它是一个世家大族保存、延续与发展的生命线。

---

① [清]曹雪芹:《周汝昌校订批点本石头记》,脂砚斋批点,周汝昌点校,译林出版社2011年版,第66页。

② [清]曹雪芹:《周汝昌校订批点本石头记》,脂砚斋批点,周汝昌点校,译林出版社2011年版,第2页。

③ [清]曹雪芹:《周汝昌校订批点本石头记》,脂砚斋批点,周汝昌点校,译林出版社2011年版,第673页。

贾母是家族中辈分最高的老封君,是家族的核心人物,也是这个世家大族家规世范与家族精神的象征。贾母身下有两个儿子、四个女儿,有孙子贾珠、贾琮、贾琏、贾宝玉、贾环,孙女贾元春、贾迎春、贾探春,外孙女林黛玉,内侄孙女史湘云,可谓儿孙满堂。且娘家史家与夫家门当户对,为她提供了足够的底气,大儿子世袭当官,二儿子后升为员外,孙女元春入宫擢升贵妃,这些无一不在抬高贾母的地位。待丈夫贾代善逝世后,随着同一辈人的陆续离世,贾母便成为荣宁二府的最高统治者,当仁不让的"老祖宗""老菩萨""老太君",稳坐贾府的大家长之位,是实权的掌握者。借王昆仑先生在《红楼人物论》中的话,贾母就是"宗法家庭的宝塔顶"①。作为家族中辈分、地位最高的老祖宗,贾母虽然因年事已高,不亲自参与家族事务的管理与执行,但她身上沿袭着家族的传统与精神,成为家族的精神象征,并以其特有的方式,支撑着家族的发展与延续。

在家族祭祀这一最高的家礼仪式中,小说细致地描写了祭祀过程的谨严与仪式的完备。由贾母主持祭祀,呈现出她在家族中的至高地位与母权威严。祭祀仪式中,众人随着贾母至正堂上,供品从祠堂槛外层层传递,最后传递到贾母手中,由贾母捧放在供桌上,之后全族子弟,"左昭右穆,男东女西,俟贾母拈香下拜,众人方一齐跪下……此时鸦雀无闻……一时礼毕,贾敬、贾赦等便忙退出至荣府,专候与贾母行礼"②,严格遵循伦理秩序与辈分尊卑。子孙对这位老封君有着至高尊重。贾赦偶感风寒,宝玉来探望,代贾母问候。他先述了贾母问的话,然后自己请了安,"贾赦先站起来,回了贾母的话",次后唤人带宝玉去邢夫人屋里坐,"邢夫人见了他来,先到站起来,请过贾母的安,宝玉方请安"③。贾赦染病,宝玉作为晚辈去探望,但因为他是衔贾母之命去看望,虽然贾母不在现场,贾赦也要先起立答了贾母的话,然后才是接受宝玉的行礼。邢夫人要站起来对着宝玉给贾母请安,之后才

① 王昆仑:《红楼人物论》,北京出版社2009年版,第187页。
② [清]曹雪芹:《周汝昌校订批点本石头记》,脂砚斋批点,周汝昌点校,译林出版社2011年版,第637页。
③ [清]曹雪芹:《周汝昌校订批点本石头记》,脂砚斋批点,周汝昌点校,译林出版社2011年版,第301页。

轮到宝玉向她请安,脂砚斋对此段的批语为"好规矩""一丝不乱"。贾府子弟一天朝昏两次向长辈问安,此为定省之礼。第三回中,通过第一次进贾府的黛玉的视角,小说生动地描写了贾母在场时,家族用餐礼仪之严谨与周全:"于是进入后房门,已有多少人在此伺候,见王夫人来了,方安设桌椅。贾珠之妻李氏捧饭,熙凤安箸,王夫人进羹。贾母正面榻上独坐,两傍四张空椅……外间伺候之媳妇、丫嬛虽多,却连一声咳嗽不闻。"①

贾母公开批评了才子佳人小说中的"佳人"形象:"把人家女儿说的那样坏,还说是佳人,编的连影儿也没有,开口都是书香门第,父亲不是尚书就是宰相,生一个小姐,必是爱如珍宝,这小姐必是通文知礼无所不晓,竟是个绝代佳人,只一见了一个清俊的男子,不管是亲是友,便想起终身大事来。父母也忘了,诗礼也忘了,鬼不成鬼,贼不成贼,那一点儿是佳人?便是满腹文章,作出这些事来,也算不得佳人了。"②这段文字一方面表现出贾母对于明清时期才子佳人小说不符合现实的模式化人物的不满,另一方面也表达了她对小说中男女私情的讥讽与愤怒,表现出她对世家大族的女儿们必须遵循的礼数规矩的重视与不容置疑的维护。她讥讽这些故事胡编乱造、格调低下、污秽可笑,乃是编书人所以编了来,污秽人家"③,是一些"诌掉了下把的话"④,因为这些编书人根本不知道世宦读书家的礼数,"别说书中那些世宦书礼大家,就如今眼下真的拿我们这中等人家比说,也没有那样的事,别说是那些大家子……所以我们从不许说这些书,连丫头们也不懂这些话"⑤。李纨、薛姨妈二人应和道:"这正是大家子的规矩,连我们家也没这些

---

① [清]曹雪芹:《周汝昌校订批点本石头记》,脂砚斋批点,周汝昌点校,译林出版社2011年版,第43页。

② [清]曹雪芹:《周汝昌校订批点本石头记》,脂砚斋批点,周汝昌点校,译林出版社2011年版,第646页。

③ [清]曹雪芹:《周汝昌校订批点本石头记》,脂砚斋批点,周汝昌点校,译林出版社2011年版,第647页。

④ [清]曹雪芹:《周汝昌校订批点本石头记》,脂砚斋批点,周汝昌点校,译林出版社2011年版,第647页。

⑤ [清]曹雪芹:《周汝昌校订批点本石头记》,脂砚斋批点,周汝昌点校,译林出版社2011年版,第647页。

杂话给孩子们听见。"①可见，"大家子的规矩"是不可逾越，必须谨谨遵循的。

## 二、老封君的风采

作为金陵世族史侯家小姐，贾母在盛世中诞生，生来便是诗礼簪缨的大家闺秀，之后又嫁给了荣国公贾代善为妻。贾母嫁到荣国府时，正是贾府巅峰鼎盛之时，这些不寻常的多重身份注定了贾母拥有不同寻常的眼界，经历过各种风风雨雨，见识了更多世面，对人生百态的体悟也更加深刻。在贾母身上表现出显赫的家世背景及人生历练沉淀下来的圆融的生命智慧，体现出儒家伦理中"仁"与"礼"的完美融合，呈现了世家大族的礼仪风度。

贾母从重孙媳妇的身份一直到自己也有了重孙媳妇，在这数十年间遇见过大大小小的风浪，从中所积攒下来的管理经验自然是后人无法比拟的。贾府明面上的掌权人是年轻的王熙凤，对于这位管家，无人不说她精明能干、八面玲珑，是水晶心肝玻璃人，出了名的好手段、会做事，将荣国府上下打点得极为妥当。但就这么一个人，在《红楼梦》第三十五回中，宝钗评价说："凤姐姐凭怎么巧，巧不过老太太去。"②而贾母也说自己："当日我像凤哥儿这么大年纪，比他还来得呢。他如今虽说不如我们，也就算好了。"③为黛玉的潇湘馆更换纱窗时，王熙凤竟认不得是什么布，经由贾母之口才得以知道是名贵的"软烟罗"，这一细节的对比凸显出贾母的见多识广。凤姐预备在大观园中建伙房来表现对园中弟弟妹妹们的疼爱，但她的目只是借此博取贾母的好感，贾母对此的回应是"正是这话……你既这么说出来，更好了"④，显见凤姐想到的事情贾母早已想到，并且贾母的立意更深一层，她既

① ［清］曹雪芹：《周汝昌校订批点本石头记》，脂砚斋批点，周汝昌点校，译林出版社2011年版，第647页。

② ［清］曹雪芹：《周汝昌校订批点本石头记》，脂砚斋批点，周汝昌点校，译林出版社2011年版，第434页。

③ ［清］曹雪芹：《周汝昌校订批点本石头记》，脂砚斋批点，周汝昌点校，译林出版社2011年版，第434页。

④ ［清］曹雪芹：《周汝昌校订批点本石头记》，脂砚斋批点，周汝昌点校，译林出版社2011年版，第619页。

想到了疼爱孙辈们，又想到了体贴凤姐这些当家人，在说话做事的能力上，明显比王熙凤更高一筹。从这些对比中可见，贾母作为统治者的能力是一等一的，两房太太比不过，王熙凤也比不过，更不用说宁荣二府的后代们。贾母作为一个能在关键时刻统领大局的灵魂领袖，对家族的延续来说尤为重要。

### （一）用人能力

成功的统治者必然知人善用，贾母在这方面做得很好。素来大房掌家，但荣国府的大房显然不够本事，贾赦虽袭职为官，却荒淫无度、量小识短、不务正业，为了区区古扇勾结他人害死无辜者；大夫人邢氏身为填房，地位尴尬，只知奉承。在这种情况下，贾母几经考量，最终越过大房，将管家权交给了二房的王夫人。不但大事上挑人得当，在丫鬟的选用上贾母也做得很好，她将伶俐漂亮的晴雯分给宝玉，宝玉果然极为喜欢，将聪敏能干的紫鹃分给黛玉，她二人情同姐妹。在用人上，贾母深谙用人不疑疑人不用的道理，她欣赏并喜欢聪明灵巧、有才干的人，比如对于自己的左膀右臂，忠心不二的大丫鬟鸳鸯，贾母能放心地将自己数万两的体己银子交给她打理。王熙凤漂亮能干、八面玲珑，贾母也全力支持她代王夫人管家，前八十回中，王熙凤看似风光无两，但她的风光有很大程度建立在贾母大胆放权的基础之上，适时抓权放权，实现"权不压身，收放自如"①。在凤姐养病时，又是贾母亲点未出嫁的年轻姑娘探春暂代管家，并不因为她是个毫无实战经验的闺阁女儿，也不因为她不是嫡出的而低看一头，而是充分信任她。

不只用人得当，贾母在管人上也极为擅长，明白恩威并施、抓大放小的道理。贾母欣赏王熙凤的才干，因此常常在各个场合不遗余力地为凤姐添面子，诸如生日亲自敬酒等；又多加赞扬，通过言语抬高其身份，给予充分的尊荣；又能睁只眼闭只眼，容忍凤姐私下做些蝇营狗苟的事。凤姐在贾母的支持下才能放开手脚去做事，贾母也因此得到了忠心耿耿的班子。

① 张逸琛：《老将出马——浅谈贾母的治家才能》，戏剧之家，2017(2)：293页。

## (二)手段本事

贾母身为贾府最高统治者,自然有其不容置喙的强硬一面。抛开八十回之后的续文,从前八十回中很明显能看出贾母对宝黛爱情的支持,这也是贾母被一些学者称为宝黛爱情的"守护神"的原因。在这种情形下,持"金玉良缘"一说,并以此来维护自己利益的王夫人和薛姨妈之流就势必要与贾母唱反调了。对于这种情形,贾母在第五十回中假意为宝玉求娶薛宝琴,深谙贾母心思的凤姐在一旁一唱一和,"偏不巧,我正要做个媒呢,又已经许了人家……我心里看准了,他们两个却是一对"①,对话看似稍有些离谱,实则是在敲打薛姨妈,为宝玉求娶宝琴明显属于无稽之谈,真实内涵是贾母对"金玉良缘"的不满意,倘若满意也不会说出这番看似相中了宝琴的话来,因此贾母通过虚晃一枪,让薛姨妈打消将宝钗塞过来的念头,就像一个软钉子,被扎的人还挑不出错来。②

宝玉挨打时,贾母也体现出了她的强硬。她熟悉儿子贾政的性情,知道寻常的规劝哭诉毫无作用,因此怒气冲冲地赶来,开头就定下贾政的"不孝之罪",用这种重话来压住贾政。百善孝为先,贾政自然不敢反驳,也毫无反驳的余地,贾母用这种极为强横的姿态一下拿捏住贾政,维护了心爱的孙子。③ 第四十六回中,贾赦欲强娶鸳鸯,鸳鸯跑到贾母面前哭诉,气得贾母直接对一旁的王夫人说:"你们原来都是哄我呢,外头孝敬,暗地里盘算我……弄开了他好摆弄我。"而等探春一劝,贾母又立刻笑道"是我老糊涂了"④。这段不只体现出了贾母对鸳鸯的爱护,变脸之快也颇含深意。贾赦早不看上晚不看上,偏等到鸳鸯有头有脸才来讨要,好色是一部分,另一部分则牵涉

---

① [清]曹雪芹:《周汝昌校订批点本石头记》,脂砚斋批点,周汝昌点校,译林出版社2011年版,第606页。

② 沙飞:《〈红楼梦〉的两处"微言大义"——贾母对宝黛钗婚配态度的一次语用解读》,载《玉林师范学院学报》2009年第2期,第48—50页。

③ 马瑞芳:《一个性格丰满的老妇人形象——〈红楼梦〉前八十回的贾母》,载《红楼梦学刊》1983年第2期,第221—242页。

④ [清]曹雪芹:《周汝昌校订批点本石头记》,脂砚斋批点,周汝昌点校,译林出版社2011年版,第564页。

大房与二房的争斗,鸳鸯作为贾母跟前掌管财产的大丫头,如果被拉到自己的阵营来,既能充当贾母跟前的消息耳报神,还能从财产上拿捏住贾母。贾母显然知道鸳鸯是两房相争的焦点,因此直接冲着王夫人开骂,实则含沙射影,意有所指,敲打这些心怀鬼胎的太太,提醒她们自己知道大家私下里都干了什么。她先用一个结论镇住众人,不但指桑骂槐,借题发挥做了暗示,而且能借此看看有多少人为二房这派说话,见众人鸦雀无声,又立刻顺着台阶下来,说自己老糊涂,接着沿凤姐到宝玉挨个玩笑称为什么不提醒,将气氛圆回来。面对被自己骂了的王夫人,贾母也爽快认错,先是自嘲,继而与薛姨妈打趣,再让宝玉给王夫人下跪,可谓打个巴掌给个甜枣,一通操作下来,将自己的地位无形巩固了一波。

### (三)贾母作为老太君的慈善

一个掌权者一定不是扁平化的人物,有严酷的手段,就有相对应的仁慈和善良,贾母也不例外。身为家族中的"老祖宗",贾母的慈善不仅惠及小辈,也惠及各个本不被主子重视的下人。

#### 1. 自身的富足

贾母福寿双全,儿孙满堂,又身居高位,其上没有能压她的家族成员,因而日子过得轻松不已。身为老太君,贾母想要什么都会有下人想办法替她寻来,不缺吃穿用度,不缺游玩享乐,她所拥有的精神财富和物质财富是非常充裕的,可以说宁荣二府内没有能超越她的人,在这种情况下,贾母追求的已经不是简单的事物,而是生活的情趣。贾母非常懂得各类精巧食物,深谙饮食文化,擅吃爱吃;同时还懂如何欣赏丝竹之乐,并颇有自己的一番见解,能指点戏班子用乐器的方式;她还擅长穿衣用住的搭配,能给黛玉与宝钗等人布置屋子,添置家具;除此之外贾母还懂品茶,擅赏月,能对画作指点一二。贾母的生活遵循"享乐主义",平日经常与太太姨妈大丫鬟们赌钱,撒钱痛快,又喜爱打赏,享受奢靡的生活,早期吃饭的排场也极大,不但厨房做菜送来,各房子孙有好吃的也要送来。贾母还好热闹,爱举办宴会,在这方面的开销巨大,而下人们投其所好所呈上的种种精细菜肴,无一不在行浪费之事。正是自身过惯了无拘无束的奢侈生活,贾母在对待其他人时才不吝嗇露出仁慈的姿态。

2.圆融变通

贾母虽然身居高位,但因为年纪大了,不喜拘束,更喜欢取乐随性。贾母和凤姐去清虚观打醮,凤姐儿笑道:"老祖宗也去,赶情好!就只是我又不得受用了。"贾母则回应道:"到明儿我在正楼上,你们在两边楼上,你也不用到我这边来立规矩,好不好?"凤姐儿笑道:"这就是老祖宗疼我了。"①雪天里贾母参加园中姐妹们的咏梅活动,对姑娘们笑说:"你们只管照旧顽笑吃嗑,我因为天短了,不敢睡中觉,抹了一会骨牌,忽然想起你们来了,我也来凑个趣儿。"②生怕自己的到来坏了孩子们的兴致,并且还强调说:"你们仍旧坐下说笑我听……就如同我没来的一样才好,不然我就去了。"③在这样游戏玩耍的场合,贾母放下老封君的身段,和孙女们玩在一起。凤姐在贾母面前插科打诨,王夫人以"无理"来批评她:"老太太因为喜欢他,才惯的他这样。还这样说,他明儿越发无理了。"贾母却不以为意:"我喜欢他这样,况且他又不是那不知高低的孩子。家常没人,娘儿们原该这样,横竖礼体不错就罢,没的到叫他从神儿似的作什么。"④王夫人在礼法面前的一本正经、如履薄冰,与贾母的收放自如、圆融变通形成了强烈对比。在贾母看来,做人心里有高低、懂礼数就好,在具体的生活中则不用拘泥于条条框框的规则,而要放松与活泼自在。贾母在历经世事后,形成了一种随心所欲不逾矩的收放自如的生活智慧,融通、活泼,又绝对不坏了正紧礼数;同时,不因身居高位就把礼仪作为压制晚辈、显耀权威的方法,而是表现出既随和亲切,又礼法井井的中庸之道,既保持了世家大族的礼仪,又营造了宽松愉快的生活氛围。如脂批所言:"此似无礼而礼法井井。所谓整瓶不动半瓶摇,又曰习惯成自然。

---

① [清]曹雪芹:《周汝昌校订批点本石头记》,脂砚斋批点,周汝昌点校,译林出版社2011年版,第369页。

② [清]曹雪芹:《周汝昌校订批点本石头记》,脂砚斋批点,周汝昌点校,译林出版社2011年版,第604页。

③ [清]曹雪芹:《周汝昌校订批点本石头记》,脂砚斋批点,周汝昌点校,译林出版社2011年版,第604页。

④ [清]曹雪芹:《周汝昌校订批点本石头记》,脂砚斋批点,周汝昌点校,译林出版社2011年版,第470页。

真不谬也。"①从贾母的圆融智慧而来,她对于礼法已经做到宽严相济,并自然而然地融入生活中的一言一行,从而展现出活泼自在的大家风范。

3. 对小辈的仁慈

贾母对孙辈充满慈爱与关心。贾府的姐妹们都跟着她一边读书:"因史老太夫人极爱孙女,都跟在祖母这边一处读书,听得个个不错。"②贾母对晚辈的态度开明且能够尊重她们的意愿。她年纪大了,却有着童心雅趣,可以不拘礼数与孙女们玩在一起。看到宝钗年纪轻轻房内却如此素净,贾母心疼:"二则年轻的姑娘房里这样素净,也忌讳。我们这老婆子,越发该往马圈去了。"③并提出要亲自帮宝钗重新布置:"我最会收拾屋子的,如今老了,没这闲心了……如今让我替你收拾,包管又大方又素净。"④因为喜欢宝钗的稳重和平,就亲自蠲资二十两,给宝钗过生日。这样一位充满慈爱的老祖母,给孙辈们创造了宽松愉快的生活氛围,让他们得以在长辈与家族的关怀与温暖中成长,在读书、游戏中享受无忧无虑的快乐生活。

贾母年纪虽大,但在生活中仍然性情开朗、喜开玩笑,听见笑声就问:"见了什么这样乐?告诉我们也笑笑。"⑤完全没有老封君的呆板、严肃与不苟言笑,这也是凤姐可以讨得贾母开心的重要原因;贾母平日里说话活泼通俗,富有幽默感,且善于插科打诨,如她嘲弄凤姐道:"这猴儿惯的了不得了,只管拿我取笑起来,恨的我撕你那油嘴。"⑥这样的幽默风趣,既是贾母天生的个性,也体现了老人家积极乐观的生活态度,更重要的是,作为家族核

---

① [清]曹雪芹:《周汝昌校订批点本石头记》,脂砚斋批点,周汝昌点校,译林出版社2011年版,第470页。

② [清]曹雪芹:《周汝昌校订批点本石头记》,脂砚斋批点,周汝昌点校,译林出版社2011年版,第28页。

③ [清]曹雪芹:《周汝昌校订批点本石头记》,脂砚斋批点,周汝昌点校,译林出版社2011年版,第497页。

④ [清]曹雪芹:《周汝昌校订批点本石头记》,脂砚斋批点,周汝昌点校,译林出版社2011年版,第497页。

⑤ [清]曹雪芹:《周汝昌校订批点本石头记》,脂砚斋批点,周汝昌点校,译林出版社2011年版,第472页。

⑥ [清]曹雪芹:《周汝昌校订批点本石头记》,脂砚斋批点,周汝昌点校,译林出版社2011年版,第470页。

心与精神支撑,贾母慈善、祥和的精神状态维持着整个家族的气势。中秋之夜,当贾母意识到家族颓败之势不可扭转的时候,仍倔强地说:"偏今儿高兴,你又来催。难道我醉了不成？偏到天亮！"①

从继承权及管家权的角度而言,贾宝玉虽然是大家眼中的金贵公子、头等受宠爱的小辈,却未必能继承荣国府,嫡长孙贾兰的竞争力比他大得多。贾母之所以喜爱宝玉,也许不只是因为宝玉的气质像极了荣国公,也不只是因为宝玉衔玉而生所带来的迷信色彩,还有可能是因为宝玉没法继承家业,所以更加疼爱这个孙子,细致到连宝玉站在灯穗子下,都要担心灰尘掉落迷了他的眼。待宝玉大了点,这种疼爱逐渐发展到了溺爱的程度,宝玉完不成父亲布置的作业,贾母赞成宝钗等人替他完成;宝玉不喜欢读书,不爱见那些清客相公,贾母便替他回绝,允他住在家中自在。

在前八十回中,她早逝幼女贾敏的孩子黛玉,在丧母后也受到了贾母格外的疼爱。接来贾府,将她安置在碧纱橱中,将自己身边伶俐聪敏的大丫鬟紫鹃派给黛玉;发现窗纱颜色旧了,拿凤姐都不曾见过的软烟罗给她换上。前八十回中,在孙辈婚事上,贾母有心将自己最喜欢的两个玉凑对,态度明显到阖府都察觉出来,若没有贾母的默许,知情识趣、擅察言观色的王熙凤就不会对黛玉开吃茶的玩笑,说出"你既吃了我们家的茶,怎么还不给我们家作媳妇"②这种带有明显指向性的话。为了维护宝黛爱情,贾母曾借张道士替宝玉相看一事发表意见,一席话里包含了好几个意思,一是用和尚说宝玉不可早娶来否定宝钗的"和尚给的金锁";二是特意声明"不管根基富贵",穷也可以,皆知宝钗出自皇商家庭,最是富贵,这话的指向性可以说很强了。不单此事,在平日的各件小事上,贾母也非常关心宝黛,譬如将他二人称作"两个玉儿",专门送菜给"颦儿宝玉两个"。

除却这两位,贾母还不遗余力地喜爱着各个聪慧漂亮的女儿家,对自己

---

① ［清］曹雪芹:《周汝昌校订批点本石头记》,脂砚斋批点,周汝昌点校,译林出版社2011年版,第894页。

② ［清］曹雪芹:《周汝昌校订批点本石头记》,脂砚斋批点,周汝昌点校,译林出版社2011年版,第320页。

喜欢的小辈格外疼爱,她喜欢爽朗的湘云、机灵的凤姐、精致的宝琴,心疼守寡的李纨,能就留在府里的喜鸾、四姐儿两个远房的晚辈对大观园内其他人说:"有人小看了他们,我听见可不饶"①。会在螃蟹宴上提醒各个小辈仔细身体少吃点,也会在赏雪聚会上提醒大家小心受寒,一个慈祥的老祖母形象就在这些细心又温情的叮嘱中丰满起来。

4.对弱者的仁慈

贾母作为身居高位的老封君,从来不摆架子,而是惜老怜贫,充满慈爱亲和,展现出世家大族温柔敦厚的仁爱精神。平儿曾对刘姥姥说:"你快去罢,不相干的。我们老太太最是惜老怜贫的,比不得那个狂三诈四的那些人。"②面对刘姥姥这么一个乡村农妇,身世、地位都高高在上的贾母却表现得异常亲切,亲自带着她参观大观园,在栊翠庵里把自己的茶给刘姥姥喝,还帮刘姥姥戴花:"贾母便拣了一朵大红的簪了鬓上。因回头看见了刘姥姥,忙笑道:'过来带花儿。'"③言辞中充满了随和亲切。刘姥姥在潇湘馆摔倒时,大家哈哈笑作一团,贾母虽也笑了,却第一个命人搀她,又问:"可扭了腰不曾,叫丫头们捶一捶"④,倍显亲切,半点架子也没有。对小戏子、小道士,贾母亦是十分慈爱,"贾母深爱那作小旦的与一个作小丑的……细看时亦发可怜见儿的……贾母命人另拿些肉菜与他两个,又另外赏钱两吊"⑤。贾家女眷去清虚观打醮,一个没来得及躲闪的小道士"一头撞在凤姐儿怀内。凤姐便一扬手照脸一下,把那小孩子打了一个筋斗"⑥,贾母听到了忙

---

① [清]曹雪芹:《周汝昌校订批点本石头记》,脂砚斋批点,周汝昌点校,译林出版社2011年版,第838页。

② [清]曹雪芹:《周汝昌校订批点本石头记》,脂砚斋批点,周汝昌点校,译林出版社2011年版,第482页。

③ [清]曹雪芹:《周汝昌校订批点本石头记》,脂砚斋批点,周汝昌点校,译林出版社2011年版,第489页。

④ [清]曹雪芹:《周汝昌校订批点本石头记》,脂砚斋批点,周汝昌点校,译林出版社2011年版,第890页。

⑤ [清]曹雪芹:《周汝昌校订批点本石头记》,脂砚斋批点,周汝昌点校,译林出版社2011年版,第279页。

⑥ [清]曹雪芹:《周汝昌校订批点本石头记》,脂砚斋批点,周汝昌点校,译林出版社2011年版,第371页。

道："快带了那孩子来，别唬着他。小门小户的孩子，都是娇生惯养的惯了，那里见的这个势派。可怜见的，倘或一时唬着了他，他老子娘岂不疼的慌？"①并命贾珍拉起这个小道士来，叫他不要怕，并询问他的年龄。宝玉收了道士们的法器，并没有自己收起来，而是想拿出去散给穷人，对此贾母笑道："这到说的是。"②可见宝玉身上传袭了贾府祖上慈善宽厚的家风，在他身上能看到国公爷的影子，所以贾母特别喜欢宝玉。

在封建环境中，丫鬟下人就像一件物品，可以随意责骂打发。但贾母对待下人十分宽厚仁道，这是贾府祖宗定下的规训与家风。如贾政所说："我家从无这样事情，自祖宗以来，皆是宽柔以待下人。"③在一些节庆宴席的场合，贾府往往不拘于主仆之礼，封赏下人，允许他们随意吃喝，让他们也享受到一份喜庆和欢乐，以犒赏他们平日的付出。贾府的风俗是，年高服侍过父母的家仆比年轻的主子还有体面，对于家中年高德劭的仆人，贾家给予他们许多的恩典与照顾。贾府的老仆人赖大家的儿子当上了州县官，凤姐等人向他道喜，他则回应说："我也喜，主子们也喜，若不是主子们恩典，我们这喜从何来！昨儿奶奶又打发彩哥儿赏东西，我孙子在门上朝上磕了头了。"④可见，贾府对家中老仆人以及他们的子孙后代的恩典与支持。贾府这样的诗书世家，与那些暴发户是不一样的，他们沿袭着崇礼良善的家族传统，而不是一味苛刻、重利，以贵压人，盘剥压榨奴仆们的劳动力。对于那些为整个家族的延续与发展付出努力的家仆，贾府往往回馈以尊重与善待。贾赦仗着自己的身份叫来鸳鸯的哥嫂，意图强行纳她为妾。贾母一听说此事便发了火，丝毫不因鸳鸯只是个丫鬟而纵容自己的大儿子。这一桩桩一件件，丰满了贾母的慈善家形象，因为她地位够高，自身有足够的底气，所以对别人

---

① [清]曹雪芹：《周汝昌校订批点本石头记》，脂砚斋批点，周汝昌点校，译林出版社2011年版，第371页。

② [清]曹雪芹：《周汝昌校订批点本石头记》，脂砚斋批点，周汝昌点校，译林出版社2011年版，第472页。

③ [清]曹雪芹：《周汝昌校订批点本石头记》，脂砚斋批点，周汝昌点校，译林出版社2011年版，第412页。

④ [清]曹雪芹：《周汝昌校订批点本石头记》，脂砚斋批点，周汝昌点校，译林出版社2011年版，第545页。

天然形成俯视视角,因此也更为宽容,对下人和位卑者怀有上位者独有的怜惜之情。

### 三、贾府伦理败坏的惩罚

《红楼梦》是一出家族悲剧。这个百年家族衰败的重要原因之一即是传统世家之礼的败坏,伦理秩序如果被破坏了,势必要受到惩罚。这种惩罚严厉且分明不爽,在《红楼梦》中鲜明地体现出来。小说中凡是与"欲"的不加限制有关的人、事,其结局总是与"死亡"联系在一起,秦可卿、秦钟姐弟,尤二姐及尤三姐姐妹,贾瑞、鲍二家的,包括凤姐的生病、死亡,乃至整个家族的败亡、离散,都与伦理败坏的惩罚相关。

秦可卿生性风流、体态婀娜,性情自由活泼,并非礼教中人,对于传统妇德伦理观念比较淡漠,小说第五回曾借宝玉之眼写出秦可卿闺房中浓厚的情色意味,这正是对其风骚性情的暗示,"擅风情,禀月貌,便是败家的根本"[1]。慑于公公贾珍之威,与他陷入乱伦爬灰的关系,最后"得病"而死。在秦可卿的丧礼上,公公贾珍哭得泪人一般,竟要尽其所有为儿媳妇料理丧事。尤氏曾说起秦可卿的疾病,"她这个病,病的也奇……经期又有两个月没来"[2],"经期紊乱"代表女性的生理混乱,是由肉体淫乱造成的。秦可卿自知病之根源,因为此"病"是因为"命","任凭是神仙也自能治得病治不得命。婶子,我知道我这病不过是挨日子罢了"[3]。"命"是其伦理败坏行为所遭受的因果报应,是对她与公公乱伦的惩罚,是她淫荡之罪的报应,她无法逃过"命"的惩罚。尤二姐、尤三姐是一对沦落风尘的姐妹花,因为家境清寒,她们不得已倚靠男子生活,沦落到被男性玩弄与摆布的境地,甚至与贾珍、贾蓉父子发生了麀聚之乱。在尤二姐死前,尤三姐曾托梦对她说:"此亦理数

---

① [清]曹雪芹:《周汝昌校订批点本石头记》,脂砚斋批点,周汝昌点校,译林出版社2011年版,第78页。

② [清]曹雪芹:《周汝昌校订批点本石头记》,脂砚斋批点,周汝昌点校,译林出版社2011年版,第144页。

③ [清]曹雪芹:《周汝昌校订批点本石头记》,脂砚斋批点,周汝昌点校,译林出版社2011年版,第147页。

应然,你我生前淫奔不才,使人家丧伦败行,故有此报。"①且道:"自古天网恢恢,疏而不漏,天道好还。你虽悔过自新,然已将人父子兄弟致于麀聚之乱,天怎容你安生?"②可见曹雪芹深刻的伦理意识与责任,将对儒家人伦秩序的尊重与重视上升到"天理"的高度,并遵循因果报应的观念,对违反传统人伦的行为给予分毫不爽的惩罚。尤二姐对于自己悲惨命运的忍耐态度,正是因其内心对于自己所犯淫奔、乱伦之罪的恐惧与忏悔,认为自己"一生品行既亏,今日之报,既系当然,何必又发生戮之冤? 随我去忍耐"③。对于伦理秩序败坏行为的因果报应,小说也通过象征手法表现出来。小说第七十五回中,贾珍等人在聚众淫乐之时,"那天将有三更时分,贾珍酒已八分,大家正添衣饮茶,换盏更酌之际,忽听那边墙下有人长叹之声,大家明明听见,都悚然疑畏起来"④。发出长叹之声的地方就是家族祠堂,"祠堂"是供奉与祭祀祖灵的肃穆之地,说明后代子孙的伦理败坏行为已让祖灵深深不安。

### 四、伦理责任——警幻的警示

在宁荣二公之灵的嘱托下,警幻仙子承担着警示者与指引者的角色,并开辟出一条拯救之路,"先以情欲声色等事,警其痴顽,或能使彼跳出迷人圈子,然后入于正路"⑤。情欲声色的迷惑是对贾府子孙最大的考验,只有在这情欲声色的迷惑中不沉沦、不迷失,人才能真正成长为有心性力量、理性意志,能够自我控制并承担起家族长远发展重担的成熟的人。那些淫物纨绔、流荡女子、轻薄浪子,往往就在这样的富贵场、温柔乡中迷失了自我,被欲望

① [清]曹雪芹:《周汝昌校订批点本石头记》,脂砚斋批点,周汝昌点校,译林出版社2011年版,第815页。

② [清]曹雪芹:《周汝昌校订批点本石头记》,脂砚斋批点,周汝昌点校,译林出版社2011年版,第815页。

③ [清]曹雪芹:《周汝昌校订批点本石头记》,脂砚斋批点,周汝昌点校,译林出版社2011年版,第815页。

④ [清]曹雪芹:《周汝昌校订批点本石头记》,脂砚斋批点,周汝昌点校,译林出版社2011年版,第887页。

⑤ [清]曹雪芹:《周汝昌校订批点本石头记》,脂砚斋批点,周汝昌点校,译林出版社2011年版,第73页。

吞没,人性因子被兽性因子控制,甚至沦为动物性的存在。道士给贾瑞救命用的那面风月宝鉴,既是对深陷情欲不能自拔的贾瑞的警示,也是对沉沦于声色之欲的整个贾府子弟的警示。

宝玉天赋聪慧,这让他的生命具有一种悟性与超越性,可望成为家族继承人,"历饮馔声色之幻,或冀将来一悟,亦未可知也"①。秦可卿是贾宝玉的性启蒙老师,宝玉在秦可卿的闺房里睡觉,做了春梦,"数日来柔情缱绻,软语温存,与可卿难解难分"②。她是警幻仙子在俗世间的化现,教化、警醒世人情欲之幻,警惕男女邪淫之罪,勿陷溺于儿女私情之中,"此即迷津也!""宝玉再休前进,作速回头要紧!"③能够做到人情与家礼兼顾,以礼节情,守理衷情,两尽其道。真诚的情感是可贵的,但人不能因陷溺于情感而毁灭了理性,忽视现实生活的责任与义务,人不仅是感情存在物,更是现实存在物,"比如男子丧了妻,或有必当续弦者,也必要续弦为是。但只是不把死的丢开不提,便是情深意重了。若一味因死的而不续,孤守一世,妨了大节,也不是礼,死者反不安了"④。人性处于成熟状态时能够平衡好情感与理性的关系,宝玉必须从永恒的失乐园与内心的乌托邦中走出来,领悟情感之幻,直面现实的考验,担负起重振家业的重任,实践自己的伦理责任与义务,"不过领汝领略此仙闺幻境之风光尚然如此,何况尘境之情哉?今而后万万解释,改悟前情,将谨谨有用之工夫,置身于经济之道"⑤。

① [清]曹雪芹:《周汝昌校订批点本石头记》,脂砚斋批点,周汝昌点校,译林出版社2011年版,第74页。

② [清]曹雪芹:《周汝昌校订批点本石头记》,脂砚斋批点,周汝昌点校,译林出版社2011年版,第79页。

③ [清]曹雪芹:《周汝昌校订批点本石头记》,脂砚斋批点,周汝昌点校,译林出版社2011年版,第80页。

④ [清]曹雪芹:《周汝昌校订批点本石头记》,脂砚斋批点,周汝昌点校,译林出版社2011年版,第699页。

⑤ [清]曹雪芹:《周汝昌校订批点本石头记》,脂砚斋批点,周汝昌点校,译林出版社2011年版,第79页。

## 第二节 儒家伦理秩序的困境

《红楼梦》一方面表现出一种道德冲动，具有对于儒家伦理秩序的信奉与敬畏；另一方面又以反讽的形式揭示出在实际生活的操作领域中，传统儒礼的僵化、变异与虚伪，神圣的儒礼被个人的私欲所操纵，沦为满足个人私欲的工具，从而"既重申了儒家基本德行的价值，也质疑了它们作为抽象理念呈现在具体社会实践中的结果"①。小说对儒礼的这种复杂态度根源于儒家伦理制度本身的二重性，一方面，它是作为维护宇宙、社会、家庭正常运行的神圣秩序，需要被尊重与敬畏；另一方面，在实际的操作领域，这种秩序的运作却常与价值交换及权力操纵紧密相连，理论宣扬与实际操作具有天壤之别，而产生虚伪性，"儒家的礼仪世界是一种理想的规范秩序，在这一秩序中，社会地位与等级被理解成为人与人之间相互的责任关系与道德义务，并且最终与宇宙的自然秩序相一致。但是，这样一个神圣的、'自然的'规范秩序，同时也形成了政治关系和现存秩序的基础，它的运作与社会交换、协商及权力操纵紧密相连"②。儒礼只有在官方的言辞中才是神圣的，到了现实生活中却是世俗的，这种二元性在小说"真事隐"与"假语存"的悖论中表现出来，这种冲突也展现了18世纪儒学内部不断增长的分歧，是明清之际陷入困境的儒学的自我反省，呈现出当时中国思想文化内部的张力与悖论。

儒家礼法对"名"异常重视，这套制度成为操演的一套仪式，成为维护某种"名"的表演，不再是出于真实的情感。对儒礼的娴熟操纵，成了个人谋求

---

① 商伟：《礼与十八世纪的文化转折——〈儒林外史〉研究》，生活·读书·新知三联书店2012年版，第256页。

② 商伟：《礼与十八世纪的文化转折——〈儒林外史〉研究》，生活·读书·新知三联书店2012年版，第256页。

私利、网罗人脉、获取经济仕途与声名利益的工具。小说中多处写到了宝玉对传统儒礼的虚伪性、表演性及功利性的深恶痛绝，表现在他对念书作文、科举取士、仕途经济的厌恶与逃避。第八十二回中，宝玉对黛玉说："还提什么念书，我最厌恶这些道学话。更可笑的是八股文章，拿他诓功名混饭吃也罢了，还要说代圣贤立言，好些的不过拿些经书凑搭凑搭还罢了，还有一种更可笑的，肚子里原没有什么东西，东扯西扯，弄得牛鬼蛇神，还自以为博奥，这那里是阐发圣贤的道理？"①宝玉清醒地认识到儒家道学言论的虚伪与功利，因为自我利益的角逐首先就是争夺代圣人说话的权力，八股文的训练目的正在此。宝玉逃避到大观园"温柔女儿乡"象征着他从世俗世界的退出和对世俗世界的拒斥。小说中对儒家伦理秩序困境的揭示首先通过贾府的父子关系的变异表现出来。

### 一、贾府的父子关系

传统文化中，最早谈及父子之间伦理关系的是《尚书》，书中有云："帝舜乃命契曰：百姓不亲，五品不训，汝为司徒而敬敷五教，五教在宽。"在尧舜时期，父子、君臣、夫妇、长幼、朋友之间的五种关系被认为是最重要的人际关系，是自然的规律，也是人的天性，所以，采用"五教"对百姓进行教育。随后，《春秋左传·正义》进一步提出"举八元，使布五教于四方：父义、母慈、兄友、弟恭、子孝"，将人伦关系提炼为"五教"，指在处理人际关系上的五种基本规范。孟子在前人的著述基础上又深化为家喻户晓的"五论"，即"父子有亲、君臣有义、夫妇有别、长幼有序、朋友有信"。《荀子·王制》提出因害怕"势位齐，而欲恶同，物不能澹，则必争；争则比乱，乱则穷矣"，所以参照"有天地而上下有差"，师法自然，提倡以血缘关系为纽带划分家庭，以长幼划分等级秩序来保障社会生产的顺利进行，避免家庭与社会出现秩序混乱的问题。《韩非子·忠孝》说："臣事君、子事父、妻事夫（是天下的正常法则）三者顺天下至，三者逆则天下乱，此天下之常道也。"提出君臣、父子和夫妇是伦

---

① ［清］曹雪芹：《红楼梦》，知识出版社，2015年版，第1068页。

理道德中最重要的三伦，是维护社会秩序安稳的永恒法则，意为维护宗法人伦关系。后又经过深化，《吕氏春秋·处方》说：“凡为治，必先定分：君臣、父子、夫妇……同异之分，贵贱之别，长少之义，此先王之所慎，而治乱之纪也。”凡治国一定要先确定名分，使君臣、父子、夫妇名实相符，君、臣、父、子、夫、妇，六种人各居其位，那么地位低下的就不会超越礼法，地位尊贵的就不会随意而行，晚辈就不会凶暴邪僻、长者就不会怠惰轻忽。《礼纬》中首次将三伦定为三纲，即“君为臣纲，父为子纲，夫为妻纲”。这些关于中国人伦道德和父子关系的陈述对后世产生了深刻的影响。

中国古代的社会经济结构状况是自给自足的小农经济，为父子伦理关系的形成提供了生根发芽的土壤，“男主外，女主内”的家庭分工，使得男性成为家庭的主要经济来源，决定了男性在家庭中占有重要的地位，进而奠定了“父为子纲”伦理关系产生的基础。在农耕文明时代，父作为长者，因其年龄和阅历，拥有比子辈更丰富的生产技能和生活经验，使得父亲在家庭中拥有最大的话语权，成为家长制和等级秩序产生的基础。

家国同构是中国传统社会结构的重要特征。家与国的紧密联系，使得国家的政治理论逐渐渗透家庭，导致家庭伦理具有明显的政治化色彩，进而影响整个社会。中国传统社会是以宗法制度为核心，以血缘关系为基础的专制集权社会。中国传统文化与家族伦理的根本是“孝”，以“父慈子孝”为父子关系的核心。传统社会的管理模式是希望每个社会管理者成为父亲，社会的权威模拟了父亲对儿子的权威。齐景公向孔子询问治理国家的办法，孔子为齐景公开出的执政“良方”是“君君、臣臣、父父、子子”。孔子的本意是，为政应该是诚于中、形于外的求责于己，或是社会成员是否做其本应该做的事情。换而言之，即各司其职，各尽其责。孔子更强调个体的自我责任感意识。但是，父父、子子的前后排列后来被引申为“三纲”中的“父为子纲”，以至在服务于政治时成为思想主流，“君臣父子”的理念被曲解，甚至在愚民政策中起着积极的作用。

在中国的传统社会中，儒家伦理道德以“三纲”作为基本原则。其中，“三纲”落实到家庭上，具体只展现为“二纲”，即“父为子纲”和“夫为妻纲”。统治者试图通过强化伦理秩序的方式以强化管理力度，规范百姓行为，进而达到社会稳定的目的。在传统家庭里,父为子纲之所以受到高度的重视,是因为它所服务的仍然是不平等的家庭伦理秩序。父为子纲对子女的基本要求是"孝",在父子关系中首先强调"父慈子孝",而孝就意味着要"顺服"。"父为子纲"在潜移默化的世俗伦理中,逐渐发展成为父者至高无上的地位,拥有绝对权威和支配权,所谓"父教子亡,子不得不亡""父命不可违"正是这种体现。

《论语·礼运》云:"何谓人义?父慈,子孝,兄良,弟悌,夫义,妇听,长惠,幼顺,君仁,臣忠。"父子关系是儒家家庭伦理关系中最重要,也是最基础的关系,更是人伦之本。父子关系作为家庭伦理关系的轴心而存在,它维系着家道兴衰,掌握着家族命运的基本走向,父子关系的和谐具有深远意义,所谓"父不慈则子不孝""父不记子过""父子和而家道兴"等正是这种体现。"父慈子孝"落实到实际中,是具有双向度的。父慈首先要求父母要对子女进行良好的教育,其次是父母对未成年子女承担养育的责任,其中最重要的是"教",最后还要做到"达子之志",即为父者要充分考虑儿子的情感感受。子孝则要求子女要珍爱自我,强调"身体发肤,受之父母,不敢毁伤,孝之始也",要做到"子爱利亲",即赡养父母、敬重父母。

在贾家的众多父子关系中,当矛盾和冲突产生的时候,儿子面对父亲的谴责主要表现出服从和反抗两种态度。一般情况下,故事情节所展现的都是服从,但这种表面的服从背后,是内心无声的反抗和言语上的怨念,小说中儒家伦理秩序的败坏首先就体现在贾家的父子关系中。

(一)贾敬与贾珍:任其所为

从全书内容来看,贾敬和贾珍之间的父子矛盾是最不明显的,也是相对和缓的。小说中体现其父子矛盾关系的情节主要集中在:庆寿辰宁府排家宴、秦可卿死封龙禁尉、死金丹独艳理亲丧这三个章回。

1. 庆寿辰排家宴

贾敬是宁荣两府唯一一位通过科举考取进士并当上官的,承袭了宁国府的爵位。然而,他却放弃无量前途,抛开富贵家族,留下一双儿女,潜心求仙问道。在自己寿辰这天,宁国府为庆寿辰大排家宴,贾敬作为这场寿宴的主角,不在现场,而在玄真观修道。作为儿子的贾珍只是谨遵父命,在家伺候款待一家子的老爷们而未敢前去玄真观,只是派遣贾蓉将果盒送与贾敬。贾蓉回话:"方才我去给太爷送吃食去,并回说我父亲在家中伺候老爷们,款待一家子的爷们,遵太爷的话并未敢来。太爷听了甚是喜欢,说,'这个才是。'叫告诉父亲母亲好生伺候太爷,太太们,叫我们好生伺候叔叔、婶子并哥哥们。还说那《阴骘文》,叫急急的刻出来,印一万张散人。"①贾蓉的这段回话里,暗藏着贾敬两种不同的情感态度。一方面,让贾敬感到满意的是,贾珍遵从父命留在家里款待一家子的爷们;另一方面,贾敬对儿子贾珍存在一定的不满,认为贾珍的"孝"是值得怀疑的。另外,贾敬回话要求刻印《阴骘文》(是道教的劝善书,劝人行善积德,从而得到神灵赐福),而贾蓉的这一番回话是说与尤氏、邢夫人、王夫人、王熙凤等人听的,贾珍并不知情。在庆寿辰当天,贾珍陪同着一家子的兄弟子侄吃喝,甚至到了第二天仍是族人间的闹腾庆祝。表面上是庆寿辰,实则是娱乐享受,根本与贾敬无关。贾珍遣贾蓉送果盒的举止,做足礼仪周全的功夫,却看不到真心诚意。由此可见,贾敬与贾珍父子之间,除了父对子的微词和不满,还有一种情感上的疏离。

2. 秦可卿死封龙禁尉

贾敬听闻长孙媳秦可卿死后,更加以为早晚都要飞升,万不肯回家去染了红尘而前功尽弃。所以,完全不将这些事情放在心上,全凭贾珍去料理。贾珍请来众多禅僧超度亡魂,"见父亲不管,亦发恣意奢华,看板时,几副杉木板皆不中用"②。最后,不顾贾政"恐非常人可享"的劝告,用上本是留给义忠亲王老千岁的樯木棺木,还买下一个五品龙禁尉,得以在灵幡经榜上大书"世袭宁国公冢孙媳防护内庭御前侍卫龙禁尉贾门秦氏恭人之丧"③,以示家门的显赫、丧礼的风光。从办理儿媳秦可卿的葬礼来看,贾珍非常好面子,

---

① [清]曹雪芹:《周汝昌校订批点本石头记》,脂砚斋批点,周汝昌点校,译林出版社2011年版,第144页。

② [清]曹雪芹:《周汝昌校订批点本石头记》,脂砚斋批点,周汝昌点校,译林出版社2011年版,第164页。

③ [清]曹雪芹:《周汝昌校订批点本石头记》,脂砚斋批点,周汝昌点校,译林出版社2011年版,第167页。

也十分善于铺排。对贾珍的这一系列行为,脂砚斋评其"荣宁世家,未有不遵家训者,虽贾珍尚奢,岂有明逆父哉"①。贾珍主要通过行动间接地表达对父亲的反抗,具体表现为父亲不管就肆意妄为。

3. 开夜宴异兆发悲音

贾敬死后,贾珍闻信息忙告假。父亲贾敬的去世,给贾珍带来的悲伤是十分短暂的。贾珍到场后,"从大门外便跪爬至棺前,稽颡泣血,直哭到天亮,喉咙都哑了方住"②。在这里,读者几乎看不到贾珍任何有关悲伤的心理上的活动,有的只是哭声带来的听觉上的悲戚。然而,贾珍很快就在守丧期间倍感无聊,因不得观优闻乐,便冠冕堂皇地以习射为由,带领各世家年轻弟兄及诸富贵亲友较射,醉生梦死;抹骨牌亦或赌酒,公开斗叶掷骰,开局豪赌,并且在赌博之余还豢养娈童,"贾珍居长,不能承先起后,丕振家风。兄弟问柳寻花,父子呼么喝六,贾氏宗风,其坠地矣"③。

4. 导致贾敬和贾珍父子矛盾关系的因素

(1)缺乏教育

从外在环境的角度来说,贾敬不理家事,任由贾珍折腾,直接导致祖业的荒疏和子女前途的荒废。贾珍在行为上,一面遵从父命,一面肆意妄为、荒淫无度。贾敬作为父亲,对贾珍缺少管教约束,有着不可推卸的责任,再加上本身优渥的生活环境更让其放纵自我、骄奢淫逸。

(2)臣服于权力,屈服于欲望

贾珍是宁国府的当家人,承袭祖辈传下来的爵位,掌握着家中大权。他是贾府玉字辈里的长男,是宁国公的嫡系后人,更是贾府的现任族长,既尊且贵,拥有较高的家庭地位和话语权,具有一手遮天的资本。但是,贾珍几乎放任自我本性,与其说是自我约束和克制能力的缺失,不如说是深陷欲望

① [清]曹雪芹:《周汝昌校订批点本石头记》,脂砚斋批点,周汝昌点校,译林出版社2011年版,第160页。

② [清]曹雪芹:《周汝昌校订批点本石头记》,脂砚斋批点,周汝昌点校,译林出版社2011年版,第755页。

③ [清]曹雪芹:《周汝昌校订批点本石头记》,脂砚斋批点,周汝昌点校,译林出版社2011年版,第879页。

的旋涡和权力的泥淖。

（二）贾珍与贾蓉：同流合污

贾珍与贾蓉间的父子关系，应该说是贾氏几组父子关系中最不健康的，体现在秦可卿死封龙禁尉、享福人福深还祷福、死金丹独艳理亲丧、开夜宴异兆发悲音等章回。

1. 秦可卿丧礼

儿媳秦可卿去世，作为公公的贾珍却哭得如丧考妣。"正和贾代儒等说道：'合家大小，远亲近友，谁不知道我这媳妇比儿子还强十倍。如今伸腿去了，可见这长房内绝灭无人了。'"①面对贾政对买棺木一事的劝告，贾珍"恨不能代秦氏之死，这话如何肯听"，因对贾蓉的履历不满，暗地里通过宦官戴权以重金捐官，"贾珍因想着贾蓉不过是个黉门监生，灵幡经榜上写时不好看，便是执事也不多，因此心下甚不自在"。②

作为亡者的丈夫贾蓉，面对秦可卿的逝去，丝毫看不到他的作为，更看不到他对秦可卿的情感，仿佛只是个遵从父亲安排的棋子和执行命令的机器。

2. 清虚观训子

贾珍和贾蓉父子矛盾最激烈的地方，还在于第二十九回贾母率领全家到清虚观祈福，贾珍要打发人传话时，找不到贾蓉，发现他躲在一边乘凉，顿时大怒，当众叫小厮往贾蓉脸上吐唾沫。"贾珍道：'你瞧瞧他，我这里也没热，他到乘凉去了！'喝命家下人啐他。那小厮们都知道贾珍素日的性子，违拗不得，那小厮上来向贾蓉脸上啐了一口。贾珍道：'问着他！'那小厮便问贾蓉道：'爷还不怕热，哥儿怎么先凉快去了？'贾蓉拖着手，一声不敢说。"③

① ［清］曹雪芹：《周汝昌校订批点本石头记》，脂砚斋批点，周汝昌点校，译林出版社2011年版，第163页。

② ［清］曹雪芹：《周汝昌校订批点本石头记》，脂砚斋批点，周汝昌点校，译林出版社2011年版，第165页。

③ ［清］曹雪芹：《周汝昌校订批点本石头记》，脂砚斋批点，周汝昌点校，译林出版社2011年版，第371页。

贾珍完全不顾及贾蓉在下人面前的尊严,贾蓉则像老鼠遇见猫一样乖顺听话,奉拉着手以示对父权的尊重和敬畏。可见,作为儿子的贾蓉是相当懦弱的,更无力于挑战父权。

### 3. 死金丹独艳理亲丧

贾敬亡故,尤氏主持丧礼,后将继母与尤二姐、三姐接到家中三房来住。贾珍父子闻信告假而归,"贾蓉当下也下了马,听见两个姨娘来了,便和贾珍一笑。贾珍忙说了几声妥当,加鞭便走"①。父亲、爷爷的逝去,并没有让贾珍和贾蓉父子产生为人子、为人孙应有的悲痛之情,相反,父子两人深陷美色和肉体的欲望之中,贾蓉的恶赖无耻和贾珍的淫乱无度显露无遗。戚回本评价贾蓉的行为"不分长幼微贱,纵意驰骋于中,恶习可恨"②。

### 4. 守丧期聚赌

贾珍在守丧期间,不得优伶陪伴作乐享受以消遣时间,只得开局聚赌,"便命贾蓉作局家。这些来的皆系世袭公子,人人家道丰富,且都在少年,正是斗鸡走狗,问柳评花的一干游荡纨袴。因此,大家议定,每日轮流作晚饭之主,每日来射,不便独扰贾蓉一人之意"③。遂以较射为由聚众赌博,自己不便出面,还要儿子贾蓉来作局家,为自己打掩护。贾珍酷爱寻欢作乐,还带着儿子一起享乐。渐渐地,所谓的习射就变成年轻世家子弟们吃喝玩乐,卖弄殷实家底和展示自家厨艺的机会,"贾珍志不在此,再过一日,便渐次以歇臂养力为由,晚间或抹抹骨牌,赌个酒东而已,至后渐次至钱。如今三四月的光景,竟一日一日赌胜于射了,公然斗叶掷骰,放开头局,夜赌起来"④。贾珍有一种寻求刺激的变态心理,想方设法达到享乐目的,完全不在乎礼法和外界的声音。这对父子之间的重要矛盾在于,他们可以共同分享同一个

---

① [清]曹雪芹:《周汝昌校订批点本石头记》,脂砚斋批点,周汝昌点校,译林出版社2011年版,第755页。

② [清]曹雪芹:《周汝昌校订批点本石头记》,脂砚斋批点,周汝昌点校,译林出版社2011年版,第758页。

③ [清]曹雪芹:《周汝昌校订批点本石头记》,脂砚斋批点,周汝昌点校,译林出版社2011年版,第884页。

④ [清]曹雪芹:《周汝昌校订批点本石头记》,脂砚斋批点,周汝昌点校,译林出版社2011年版,第884页。

"猎物",完全忽视伦理道德,为父的一味享乐,为子的共同沉沦,甚至不惜牺牲儿子的名誉,将儿子当成工具无情利用,只为满足自己放纵的欲求。

5.导致贾珍与贾蓉父子矛盾关系的因素

(1)家庭环境

父亲贾敬修道,缺乏对儿子贾珍的深度教育与管束,且在情感上缺少联系,这使贾珍处于一种过分自由涣散的状态,越发肆意妄为。

(2)追求刺激

贾珍十分享受在儿子面前施展大家长的权威,通过对儿子的种种操控,获得某种快感来消解无聊感,他所获得的快乐是以儿子的痛苦为代价的。贾珍在表面上下足功夫,但对自己私底下所做的丑事毫无愧疚之心,可见追求刺激所获得的快感能够平衡其在其他方面的挫折并维持良好的心理状态。

(三)贾赦和贾琏:无情利用

贾赦父子同样好色,但是贾琏远胜其父。贾赦继承了爵位,但完全不做事不管事。贾琏虽然在官场上没有什么建树,但协助贾政操持家族事务,扛起家庭的重担,冷子兴评价其"也是不喜读书于世路好机变言谈去的"①,可以说比上不足比下有余,虽贪财好色却不薄情寡蓄。全书贾赦和贾琏的矛盾关系主要体现在夺取石呆子扇子、逼娶贾母丫鬟鸳鸯、赏赐丫鬟秋桐三个章回。

1. 夺取石呆子扇子

贾赦是荣国府的长房,承袭着一等将军的爵位却不务正业,一把年纪还妻妾成群、年迈昏聩、行事荒唐而不自知,不得贾母欢心。贾赦喜欢收藏古董,他看上了石呆子的旧扇,要贾琏不管花多少钱都要得到,然这石呆子偏

---

① [清]曹雪芹:《周汝昌校订批点本石头记》,脂砚斋批点,周汝昌点校,译林出版社2011年版,第29页。

不肯卖。作者托平儿之口说道:"老爷没法子,天天骂二爷没能为。"①在贾赦心目中,儿子贾琏是无能的。但是,对于"能为"这件事,贾琏与贾赦的看法又是不一致的。贾赦的"能为"是,贾雨村投其所好以权谋私,设法欺压石呆子得到扇子。换而言之,就是权贵之间勾结作恶,满足私欲。然而,在良心未泯的贾琏心里,单凭这点小事情就搞得家破人亡是没有必要,也不能算是"能为","为这点子小事,弄得人坑家败业,也不算什么能为"②。道破贾赦父子的矛盾不仅多,且由来已久,"老爷听了,就生了气,说二爷拿话赌老爷了。因此这是一件大的。这几日还有几件小的,我也记不清。所以都凑在一处,就打起来了。也没拉倒用板子棍子,就站着,不知拿什么混打一顿,脸上破了两处"③。这是贾琏难得直接反抗父亲的行为,公然大胆地表示出对父亲贾赦夺扇事件的反对态度。

2. 逼娶贾母丫鬟鸳鸯

贾赦在不务正业之余,还十分好色,看上了贾母的丫鬟鸳鸯,意欲娶她作房里的人,便教唆贾琏去威逼利诱鸳鸯的家人。贾琏在道明鸳鸯家人不知是死是活,即便活着也不省人事,叫过来可能也没用的情况后,立即遭遇贾赦喝骂:"贾赦听了,喝了一声,又骂:'下流囚攮的,偏你这么知道,还不离了这里!'"④这时的贾琏被唬地退出,甚至不敢回家去见他的父亲,只好在门外面伺候着。当金文翔传达了妹妹鸳鸯拒绝做贾赦小妾的消息时,"贾赦怒起,因说道:'我这话告诉你,叫你女人向他说去,就说我的话,自古嫦娥爱少年,他必定是嫌我老了,大约他恋着少爷们,多半是看上宝玉,只怕也有贾

① [清]曹雪芹:《周汝昌校订批点本石头记》,脂砚斋批点,周汝昌点校,译林出版社2011年版,第579页。

② [清]曹雪芹:《周汝昌校订批点本石头记》,脂砚斋批点,周汝昌点校,译林出版社2011年版,第580页。

③ [清]曹雪芹:《周汝昌校订批点本石头记》,脂砚斋批点,周汝昌点校,译林出版社2011年版,第560页。

④ [清]曹雪芹:《周汝昌校订批点本石头记》,脂砚斋批点,周汝昌点校,译林出版社2011年版,第562页。

琏。'"①在逼娶鸳鸯这一事件里,让贾赦暴怒的原因有两个,一是儿子贾琏并没真的站在他这边帮助他,反而在为鸳鸯说话;二是他看上的丫鬟有可能看上他的儿子贾琏,或者儿子贾琏早就觊觎自己身边的人。

3. 弄小巧借剑杀人

父亲的权威与武力并没有真正将贾琏控制住,将秋桐赏赐给贾琏则是贾赦进一步控制儿子的方式。贾赦派贾琏去办事,并将所办完的事情回明贾赦和邢夫人,"贾赦十分欢喜,说他中用,赏了他一百两银子,又将房中一个十七岁的丫嬛名唤秋桐者,赏他为妾。贾琏叩头领去,喜之不尽"②。与前面的买扇未果和威逼利诱鸳鸯家人不成相比,这次儿子贾琏将事情办妥,贾赦才喜笑颜开地赞赏儿子有用处,可见他完全将儿子贾琏当作为其服务的工具。他将丫鬟秋桐赏赐给贾琏,一则是利益交换,二则是表明自己知道儿子对其身边姬妾的觊觎之心。贾赦姬妾丫鬟众多,贾琏又常有图谋不轨之心,只是不敢下手,"如这秋桐辈等人,皆是恨老爷年迈昏聩,贪多嚼不烂,没的留下这些人作什么,因此除了几个知礼有耻的,馀者或有与二门上小么儿们嘲戏的,甚至于与贾琏眉来眼去,相偷期的,只惧贾赦之威,未曾到手"③。贾赦利用这一点买通贾琏,目的是让他以后更心甘情愿且卖力地为他服务,帮他满足那些他自己不方便出面的、放不上台面的丑陋的私欲。

4. 导致贾赦和贾琏父子矛盾关系的因素

(1)强烈的控制欲望

贾赦在蔑视权威的同时又具有很强的控制欲望,可以说,贾赦是父子关系中的掠夺者,他不一定是为了获取金钱利益,主要是为了满足某种控制欲望。贾赦拥有较好的教育素养和较高的能力,但又像一个深陷饥饿状态而又十分苛刻的巨婴,要求他人奉献一切以满足自己的愿望,进而支配对方。

---

① [清]曹雪芹:《周汝昌校订批点本石头记》,脂砚斋批点,周汝昌点校,译林出版社2011年版,第563页。

② [清]曹雪芹:《周汝昌校订批点本石头记》,脂砚斋批点,周汝昌点校,译林出版社2011年版,第813页。

③ [清]曹雪芹:《周汝昌校订批点本石头记》,脂砚斋批点,周汝昌点校,译林出版社2011年版,第814页。

虽然贾赦贾琏和贾珍贾蓉两对父子之间存在共同点,即彼此具有一定的利益关系,但从情感上讲,贾赦贾琏父子之间更多的是无情的控制关系,而贾珍贾蓉父子则是基于利益的互相需求。

(2)认知冲突

贾琏在大家庭中长期受到家长的贬斥,使得他个性中昂扬向上的一面受到压制。但相对于其他贾府子弟而言,贾琏已经具有一定的自我独立的意识,在面临问题时会思考轻重利害,对大事和小事还是有所把握和盘算计划的。贾琏虽然在私生活和行为作风上不检点,但从他不忍心夺取石呆子的扇子这一情节来说,他内心还留有一些良知,知道做人的底线,相比之下,贾赦则已完全泯灭良知,彻底沦为玩弄权力、仗势欺人之辈,这也是贾琏和贾赦父子之间发生冲突的重要原因。

(四)贾政与贾宝玉:反叛对立

贾政贾宝玉父子之间的问题,历来为人所津津乐道。贾宝玉作为全书的主要人物,其与贾政之间的矛盾一直存在。在很多读者的印象中,宝玉在贾政面前没有任何可取之处。然而贾政眼中的宝玉真的一无是处吗?答案当然是否定的。第十七回中,宝玉得到了机会在父亲贾政面前充分展现了自己的才华。"宝玉道:'尝闻古人有云,编新不如述旧,刻古终胜雕今。况此处并非主山正景,原无可题之处,不过是探景一进步耳。莫若直书"曲径通幽处"这句大方气派。'"①宝玉还为大观园中诸景观作了对联:"绕堤柳借三篙翠,隔岸花分一脉香""宝鼎茶闲烟尚绿,幽窗棋罢指犹凉""新涨绿添浣葛处,好云香护采芹人"②……在这些题额与对联中,可以看出宝玉是很有才华的,在师前贤、师造化的基础上跳脱出来,形成自己的独特认识和看法。从同行的众门客对宝玉题额内容的反应亦可看出宝玉的才华,"众人都忙迎

---

① [清]曹雪芹:《周汝昌校订批点本石头记》,脂砚斋批点,周汝昌点校,译林出版社2011年版,第207页。

② [清]曹雪芹:《周汝昌校订批点本石头记》,脂砚斋批点,周汝昌点校,译林出版社2011年版,第12页。

合,赞宝玉才情不凡""众人咸称赞不已""众人都哄然叫妙""众人都摇身叫妙"①。尽管这些称赞中不免含有逢迎的成分,但不得不承认宝玉是真的有才华。在这一回中,面对儿子的诗才,贾政的态度很值得揣摩。

1. 贾政的"微笑"

在一定程度上,贾政对宝玉的才华是赞赏的,只是这种赞赏隐匿于宝玉不能够理解的表达中。宝玉道:"有用'泻玉'二字,莫若'沁芳'二字,岂不新雅?"贾政拈髯点头不语;宝玉题"绕堤柳借三蒿翠。隔岸花分一脉香"②,贾政听了点头微笑。由此可见,贾政并不是完全地否定宝玉,认为他一无是处。相反,作为父亲的他,对宝玉的肯定和赞扬是以含蓄且不被察觉的"点头""微笑"来表现的。值得我们关注的是,贾政对待宝玉和门客的态度截然不同。在这一场景,与门客对话时,贾政十一次"笑道"。相反地,对待宝玉则是"命他跟来""冷笑""畜生""摇头""气的喝命""喝道"等带有强烈否定性、命令性的语词。官场生涯的压力与大家长的威严,让在外人面前温和如一的贾政,不愿让自己或者儿子有失颜面,难免宽于外而严于内。但是从宝玉追求平等的心性角度来说,在诗词创作领域,绝不是说你年纪大就一定比我好,也不是你官位高就一定比我强。然而,作为贾府最典范的儒法"卫道士",贾政认为做人必须谨慎,晚辈在长辈面前必须谦卑、低调,所以当宝玉在众老先生面前卖弄才艺时,贾政一面为宝玉的自以为是而愤怒,但又不得不承认宝玉独到的见识与独特的诗才,因此表现出非常矛盾的态度。同时,宝玉身上那种与生俱来的平等精神与率性、天真,也与谨慎遵循传统儒家父权体制的贾政产生强烈冲突。"祖辈的人把刚出生的孙儿抱在怀里,除了他们往日的生活以外,他们想不出孙儿还会有什么别的未来。……他们早已为新生一代的生活定下了基调。孩子们的祖先度过童年期后的生活,就是

---

① [清]曹雪芹:《周汝昌校订批点本石头记》,脂砚斋批点,周汝昌点校,译林出版社2011年版,第208页。

② [清]曹雪芹:《周汝昌校订批点本石头记》,脂砚斋批点,周汝昌点校,译林出版社2011年版,第208页。

孩子们长大后将要体验的生活;孩子的未来就是如此造就的。"①贾政给予贾宝玉的教训和棍棒就是这一文化惯例和社会规范的顽强持续。

2．权威和亲情下的父子矛盾

小说中宝玉对贾政多是称呼其为"老爷","老爷方才所议极是""老爷教训的固是",语气中的隔阂和疏远让人感到悲哀,从中可见这对父子关系中矛盾的复杂性。从父亲的角度来说,一方面,父亲望子成龙,对儿子有着深刻的期盼,他要宝玉研读经史,走仕途之道。另一方面,贾政不仅仅是宝玉的父亲,更是长者与权威,是传统社会道德价值的捍卫者,需要展示作为父亲的威严并履行父权。然而,宝玉这样一个边缘化的"零余者"的存在,是注定无法从自己的立场去理解父亲的良苦用心的。父亲这个群体照样是不被理解且孤独存在的,他们需要承受社会对自己儿子的谩骂,需要承受教子不严的过失,同样有着不被理解的痛苦。

从宝玉的角度来说,他的存在同样孤独而痛苦。从心理学上说,人之所以孤独是由于他是独特的存在,与其他任何人都不同,并意识到自我是一独立的存在,以孤独的个体面对广漠的世界和茫茫的人群。在偌大的贾府中,贾宝玉所体验到的最大痛苦便是无家可归,因为他的种种"乖僻"行为在世人眼中是完全错误的,自然也就没有任何生而为人应该得到的尊严、自由和权力,以至于只能躲在自己暧昧而隐秘的王国里,同时,仍要遭受他人的排斥、憎恨、放逐与侮辱,渺小的生存空间仍旧在不断地被外在社会所掠夺。在面对现实社会的不认同时,宝玉只能留守在这个唯一能够认同他的王国"大观园"里艰难蛰伏着,因为只有在这个王国里,他才能够被理解、被尊重,这也注定了他游走在边缘,远离人群,必须忍受孤独。

3．导致贾政和贾宝玉父子矛盾关系的因素

(1)性情差异

贾宝玉生长于贵族家庭,自幼受宠,和同辈女孩们相处融洽。但是他所身处的现实环境并不允许他每天吟诗作赋,而是要求他参加科举考试,走仕

---

① (美)齐怡·赫伯特·米德:《心灵、自我与社会》,中国传媒大学出版社,2015年版,第102页。

途经济之路。在试才题对额中,宝玉不仅表达出自己对诗词曲赋的独特想法,在面对众清客提出的疑问时他也能够自如从容地表达自己的观点。贾政是非常典型的儒家严父形象,他在外人面前喜怒不形于色,对儿子则冷面相待,动辄大打出手。贾政可以非常理性地划定宝玉"应该"学的学习内容与"应该"走的人生道路;宝玉则倾向于感性地依据自己的喜好进行学习,父子在这一问题上,存在极大矛盾。

(2)情感表达

贾政对宝玉并非完全无情。但他是喜怒不形于色的人,即使心里很满意宝玉的题字才能,但在清客面前也是尽可能地将欢喜藏于心底。作为父亲,他不会让只有十四岁的儿子如此张扬,即使觉得他有才情,也不能在长辈面前肆意卖弄,这是对儒家伦理内敛谦虚的价值取向的谨谨遵从,因此,作为父亲的贾政,其情感的表达始终处于压抑状态,而表现在外的则是一副虚伪的"假正经"。在儒家伦理秩序的牵制下,父子关系成了最为紧张、生硬的关系,在僵化的礼的框架下,贾政完全不知道如何表达他对儿子以及其他晚辈的情感。

## 二、一夫一妻多妾制度下的女性处境

小说中不同身份的女性的处境,以及女性之间的相互残害,呈现出传统儒家伦理制度,尤其是父权婚姻制、一夫一妻多妾制对女性心灵与人格的损害,它制造了婚姻悲剧、妻妾之争,造成了女性之间的相互残害与打击报复,并使得女性心灵扭曲、人格分裂。

### (一)王夫人的处境

王夫人出生于四大家族之一的王家,是金陵王家的嫡女。作为荣国府二房贾政之妻,膝下有已经过世的大儿子贾珠、作为贾府的靠山的入宫为妃的女儿贾元春,还有贾府最受宠的嫡系子孙的小儿子贾宝玉,九省统制王子腾是她的娘家兄弟,精明能干、聪慧过人的王熙凤是她的侄女,嫁入薛家的薛姨妈则是她同父的妹妹。娘家势力强大,侄女王熙凤替她掌管家里的事,且深得贾母喜爱,还生有宝玉与贵为皇妃的女儿元春,让王夫人在贾府的地位远远高出大房邢夫人。在贾府中,虽然袭爵的是贾赦,但地位更高、掌握实权的是贾政,因此王夫人凭借着身份与能力稳稳地压住了大房邢夫人,成为整个贾府排在贾母之后的掌权人,是荣国府的实权派。

1. 宽柔慈善的当家夫人

王夫人是贾政的嫡妻正室,贾府的儿媳妇。作为一位孝顺的儿媳、慈善的夫人、和顺的妻子、慈祥的母亲,王夫人是合乎其伦理身份与要求的。王夫人平日里吃斋念佛,对人宽柔慈善,少言寡语,娴静端正,是她努力塑造的世家大族当家夫人的角色,这个角色建立在实权在握与地位稳固的基础上。

和贾母一样,王夫人的母家与夫家赋予了她在贾府中相当高的地位,这为她开展一系列操作提供了权力及方便之门。王熙凤进门后,王夫人就将管家权交给她,自己不闻不问,整日里吃斋念佛,看似是个无心弄权、心境平和的贵夫人。但王熙凤曾戏谑道,自己不过是挂钥匙的丫头,从这句话中可见王夫人其实并非表现出来的如此不闻不问,只是表面功夫罢了。第三回中,凤姐初一登场。王夫人便问她月钱有没有发放,接着叮嘱她拿钱出来给黛玉裁新衣。王夫人说:"等晚上想着,叫人再去拿罢,可别忘了"①,给人落下了一个王熙凤听从王夫人指示的初印象。这里,王夫人与凤姐有一段关于丫鬟们月例银子的对话,王夫人并没有用什么尖锐、指责或是怀疑的话语,只是简单地问凤姐:"月月可都按数给他们?""前日我恍惚听见有说抱怨的,说短了一吊钱,是什么原故?"②凤姐就已经需要"忙笑道"来回话了,无论是对话内容,还是二者的态度语气,都不像一个放权一心拜佛念经的太太与现任当家人之间的对话,反倒像例行询问下属。还有一回,凤姐捉了冲撞尤氏的两个婆子,等候发落,遭到了邢夫人在众人面前夹枪带棒的求情,王夫人知道后也说放了她们为好,说罢便命人去放了婆子,这件事引得凤姐"灰

---

① [清]曹雪芹:《周汝昌校订批点本石头记》,脂砚斋批点,周汝昌点校,译林出版社2011年版,第37页。

② [清]曹雪芹:《周汝昌校订批点本石头记》,脂砚斋批点,周汝昌点校,译林出版社2011年版,第444页。

心转悲滚下泪来"①。从这些事中不难看出,若王夫人不允许,王熙凤也只能无可奈何。凤姐作为一个小辈,原来只拥有平常事务的决定权和执行权,遇到大事丝毫没有决策权。在抄检大观园时,王夫人曾说了一句话:"可知我身子虽不大来,我的心耳神意,时时都在这里。"②连小丫鬟平日里的谈话,她也清楚。这些都说明王夫人只是表面推说身体不好,假意交出了掌管权,实则仍让自己的耳目遍布全府,也从未歇了掌权的心思。

(1)处事方式

邢夫人与王夫人素来在暗地里斗气,当邢夫人在园内看见傻大姐玩绣春囊后,立刻借此事为由向王夫人发难,将绣春囊送去王夫人那里羞辱她。王夫人果然勃然大怒,因此对凤姐也起了疑心,立刻去探问,得不出结果后又干脆瞒着贾母封锁了大观园,连夜命人进去翻检搜查,既对邢夫人的挑衅做了回应,又借着由头清洗了一遍宝玉的身边人,撵走了一直看不顺眼的晴雯和几个戏子。

王夫人在丫鬟的去留上做出的重要抉择,就是留袭人、去晴雯。留袭人,是因为王夫人从袭人找她提关于宝玉的意见时发现了袭人的好处,并决意笼络袭人,将她培养成自己的人,并提拔成宝玉的通房大丫头。去晴雯,则是因为晴雯从长相到行事均不合王夫人的意。由于晴雯是贾母喜欢并且亲自拨到宝玉房中的丫鬟,所以明着赶走晴雯无异于和老太太作对,要撵走需要一个正大光明的借口。王夫人借抄检大观园之机终于将晴雯赶走。王夫人的精明也在事后向贾母解释时体现无遗,先说晴雯"一年之间病不离身"③,意指明晴雯是个带病的,不好留在宝玉身边;再说"常见他比别人分外淘气,也懒"④,塑造了一个懒惰的丫鬟形象;再跟着透露其实是得了"女儿

① [清]曹雪芹:《周汝昌校订批点本石头记》,脂砚斋批点,周汝昌点校,译林出版社2011年版,第837页。

② [清]曹雪芹:《周汝昌校订批点本石头记》,脂砚斋批点,周汝昌点校,译林出版社2011年版,第908页。

③ [清]曹雪芹:《周汝昌校订批点本石头记》,脂砚斋批点,周汝昌点校,译林出版社2011年版,第918页。

④ [清]曹雪芹:《周汝昌校订批点本石头记》,脂砚斋批点,周汝昌点校,译林出版社2011年版,第918页。

病"，用这个大家避之不及的病来加深贾母的厌恶感；最后用"老太太挑中的人原不错，只怕他命里没造化"来收尾，既奉承了贾母的识人能力，又点明这件事发展成这样是晴雯咎由自取不自重，与贾母无关。从中可以看出王夫人在处理事情时十分圆滑周到，既能达到自己的目的，也不会让贾母反感。

（2）做事结果

第三十回中，宝玉调戏王夫人房中的丫鬟金钏儿，金钏儿回了句"金簪子吊在井里头，有你的只是有你的"①，王夫人起身一个巴掌，大骂是她带坏了宝玉，认为丫鬟勾引自己的儿子，并坚持将她赶出府去，最终导致金钏儿投井身亡。在抄检大观园事件中，王夫人不顾晴雯带病在身，叫人把她拖起来送走，又横加羞辱，导致晴雯不久后病逝。同样是抄检大观园事件，邢王二夫人斗法，司棋被翻出与表弟的情书，最终撞墙殉情而死。王夫人不出手则已，一出手就直接或间接害死了不止一个丫鬟。

2.对宝玉的爱之焦虑与无助

在贾府中，王夫人虽然掌握实权，但内心仍有其深刻的焦虑与无助，这主要是因为宝玉。王夫人在痛失长子贾珠后，人到中年才又得了宝玉，所以，宝玉是她的命根子，也是最大的心病。宝玉不爱读书，却喜欢与女孩子厮混，不被父亲贾政喜欢，在王夫人眼里就是一个"孽障"，既爱之也恨之，"我何曾不知道管儿子，先你珠大爷在时，我是怎么管来着？难道我如今倒不知管儿子了？……我常常掰着口儿劝一阵，说一阵，气的骂一阵，哭一阵，彼时也好，过后还是不相干，端的吃了亏才罢！设若打坏了，将来我靠谁呢！"②如果宝玉不好，王夫人就会背上不好好管教儿子的罪责，这是影响到整个家族运势的大罪，"若叫人哼出一声不字来……二爷后来一生的声名品行岂不完了。二则太太也难见老爷"③。为了维护宝玉与自己在家族中的声

---

① ［清］曹雪芹：《周汝昌校订批点本石头记》，脂砚斋批点，周汝昌点校，译林出版社2011年版，第385页。

② ［清］曹雪芹：《周汝昌校订批点本石头记》，脂砚斋批点，周汝昌点校，译林出版社2011年版，第423页。

③ ［清］曹雪芹：《周汝昌校订批点本石头记》，脂砚斋批点，周汝昌点校，译林出版社2011年版，第424页。

誉与地位,一旦出现可能危及宝玉名声的危险因素,她平素的宽柔慈善立刻转变成冷酷无情。当听到宝玉与金钏儿调笑嬉闹时,王夫人的反应十分激烈:"翻身起来,照金钏儿脸上就打了一个嘴巴子,指着骂道:'下作小娼妇,好好的爷们,都叫你们教坏了。'"①打了一下,骂了几句,无论金钏儿如何苦求,仍毫不留情地将她撵了出去,致使金钏儿喊冤跳井自杀。晴雯因为长得太好,个性锋芒太露,又因婆子进谗言,被王夫人视为勾引宝玉的狐狸精,在病中被赶出大观园,并直接导致了晴雯的死亡。

3. 对赵姨娘的恨——原配情结

王夫人对赵姨娘长期隐忍,因为在古代,正室是不可以嫉妒丈夫之妾的,"妇有七去:不顺父母去,无子去,淫去,妒去,有恶疾去,多言去,窃盗去"②。王夫人为了遵循传统妇德,维护自己的贤妻形象及地位,必须对赵姨娘表现出一种大度与包容,"她的大度更多是一种自我约束的体现,是在封建社会要求下妇德的展示"③。但实际上,赵姨娘不是省油的灯,到处兴风作浪,仗着自己生了贾环与探春,不守本分,到处惹事。作为原配的王夫人不得不与她共享一个丈夫,内心对赵姨娘是怨恨、厌恶的,一旦找到机会,就会不由自主地流露出来。有一次,贾环把桌上的烛台碰翻,滚烫的烛油烫伤了宝玉,王夫人气急败坏,但她不骂贾环,而是借机叫来赵姨娘狠狠骂了一通:"养出这样黑心不知道理下流种子来,也不管管!几翻几次我都不理论,你们得了意了,这不亦发上来了。"④一夫一妻多妾的制度,让王夫人的内心扭曲,她对赵姨娘的恨,渐渐发展为一种深刻的"原配情结",以至于一旦遇到那些长相"风骚"的妖精,王夫人心中充满了仇恨与除之而后快的狠毒。

---

① 〔清〕曹雪芹:《周汝昌校订批点本石头记》,脂砚斋批点,周汝昌点校,译林出版社2011年版,第385页。

② 《大戴礼记今注今译》,高明译注,天津古籍出版社1988年版,第117页。

③ 阳淑华:《〈红楼梦〉中王夫人的原配情结》,载《湖南科技学院学报》2016年第3期,第24页。

④ 〔清〕曹雪芹:《周汝昌校订批点本石头记》,脂砚斋批点,周汝昌点校,译林出版社2011年版,第315页。

### 4. 王夫人的手段

#### (1)培植亲信,物色妻妾

王夫人一面扫除异己,一面暗地里积极地为宝玉物色合意的妻妾人选,希望以此来稳定宝玉的心。贤惠而聪明的袭人,看出了王夫人的心病,所以找机会向王夫人谏言,她的一番话直接击中了王夫人内心的恐惧与焦虑,这让王夫人感激不尽"我的儿,你竟有这个心胸,想的这样周到。难为你成全我娘儿两个名声体面,真真我就不知道你这样好。"①袭人的贤惠与忠诚,深得王夫人的心,她也因此成为王夫人安排在怡红院中,监管与控制宝玉身边威胁因素的亲信,"可知我身子虽不大来,我的心耳神意,时时都在这里。难道我通共一个宝玉,就白放心凭你们勾引坏了不成!"②她们结成了利益同盟,"你今儿既说出了这样话,我就把他交给你了,好歹留心,保全了他,就是保全了我,我自然不辜负你"③。袭人凭借贤而多智术的个性特质,成为宝玉之妾的不二人选。

#### (2)扫除异己——母子冲突

晴雯被逐出大观园,郁郁而终。她死后,宝玉哭道:"我究竟不知晴雯犯了何等滔天大罪!"④宝玉不懂为何平素慈爱的母亲会变得如此冷酷。王夫人要保护宝玉的名誉与家族地位,进而巩固自己的利益与地位。为了这个目的,她迫害宝玉喜欢的女性,剥夺一切存在威胁性的东西,以有悖于宝玉心性的方式行事,置他于痛苦之中,"这对在各自的心目中有着独特分量的母与子,最可能成为对方毁灭性的打击者"⑤。王夫人的母爱是极端自私的,

---

① [清]曹雪芹:《周汝昌校订批点本石头记》,脂砚斋批点,周汝昌点校,译林出版社2011年版,第424页。

② [清]曹雪芹:《周汝昌校订批点本石头记》,脂砚斋批点,周汝昌点校,译林出版社2011年版,第908页。

③ [清]曹雪芹:《周汝昌校订批点本石头记》,脂砚斋批点,周汝昌点校,译林出版社2011年版,第424页。

④ [清]曹雪芹:《周汝昌校订批点本石头记》,脂砚斋批点,周汝昌点校,译林出版社2011年版,第909页。

⑤ 贝京:《痴心慈母写尽矣——也论王夫人》,载《红楼梦学刊》2009年第4期,第203页。

"王夫人的母爱是带有自私成分在里面的,她担心自己在贾府中的地位和身份随宝玉的失去而消失。也因宝玉有违自己的期许而存有'恨铁不成钢的情感'"①。在这样的世家大族中,父子、母子之间的亲子关系不再单纯。家族继承人地位竞争激烈,血肉亲情在现实的利益面前,显得苍白无力,在产生矛盾时,一般都是牺牲感情而保全利益,"无论任何事情,只要与宝玉的利害无关或对宝玉不会有任何伤害,一般来说,她都能以一种正常的心态对待和处理,十分平和、稳重、超脱;而一旦事情与宝玉有关,她立刻会变得非常警觉、敏感"②。

5.王夫人的仁慈

为了更好地巩固巩治,笼络人心,同为掌权者的王夫人也需要适当表现出自己的慈善,但王夫人的慈善并不纯粹。

(1)外在表现

王夫人平日里吃斋念佛,修身养性,书中写她宽仁慈厚,没有打过丫头,在贾府内最具善名的应是王夫人。下人们提起来就赞不绝口,"太太好善""原是个好善的"等等,王夫人甚至有个"佛爷"的美称。在众人眼里,王夫人孝顺年长的贾母,和善对待少年寡居的儿媳妇李纨,将庶出的探春视为己出,不与碎嘴挑事的赵姨娘一般见识,简直是个菩萨般宽厚的大善人。刘姥姥曾这么评价王夫人:"他们家的二小姐着实响快会待人的,到不拿大。如今现是荣国府贾二老爷的夫人,听得说,如今上了年纪,越发怜贫恤老,最爱斋僧敬道,舍米舍钱的。"③可见王夫人嫁来贾府前就有体恤下人的贤名,嫁过来后也深得人心。

对园子里住着的女孩子们而言,不论亲疏贵贱,包括毫无血缘关系的庶女三春,远道而来的亲戚家侄女们等,王夫人都给了她们不错的生活环境,

① 阳淑华:《〈红楼梦〉中王夫人的原配情结》,载《湖南科技学院学报》2016年第3期,第24页。

② 贝京:《痴心慈母写尽矣——也论王夫人》,载《红楼梦学刊》2009年第4期,第201页。

③ [清]曹雪芹:《周汝昌校订批点本石头记》,脂砚斋批点,周汝昌点校,译林出版社2011年版,第86页。

房屋舒适,吃穿用度概不克扣。在贾府经济不景气的那段时间里,凤姐曾向王夫人提建议,削减姑娘们的开支用度,以此来减少一笔不必要的开销,但王夫人并未采纳凤姐的意见。王夫人的月例只有二十两银子,当贫穷的远房亲戚刘姥姥二进贾府时,王夫人直接给了刘姥姥一百两银子,让其去做买卖或置田,从这点可见王夫人的慈善并不作假,确实有善心。

(2)名善实恶

第三十二回中,金钏儿被王夫人赶出府后,自觉没脸,走投无路之下投井身亡,消息传到贾府中,王夫人得知此事后与宝钗哭道"岂不是我的罪过"①,得到宝钗安慰之后接着哭道"到底我于心不安"②,并一口气赏了金钏儿亲娘五十两银子之多,还准备现叫裁缝裁新衣服给金钏儿,随后竟然说出了"金钏儿虽然是个丫头,素日在我跟前比我的女儿也差不多"③这句话。说此话时,王夫人好似忘了最初是她掌掴金钏儿,骂她下作,带坏了宝玉,继而让人叫金钏儿的娘带她出府去,任凭金钏儿如何求饶也不允。事情的由头是宝玉,打骂并赶走金钏儿的是王夫人自己,在做决定时并没有一丝同情,也全然看不出有什么把金钏儿当作女儿的地方,待到人死后才悔不迭补救挽回名声。

第七十七回中,抄检大观园一事过后,芳官、藕官、蕊官等几个被王夫人找由头赶出院子的小戏子们无处可去,思量再三后,跟着水月庵和地藏庵的尼姑出家去了,知悉此事的王夫人"见他们意皆决断,知不可强了,反到伤心可怜"④,随即让人取来东西送给她们,赏完女孩子们赏尼姑,看似非常为几

---

① [清]曹雪芹:《周汝昌校订批点本石头记》,脂砚斋批点,周汝昌点校,译林出版社2011年版,第408页。

② [清]曹雪芹:《周汝昌校订批点本石头记》,脂砚斋批点,周汝昌点校,译林出版社2011年版,第408页。

③ [清]曹雪芹:《周汝昌校订批点本石头记》,脂砚斋批点,周汝昌点校,译林出版社2011年版,第408页。

④ [清]曹雪芹:《周汝昌校订批点本石头记》,脂砚斋批点,周汝昌点校,译林出版社2011年版,第916页。

个女孩子着想。先前在贾母跟前说出"他们都会戏，口里没轻重，只会混说"①这番话贬低小戏子们的是王夫人，听到小戏子们准备出家时第一时间担心她们受罪的也是王夫人。王夫人"反倒伤心可怜"了，"反倒"两字把王夫人的行为衬得有些讽刺。第七十八回中，被撵走的晴雯病死后，王夫人命人送去了十两银子，接着叫人赶快把晴雯送去火化了，这样也就罢了，还补了一句"女儿痨死的，断不可留！"②，顿时将她的行为显得惹人生厌起来，这笔打赏的钱一则对外彰显了她恤下怜贫的美名，二则也把得了"女儿痨"这个罪名强加给清白的晴雯。小小一件抄检大观园的事件，"佛爷"似的王夫人就逼死了晴雯与司棋两个丫鬟，逼走了小丫鬟四儿，驱逐芳官、藕官、蕊官三人远去出家，暴露了她慈善美名下掩藏的狠心。

（3）贾母和王夫人的仁慈的区别

贾母和王夫人的仁慈区别很大，贾母的仁慈很明显地有一种来源于自身身份及地位的阶级感，她可以怜悯贫穷、同情苍老，也可以安抚丫鬟、关心戏子，她对于这些远低于她所在阶层的人的关心表现得极为理所当然，而之所以会出现这种理所当然，是因为她是真的怜贫惜弱。王夫人的很多伪善行为都发生在赶走丫鬟或者戏子之后，目的是维护自己的颜面。她平时塑造出的形象是不管事的菩萨，但从掌权这一块的分析能看出她并不是一个放权不管的人，相反还很在意权力，这意味着她的慈善很大一部分是在为自己的所作所为打掩护。而王夫人之所以需要用慈善来打掩护，源于她和贾母身份的差别，贾母作为老太君，没有人会干涉她的行为，王夫人却不能也不敢把自己做的事情放到明面上来，因此需要合理的对外形象做掩体。

贾母在物质上很富足，精神上也很富有，七八十岁的她早已将能看的能吃的能玩的经历了个遍，作为一个贵族世家的老太君，贾母显然也产生了一种极致富裕后的空虚，没有什么获得不到、非要不可的东西了。而她对诸如

① ［清］曹雪芹：《周汝昌校订批点本石头记》，脂砚斋批点，周汝昌点校，译林出版社2011年版，第318页。

② ［清］曹雪芹：《周汝昌校订批点本石头记》，脂砚斋批点，周汝昌点校，译林出版社2011年版，第923页。

刘姥姥等人如此之亲和，是为了通过释放善意，给予对方所需要的东西，来补偿自己在这一层面的空虚。刘姥姥进到贾府后，没见识的乡下姥姥对贾母而言不可谓没有吸引力，而刘姥姥讲的乡野趣事又恰好是贾母爱听的，因此贾母对刘姥姥抱有极大的耐心，陪着逛遍了大观园，还设宴款待刘姥姥，甚至让小孙女惜春为刘姥姥作一幅大观园的画让她带走。让贾母耗费如此心力来招待，正是因为刘姥姥的到来带来了新鲜感，而刘姥姥对大观园一切事物的没见过世面的赞叹以及震撼，可以让贾母从中获得异于往常的满足感。面对地位低于自己的、不是同一阶级的人时，贾母通过无意识"居高临下"的慈善行为来倾泻自己的炫耀之情，又通过对方的逢迎拍马和凑趣讨巧获得心理上的满足，也许这并不是贾母的本意，但确实是她需要的一种精神财富。贾母在慈善方面相较而言比王夫人气度更大，一是年龄和阅历存在着差距，二是眼界不同，作为身处贾府金字塔顶端的老太君，贾母需要操心和烦恼的事情比王夫人更少，某种程度上来讲，她只需颐养天年就够了，不必插手家庭事务，很少有需要操心的事情，且贾母做事不必看任何人的眼色，近乎无欲无求，因此心胸更宽广，待人处世也比王夫人更大气，更宽和。

王夫人身为二房夫人，在府内的利益关系比贾母多得多，大房二房的斗争始终没有停下来过，她视作眼珠子的宝玉也时时需要她操心，因此王夫人的很多举动都可以归纳为两个目的：一是夺权，二是宝玉。书中很多地方都能看出王夫人对宝玉的溺爱，譬如宝玉一头扎进王夫人怀里撒娇等亲昵的行为举止；又譬如贾环失手打翻灯油烫伤宝玉时，王夫人又急又气，赶忙给宝玉涂药，连连骂赵姨娘；再譬如宝玉受到贾政的杖责时，为了救自己的儿子，这位平日里一直端庄稳重、八风不动的大家主母抛开了自己的身份形象，抱着宝玉哭，甚至还趴在宝玉身上大哭，将心痛表现得淋漓尽致。王夫人对宝玉的爱不单表现在关怀备至，也表现在对宝玉一切事务的掌控上，她意图让宝玉按照自己的规划成长，包括身边丫鬟的去留、婚姻、人际交往等，在这种情况下，王夫人对宝玉身边人做出的事情就有了合理的解释，因为担心金钏儿勾引自己的珍宝，"从不曾打丫头"的王夫人可以翻身起来打巴掌，担心貌美又看似轻浮的晴雯和一群不入流的戏子天天待在宝玉身边引他误入歧途，因此吃斋念佛的王夫人也会骂出"下作小娼妇""狐狸精"之类的话。

而在做出这一系列事情后,王夫人之所以会有后续被称作"伪善"的行为,则因为她还有夺权的目的。金钏儿跳井自杀,她不想担上逼死丫鬟的罪名,也不想宝玉背上不好的名声,她需要挽回形象,所以在宝钗面前才扯谎说是弄坏了东西,又将死因归咎为金钏儿的气性大,流着泪说自己把她当女儿,则是为了凸显她对丫鬟的深切关心,博一个美名。而赶走小戏子们,王夫人用的借口是她们嘴上没把门净会胡说,不适合大观园女孩子们听,这体现出了她对大观园女孩子们的关怀和担忧,自然合了贾母的心意。撵走晴雯的说辞,则既捧了贾母又如愿贬了晴雯,还通过赏赐银子给自己捞了一个好名声。王夫人平日里吃斋念佛,一心向善,有她的部分本意,也包含了其他原因。

贾府的精神领袖贾母尚且硬朗,她的管家权又在明面上下放到了王熙凤手中,凤姐虽然是她的侄女,却也是大房的人,终究无法同心一路。王夫人在这种环境下暂时无事可做,此时吃斋念佛就是一件既能韬光养晦,又能给自己树立美名的事情。所以她比此时的贾母多了不少伪善,二者在慈善上的区别,与身份的差异不无关系,要是王夫人处于贾母的位置,她可能也会像贾母一样,在权力带来的精神与物质的双重富足下进入无欲无求的境界,可以凭借喜好选择施舍对象和方式。

6.伦理冲突与选择

王夫人平日里慈善宽柔、吃斋念佛的形象与扫除异己时的狠毒、冷酷形成了鲜明对比。这种强烈的对比中蕴含着儒家伦理不合理制度中的固有冲突。为了保护宝玉和自己在贾府的利益,王夫人不得不与内心的慈善宽柔作斗争。她的吃斋念佛,其实是对内心焦虑与无助的安抚。当金钏儿被她赶走选择跳井自杀时,王夫人哭诉道:"要是别的丫头,赏他几两银子也就完了,只是金钏儿虽然是个丫头,素日在我跟前比我的女儿也差不多。"[1]口里说着,不觉流下泪来。王夫人的眼泪,既有不舍也有恐惧,如此惨烈的结局,是她不曾预料到的,她害怕这件事情会坏了宝玉的名声。王夫人"平素慈善

① [清]曹雪芹:《周汝昌校订批点本石头记》,脂砚斋批点,周汝昌点校,译林出版社2011年版,第408页。

第七章 《红楼梦》中「理」的二元性

325

仁厚,从来不曾打过丫头们一下"①,对服侍她多年的金钏儿必然有着深厚的主仆之情的,然而因为宝玉与金钏儿的调笑,触及了王夫人的心病,"今忽见金钏儿行此无耻之事,此乃平生最恨者,故气忿不过"②。王夫人流下的眼泪既有对金钏儿之死的心痛、自责与恐惧,也有对自己为宝玉操碎心的无奈与辛酸。在复杂心理的驱动下,王夫人通过各种方式来弥补金钏儿的妹妹玉钏儿,"也罢,这个分例只管关了来,不用补人,就把这一两银子给他妹妹玉钏儿罢。他姐姐伏侍我一场,没个好结果,剩下他妹妹跟着我吃个双分子,不为过于了"③。这样的补偿行为,既是她想挽回在此事件中受影响的宝玉的声誉,也是对金钏儿之死的愧疚,更是对自己焦虑内心的抚慰。

王夫人是父权代言人,有根深蒂固的妇德观,她自觉用父权体制下的标准来衡量女性,一旦遇到溢出规训边界,对她的地位与利益造成威胁的人,她会毫不留情地摧毁。对宝玉身边那些有威胁的美丽少女,王夫人也会冷酷铲除,"太太只嫌她生的太好了,未免轻佻些。在太太是深知这样美人似的人必不安静,所以狠嫌他"④。可见,为了在父权体制下谋得生存、保存自己,女性对女性的残害更为可怕。对贾母和王夫人而言,不能否认她们做过的部分善事是真情实意的,可见全天下的统治者其实都有其仁慈宽厚恤下的一面,只要不触及他们的利益,以及对他们的利益有所帮助,这些统治者就会化身成他人口中的"大善人""活菩萨"。慈善于统治者而言不是必需品,只是锦上添花的存在,作为正常人性的一部分,其动机是复杂的。对普通人来说,做慈善就像生活里的做好事,全凭热心,因为在普通人身上也无利可图,所以不需要费神去思考自己的所作所为会影响到自己什么;对统治者来说,由于身份地位的不同,他们需要分出部分心神来分析接近自己的人

---

① [清]曹雪芹:《周汝昌校订批点本石头记》,脂砚斋批点,周汝昌点校,译林出版社2011年版,第385页。

② [清]曹雪芹:《周汝昌校订批点本石头记》,脂砚斋批点,周汝昌点校,译林出版社2011年版,第386页。

③ [清]曹雪芹:《周汝昌校订批点本石头记》,脂砚斋批点,周汝昌点校,译林出版社2011年版,第443页。

④ [清]曹雪芹:《周汝昌校订批点本石头记》,脂砚斋批点,周汝昌点校,译林出版社2011年版,第909页。

有什么目的,自己这么做能换到什么好处,对自己有什么助力,是不是双赢等等,而这一系列关系到的也不仅仅是个人,还包括统治者手底下的所有团队,因此单凭一面来做肯定或否定,都太过简单,比如王夫人的部分行为看似狠恶,但从她的立场来看反倒都是必要之事。一味非黑即白的描写、将人物某一特性夸大,只能塑造出脸谱化的扁平人物,小说的灵魂是各个人物,人物的多变性格则是塑造人物的关键,比如《红楼梦》正是对慈善背后的复杂性的探究和精细的描写,使得和善又严厉的贾母、吃斋念佛又伪善的王夫人这两位贾府掌权人的形象变得如此丰满且意义深远。

## (二)邢夫人的处境

邢夫人是贾赦的继室,娘家家境一般,且没有生养儿女,是贾琏与迎春的继母。作为儿媳妇,她并不被贾母喜欢。与王夫人相比,她在贾府没什么地位。一夫一妻多妾制度下,贾赦好色,养了众多娇妾美婢,邢夫人在婚姻里得不到人格尊重,只知委曲迎合贾赦以求自保,甚至不惜为他到处讨要丫头,失去了是非判断,养成了深入骨子里的奴性,顽固且愚昧,所以贾母才训斥她道:"我听见你替你老爷说媒呢,你到也三从四德的,只是这贤惠也太过了!你可如今也是孙子、儿子满眼了,你还怕他?劝两句都使不得,还由着你老爷那性儿闹?"①

邢夫人长期缺乏爱,渐渐变得自私自利、冷酷无情。作为继母,她对贾琏与迎春冷漠又势利,她无法给予他们关爱,只是将他们视为利益的筹码。迎春遭孙绍祖虐待,深陷婚姻不幸的痛苦,邢夫人毫不关心,"本不在意,也不问其夫妻和睦家务烦杂"②,表现出来的是作为继母的冷漠。邢夫人得不到丈夫的爱与尊重,也没有子女的尊敬,娘家又没有倚靠,在这样的处境中,她的内心充满焦虑,毫无安全感,只能拼命抓住金钱,变成了一个冷酷、自私

---

① [清]曹雪芹:《周汝昌校订批点本石头记》,脂砚斋批点,周汝昌点校,译林出版社2011年版,第566页。

② [清]曹雪芹:《周汝昌校订批点本石头记》,脂砚斋批点,周汝昌点校,译林出版社2011年版,第948页。

且吝啬的女人。

### (三)赵姨娘的沉沦

赵姨娘作为妾,是奴才出身的半主子,但她自以为是主子。她骂小戏子芳官:"小淫妇,你是我银子钱买来学戏的,不过娼妇粉头之流,我家里下三等奴才也还比你尊贵些。"①作为妾,她并不被当作主子看待,芳官讽刺她:"我又不是姨奶奶家买的,梅香拜把子都是奴几呢!"②和周姨娘不同,她不是安心老实、恪守本分之人,因为自己生育了一儿一女,总想着出头。处在从奴隶到主子夹缝中的伦理身份,造成她心灵的扭曲,无力看清现实处境,被不切实际的幻想折磨,最后失去正确的判断力,陷入混乱的认知与错误的行为中。探春说她:"这么大年纪,行出来的事,总不叫人敬伏。这是什么意思,也值得吵一吵,并不留体统,耳朵又软,心里又没计算。"③妾的伦理身份,使得赵姨娘养成卑贱阴暗的性格,这样的性格,反过来加剧了赵姨娘人格的低劣与地位的卑贱。这样的自卑让她产生了充满嫉妒、仇恨的受害者心理,造成她变态、扭曲的反抗,不惜一切手段,抓住一切可以抓取的利益。这样的心理扭曲到极点时,甚至不惜以邪恶的手段来置宝玉与凤姐于死地,完全陷入了内心的地狱,生命沉沦到黑暗与污浊之中,不能自拔,无可救赎,被脂批讥为"痴妇痴妇"。在这样的扭曲心态下,被马道婆一挑拨,就完全迷了,不惜残害人命。赵姨娘认为,只有通过这样的方式,自己在贾府才能不被人遗忘,有安全的依靠。实际上她的手段是错误的,这也导致她陷入被所有人嫌弃的孤立无援的境地。

赵姨娘因为妾的身份,在自己孩子面前没有地位与为母的尊严。凤姐可以当着贾环的面斥责与辱骂她,赵姨娘也不敢还口,因为她只是为贾家生

① [清]曹雪芹:《周汝昌校订批点本石头记》,脂砚斋批点,周汝昌点校,译林出版社2011年版,第711页。

② [清]曹雪芹:《周汝昌校订批点本石头记》,脂砚斋批点,周汝昌点校,译林出版社2011年版,第711页。

③ [清]曹雪芹:《周汝昌校订批点本石头记》,脂砚斋批点,周汝昌点校,译林出版社2011年版,第713页。

育了一个孙子的妾，并没有真正独立的地位，连她自己的儿子都嫌弃她，埋怨因为她妾的身份，带累了自己在家族的地位，"我拿什么比宝玉呢？你们怕他，都和他好，都欺负我不是太太养的"①，说着便哭了。赵姨娘把女性作为姨娘身份所造成的人格卑劣，全都呈现在作为"母亲"的角色上。她将心中负面、狭隘的情绪不负责任地发泄在孩子身上，肆无忌惮地伤害他们，完全丧失了母爱。她既不懂得尊重和爱护自己，也从根上失去了爱孩子的能力，而是把他们当成出气筒，肆无忌惮地对孩子进行语言侮辱与人身攻击，完全不懂得尊重孩子："下流没脸的东西，那里烦不得，谁叫你跟了去讨没意思？"②更难谈得上对孩子们付出关怀、鼓励与爱，只是把他们当成自己在贾府的利益筹码，母子之间没有温情，只有相互埋怨、鄙视与责备，一起往下流里堕落，将负面的阴暗心态双倍地扩大。在这样的母亲的影响下，贾环也养成了阴微鄙贱的性格，常常恶人先告状，扭曲真相，总觉得别人都在欺负自己，"同宝姐姐顽来着，莺儿欺负我，赖我的钱，宝玉哥哥撵我来了"③，多次以卑鄙的手段加害宝玉。探春拼命挣扎，企图从卑劣的出身里跳出来，她否定这个母亲和自己的出身，努力开创新的自我。然而，在这种不合理的伦理制度下，人性很容易向下沉沦，要保持积极、健康的心态，让生命向上发展，是需要极大的勇气与身处的环境作抗争的。赵姨娘是个弱者，在这样的伦理处境中，她完全失去了反抗的力量，而只能任凭恶劣的环境将自己推向地狱，她的生命完全失去了向上发展的可能性，而是彻底沉沦到充满破坏性、毁灭性的邪恶与阴鄙中，"让赵姨娘卑微的不是'法律上的奴妾身份'，而是'人格上阴微鄙贱的奴妾心灵'"④。

① ［清］曹雪芹：《周汝昌校订批点本石头记》，脂砚斋批点，周汝昌点校，译林出版社2011年版，第257页。

② ［清］曹雪芹：《周汝昌校订批点本石头记》，脂砚斋批点，周汝昌点校，译林出版社2011年版，第258页。

③ ［清］曹雪芹：《周汝昌校订批点本石头记》，脂砚斋批点，周汝昌点校，译林出版社2011年版，第258页。

④ 欧丽娟：《大观红楼》（母神卷），台湾大学出版中心2015年版，第276页。

### （四）王熙凤的致命嫉妒

凤姐凭借出众的管理能力，成为贾琏的贤内助。在贾琏外出的日子里，她帮忙料理家庭事务，使贾琏无后顾之忧，分担了贾琏的责任与压力："贾琏遂问别后家中的诸事，又谢凤姐的操持劳碌。"①林如海身染重疾，贾琏送黛玉回姑苏，凤姐见同行的照儿回来，"细问一路平安信息。连夜打点大毛衣服，和平儿亲自检点包裹，再细细追想所需何物，一并包藏交付"②。可见此时的贾琏对凤姐管家能力的赞赏，以及凤姐对贾琏在外的牵挂，夫妻之间尚有关心与牵挂。

然而，慢慢地，凤姐在贾府成了独当一面的管家，掌握财政、人事等实权，架空了贾琏。随着个人威权的建立，还有娘家作靠山，她不再把贾琏当一回事。贾琏本性好色，生性浮荡，在家族纨绔子弟恶习的熏染以及一夫一妻多妾制的纵容下，更是背着凤姐四处偷食，心中充满了对凤姐的不满与仇恨："你还不足，你细想，想昨儿谁的不是多？今儿当着人，还是我跪了一跪，又赔不是，你也争足了光。这会子还叨叨，难道还叫我给你跪下才罢？太占足了强也不是好事。"③凤姐与贾琏这对夫妻之间，完全失去了相互信任与尊重，没有真情，只有防范、控制、背叛和赤裸裸的金钱与利益关系。在这样毫无情感的夫妻关系中，凤姐不仅焦虑痛苦，也很孤独艰辛，这让凤姐变得更加凶猛，用心机与手段来直面赤裸裸的人性之恶与现实的残酷，只有用变得更加强势与狠毒来自我保护，让自己不在这样的夫妻关系中败下阵来。

面对贾琏与鲍二家的勾搭，哪怕是平时如此疼爱凤姐的贾母，也不得不轻描淡写地安慰她道："什么要紧的事。小孩子们年轻，馋嘴猫似的，那里保的住不这么着。自从小儿世人都打这么过的。都是我的不是，他多吃了两

---

① ［清］曹雪芹：《周汝昌校订批点本石头记》，脂砚斋批点，周汝昌点校，译林出版社2011年版，第193页。

② ［清］曹雪芹：《周汝昌校订批点本石头记》，脂砚斋批点，周汝昌点校，译林出版社2011年版，第176页。

③ ［清］曹雪芹：《周汝昌校订批点本石头记》，脂砚斋批点，周汝昌点校，译林出版社2011年版，第540页。

口酒,又吃起醋来。"①然而对心高气傲的凤姐来说,贾琏这样的背叛是一件不可饶恕的事情。贾母身为家族权力的掌握者,劝诫凤姐这样的事情在传统婚姻伦理中是很正常的事情,身为女人只有接受,这是女性不可抗拒的命运,"什么要紧的事""自小儿世人都打这么过的"。"七出"条例中甚至规定女人在婚姻中吃醋是违背伦理的,因而可以成为她被休的理由。然而父权制中这样一夫一妻多妾的不平等关系对于争强好胜、个性觉醒的凤姐来说,是难以接受的,她由此陷入了打破传统价值观念的自我与顺从传统价值观念的自我之间的对抗,强烈的嫉妒与仇恨,让她感受到了在婚姻中被背叛与被侮辱的痛苦,当这种情感发展到极致时,她不惜用最恶毒扭曲的方式排除异己,以维护自己的尊严与地位。

王熙凤利用手中的权力,不断地积累金钱,来作为保护自我的资本,并且以狠毒的手段打击、残害威胁自己利益的其他女性,以惩罚男人的滥淫,从而发泄自己的不满,反抗不公平的婚姻制度。"封建社会由于妻尊妾卑,妻子能够依恃原配名分凌驾于妾之上,其妒忌心理常用极端的方式发泄出来","同性间的仇恨心理,远远胜于对异性的仇恨,甚至达到歇斯底里的癫狂状态",然而这种恶毒的反抗实际造成了凤姐身心的扭曲与人生悲剧,"在这种特殊的搏斗中,妻妾无论孰胜孰负,对女性来说都是莫大的悲哀"。②

(五)终身误——家长婚姻制度与钗黛婚事

传统家庭伦理制度中对女性人格、命运影响最大的,即是家长婚姻制度及一夫一妻多妾制度,"一切不合理的社会制度,就是这样经常扭曲着人们之间的感情,即使人间最天然的骨肉至情也不外"③。

1. 物色人选

古代多由母亲为儿子物色婚配人选。不仅家世背景要相当,也需考虑

<hr>

① [清]曹雪芹:《周汝昌校订批点本石头记》,脂砚斋批点,周汝昌点校,译林出版社2011年版,第537页。

② 朱引玉:《论〈红楼梦〉的家庭伦理道德》,载《南都学坛》(人文社会科学学刊)2002年第2期,第47页。

③ 蒋和森:《红楼梦论稿》,人民文学出版社2016年版,第167页。

女方的品格与性情。宝玉的婚事，一直是元妃、贾母、王夫人所挂念的大事，它关系到贾府延续与稳定。她们暗中观察、盘算，林黛玉与薛宝钗，从家世、才华、容貌、品性等方面来看都是理想人选。虽然宝钗是后来者，但她以其端庄浑厚的品性，赢得了元春、贾母、王夫人以及家中下人们的喜欢。在多方面的考察中，宝钗的优势渐显。薛家作为皇商，是金陵四大家族之一，而且"皆连络有亲，一损皆损，一荣俱荣，扶持遮饰，皆有照应"①。婚姻中，媳妇应承担起家族内部的事务管理，其个性关涉到整个家庭内部的运转。黛玉小性，动不动生气流泪。这样敏感而忧郁的性情，显然不能胜任大家媳妇。宝钗虽然比黛玉晚进贾府，但她安分从时，性情稳重和平、宽厚大度，年岁虽大不多，"然品格端方，容貌丰美，人多谓黛玉之所不及。而且宝钗行为豁达，随分从时，不比黛玉孤高自许，目下无尘，故比黛玉大得下人之心。便是那些小丫头们，亦多喜欢与宝钗去顽笑"②。因此宝钗进府不久，上到贾母，下到小丫头，无不喜欢与称赞她，深得人心，把黛玉给比了下去，"既然'宝二奶奶'乃是家族社群结构中的产物，本身即是一种世俗身份与社会标签，所发挥的也是现实世界的处事功能，故舍个人取向之黛玉而取群体取向之宝钗，实有其合情切实的必然之理"③。现实婚姻中，贤妻应该能够对丈夫进行劝诫与支持。

宝钗对于现世价值观积极拥护，总是利用各种机会劝诫宝玉用心读书，协助宝玉进入伦理秩序与世俗价值场域。宝钗安分守礼，懂得以理制情，"宝卿待人接物，不疏不亲，不远不近，可厌之人，亦未见冷淡之态形诸声色，可喜之人亦未见醴蜜之情形诸声色"④，是宝玉世俗生活中的理想伴侣，"宝钗之行止，端肃恭严，不可轻犯，宝玉欲近之而恐一时有渎，故不敢狎犯也。

---

① [清]曹雪芹：《周汝昌校订批点本石头记》，脂砚斋批点，周汝昌点校，译林出版社2011年版，第54页。

② [清]曹雪芹：《周汝昌校订批点本石头记》，脂砚斋批点，周汝昌点校，译林出版社2011年版，第64页。

③ 欧丽娟：《大观红楼》(母神卷)，台湾大学出版中心2015年版，第220页。

④ [清]曹雪芹：《周汝昌校订批点本石头记》，脂砚斋批点，周汝昌点校，译林出版社2011年版，第266页。

故二人之远,实相近之至也"①。合度、和谐,懂分寸、守礼节,方得长久,此乃夫妇相守之道,以整个家族利益为出发点,而不能陷入两个人的私情之中,"眼中无余,种种孽障,种种忧忿,皆情之所陷"②。

#### 2. 奖励手段

家长在确定婚配理想人选后,往往会通过奖励来展现意向。第十八回中,元春省亲所赏赐的赠礼,宝钗、黛玉、宝玉与诸姐妹列为同等。而到了第二十八回元春赐物时,宝玉所得的赐物与宝钗的一样,而黛玉与诸姐妹只有扇子同数珠儿。宝玉听了诧异道:"这是怎么个原故? 怎么林姑娘的到不同我一样,到是宝姑娘的同我一样。"③在这次赐物中,宝玉第一次感受到了自己的感情偏向与家长意图之间的冲突,感觉到了家长婚姻制的隐隐威胁,"别是传错了罢"。而黛玉则敏锐地预见到自己与宝玉在现实中结合的虚幻性,并为之焦虑、痛苦,"我们没福禁受,比不得宝姑娘,什么金什么玉的,我们不过是个草木之人"④。宝钗与宝玉的金玉之配,是他们的婚姻关系的世俗纽带与基础,而黛玉与宝玉之间什么信物也没有,他们的结合缺乏坚实的现实基础,他们有的只是"我的心"和前世"木石前盟"的情义。黛玉与宝玉的木石前盟,只有在神界才可能,而落入现实世界,终是不可能实现的,因为在贵族世家,婚姻从来不是只考虑感情的。

#### 3. 爱情冲突

宝玉钟情黛玉,然而家长所选定的结婚对象却是薛宝钗,这就发生了感情与婚姻的冲突,最后造成了三个人的悲剧。黛玉的嫉妒、压抑,焦虑,宝玉的无能为力,宝钗的被忽略与被埋没,都让三个人备受煎熬。婚姻与爱情的冲突与错位,既埋没了宝钗的幸福,也让黛玉郁郁而终,"空对着,

---

① [清]曹雪芹:《周汝昌校订批点本石头记》,脂砚斋批点,周汝昌点校,译林出版社2011年版,第266页。

② [清]曹雪芹:《周汝昌校订批点本石头记》,脂砚斋批点,周汝昌点校,译林出版社2011年版,第266页。

③ [清]曹雪芹:《周汝昌校订批点本石头记》,脂砚斋批点,周汝昌点校,译林出版社2011年版,第366页。

④ [清]曹雪芹:《周汝昌校订批点本石头记》,脂砚斋批点,周汝昌点校,译林出版社2011年版,第366页。

山中高士晶莹雪。终不忘,世外仙姝寂寞林"①。这对相爱的男女,在那样的家长制婚姻制度下,只能"一个枉自嗟呀,一个空劳牵挂"②。自由爱情在铁板一样不可撼动的家长制婚姻制度的现实下,只能是虚幻的"水中月,镜中花"。曹雪芹一改传统才子佳人小说的大团圆结局,宝黛一死一出家的悲剧结尾,是秉持着高度的客观精神,直面当时代家长婚姻制下自由爱情的虚幻。小说细腻描写了相爱而不得结合的男女内心的煎熬、压抑与无奈。优秀的宝钗,也终成了无爱婚姻的祭品,在孤寂中煎熬,终身的幸福被埋没。

## 第三节　薛宝钗与儒家伦理的二元性

《红楼梦》中儒家伦理制度的二元性在薛宝钗这个女性人物身上,得到了集中体现。历来诸多读者都对薛宝钗这个女性人物抱有偏见并予以批判,认为她城府深、心计重,一心觊觎宝二奶奶的位置,在家族长辈面前逢迎谄媚,并且借机打压林黛玉。然而,《红楼梦》这部伟大的经典作品中最重要的一位典范女性,真的就可以被如此概括与归类吗?如果不跳出庸俗的世俗价值观与简单的道德批判的限制,我们无法真正领悟小说人物的复杂性与深刻性。

### 一、艳冠群芳——儒家女君子

群芳开夜宴抽花签时,宝钗抽到的是牡丹,题着"艳贯群芳"四字,又注

---

① ［清］曹雪芹:《周汝昌校订批点本石头记》,脂砚斋批点,周汝昌点校,译林出版社2011年版,第75页。

② ［清］曹雪芹:《周汝昌校订批点本石头记》,脂砚斋批点,周汝昌点校,译林出版社2011年版,第75页。

着"在席者共贺一杯,此为群芳之贯"。众人都说,"巧的狠,你也原配牡丹花"。① 由此可见薛宝钗在众女儿中超群的生命品质。她的品性既体现了儒家人格理想和超越的德性之美,也有着明末清初商业思维与民主思想的萌芽,并且富有高度的生活智慧,是才、德、美兼具的理想女性形象。宝钗是典型的伦理型人格,她自觉践行儒家规范,以其人格理想作为自己的生命理想并深深内化在自我生命中,成为一位儒家"女君子","曹雪芹笔下的薛宝钗,并不是一个圆滑世故、满心奸诈的小人。她只是十分自觉地按照礼教的规范律己处世,她的存在是一种伦理人格的存在"②。这是宝钗对自我生命的主体认同,也是她的生命价值所在。作为儒家人格核心思想的"仁"与"礼",和谐地融合在宝钗的生命中,形成她文质彬彬的女君子风度。

（一）温柔敦厚

宝钗的个性中富有温良的善意、诚朴宽厚的人格底蕴与温厚和平的性情,"宝钗行为豁达,随分从时,不比黛玉孤高自许,目下无尘,故比黛玉大得下人之心。便是那些小丫头们,亦多喜与宝钗去顽笑。因此黛玉心中便有些悒郁不忿之意,宝钗却浑然不觉"③。宝钗温柔敦厚而不愚,她明辨事理,善于劝诫身边的人。

（二）成人之道

刘向《说苑》载:"颜渊问于仲尼曰:'成人之行何若?'子曰:'成人之行,达乎性情之理,通乎物类之变,知幽明之故,睹游气之源,若此而可谓成人。'"④宝钗把自我位置放得很低,真正做到从身边人的处境出发,脚踏实地

① [清]曹雪芹:《周汝昌校订批点本石头记》,脂砚斋批点,周汝昌点校,译林出版社2011年版,第747页。
② 朱伟明:《两种生命的存在方式——林黛玉、薛宝钗形象及其文化意义》,载《红楼梦学刊》1994年版第1期,第69页。
③ [清]曹雪芹:《周汝昌校订批点本石头记》,脂砚斋批点,周汝昌点校,译林出版社2011年版,第441页。
④ [清]刘向:《说苑译注》,陈翔译注,北京大学出版社2009年版,第189页。

去关心他们。这种关心建立在尊重对方人格的基础上,来自对细密人情的默默观察、细致体察,设身处地领会人心,并选择适宜的时机,以善巧合宜之法,在自己能力与礼仪许可范围内,去帮助与关心人。宝钗常常在暗中关心、接济邢岫烟,"倘或短了什么,你别存那小家子女儿气,只管找我去"①。有一次袭人说起要让湘云帮自己做宝玉的针线活儿,宝钗认为不妥,并道出了自己的理由:"你这么个明白人,怎么一时半刻的就不会体谅人情。我近来看着云丫头的神情,再风里言风里语的听起来,那云丫头在家里竟是一点儿作不得主……想其形景来,自然从小儿没爹娘的苦。我看着他也不觉伤心起来。"②真正地用心观察并体贴湘云的艰难处境,脂批为:"真是知己,不罔湘云前言。"薛蟠远行,宝钗说服薛姨妈把香菱带进大观园,因为她通过对香菱的长期观察,知道了她想进大观园学诗的殷切心情:"我知道你心里羡慕这园子不是一日两日的了,只是没个空儿,就每日来一淌,慌慌张张的,也没趣儿。所以趁着机会,越性住上一年,我也多个作伴的,你也遂了心。"③借合理理由为香菱在大观园的学诗创造了可能性条件,帮助她实现了生平最大的夙愿。

(三)节情以中

《中庸》写道:"喜怒哀乐之未发,谓之中;发而皆中节,谓之和。"脂批评价宝钗待人接物之道为:"不亲不疏,不远不近,可厌之人亦未见冷淡之态形诸声色,可喜之人亦未见醴蜜之情形诸声色。"④宝钗的情感表达方式克制含蓄,遵循传统儒家中庸思想与妇德规范。宝钗以理克情,在礼的规范下,以实际行为来关心与帮助他人,而非一昧就情论情,陷溺在一己的情感需要

---

① [清]曹雪芹:《周汝昌校订批点本石头记》,脂砚斋批点,周汝昌点校,译林出版社2011年版,第686页。

② [清]曹雪芹:《周汝昌校订批点本石头记》,脂砚斋批点,周汝昌点校,译林出版社2011年版,第407页。

③ [清]曹雪芹:《周汝昌校订批点本石头记》,脂砚斋批点,周汝昌点校,译林出版社2011年版,第578页。

④ [清]曹雪芹:《周汝昌校订批点本石头记》,脂砚斋批点,周汝昌点校,译林出版社2011年版,第266页。

中，"无情是薛宝钗的情感特点，但无情并非绝无感情，而不过是薛宝钗这个典型人物所独具的情感个性一种外在的表达方式"①。宝钗不藏私、不溺情，表现出情感与理性平衡和谐的处世智慧。

（四）山中高士

书中《终身误》一曲写道："空对着，山中高士晶莹雪。终不忘世外仙姝寂寞林。"②"世外仙姝"指的是脱俗飘逸的林黛玉，那么，"山中高士"即是对薛宝钗人格风范的肯定与赞誉。所谓"高士"，乃是以修身为本，志趣、品行高尚的人，"晶莹雪"则是进一步对其人格之清洁自励的形容，从中可见，作者对薛宝钗人格品行的高度肯定。宝钗自觉遵循着儒家妇德对于女性的规训，是传统社会女性中的典范，"四德"首先在《礼记》中被提出，经过班昭《女诫》这部中国历史上最流行的女训著作之一，得以广泛流传："夫言妇德，不必才明绝异也；妇言，不必辩口利辞也；妇容，不必颜色美丽也；妇功，不必工巧过人也。"③可见，做女子的第一要紧是品德，能正身立本；然后是言语，有知识修养，说话得体，言辞恰当；其次是相貌，端庄稳重持礼，不要轻浮随便；最后是治家之道，相夫教子、尊老爱幼、勤俭节约等生活方面的细节。宝钗吃穿住用简单朴素，言语行为低调内敛，符合儒家传统对女性的内向定位。她在海棠诗社所作的咏海棠诗："珍重芳姿画掩门，自携手瓮灌苔盆。胭脂洗出秋阶影，冰雪招来露彻魂。"④脂批评价"清洁自厉终不肯作一轻浮语"⑤，这正是宝钗高洁品质的体现。

① 俞晓红：《〈红楼梦〉花园意象解读》，载《红楼梦学刊》1997年第1期，第69页。
② [清]曹雪芹：《周汝昌校订批点本石头记》，脂砚斋批点，周汝昌点校，译林出版社2011年版，第75页。
③ [汉]班昭：《女诫》，中央民族大学出版社1996年版，第98页。
④ [清]曹雪芹：《周汝昌校订批点本石头记》，脂砚斋批点，周汝昌点校，译林出版社2011年版，第459页。
⑤ [清]曹雪芹：《周汝昌校订批点本石头记》，脂砚斋批点，周汝昌点校，译林出版社2011年版，第459页。

## (五)生活智慧

宝钗将博学融入日常生活的为人处世、待人接物中,内化为一种圆融的生活智慧。"学问中便是正事,此刻于小事上用学问一提,那小事越发作高一层了。不拿学问提着,便都流入市俗去了。"①章学诚在《章学诚遗书》中的妇女传记,推重妇女的儒家人格风范,她们能够做到"内外整饬,家政肃然,和睦宗亲"。宝钗身上就传承了这种生活智慧与人格风范。

### 1. 安分权变

《红楼梦》的写作用了一字褒贬的春秋笔法。曹雪芹给予薛宝钗的评定是一个"时"字,己卯、庚辰本及列藏本第五十六回回目为"时宝钗小惠全大体",脂评解释"时"为"随时俯仰";庚辰本中批:"宝钗此等非与凤姐一样,此是随时俯仰,彼则逸才逾蹈也。"②朱熹说:"凡天下之事,一不能化,惟两而后能化。且如一阴一阳,始能化生万物,虽是两个,要之亦是推行乎此一尔。""柔变而趋于刚,是退极而进;刚化而趋于柔,是进极而退。"③宝钗平时不轻言妄动,一方面是自觉遵守妇德与礼法;另一方面也是审时度势、深思熟虑,谋定方动。她协理大观园时,站在老妈妈的立场上动之以利,晓之以理,体察人情,又顾全大局。在贾府中她无论说话处事,非常注意身份的边界与把握合适的尺度与时机,表现出刚柔并济、安分权变的高度的生活智慧与处事能力。

### 2. 儒商之道

宝钗是以封建淑女面目出现的皇商小姐,做事追求义利结合。探春看了赖大家的园子深受启发:"谁知那么个园子,除他们带的花儿,吃的笋、菜、鱼、虾之外,一年还有人包了去,年终总有二百两银子剩。从那日我才知道,

---

① [清]曹雪芹:《周汝昌校订批点本石头记》,脂砚斋批点,周汝昌点校,译林出版社2011年版,第666页。

② [清]曹雪芹:《周汝昌校订批点本石头记》,脂砚斋批点,周汝昌点校,译林出版社2011年版,第669页。

③ [宋]黎靖德:《朱子语录》,王星贤注解,上海古籍出版社2016年版,第60页。

一个破荷叶,一根枯草根子,都是值钱的。"①宝钗则讽之为"真真膏粱纨袴之谈,你们虽是千金小姐,原不知这事",并用朱夫子的治家思想来解释:"但你们都念过书,识字的,竟没看见朱夫子有一篇'不自弃'之文不成?"当探春不以为然地说:"虽也看过,那不过是勉人自励,虚比浮词,那里都有真的?"宝钗则针锋相对地讥讽道:"朱子都有虚比浮词?那句句都是有的。你才办了两天的时事,就利欲熏心,把朱夫子都看虚了?你再出去见了那些利弊大事,越发把孔子也看虚了。"②由此可见宝钗与探春都具有经济务实之想,但宝钗更强调用孔子、朱子等儒家思想对经济事务作指导与约束,追求儒家的义利结合,而不是一味追逐利益,甚至利欲熏心。

3. 刚健自强

宝钗在生活中能够雅俗共赏,浑厚之中又不失诙谐风趣。她知命知身,识理识性,对生活有着健康理性、自强刚健的精神。桃花社中宝钗咏柳絮时说过:"终不免过于丧败。我想柳絮原是一件轻薄无根无绊的东西,然依我的主意,偏要把他说好了,才不落套。"③于是在她诗中,原本轻浮飘荡的柳絮竟具有了"好风频借力,送我上青云"④的飞扬之势与刚健精神。她常劝诫黛玉:"却也不该伤心,到是觉得身上不爽快,反自己强扎挣着,出来各处走走徘徊,把心松散松散,比在屋子里闷坐着还强呢,伤心是自己舔病的大毛病,我那两日,不是觉着发懒,浑身乏倦,只是要歪着,心里也是为时气不好,怕病,因此偏扭着他,寻些事件作作,一般里也混过去了。"⑤从中体现出在宝钗在生活中善于调节与平衡身心的智慧,以及刚健自强的生命精神。

---

① [清]曹雪芹:《周汝昌校订批点本石头记》,脂砚斋批点,周汝昌点校,译林出版社2011年版,第666页。

② [清]曹雪芹:《周汝昌校订批点本石头记》,脂砚斋批点,周汝昌点校,译林出版社2011年版,第666页。

③ [清]曹雪芹:《周汝昌校订批点本石头记》,脂砚斋批点,周汝昌点校,译林出版社2011年版,第826页。

④ [清]曹雪芹:《周汝昌校订批点本石头记》,脂砚斋批点,周汝昌点校,译林出版社2011年版,第826页。

⑤ [清]曹雪芹:《周汝昌校订批点本石头记》,脂砚斋批点,周汝昌点校,译林出版社2011年版,第792页。

## 二、薛宝钗的儒家规训式阅读

宝钗的阅读与黛玉情迷式的阅读不同,代表了一种符合儒家理想的女性读书方式。她一直谨慎地处在关系、体系、秩序之中,她对阅读活动的定性与认知,或在日常生活中呈现的状态,都遵循着儒家社会性别规训。

### (一)自觉用传统女德观约束阅读行为

宝钗阅读活动的定位、时间、种类都自觉地遵守儒家伦理规范。在她的生活中,女红、现实事务以及伦理人际关系才是最重要的生活内容,读书只是纺绩针线之余,闲暇时候的消遣。"究竟这也算不得什么,还是纺绩针黹是你我的本等。一时闲了,到是于身心有益的书看几章是正紧。"①她自觉地限制自己的阅读时间,虽博闻强识,但只看重于身心有益的"正经书",如儒家女诫女训。读书是为了修身养性,促进妇德,而不是个人才华的彰显。至于诗词之类,对宝钗来说更只是闺中游戏:"自古道,女子无才便是德,总以贞静为主,女红次之,其馀诗词之类,不过闺中游戏,原可以会,可以不会。咱们这样人家的姑娘,到不要这些才华的名誉。"②宝钗的闺房素净、朴拙,只摆放有"两部书","及进了房屋,雪洞一般,一色玩器全无,案上只一个土定瓶中供着数枝菊花,并两部书、茶奁茶杯而已"③。对于如此博学的宝钗来说,她读过的书何止两部。但从其闺房内的装饰,可见出她认为书籍多并不是什么值得夸耀的正经事,她对于阅读生活有着自发自觉的克制、约束。林黛玉的潇湘馆则恰恰相反。"刘姥姥因见窗下案上设着笔砚,又见书架上磊着满满的书",以至于让刘姥姥误以为是那位哥儿的书房,并感慨道:"这那

———————

① [清]曹雪芹:《周汝昌校订批点本石头记》,脂砚斋批点,周汝昌点校,译林出版社2011年版,第466页。

② [清]曹雪芹:《周汝昌校订批点本石头记》,脂砚斋批点,周汝昌点校,译林出版社2011年版,第762页。

③ [清]曹雪芹:《周汝昌校订批点本石头记》,脂砚斋批点,周汝昌点校,译林出版社2011年版,第496页。

里像个小姐的绣房，竟比那上等书房还好。"①在当时，当读书与实际生活事务发生矛盾时，女性就应该弃书字，而以针黹家计等事为主，女性的阅读与个人的才华，终究要归于生活实际、相夫教子与人伦交际。"当日有他父亲在日，酷爱此女，令其读书识字，较之乃兄，竟高过十倍。自他父亲死后，见哥哥不能体贴母怀，他便不以书字为事，只留心针黹家计等事，好为母亲分忧解劳。"②

在宝钗训诫式阅读行为中，阅读的目的是帮助传统女性更好地完善道德。明代以来，女教书的编纂达到了高峰，除去男性所著外，女性自身亦写作了数量不少的女教书。在后宫建立完备的女官制度，由知书达理、富有才情的女性担任。她们教授宫女读《百家姓》《千字文》《孝经》《女训》《女孝经》《女诫》《内则》《诗》《大学》《中庸》《论语》等书，她们中不乏博学之士。明清女性以其博览群书、著述等身，成就了几多才女，她们相夫有政声，训子为令臣，完善地尽了自己的妇职，成为贤妻良母。教子更是明清社会与家庭让女性识字读书的终极目的，认为阅读能使女人成为更好的母亲。

在以章学诚为代表的古典派看来，女性之所以阅读，要么为着传承家学，要么为着教育子女。总之，读书是为了职责、使命，不是为了愉悦自己。章学诚《妇学》中提出的"道不离器"是其哲学思想的根本，强调女性学术活动的经世致用。在章学诚看来，"才女"之"才"不是吟风弄月的小技巧，而是纯正的古典经史之学。薛宝钗入贾府之前，是要入宫备选女官的，"近因上崇诗尚礼，征采才能，降不出世之隆恩，除聘选妃嫔外，凡世宦名家之女皆报名达部，以备选择，为宫主、郡主入学陪侍，充为才人赞善之职"③。可见其读书是有着明确的价值取向的，那就是传承传统儒家妇德。

①　[清]曹雪芹：《周汝昌校订批点本石头记》，脂砚斋批点，周汝昌点校，译林出版社2011年版，第490页。

②　[清]曹雪芹：《周汝昌校订批点本石头记》，脂砚斋批点，周汝昌点校，译林出版社2011年版，第59页。

③　[清]曹雪芹：《周汝昌校订批点本石头记》，脂砚斋批点，周汝昌点校，译林出版社2011年版，第59页。

### (二)读书是德性之美与生活智慧

宝钗认为,读书不是为了强化个人意识与自我意识,而是要融入日常生活的为人处世、待人接物中,内化为一种德性之美、生活智慧。"学问中便是正事,此刻于小事上用学问一提,那小事越发作高一层了。不拿学问提着,便都流入市俗去了。"①学问是要融入日常生活的小事中去的。她看到宝玉喝冷酒,就以药理来劝诫他:"宝兄弟,亏你每日家杂学傍收的,难道就不知道酒性最热? 若热吃下去,发散的就快。若冷的吃下去,便凝结在内,以五脏去煖他,岂不受害! 从此还不快不要吃那冷的呢。"②可见,宝钗平日也读医书、懂医理,脂批为:"知命知身,识理识性,博学不杂,庶可称为佳人。"③宝钗的读书博学是为了识理识性、知命知身,满足生活中的实用需求,让人能够在日常生活中平衡身心,节制约束自己,过一种合乎理性规范的平衡合理的生活。当宝钗以此来劝诫黛玉不要读《牡丹亭》这类杂书时,脂批对此的评论是"何等爱惜"。薛宝钗深知对于一个身处深闺的少女来说,读这些"邪书"存在极大的危险性,因为阅读并不是一件单纯的文化活动,它承载着宣扬社会禁忌、伦理规范、等级身份的功能,对人的生命意识、情感与心理状态起到巨大影响。因此,基于各个方面的现实考量,宝钗对自己的阅读活动制定的标准是合乎时代礼仪规范、阶级等级身份、女性伦理训诫,并益于身心健康与平衡的。

### (三)读书明理、经世致用

宝钗在劝诫黛玉时讲到了她自己的读书观:"男人们读书不明理,尚且不如不读书的,何况你我? 就连作诗写字等事,也非你我分内之事,究竟也

① [清]曹雪芹:《周汝昌校订批点本石头记》,脂砚斋批点,周汝昌点校,译林出版社2011年版,第666页。
② [清]曹雪芹:《周汝昌校订批点本石头记》,脂砚斋批点,周汝昌点校,译林出版社2011年版,第117页。
③ [清]曹雪芹:《周汝昌校订批点本石头记》,脂砚斋批点,周汝昌点校,译林出版社2011年版,第117页。

不是男人家分内之事。男人们读书明理,辅国治民,这便好了。只是能有几个这样?读了书到更坏了。这是读书误了他,可惜他到把书糟蹋了,所以到是耕种买卖,到没什么大害处。"①宝钗这种读书明理、经世致用的读书观,受到明末清初顾炎武、王夫之和黄宗羲等人的民本思潮影响。学问应有益于国事,关注社会现实,面对社会矛盾,并用所学解决社会问题,以求达到国治民安的实效。顾炎武批判道学脱离实际的学风,主张发挥孔子"博学于文,行己有耻"的思想,提倡实践中求真知,主张文人多研究有关国计民生的现实问题,反对空谈。李贽也曾经写过一首诗歌《书能误人》来讽刺迂腐的读书人:"年年岁岁笑书奴,生世无端同处女。世上何人不读书,书奴却以读书死。"李贽并不是要否定读书的意义,"世上何人不读书"正是阐明了书籍对人类的意义,因此不能简单地认为他是反智主义者。他是嘲讽那些食古不化、冥顽不灵,只知道依照古人说法,机械僵化处理实际问题的人,将之称为"书奴",认为他们被书本所奴役。"生世无端同处女"说的是书奴们的生活方式,嘲讽他们行动举止都像女人,"静若处子"。男子的雄心气魄本是用在建立功业、开拓创新上的,但是书本将人拘束在书斋之内,脱离了现实生活。人们只知道从书本上获取知识,忽略了实践求知的作用,天长日久,竟然导致男子的性情发生了变化,这实际上是对人性的摧残。

(四)"才、德、美"兼备

在传统妇德规训下,薛宝钗杂学博收所形成的博学、才华、智慧,大大超过了男性,她不仅可以与男性平等地对话与交流,很多场合对男性都起了"一字师"的作用,且被男性称赞与肯定。宝玉赞赏宝钗道:"真可谓一字师了。从此后我只叫你师父,再不叫你姐姐了。"②宝钗对很多超越闺阁限制的话题,都有不凡的见识。阅读活动所带来的博学与智慧,可以使她更好地理

<hr>

① [清]曹雪芹:《周汝昌校订批点本石头记》,脂砚斋批点,周汝昌点校,译林出版社2011年版,第516页。

② [清]曹雪芹:《周汝昌校订批点本石头记》,脂砚斋批点,周汝昌点校,译林出版社2011年版,第230页。

解日常事务;儒家经典的阅读赋予她德性之美,使其生命呈现出一种德、才、美兼备的特质。

### 三、宝钗的热毒之症

宝钗身上具有"停机德",是儒家传统妇德规范下的淑女典范。儒家仪注在 18 世纪的广泛通行,着重于具体的、形式化的以及重复的礼仪行为,清初的儒家实践者颜元推崇儒家仪式化生活,在饮食、服饰、步行以及与他人的交往中恪守儒礼的规范。薛宝钗正是将儒家秩序以礼仪化形式弥散到其生活中。

#### (一)日常起居与衣着打扮

在男权社会的权力规训下,宝钗作为一个典范淑女,其日常生活中的主要活动是做女红、操持家计与伦理性的人际往来。"宝钗因见天气凉爽,夜复渐长,遂至母亲房中商议,打点些针线日间作。及至贾母处、王夫人处省候二次,不免又承色陪坐,闲话半时,园中姊妹,也要度时闲话一回。故日间不大得闲,每夜灯下女红,必至三更方寝。"[①]这种规律、克制的日常生活状态是遵循儒家妇德规训的。

第八回中,随着宝玉的眼光,我们看到了宝钗的日常状态与打扮:"头上挽着漆黑油光的鬓儿,蜜合色绵袄,玫瑰紫二色金银鼠比肩褂,葱黄绫绵裙,一色半新不旧,看来不觉奢华。唇不点而红,眉不画而翠,脸若银盘,眼如水杏。罕言寡语,人谓藏愚。安分随时,自云守拙。"[②]宝钗的妆容与神态,呈现出儒家伦理规训下理想女性的浑厚端庄之态与低调内敛之美。蜜合色、玫瑰紫、葱黄,"一色半新不旧,看来不觉奢华",衣着及家常用品的色调与质地都是朴素、低调的。福柯的权力理论认为,权力对于性别的建构体现在对于

---

① [清]曹雪芹:《周汝昌校订批点本石头记》,脂砚斋批点,周汝昌点校,译林出版社 2011 年版,第 548 页。

② [清]曹雪芹:《周汝昌校订批点本石头记》,脂砚斋批点,周汝昌点校,译林出版社 2011 年版,第 112 页。

身体的规训、压抑和控制方面，他认为权力安置直接与身体、功能和生理过程挂钩，人们不可能在文化意义之外认识身体的物质性。① 大观园中宝钗所住的蘅芜院"雪洞一般，一色玩器全无，案上只一个土定瓶中供着数枝菊花，并两部书、茶奁茶杯而已。床上只吊着青纱帐幔，衾褥也十分朴素"②。连贾母年老之人都感叹道："年轻的姑娘房里这样素净，也忌讳。"③而且，作为青春少女的宝钗却"从来不爱这些花儿粉儿的"④。以上可见，在薛宝钗身上表现出一种贞洁与朴素的强大道德感，她努力地掩藏自身作为女性的性吸引力。

福柯认为过去权力对肉体的控制、惩罚表现为直接的赤裸裸的酷刑，后来则改变为对肉体的训练和规范的一整套复杂而精巧的制度，身体虽然不再遭受酷刑的折磨，但却无法摆脱控制。在晴雯被王夫人驱赶出大观园后，袭人一针见血地点出了原因："太太只嫌他生的太好了，未免轻佻些。在太太是深知这样美人似的人必不安静，所以狠嫌他，像我们这粗粗笨笨的到好。"⑤贾母就说过："袭人本来从小儿不言不语，我只说他是没嘴的葫芦。"⑥可见，"贤而多智术"的袭人，深谙儒家伦理规范，从打扮到言语，各方面都表现出自觉的迎合与服从，因此得到了掌权者的喜爱、信任与器重，被王夫人提升到儒家伦理秩序内更高的地位："若说沉重知大礼，莫若袭人第一。虽说贤妻美妾，然也要性情和顺，举止沉重的更好些……因此品择了二年，一点不错了，我就悄悄的把他丫头的月分钱止住，我的月份银子里批出二两银

① （法）米歇尔·福柯：《规训与惩罚》，刘北成、杨远婴译，生活·读书·新知三联书店2007年版，第289页。

② ［清］曹雪芹：《周汝昌校订批点本石头记》，脂砚斋批点，周汝昌点校，译林出版社2011年版，第496页。

③ ［清］曹雪芹：《周汝昌校订批点本石头记》，脂砚斋批点，周汝昌点校，译林出版社2011年版，第497页。

④ ［清］曹雪芹：《周汝昌校订批点本石头记》，脂砚斋批点，周汝昌点校，译林出版社2011年版，第99页。

⑤ ［清］曹雪芹：《周汝昌校订批点本石头记》，脂砚斋批点，周汝昌点校，译林出版社2011年版，第909页。

⑥ ［清］曹雪芹：《周汝昌校订批点本石头记》，脂砚斋批点，周汝昌点校，译林出版社2011年版，第919页。

子来给他。不过使他自己知道，越发小心效好之意。"①"袭为钗副"，薛宝钗想必也是深知其理。对违犯了身体规训的人，权力掌握者会实施微观惩罚，从轻微的体罚到剥夺和羞辱等一系列程序，像法官一样维护着伦理秩序的稳定。晴雯因为"形容面貌上钗弹鬓松，衫垂带褪，有春睡捧心之遗风"不符合儒家身体规训，显露出让王夫人厌恶的轻狂样子，被王夫人当面羞辱："去！站在我这里，我看不上这浪样儿。谁许你这样花红柳绿的装扮?"②且在病中被生生赶出了贾府，"晴雯四五日水米不下，恹恹弱息，如今现从炕上拉了下来，蓬头垢面，两个女人搀架起来去了"③。

此外，掌权者还会将权力分散到社会中下层人群当中，权力的实施也绝不仅仅是自上而下的。宝玉身边的婆子们是掌权者王夫人的合谋者，她们冷酷地举报、打压、迫害那些违犯规训的少女，以此获得掌权者的奖赏，在这个过程中，作为奴隶的她们也暂时获得一种行使权力的快感，心中对这些少女的嫉妒也得以宣泄。

（二）阅读被规训史

宝钗曾对黛玉讲述了自己从小接受传统规训改造的过程。对于这样的改造，她已全然接受，且以"淘气""勾个缠人"来揶揄小时候自己的"不懂事"："你当我是谁，我也是个淘气的，从小七八岁上也勾个人缠。我们家也算是个读书人家，祖父手里也极爱藏书。先时人口多，姊妹弟兄也在一处，都怕看正紧书。弟兄们也有喜诗的，也有爱词的，诸如这些《西厢》《琵琶》，以及元人百种，无所不有，他们是背着我们看，我们也却偷着背了他们瞧。后来大人知道了，打的打，骂的骂，烧的烧，才丢开了。"④诗、词、戏曲是

---

① ［清］曹雪芹:《周汝昌校订批点本石头记》，脂砚斋批点，周汝昌点校，译林出版社2011年版，第 918 页。

② ［清］曹雪芹:《周汝昌校订批点本石头记》，脂砚斋批点，周汝昌点校，译林出版社2011年版，第 870 页。

③ ［清］曹雪芹:《周汝昌校订批点本石头记》，脂砚斋批点，周汝昌点校，译林出版社2011年版，第 908 页。

④ ［清］曹雪芹:《周汝昌校订批点本石头记》，脂砚斋批点，周汝昌点校，译林出版社2011年版，第 516 页。

当时社会规训禁止的书，所以宝钗只能偷着背了看。家中的大人是掌握权力的人，他们通过打、骂、烧等强制性惩罚措施，来迫使这种违反规训的行为停止。宝钗在经历过这样的规训改造后，已经娴熟地掌握了这套权力话语，并成为这种话语的拥趸："所以咱们女孩儿家，不认字的到好。男人们读书不明理，尚且不如不读书的，何况你我？就连作诗写字等事，也非你我分内之事……你我只该作些针线之事才是，偏又认得了字，既认得了字，不过拣那正经书看看也罢了，最怕是见了这些杂书，移了性情，就不可救了。"①

宝钗的阅读活动已被成功纳入体系、关系与秩序之中，是被约束在安全范围内的阅读。福柯认为权力规训的一个重要手段即是"二元划分"，对于阅读，宝钗有着明确的二元划分：正常/不正常、正经/不正经、本分/非本分，有些书是"正经书"，有的书则是"杂书""邪书""不正经"的书。宝钗严格遵守"正经书"/"杂书"的区隔，并自觉地以传统道德规训作为区分合法行为和不合法行为的边界。在大观园姐妹们的阅读生活中，宝钗也常常自发扮演着训诫女官的角色，比如对黛玉读书的劝诫，对香菱、湘云读诗的劝诫等。脂砚斋曾评论说："宝钗为博知所误。"②知识与权力是交织在一起的，宝钗的读书活动并非建立在独立人格与自我意识基础上，她所获得的知识只是传统规训的权力体现。这样的知识积累越多，与真实自我间所构筑的屏障就越厚，是对丰富的生命面向与潜意识、本能欲望的遮蔽。

（三）话语方式——正经/不正经

宝钗的道德意识形态框架很牢固，她总是站在道德制高点来对人进行道德判断，喜欢用"正经事""不正经事""不守本分""分内之事"等道德标签来判断事情。规训的一个重要方式，就是对事物建立起二元划分结构和打上标记。在父权制下，男性不仅控制了日常生活的话语，也控制了知识创造

---

① ［清］曹雪芹：《周汝昌校订批点本石头记》，脂砚斋批点，周汝昌点校，译林出版社2011年版，第516页。

② ［清］曹雪芹：《周汝昌校订批点本石头记》，脂砚斋批点，周汝昌点校，译林出版社2011年版，第281页。

过程的话语权。宝钗自觉认同男性主流价值观,并成为传统男权社会知识真理的代言人、传播者及坚定的拥护者。在使用这些"真理"语言时,她具有掌握真理者居高临下的指导、检查、纠正、规范其他不合规范话语的姿态。

(四)凝视的目光

宝钗总是活在"凝视的目光"之下,因为"监禁的体系只需付出很小的代价,没有必要发展军备、增加暴力的控制,只要有注视的目光就行了。每个人在这种目光的压力下,都会逐渐变成自我监禁者"[1]。在这种自我监禁下,她的姿势、表情、动作等都符合父权社会对理想女性的要求,绝对不会超越界线,"在社会的凝视下,女人变得谦和了,不能毫无规范,更不能放纵淫荡。她的眼光带上了父权社会的规范,这些对女性身体、举止的种种规范并非以集权的形式出现,而是通过权力的内化形式来完成的"[2]。她不仅用这样的目光去凝视自己,也以此去凝视、监督身边人的言谈举止,并"和善"地对不符合规范者进行劝阻、斥责与教诲,"和善"的表面下,是对父权社会规范毫不含糊的坚持与执行,她已自觉成为监督者、教诲者。

对于违反传统规训的人和事,宝钗的表现都是冷酷、理性的。她给他们贴上道德批判的标签,进行训斥与教诲。当偷听到小红与贾芸的私情时,宝钗斥责道:"怪道从古至今,那些奸淫邪盗之人,心机都不错!"[3]面对柳湘莲与尤三姐一个出家一个自杀的惨烈结局,宝钗听了并不在意,而是出奇地冷静:"如今死的死了,出家的出了家了,依我说也只好由他罢了,妈也不必为他们伤感,损了自己的身子。"[4]对金钏儿之死,宝钗叹道:"姨娘也不劳念念

① (法)米歇尔·福柯:《规训与惩罚》,刘北成、杨远婴译,生活·读书·新知三联书店2007年版,第216页。

② (法)米歇尔·福柯:《规训与惩罚》,刘北成、杨远婴译,生活·读书·新知三联书店2007年版,第216页。

③ [清]曹雪芹:《周汝昌校订批点本石头记》,脂砚斋批点,周汝昌点校,译林出版社2011年版,第343页。

④ [清]曹雪芹:《周汝昌校订批点本石头记》,脂砚斋批点,周汝昌点校,译林出版社2011年版,第787页。

于兹,十分过不去,不过多赏他几两银子发送他,也就了了主仆之情了。"①宝钗的冷漠是出于对这些违反传统规训的"迷性不悟,尚有痴情眷恋"的人和事在道德上的厌恶与批判。她是父权社会谨严的遵循者,是在王夫人这样的家族权力拥有者的立场上来作出判断的。当听到黛玉漏嘴说出"良辰美景奈何天"时,宝钗笑道:"你跪下,我要审你!""好个不出闺门的女孩儿,好个千金小姐,满嘴里说的都是些什么! 你实说便罢。"②宝钗以训诫者的口气,向黛玉强调了她在传统伦理内应该遵循的身份与角色。虽然她是笑着说的,但是动辄以"跪下""审你",这样带有强烈道德审判意味的词语,可以看出黛玉偷看《西厢记》这件事情在宝钗眼中的严重性,这也反射出宝钗对于传统社会女性伦理规范的严格遵循与谨严执行。但从另一角度来说,宝钗对黛玉的训诫也是出于真心的关怀,因为她深知这些违反闺阁禁忌的话语,会对黛玉的名声造成伤害。

(五)与权力拥有者的合作

宝钗上京本是为了备选才人;元春省亲时,宝钗所作的乃是颂圣之诗;她常劝诫宝玉认真读书,求取功名。可见,对于现世价值观,宝钗是十分认可并积极追求的。因为对传统规训的谨严遵循,她也获得了权力掌握者的肯定、赞扬,以及物质上的奖励与区别对待,如元妃的额外封赏、贾母蠲资替她过生日等,并成为宝二奶奶的理想人选。而这些奖励与评价,反过来又加强了宝钗对规训的谨严遵守。

(六)宝钗之病

从当时的社会规范与价值看,宝钗是成熟而典范的淑女。若从人格发展角度看,其实是一种病态,以压抑健全自我、独立人格与自由思想为代价,

---

① [清]曹雪芹:《周汝昌校订批点本石头记》,脂砚斋批点,周汝昌点校,译林出版社2011年版,第408页。

② [清]曹雪芹:《周汝昌校订批点本石头记》,脂砚斋批点,周汝昌点校,译林出版社2011年版,第515页。

"一个所谓能适应社会的正常人远不如一个所谓人类价值角度意义上的精神病患者健康。前者很好地适应社会,其代价是放弃自我,以便成为别人期望的样子。所有真正的个体性与自发性可能都丧失了"①。弗洛姆认为,除非一个人能够超越他的社会,认识到这个社会是如何促成或阻碍人的潜能发展的,否则他就不能全面地论及自己的人性。《红楼梦》既把人物置回历史与时代中,又具有了超越时代的人性普遍价值的高度。宝钗生命中的"热毒",是其生命原始冲动与传统规训的冲突下的暂时失序。当薛蟠说她对宝玉有意时,宝钗反应激烈,乃至"整哭了一夜。次日起来,也无心梳洗,胡乱整理整理"②。因"金玉良缘"之说,出于礼教规范,宝钗对宝玉一直刻意保持距离,"薛宝钗因往日母亲同王夫人等曾提过金锁是个和尚给的,等日后有玉的方可结为婚姻等语,所以总远着宝玉"③。而被薛蟠公开说出隐藏在她潜意识里的对宝玉的情意,让宝钗受到内心道德伦理的谴责,这摧毁了她建立的道德信心,产生强烈的羞愧与罪恶感,一下子破坏了她极力保持的理性与道德上的平衡,是对她的伦理自我的一次打击。宝钗的生命价值是建立在儒家道德伦理规训上的,并以此获得一种安全感。宝钗感受到自身情欲的涌动,她不断地用"贤德"来克制与压抑,并因此感受到痛苦的煎熬,"焦首朝朝还暮暮,煎心日日复年年"④。她所服用的"冷香丸"则象征着自然,它用于救济薛宝钗生命中太过强大的自我控制,这种力量会扼杀人的自然本性与生命活力,"强行加诸女人而使之成为有教养的少女,这种变成了第二自然的自我控制扼杀了自然本性,压抑了生命活力,导致了紧张、厌倦"⑤。那只滴翠亭的蝴蝶,引导宝钗闯入小红的秘密世界,那是礼制空间之外的情欲空间,呼唤她生命原欲的觉醒。当宝钗解开排扣,露出里面的大红袄与黄

① （美）埃里希·弗洛姆:《逃避自由》,刘林海译,上海译文出版社2015年版,第99页。
② [清]曹雪芹:《周汝昌校订批点本石头记》,脂砚斋批点,周汝昌点校,译林出版社2011年版,第428页。
③ [清]曹雪芹:《周汝昌校订批点本石头记》,脂砚斋批点,周汝昌点校,译林出版社2011年版,第367页。
④ [清]曹雪芹:《周汝昌校订批点本石头记》,脂砚斋批点,周汝昌点校,译林出版社2011年版,第287页。
⑤ （法）西蒙·波伏娃:《第二性》,李强译,西苑出版社2004年版,第489页。

金璎珞时,泄露了她生命中被压抑的欲望与活力,但正是在潜意识泄露的时刻,我们窥视到了宝钗完整的人性。

《红楼梦》中"理"的二元性书写,既把人置回历史与时代中,有着对传统儒家伦理制度的敬仰,又对其局限性、束缚性进行了深刻的批判,达到超越时代的普适价值理念的高度。明末清初是一个由于人欲解放而社会秩序混乱的时代,在这样的社会历史背景下,传统儒家伦理思想呈现出它的价值,并被赋予新的时代意义,"从《红楼梦》的描写来看,作者对传统的伦理道德并未一概否定,有的甚至表现出一种神往之情,尤为可贵的是,它在传统的伦理道德的基础上所萌发出的具有新的时代意义的伦理思想"①。《红楼梦》中所谈之"理",虽然还是在一定的伦理规范与礼义的范围内,但已经不是程朱理学的教条了,其内容已经具有肯定人的情感的成分,礼义已与世俗的事理相结合,具有很浓的人情味。《红楼梦》也绝非简单地反礼教、反儒学,而是批判性地继承了儒家伦理秩序,是儒家生生之仁的传统精神的延续与光大,体现出一种儒家的人道主义精神。

---

① 朱引玉:《论〈红楼梦〉的家庭伦理道德》,载《南都学坛》(人文社会科学学刊)2002 年第 2 期,第 45 页。

# 参考文献

[1]（德）阿德勒：《自卑与超越》，曹晚红译，沈阳出版社 2012 年版。

[2]（德）埃里希·弗洛姆：《爱的艺术》，李健鸣译，上海译文出版社 2008 年版。

[3]（德）弗里德里希·包尔生：《伦理学体系》，何宏生译，中国社会科学出版社 1988 年版。

[4]（德）格尔特鲁特·雷纳特：《穿男人服装的女人》，张辛仪译，漓江出版社 2004 年版。

[5]（德）尼采：《权力意志》，张念东、凌素心译，商务印书馆 2006 年版。

[6]（德）叔本华：《作为意志和表象的世界》，石冲白译，商务印书馆 2017 年版。

[7]（德）斯特凡·博尔曼：《阅读的女人》，周全译，中央编译出版社 2010 年版。

[8]（俄）巴赫金：《陀思妥耶夫斯基诗学问题》，刘虎译，中央编译出版社 2010 年版。

[9]（法）吉尔·德鲁兹：《解读尼采》，张唤民译，百花文艺出版社 2000 年版。

[10]（法）加斯东·巴什拉：《空间的诗学》，张逸婧译，上海译文出版社 2009 年版。

[11]（法）拉康：《拉康选集》，褚孝泉译，上海三联书店 2001 年版。

[12](法)米歇尔·福柯:《规训与惩罚》,刘北成、杨远婴译,生活·读书·新知三联书店2007年版。

[13](法)皮埃尔·布迪厄:《男性统治》,刘晖译,中国人民大学出版社2011年版。

[14](法)西蒙·波伏娃:《第二性》,李强译,西苑出版社2004年版。

[15](法)雅克·拉康:《拉康全集》,储孝泉译,上海三联书店2001年版。

[16](美)埃里希·弗洛姆:《逃避自由》,刘林海译,上海译文出版社2015年版。

[17](美)费侠莉:《繁盛之阴:中国医学史中的性》,甄橙主译,江苏人民出版社2006年版。

[18](美)高彦颐:《闺塾师》,李志生译,江苏人民出版社2005年版。

[19](美)黄卫总:《中华帝国晚期的欲望与小说叙述》,张蕴爽译,江苏人民出版社2010年版。

[20](美)曼素恩:《缀珍录》,定宜庄、颜宜葳译,江苏人民出版社2005年版。

[21](美)浦安迪:《中国叙事学》,北京大学出版社2018年版。

[22](美)约翰·奥尼尔:《身体形态——现代社会的五种身体》,张旭春译,春风文艺出版社1999年版。

[23](美)朱迪斯·巴特勒:《性别麻烦:女性主义与身份的颠覆》,宋素凤译,上海三联书店2009年版。

[24](瑞士)古斯塔夫·荣格:《心理学与文学》,冯川、苏克译,译林出版社2011年版。

[25](英)亚伦·强森:《性别打结:拆除父权违建》,成令方等译,群学出版社2008年版。

[26](英)约翰·弥尔顿:《失乐园》,朱维之译,人民文学出版社2019年版。

[27][汉]班昭:《女诫》,中央民族大学出版社1996年版。

[28][明]冯梦龙:《情史》,岳麓书社1986年版。

［29］［明］黄宗羲：《明儒学案》，中华书局 1986 年版。

［30］［明］李贽：《藏书》，学文点校，商务印书馆 2020 年版。

［31］［明］李贽：《焚书》，张建业译注，中华书局 2018 年版。

［32］［明］汤显祖：《汤显祖全集》，徐朔方校注，北京古籍出版社 2001 年版。

［33］［明］王夫之：《四书训义》，载《船山全书》（第 8 册），岳麓书社 2011 年版。

［34］［明］王守仁：《王阳明全集》，上海古籍出版社 1992 年版。

［35］［明］王阳明：《传习录》，中州古籍出版社 2015 年版。

［36］［明］谢肇淛：《五杂俎》，明天启间刻本。

［37］［明］叶绍袁：《午梦堂集》，冀勤辑校，中华书局 2015 年版。

［38］［明］袁宏道：《集笺校·叙小修诗》，钱伯城笺校，上海古籍出版社 2018 年版。

［39］［明］张瀚：《松窗梦语》，中华书局 1997 年版。

［40］［清］曹雪芹：《红楼梦》，知识出版社 2015 年版。

［41］［清］曹雪芹：《周汝昌校订批点本石头记》，脂砚斋批点，周汝昌点校，译林出版社 2011 年版。

［42］［清］戴震：《孟子字义疏证》，何文光整理，中华书局 1982 年版。

［43］［清］荻岸山人：《平山冷燕》，黑龙江美术出版社 2014 年版。

［44］［清］二知道人：《〈红楼梦〉说梦》，载一粟：《红楼梦资料汇编》，中华书局 1964 年版。

［45］［清］李渔：《闲情偶寄》，知识出版社 2017 年版。

［46］［清］刘向：《说苑译注》，陈翔译注，北京大学出版社 2009 年版。

［47］［清］陆树芝：《庄子雪》，华东师范大学出版社 2011 年版。

［48］［清］青山山农：《红楼梦广义》，清光绪二十八年眛青斋刻本。

［49］［清］阮毓崧：《重订庄子集注》，刘韶军校，古籍出版社 2018 年版。

［50］［清］涂瀛：《〈红楼梦〉论赞》，载一粟：《红楼梦资料汇编》，中华书局 1964 年版。

［51］［清］荑秋散人：《玉娇梨》，冯伟民校点，人民文学出版社 2006 年版。

[52][清]张冥飞:《古今小说评林》,上海民权出版社1919年版。

[53][清]张纨英:《澹菊轩初稿·后序》,清道光二十年宛邻书屋刻本。

[54][清]章学诚:《章学诚遗书》,文物出版社1985年版。

[55][宋]黎靖德:《朱子语录》,王星贤注解,上海古籍出版社2016年版。

[56][先秦]庄子:《庄子》,孙通海译注,中华书局2007年版。

[57]《大戴礼记今注今译》,高明译注,天津古籍出版社1988年版。

[58]《山海经》,方韬译注,中华书局2016年版。

[59]奥锦霞:《女性主义阅读理论的历史研究》,延安大学2014年硕士论文。

[60]包亚明:《后现代性与地理学的政治》,上海教育出版社2001年版。

[61]贝京:《痴心慈母写尽矣——也论王夫人》,载《红楼梦学刊》2009年第4期,第201—203页。

[62]陈佳奇:《"笑"的力量——论尼采"笑"的理论》,载《南阳师范学院学报》(社会科学版),2005年第10期,第48页。

[63]陈开智:《刘姥姥——封建社会兴衰的见证人》,载《大众文艺》(理论)2009年第8期,第138页。

[64]陈维昭:《解读大观园:透视红学与20世纪文化思潮》,载《汕头大学学报》(人文社会科学版)2000年第2期,第89页。

[65]储昭华:《启蒙的自主性与明清思想的定性》,载《武汉大学学报》(人文科学版)2005年第4期,第77页。

[66]楚小庆:《阳明心学的主体性思想何现代美学精神》,《福建论坛》(人文社会科学版)2011年第12期,第77页。

[67]崔晶晶:《〈红楼梦〉性别视角辨析》,载《红楼梦学刊》2008年第2期,第228页。

[68]邓桂英:《试论山音中的处女崇拜》,载《日本学论坛》2008年第4期,第59页。

[69]董雁:《明清江南闺阁女性的〈牡丹亭〉阅读接受》,载《东方丛刊》2009年第4期,第220页。

◎ 参考文献

[70]冯其庸:《重校八家评批〈红楼梦〉》,青岛出版社 2015 年版。

[71]韩淑举:《明清女性阅读活动探析》,载《图书馆工作与研究》2009 年第 1 期,第 65 页。

[72]何满子:《中国爱情小说中的两性关系》,上海书店出版社 2012 年版。

[73]胡文凯:《历代妇女著作考(增订本)》,上海古籍出版社 1995 年版。

[74]蒋勋:《生活十讲》,长江文艺出版社 2017 年版。

[75]雷鸣:《〈红楼梦〉的花园意象》,载《齐齐哈尔大学学报》(哲学社会科学版)2010 年第 2 期,第 82 页。

[76]雷勇:《明末清初世情小说新探》,载《汉中师院学报》(哲学社会科学版)1994 年第 2 期,第 51 页。

[77]李丹丹:《情礼兼备的尝试——论大观园的政治结构与礼法秩序》,载《红楼梦学刊》2008 年第 2 期,第 186 页。

[78]李劼:《历史文化的全息图像:论〈红楼梦〉》,广西师范大学出版社 2016 年版。

[79]李洁:《肮脏与失序——读玛丽.道格拉斯之"洁净与危险"》,载《中国农业大学学报》(社会科学版)2001 年第 10 期,第 70 页。

[80]梁冬梅:《永不凋零的原野之花——刘姥姥形象的文化意蕴与林黛玉之比较》,载《红楼梦学刊》2008 年第 4 期,第 190 页。

[81]林语堂:《语堂幽默文选》,时代文艺出版社 1995 年版。

[82]凌冬梅:《清代江南女性阅读与家族书香传承》,载《山东图书馆学刊》2017 年第 3 期,第 42 页。

[83]刘再复:《红楼梦悟》,生活·读书·新知三联书店 2009 年版,第 115 页。

[84]刘再复:《浑沌儿的赞歌——贾宝玉论续编》,载《读书》2013 年第 7 期,第 113 页。

[85]鲁迅:《集外集拾遗补编》,人民文学出版社 2021 年版。

[86]鲁迅:《中国小说史略》,上海古籍出版社 2001 年版。

[87]吕启祥:《王熙凤的魔力与魅力》,载《红楼梦学刊》2008 年第 3 期,

第 76 页。

[88]罗书华:《凤凰惜作末世舞——论凤姐兼说"一从二令三人木"》,载《红楼梦学刊》1998 年第 2 期,第 65 页。

[89]马瑞芳:《一个性格丰满的老妇人形象——〈红楼梦〉前八十回的贾母》,载《红楼梦学刊》1983 年第 2 期,第 221-242 页。

[90]梅新林:《"石"、"玉"精神的内在冲突——〈红楼梦〉悲剧的哲学意蕴》,载《学术研究》1992 年第 5 期,第 118 页。

[91]莫砺锋:《论红楼梦诗词的女性意识》,载张宏生:《明清文学与性别研究》,江苏古籍出版社 2002 年版。

[92]欧丽娟:《大观红楼》(母神卷),台湾大学出版中心 2015 年版。

[93]齐林华:《中国古代文化中的身体观念及其发展》,湖南师范大学博士学位论文。

[94]沙飞:《〈红楼梦〉的两处"微言大义"——贾母对宝黛钗婚配态度的一次语用解读》,载《玉林师范学院学报》2009 年第 2 期,第 48-50 页。

[95]商伟:《礼与十八世纪的文化转折——〈儒林外史〉研究》,生活·读书·新知三联书店 2012 年版,第 256 页。

[96]申明秀:《明清世情小说的江南性书写》,载《吉首大学学报》(社会科学版)2011 年第 5 期,第 78 页。

[97]沈小琪:《〈红楼梦〉中女性主义意识的萌芽与消解》,载《北方文学》2016 年第 10 期,第 45 页。

[98]史铁生:《爱情问题》,江苏文艺出版社 1995 年版。

[99]苏萍:《寒塘鹤影读湘云——试论湘云形象及其独特的女性价值》,载《红楼梦学刊》,2008 年第 12 期,第 50 页。

[100]孙康宜:《从差异到互补——中西性别研究的互动关系》,载《中山大学学报》(社会科学版)2005 年第 1 期,第 5 页。

[101]孙绍振:《〈红楼梦〉美女谱系中的美恶交融》,载《名作欣赏》2017 年第 16 期,第 107 页。

[102]唐君毅:《中国文化之精神价值》,载《唐君毅全集》(第 9 卷),九州出版社 2016 年版。

[103]涂瀛:《红楼梦论赞》,载一粟:《红楼梦资料汇编》,中华书局1964年版。

[104]汪民安:《尼采与身体》,北京大学出版社2008年版。

[105]王博:《庄子哲学》,北京大学出版社2013年版。

[106]王德威:《游园惊梦,古典爱情——现代中国文学的两度还魂》,载陈平原:《现代中国》(第六辑),北京大学出版社2006年版。

[107]王国维:《王国维文学论著三种》,商务印书馆2010年版。

[108]王怀义:《林黛玉阅读现象研究》,载《红楼梦学刊》2010年第3期,第196页。

[109]王丽文:《间隔之妙与距离之美——〈红楼梦〉独特的叙事艺术》,载《红楼梦学刊》2009年第4期,第178页。

[110]王乾:《〈红楼梦〉的反乌托邦写作》,载《南都文坛》2016年第6期,第14页。

[111]王文锦:《礼记译解》,中华书局2001年版。

[112]王向东:《情感与理智的冲突——大观园理想的建立与破灭》,载《红楼梦学刊》1995年第2期,第18页。

[113]吴琼:《雅克·拉康——阅读你的症状》,中国人民大学出版社2011年版。

[114]吴新雷:《〈红楼梦〉与曹雪芹江南家世》,载《明清小说研究》2006年第4期,第190页。

[115]夏邦:《明代佛教信仰的变迁述略》,载《史林》2007年第2期,第106页。

[116]夏志清:《中国古典小说》,何铭译,刘绍铭校订,香港中文大学2016年版。

[117]严安政:《红楼诗社——曹雪芹理想的社会模式》,载《西安电子科技大学学报》(社会科学版)2004年第4期,第20页。

[118]阳淑华:《〈红楼梦〉中王夫人的原配情结》,载《湖南科技学院学报》2016年第3期,第24页。

[119]一粟:《红楼梦资料汇编》,中华书局1964年版。

[120]应磊:《"劫"遭逢现代计时器:〈红楼梦〉的时间意识与焦虑内核》,载《汉语言文学研究》2014年第1期,第20页。

[121]于洋:《〈红楼梦〉与明清女性身体教育》,载《华东师范大学学报》(教育科学版)2016年第4期,第4页。

[122]俞晓红:《〈红楼梦〉花园意象解读》,载《红楼梦学刊》1997年第1期,第69页。

[123]詹丹:《阻隔与同在——论〈红楼梦〉人物交往的空间意义》,载《红楼梦学刊》2014年第2期,第133页。

[124]张春田:《不同的"现代":"情迷"与"影恋"——冯小青故事的再解读》,载《汉语言文学研究》2011年第1期,第39页。

[125]张秋菊:《尼采美学中身体的回归》,载《中国水运》(学术版)2006年第6期,第239页。

[126]张稔穰:《一篇反映了资本主义萌芽的笑说——〈醒世恒言·施润泽滩阙遇〉》,载《古典文学知识》2001年第4期,第21页。

[127]张燕:《"窥视"的艺术情蕴——从〈金瓶海〉到〈红楼梦〉的私人经验之文本呈现》,载《红楼梦学刊》2009年第2期,第158页。

[128]张逸琛:《老将出马——浅谈贾母的治家才能》,载《戏剧之家》2017年第2期,第293页。

[129]郑培凯:《汤显祖与晚明文化》,允晨文化公司1995年版。

[130]朱淡文:《林黛玉形象探源》,载《红楼梦学刊》1994年第1期,第102页。

[131]朱嘉雯:《〈红楼梦〉中的阴阳之理》,载《曹雪芹研究》2019年第1期,第109页。

[132]朱伟明:《两种生命的存在方式——林黛玉、薛宝钗形象及其文化意义》,载《红楼梦学刊》1994年第1期,第69页。

[133]朱引玉:《论〈红楼梦〉的家庭伦理道德》,载《南都学坛》(人文社会科学学刊)2002年第2期,第45页。

[134]左东岭:《阳明心学与汤显祖的言情说》,载《文艺研究》2003年第3期,第104页。